Let
it
rain

Let it rain

1판 1쇄 찍음 2016년 1월 18일
1판 1쇄 펴냄 2016년 1월 25일

지은이 | 장하연
펴낸이 | 고운숙
펴낸곳 | 봄 미디어

기획·편집 | 정수경 박혜진

출판등록 | 2014년 08월 25일 (제387-2014-000040호)
주소 | 경기도 부천시 원미구 소향로17, 304(두성프라자) (우)420-864
영업부 | 070-5015-0818 편집부 | 070-5015-0817 팩스 | 032-712-2815
E-mail | bommedia@naver.com
소식창 | http://blog.naver.com/bommedia

값 9,000원

ISBN 979-11-5810-176-3 03810

렛잇레인
Let it rain

장하연
장편 소설

c o n t e n t s —

Prologue

'그냥 죽어 버릴까.'

눈 아래 빌딩숲을 보면서 재희는 생각했다. 빌딩은 저마다 찬란하게 불을 뿜고 있었다. 그것은 참으로 쉽고, 명확한 결론처럼 보였다. 처음 하는 생각도 아니었다. 하지만 시도는 어째서인지 번번이 실패하고야 말았다.

한여름이라 저녁의 공기는 무겁고 탁했다. 아찔한 높이의 아래로 개미만 한 인간들이 다니는 것이 보인다. 지금 죽으면 모든 걸 끝낼 수 있을까. 재희는 자신이 떨어진 이후의 일을 상상했다. 사람들의 놀란 얼굴이 눈에 보이는 것 같았다. 그중에는 더러 아는 얼굴이 끼어 있었다. 가령 아버지, 혹은 재욱의, 또는 약혼자인 인혁의 얼굴. 그러나 그중 어떤 얼굴도 감정을 일으키지는 않았다. 감흥은커녕 재희의 얼굴은 석고상마냥 창백한 그대로였다.

신을 벗고 난간에 올라서는 그 간단한 작업이 재희에게는 엄청나게 큰 에너지가 필요한 일처럼 느껴졌다. 마치 몸을 씻고, 옷을 입고, 밥을 먹는, 별것 아닌 일과들이 우울증 환자에게는 죽을 만큼의 의지를 요하는 것과 같은 이치였다. 그리고 딱 그만큼의 에너지가 지금의 재희에게는 없었다.

그래 봐야 아무 의미도 없다. 숨을 쉬든 쉬지 않든 이미 자신은 죽은 몸이나 마찬가지이지 않은가. 살아 있으나 죽어 있는 것. 그런 식물인간 같은 자신을 인혁이 어째서 원하는지 도무지 알 방법이 없었다.

생각에 잠겨 있을 때.

"사장님이 오시랍니다."

난데없는 기척에 재희는 고개를 돌렸다. 인혁의 수행 비서였다. 알았다고 고개를 끄덕이자 남자는 길을 비켜서 아래로 통하는 문을 열고 재희를 기다렸다. 언제나처럼 선택권이란 없었다. 선택이라는 것은 자유의지를 가진 인간에게만 존재하는 것이었다.

"어디 갔었어요?"

아래로 내려오자 엘리베이터 근처에서 기다리던 인혁의 얼굴이 나타났다. 고작해야 몇 층 차이인데 그 조도의 차이는 눈부셨다. 번쩍이는 샹들리에에 재희는 눈을 찡그렸다.

"옥상에 잠깐."

"긴장돼요?"

"응?"

무슨 말이냐는 얼굴로 재희가 되물었다. 그러나 인혁은 더 말하지 않고 재희의 손을 잡아끌었다. 대기실과 통하는 문으로 나타난 것은 인혁의 아버지인 정중원이다.

"아, 아빠."

"밖에서 촐랑대지 말랬지. 그리고 언제까지 아빠라고 할 테냐. 남들 보는 눈도 있는데."

"네. 아버지."

"손님 맞을 준비해야지."

"네."

야단스런 타박을 맞고서도 인혁은 연신 싱글싱글 웃는 낯이었다. 정 의원의 탐탁찮은 시선은 곧 재희를 향하는가 싶더니 바로 회장의 안쪽을 향했다. 재희도 따라 고개를 돌렸다. 축하 메시지가 써진 요란한 플래카드와 꽃으로 장식된 화려한 내부가 눈에 들어왔다. 회장 안은 약혼식 막바지 준비로 한창이었다.

쯧. 혀를 차는 소리가 들렸다. 재희는 무연한 시선을 다시 정중원의 얼굴로 들었다. 옆얼굴에 재희의 시선을 느끼자 중원이 연거푸 헛기침을 했다.

"그럼 이따 보자."

노골적인 불만의 기색에도 재희는 아랑곳하지 않았다. 정 의원은 HS가의 회장이자 현직 국회의원이었다. 오래전부터 자신을 마음에 들어 하지 않는 것을 알고 있었다. 고작해야 준재벌급에 불과한 대성물산의 위치나 정 의원과 아버지의 얄팍한 친분, 인혁과 재욱이 친구 사이라는 사실 등 어느 하나 정 의원의 구미를 당기지는 못했을 것이다.

이해할 수 없는 인혁의 감정은 차치하고서라도 애초에 HS 일가가 이 약혼을 승낙한 것이 어불성설이었다. 그리고 8년 전과 달리 인혁의 프러포즈를 거절하지 않았던 것은 어쩌면 될 대로 되라는 마음에서였다.

알량한 사랑 따위, 또는 사람의 의지 같은 거야 이제 와 아무래야 상관도 없질 않은가. 시간은 언제 꺼져도 아쉽지 않을 것처럼 위태롭게 타고 있었다. 재희는 이 모든 일이 전부 꿈에서 일어나고 있는 일이라는 생각을 했다. 꿈이라면 아주 나쁜 꿈. 그리고 이 몽롱한 악몽을 깨는 방법에 대해서만 생각하고 또 생각했다.

한 시간여에 걸친 약혼식이 막바지에 다다르고 있었다. 식은 정재계 인사와 운동선수, 연예인 등 초대받은 유명 인사를 포함해 철저히 비공개로 진행되었다. 그리고 재희 자신은 이 모든 형식적 절차에서 그저 꼭두각시 인형에 불과했다.

아버지인 자득은 거만하게 기댄 자세로 만족스럽게 웃고 있었다. 자득의 옆으로 나란히 앉은 재욱과 재욱 모의 모습이 보였다. 증오해 마지않는 아버지의 웃는 눈과 마주쳤을 때 재희는 생각했다. 케이크를 자르는 칼로도 죽을 수 있을까.

정면으로 시선을 돌렸다. 수백의 귀빈석 테이블은 무대와 반대로 어두침침한 빛을 띠어 마치 흑백 TV를 연상시켰다. 어딘지 익숙하고 흐릿한 풍경이었다. 아아. 그랬었지. 애초에 이 모양이었다고 재희는 생각했다.

무엇도 무의미하다.

천천히 앞에 앉은 이들의 그림자를 하나하나 훑었다. 아무 상관이 없는 사람들 앞에서 약혼자라는 남자는 만들어진 훌륭한 미소를 짓고, 손님들은 세련된 인형극에 박수를 치고 있었다. 갑자기 몸을 죄는 드레스가 몹시 불편하게 느껴지기 시작했다. 어깨를 잡고 허리를 껴안는 인혁의 행동이 거슬려서였는지도 모른다.

인혁의 손아귀에서 벗어나려 몸을 트는 순간이었다. 멀지 않은 테이블에서 제 쪽을 뚫어지게 응시하는 시선이 눈에 걸린다. 그건 찰나였다. 전구의 불이 들어오는 것처럼 빠르게 두 개의 시선이 맞물렸다. 그리고 쇼크는 강렬했다. 물 묻은 손끝에 전해진 전류 같았다.

"……!"

순간, 재희는 몸의 중심을 잃을 뻔했다. 다리가 휘청거리는 것을 인혁이 잡았다. 가까스로 발을 하이힐에 구겨 넣고, 재희는 다시 자신의 눈길을 붙잡은 쪽을 응시했다. 갑작스런 현기증 때문에 눈앞에 보이는 것이 무엇이든 일단 부여잡았다.

맙소사. 그는 해준이었다.

물이 차 들어오는 것처럼 심장이 펌핑하기 시작했다. 설마 싶어 재희는 자신의 눈을 의심했다. 아니, 몇 번을 보아도 그는 해준이었다. 아닐 수가 없지. 수백 년이 지난다고 해도 이해준의 얼굴을, 이름을, 저 눈을 잊게 되는 날은 오지 않을 것이다.

알 수 없는 감정으로 눈시울이 차올랐다. 재희는 테이블을 붙잡은 채로 한참을 서 있었다.

해준은 표정이 없었다. 웃는 것도 찡그린 것도 아닌 얼굴이었다. 낯선 차림새를 한 소년은 못 본 동안 성큼 자라서 모르는 표정을 짓는 남자가 되어 있었다. 박수를 치는 해준은 재희의 눈을 피하지 않았다. 재희는 초조해져 목에 걸린 목걸이를 만지작거렸다. 만나고 싶었지만 만날 수 없었던 사람. 숨을 몰아쉬었다.

하객들과 인사를 나누는 중에도 재희의 눈은 오로지 한군데에 고정되어 있을 뿐이었다. 이상도 하지. 슈트 차림의 해준은 접시를 들고 떠들며 웃고 있었다. 살아…… 있었구나. 하긴 죽었을 리가 있나. 자신이 머릿속에서 갈기갈기 조각내 죽여 버렸을 뿐이었다. 없는 것으로, 잊은 것으로 하자고. 처음부터 몰랐던 것처럼 그렇게, 인연이 아니었던 것으로 하자고.

그러나 재희는 눈앞에 살아 움직이는 해준에게서 눈을 뗄 수가 없었다. 살아…… 있었어.

그것은 참 희한한 일이었다.

바로 조금 전까지만 해도 흑백으로 점철된 시야였다. 흰 것과 검은 것. 흑백을 구분하는 데에도 힘이 들 만큼 의미 없는 풍경과 인물들이었다. 하지만 지금 재희의 눈앞은 조금 달라져 있었다. 마치 습기 찬 유리에 손가락을 찍은 것과 같이, 그가 선 작은 부분만이 깨끗이 닦인 창처럼 뽀얗게 변해 움직이고 있었다.

물에 번지는 시약처럼 주변으로 점점 색이 번진다. 덩달아 그의 주변까지 색깔을 입고 있었다. 해준을 따라서 멈췄던 시야가 생동하고 있었다. 마치 그가 환한 조명을 단 채로 움직이고 있다는 착각이 들 정도였다. 살아 있다!

"안녕하세요. 처음 뵙겠습니다. 이해준이라고 합니다."

인혁의 소개를 받은 해준이 정중하게 인사를 건넬 때, 얼어붙은 얼굴로 재희는 손을 내밀었다. 얼결에 꾸벅 인사까지 했다.

전혀 모르는 사람처럼 낯설게 구는 해준에 어떤 반응도 할 수 없었다. 해준과 인혁이 아는 사이였다니. 당황스럽기까지 했다.

해준이 손을 잡자 모든 신경이 손끝으로만 모이는 듯했다. 제대로 된 답인사도 하지 못한 채 그 손을 붙들고 서 있자 해준이 잡혔던 손을 슬쩍 빼고 인혁에게 다시 인사를 건넸다.

"약혼 축하드립니다, 이사님. 약혼녀분이 참 미인이시네요."

자신과 달리 해준은 전혀 당황하는 낯이 아니다. 왜인지 재희는 그것이 더 견딜 수 없게 느껴졌다.

"하하, 무슨 그런 말을. 오느라 고생했지? 오늘 훈련 있었을 텐데. 재희 씨도 알죠? 이 친구 슈퍼스타잖아. 이번에 선발전에서도 골 넣고."

"아……."

"뭐 그렇게까지. 저야 이런 자리에 참석하게 된 게 영광이죠."

해준은 하하 웃었다.

"더 크게 될 친군데 우리 팀으로 와 줘서 내가 고맙죠. 사석에서는 그냥 편하게 부르라니까."

"그래도 제가 어떻게."

"아니야. 내가 해준 씨 엄청난 팬인데 왜."

"하하, 감사합니다. 얼굴 뵀으니 전 가 보겠습니다. 연습이 있어서."

해준은 끝까지 예의를 갖춘 태도로 웃었다. 재희는 그런 그의 얼굴을 홀린 듯이 보고만 있었다. 그제야 어떻게 된 사정인지 알 것 같았다. 인혁이 최근 몰두하고 있다던 스포츠 관련 사업을 겨우 기억해 냈다. 어째서 그쪽으로 전혀 연관 지을 생각을 하지 못했던 것일까.

"그래. 와 줘서 고맙고. 다음에 또 편한 데서 보자구."

인혁이 기다란 팔로 등을 툭툭 쳤다. 해준이 몸을 돌렸음에도 재희는 그 자리에 붙박힌 듯 서 있었다. 굳어 있는 재희의 옆에서 인혁이 다시 누군가와 대화를 시작했다.

신문과 방송으로 가끔 해준의 소식을 전해 들었을 때가 있었다. 의식적으로 피해 보기도 했으나 생활에서 매스컴을 완전히 차단할 수는 없는 일이었다. 화면에 잡히는 해준은 물을 만난 물고기처럼 건강하고 활기차 보였다. 그럴 때면 으레 하던 일을 멈추고 멍하니 TV를 응시하기도 했었다. 문득 그를 찾아가고 싶다는 생각을 하지 않은 것도 아니었다. 다만 그럴 수 없었다. 그저 그럴 수가 없었다.

결국 이렇게 될 거였어. 자신을 보고도 일말의 동요조차 없는 해준에 속이 쓰라렸다. 이런 식으로 다시 만나게 될 줄은 몰랐다. 옮긴 곳이 하필 인혁의 구단이라니……. 하기야 그는 어느 팀이든 탐내는 천재 스트라이커였지 않은가.

해준이 사라진 시야가 다시 블랙홀처럼 변했다. 빛들이 그를 따라 사라지고 있었다. 그는 수많은 무채색 중 유일하게 빛을 뿜는 반딧불 같은 존재였다. 안 돼. 오래전부터 죽은 것 같던 심장이 쿵쿵 소리를 내며 뛰기 시작했다. 삐걱대던 팔다리가 움직였다. 창백했던 얼굴로 핏기가 돌았다.

붙잡아야 해.

재희는 무작정 그가 사라진 방향을 따라 걷기 시작했다. 인혁이 부르는 소리는 듣지 못했다. 미친 사람처럼 회장에 가득한 인파를 하나둘 제쳤다. VIP용 엘리베이터에 올라타는 해준의 모습을 눈으로 좇다가, 끝내는 그를 놓치고 말았다.

재희는 입술을 깨물고 무작정 비상구로 뛰었다. 계단에서 힐의 굽이 부러지며 또각 소리를 냈다. 양손에 신을 벗어 들고 전속력으로 달렸지만 마음먹은 만큼 몸이 움직여 주지 않았다. 헉, 헉.

심장이 터질 만큼 계단을 뛰어내린 뒤에야 겨우 주차장에 닿을 수가 있었다. 넓은 공간 곳곳을 둘러봤지만 어디에서도 해준은 보이지 않았다. 놓쳤구나 생각하니 허탈했다.

그때, 유리문에서 천천히 걸어 나오는 인영을 발견했다. 그제야 긴장이 탁 풀려 헉헉, 허파가 터질 정도로 숨을 몰아쉬었다. 무릎을 쥐고 한참 숨을 고르던 그녀는 천천히 해준에게 다가갔다. 그는 푸른빛의 고급 슈트를 입고 머리에 젤을 바른 단정한 차림새였다.

"저기."

무심코 뒤돌아본 해준의 표정이 바뀌었다. 바뀌었다고 생각했다. 하지만 해준은 종전의 평온한 표정을 되찾고 의문을 띤 얼굴을 해 보인다.

"……"

기세 좋게 불러 세웠으나, 재희는 입을 벌린 채로 가만히 서 있기만 했다. 뭔가 말을 해야 하는데 머리가 통째로 폭탄에 날아가 버린 것처럼 아무런 생각이 들지 않았다. 그제야 자신이 들고 있던 하이힐에 신경이 쓰였다. 재희가 아무런 말도 없자 지켜보던 해준이 먼저 입을 뗐다.

"무슨 일이시죠?"

상냥한 말투였지만 여전히 처음 보는 타인을 대하는 태도와 표정. 그 탓에 재희는 할 말을 깡그리 잊고 말았다. 이제 와 생각하니 어째서 달리듯 해준의 뒤를 쫓은 것인지 자신도 알 수가 없었다. 포기……했었잖아. 전부.

"아……."

할 말을 찾지 못해서, 재희는 해준의 얼굴만을 응시한 채 서 있었다. 무슨 말을 해야 할까. 아니, 무슨 말을 할 수 있을까. 단지 얼굴을 보는 것만으로도 무영겁의 세월이 밀물처럼 입안으로 밀려드는 것 같았다.

눈동자가 해준의 얼굴을 핥듯이 바쁘게 움직였다. 귀를 덮을 듯 길게 자라난 머리카락, 서늘해 보이는 까맣고 큰 눈동자, 눈썹, 코, 그리고 입술. 준도 꼭 이랬겠지. 그러나 준은 지금 여기 없다. 눈 안으로 물이 차오르는 것이 느껴졌다.

"하실 말씀 없으시면 바빠서 이만."

의아한 표정을 짓고 섰던 해준의 얼굴이 곧 냉랭해졌다. 차문을 여는 해준의 소매를 재희가 급하게 붙들었다.

"해준아."

해준의 등이 멈칫, 잠깐 멈춘다.

"오랜……만이야."

다음 말을 기다리던 해준의 등이 서서히 뒤로 돌려졌다.

"무슨 말씀이신지 모르겠군요."

"해준아."

재희는 침을 삼켰다. 해준은 청아하게 느껴질 만큼 깔끔한 얼굴이었다. 그 얼굴에서는 어떤 감정의 찌꺼기도 읽어 낼 수가 없었다. 마주 본 채로 해준의 눈이 재희의 머리끝부터 발끝까지 움직였다. 재희는 헝클어진 머리에 약혼식용 살굿빛 드레스, 그리고 하이힐을 벗어 던진 맨발의 차림이었다. 해준의 입가에 설핏 웃음이 맺혔다.

"약혼 축하드립니다, 형수님. 이제 이사님이랑 형님 동생 하기로 했거든요. 그럼."

해준이 깍듯이 허리까지 굽혀 인사를 건넸다. 그리고 차에 올라타 시동을 걸었다.

부르르르르르릉.

문이 닫힌 차창 밖에 우두커니 선 채로 재희는 흰 명품 스포츠카가 울부짖는 소리를 듣고만 있었다.

차가 종적을 감춘 후에도 재희는 한참을 멍하게 서 있었다. 이제 아무것도 눈 안에 담기는 것은 없었다.

빛이 사라졌다.

간신히 몸을 받치고 있던 힘이 꺼지자 재희는 자리에 풀썩 주저앉았다. 곧이어 온몸이 사시나무 떨리듯 부들부들 떨려 오기 시작했다. 무엇을 바라고 달려왔던 것이 아니었다. 다시 만나게 될 거라는 생각조차 해 본 일이 없었다. 이미 자신의 안에서 죽인 사람이지 않은가. 그는 TV 속에나 존재하는 허상 같은 사람이었다. 다시는 만나서는 안 된다고, 그런 생각조차도 하면 안된다고 결심하고 살아온 지가 이미 오래였다.

그러나, 자신을 모른 척하는 해준을 상상해 본 일은 없었다.

재희는 자동차가 지나간 출구 쪽을 하염없이 지켜보고 있었다. 비라곤 한 방울 내리지 않는데도 그녀는 축축이 젖은 모양새였다.

몸을 일으킨 것은 한참이 지나서였다. 멍한 얼굴로 걷기 시작하는 그녀를 지나치는 사람들이 의아하게 돌아보았다. 홀에서 어슬렁대고 있는 재희를 발견한 것은 인혁이었다.

"무슨 일이에요? 어디 갔었어요! 지금 사람들 다 찾고 난리 난……!"

인혁이 몸을 흔들자 재희는 공기 빠진 풍선처럼 그의 품으로 스러져 내렸다.

chapter 1
악몽

병원의 특실 안. 인혁은 눈을 감은 재희를 보고 있었다. 정신을 잃은 채 누운 여자의 얼굴을 보다가 손으로 제 미간을 문질렀다.

약혼식 도중 도망쳐 버린 여자. 겨우 찾아냈을 때 그녀는 넋이 빠진 사람처럼 쓰러져 버리고 말았다.

가족의 주치의는 영양실조와 과로를 의심하며 약 복용을 주의하라는 경고를 주었다. 21세기에 영양실조라니. 인혁은 실소를 머금었다. 제대로 알아들을 수는 없었으나 체내 안정제 농도가 심각한 상태로 약혼식 도중에도 약에 취해 있었던 것 같았다.

인혁은 골이 지끈거렸다. 왜? 대체 왜. 인혁으로서는 오로지 그것만이 의문이었다. 안정제라니…… 약혼식 날까지 말인가. 우울증을 앓고 있다는 사실은 알고 있었다. 그러나 단지 세 시간. 행복한 약혼녀를 기대하는 것조차 무리였다고? 이것은 전혀 예상하지 못한 일이었다.

이 땅의 어느 누구라도 바라는 것이 자신과의 결혼 아닌가. 그만큼 자신의 외적인 강점은 엄청나게 매력적인 것이었다. 누가 꼬집어 일러 주지 않아도 자라면서 질릴 만큼 느껴 온 주지의 사실이었다. 여태껏 자신의 뜻대로 되지 않는 일이란 그다지 많지 않았다. 아니, 실은 거의 없었다 해도 틀린 말은 아니다.

그러나 유독 김재희, 눈앞에 누운 이 여자의 일만큼은 뜻대로 컨트롤하기가 힘이 들었다. 폐쇄 병동에서 그녀를 다시 만났을 때, 이제야말로 손에 넣었다는 생각이었다.

이번에는 아버지 역시 크게 반대하지 않았다. 유학 시절의 방황을 들먹인 것이 효과가 있었다. 단지 갖고 나면 다른 아쉬운 게 보일 거라고, 인혁에게 어리석다는 듯 한마디 조언을 덧붙였을 뿐이었다. 마치 이제 와 명예를 욕심내는 아버지의 경험담처럼 들렸다.

그런 거야 우선 가지고 나서 생각하자고, 인혁은 일축했다. 지금은 우선 여자가 정말로 자신의 것이 되었다는 확신이 필요했다.

"으음……."

인혁은 고개를 들었다. 재희는 몹시 땀을 흘리고 있었다. 악몽을 꾸는 듯 보였다. 인혁은 잠자코 팔짱을 낀 채 그런 재희를 지켜보다 간호사를 호출했다. 간호사가 재희의 땀을 닦고 옷을 갈아입히는 동안 인혁은 곁에서 미동도 없이 생각에 빠져 있었다.

집안 어른들의 말대로 포기하는 쪽이 나은 안건인지도 몰랐지만 그러기엔 여전히 너무도 자존심이 상했다. 다쳐 있는 여자의 입장을 충분히 배려해 왔다고 생각했다. 모든 것을 여자의 위주로 진행해 왔다고 생각했는데. 그런데 왜. 어째서!

누구도 자신의 자존심을 이만큼이나 건드린 사람은 없었다. 인혁은 시계를 보았다.

"무슨 일 있으면 연락 주세요."

그리고 병실 밖으로 발길을 돌렸다.

✳   ✳   ✳

해준은 위험천만한 속도로 고속도로를 달리고 있었다. 날렵한 애마는 최근에 손에 넣은 것 중에서 가장 아끼는 물건이었다. 가능한 차체에 무리가 가지 않도록 애지중지 보살펴 왔었다. 그러나 오늘은 사정이 달랐다. 간을 보듯 깔짝대는 놈들이 성질을 유독 돋웠다. 앞으로 새치기를 하는 차를 본 순간 머리끝까지 화가 치밀어 미친 듯 액셀을 밟았다.

널뛰는 아드레날린 때문에 뇌혈관이 터지는 기분이었다. 쓸데없는 일에 오후 연습을 깡그리 날려 버린 짜증 때문이라고 해준은 생각했다.

속도를 올린 앞차를 따라 지그재그로 차선을 변경하며 바싹 뒤를 쫓았다. 순간, 옆 차선의 트럭을 박을 뻔한 해준이 아슬아슬하게 핸들을 꺾었다. 쿠웅! 간발의 차이로 충돌을 피한 차체가 크게 회전하며 옆의 안전벽을 박았다. 갓길의 가운데 해준의 차가 굉음을 내며 멈춰 섰다. 푸쉬쉬. 에어백이 터지고 차체에서 흰 연기를 내뿜기 시작했다. 위잉위잉위잉. 덩달아 경보음이 귀 아프게 울렸다.

"씨바알!"

해준은 계속해서 핸들을 내려쳤다. 한참을 몰두하다 그제야 성질이 풀린 듯 휙 에어백을 집어 던지고 전화기를 꺼내 번호를 눌렀다. 이마의 피가 눈으로 번져 시야가 쓰라렸다.

"석환이냐. 차가 완전히 퍼져서. 니가 좀 와 줘야 될 거 같은데. 여기 성남쯤이다."

전화를 끊은 해준은 엉망이 된 차량을 뒤져 담배를 찾았다. 벽에 기대선 채로 담배를 피워 문다. 어둡게 변한 먼 산을 응시하는 얼굴은 스산했다.

급하게 도착한 석환은 보험사가 수습 중인 차를 보고 혀를 내둘렀다.

"대체 뭔 일이 있었던 거야?"

"그냥 좀 박았다. 안 뒤졌으니 됐지."

"그냥 좀 박은 게 아닌 것 같은데 새끼야."

"쯧."

대수롭지 않다는 듯 혀를 차는 해준에 석환은 잠시 말을 아꼈다. 그러나 곧 물음을 던졌다.

"이제 괜찮은 거 아니었어?"

"뭔 소리야."

"그 사람. 이제 다 잊은 거 아니었냐."

"……."

해준은 눈썹을 찡그리며 석환의 얼굴을 정면으로 응시했다.

"개소리하면 엉아한테 맞는다."

"그러게 그런 델 뭐 좋다고 쫓아가서."

"미친 새끼. 짚어도 한참 잘못 짚었다."

"그럼 뭔데."

석환이 꽁초를 던지자 해준도 따라 피우던 꽁초를 멀리 던져 졌다.

"뭐긴 임마, 그냥 사고 난 거지. 사고 나는 데도 이유가 있 냐."

그리고 해준은 곱게 주차된 석환의 차로 발길을 옮겼다. 석환 이 해준의 뒤를 따라붙으며 말을 이었다.

"뭐야. 원숭이가 나무에서 떨어진다고. 이해준이 페라리를 벽 에 갖다 박았다고?"

"그래. 원숭이들도 잘만 떨어지더라."

석환은 해준의 말을 곱씹었다. 하지만 여전히 고개를 저을 뿐 이었다.

✴   ✴   ✴

재희는 꿈을 꾸고 있었다. 온갖 눈부신 것들이 날아다니는 꿈 이었다. 그중에는 알록달록한 것도 있고 나풀나풀한 것도 있었 다.

애타게 손을 뻗자 그중 하나가 손에 쥐어졌다. 보들보들한 감 촉이 느껴진다. 아이의 머리칼처럼 부드러운 그것은 실처럼 손가락에 감겼다가 풀려 나갔다. 바람결에 놓치는 바람에 재희는 울었다. 모든 것이 자신의 잘못이었다. 다 자신 때문에 생긴 일이었다.

누군가 몸을 흔드는 느낌이 들었다. 무언가 자신을 불렀다. 소리를 따라 빛이 점점 사라지고 있었다. 뒤돌아본 아이는 날개를 단 천사의 웃는 모습이었다. 다시 만날 수 있을 거라고. 재희는 가지 말라고 울부짖었다.

그러나 목소리가 전혀 나오지 않았다. 달려가 붙잡으려 했지만 몸은 마치 납처럼 무거웠다. 안 돼. 안 돼! 안 돼애! 놓치면 안 돼…… 다시…….

"……!"

재희는 발버둥을 치며 잠에서 깨어났다. 그러나 그것은 생각 뿐이었다. 단지 반듯이 누운 채로 번쩍 눈을 떴을 뿐이었다. 안쓰러운 얼굴로 팔을 흔들던 간호사가 괜찮으냐고 묻고 있었다. 잠시 정신이 제대로 돌아오지 않아 재희는 경직된 채로 천장을 바라보고만 있었다.

꿈이었구나.

봄날 같은 향기가 날리고, 뽀얀 햇살이 가루처럼 간지럽게 뿌려지던 꿈이었다.

되찾아야 해.

재희가 입술을 우물거렸다.

"뭐라구요?"

"다시."

"괜찮으세요, 환자분?"

재희는 침대에서 몸을 일으켜 간호사를 올려다보며 말했다.

"난 다시…… 살아야겠어요."

❋　　　❋　　　❋

입원한 지 일주일 째였다. 병실의 창문으로 볕이 들고 있었다. 뜨거우리만치 강한 햇빛. 재희는 손거울을 들고 얼굴을 확인했다. 부스스한 몰골. 헝클어진 머리카락에 퉁퉁 부은 얼굴. 간호사는 제 온몸에 바늘을 꽂아 댄 것으로 모자라 하루 종일 먹으라는 강요를 했다.

영양실조라니. 우습지도 않다. 재희는 손으로 까치집을 지은 머리를 꾹꾹 눌러 매무새를 정돈해 보려 했지만 별 소용이 없었다.

창문을 가린 커튼을 걷어 내자 햇살이 사선으로 떨어지는 모양이 보인다. 재희는 눈을 감고 큰 숨을 들이켰다. 폐부 깊은 곳까지 태양의 에너지가 스미는 듯한 착각이 들었다. 다시 멍한 눈으로 창밖 녹빛 나무들을 응시했다. 얼크러진 나무는 해준의 생명력 같다. 푸르고 아름다웠다.

돌아가고 싶어. 나란히 앉은 쪽방. 함께 살다시피 했던 집. 그리고 나의 준. 꿈에서 준을 다시 만났다. 천사는 웃고 있었다. 괜찮다고, 다시 만날 수 있을 거라고 말해 주었다.

조용히 죽는 일만 생각했는데. 이제 뒤에 남은 것은 없다고 생각했는데. 그런데 해준을 다시 만나자 자신이 살아 있는 것 같았다. 아니, 살아 있었다.

'다시 만나고 싶어. 다시 만나야만 해. 그런데 어디서. 어떻게?'

한참을 고민하다 몽롱한 기억 저편 해준을 소개시킨 인혁에 생각이 미쳤다. 떠오르는 방법이 인혁을 통하는 수뿐이라니, 하지만 딱히 다른 뾰족한 수가 없었다. 인혁에게 전화를 걸었으나 받지 않아 재희는 비서에게 메시지를 남겼다.

연락을 기다리다 이윽고 병실 문으로 향했을 때였다. 고요했던 특실의 복도가 소란스러워진다 싶더니 아버지인 자득이 모습을 나타냈다. 재희는 덜컹 가슴이 내려앉았으나 곧 태연한 표정을 유지했다. 그는 항상 자신을 두렵게 하는 존재였다. 그것은 언제나 증오, 그리고 그보다 앞선 두려움이었다.

"일어났다더니 진짜였네?"

자득의 옆에 선 재욱이 무덤덤하게 말했다. 일주일 만에 보는 얼굴들. 재욱의 모친인 박순혜와 늘 보는 수행원 두 명도 함께였다. 재희는 사람들이 들어올 수 있도록 몸을 비켰다.

"앉아라."

"……."

재희는 말없이 침대에 몸을 앉혔다. 정리되지 않은 이불이 생각처럼 어지럽게 눈에 밟혔다.

"어쩐 일이세요."

"대체 생각이란 게 있는 애냐?"

자득은 몹시 화가 난 얼굴이었다.

"아버지, 그 얘기는 누나 몸 좀 추스르고 해요."

"넌 빠져 있어."

끼어드는 재욱을 모친인 순혜가 잡아당겨 말렸다.

"기껏 정신을 차렸나 싶었더니, 약혼식을 엉망으로 만들고! 이 꼴이 다 뭐냐!"

"……."

"네년 때문에 내가 정 회장을 앞으로 볼 면목이 없다!"

재희는 말없이 자득의 구두를 응시하며 들었다. 졸부집 속물에 딱 어울리는 어마어마한 가격의 수제화였다. 그는 자신의 천박함을 가리는 용도로 항시 외양에 돈을 물 쓰듯 쓰곤 했다.

"또 시작이야! 또! 똑바로 고개 안 드냐!"

"아이구, 여보. 밖에 들어요. 체통을 지키셔야죠, 회장님이."

열린 문틈으로 기웃대는 간호사들을 본 순혜가 꺼려지는 듯 입을 가렸다. 하지만 문을 닫거나 하지는 않았다. 재희는 시키는 대로 고개를 들었다.

"인혁이 맘이 아직 뜨지 않아서 망정이지……. 이번 일 엎어지면 손해가 얼만 줄 알아? 쯔쯔. 기집애 하나 있는 게 이렇게 못나 빠져서야. 확 임신이라도 해서 니 걸로 도장을 찍으란 말이야!"

"……."

"이번 결혼 또 파토 나면 그때야말로 재혼 자리든 첩 자리든 가리지 않고 보내 버릴 테니 그렇게 알아!"

재희는 말없이 들었다. 싸하게 피가 식는다. 하지만 이제 와서 화를 낼 기운도 없었다.

눈앞에서 세 치 혀를 놀리는 반백의 남자를 바라보면서 재희는 그의 눈에 자신이 대체 얼마만큼의 화폐 가치일까를 생각했다. 아직은 꽤 쓸 만한 부속품. 그의 뜻을 따르기만 한다면 어디까지고 풍요로운 삶이 보장되어 있었다.

왕의 말을 듣지 않는 자에게 빵은 제공되지 않는다. 양말 색깔 하나 자신의 뜻대로 선택할 수 없었다. 이용 가치를 잃은 중년의 여인이 골방에 갇혔던 일이 떠올랐다. 재욱의 모가 본가로 들어오던 때의 일이다. 뜻대로 움직여지지 않는 말이 뒷줄로 버려지는 것은 매우 당연한 이치였다.

식충이라고 불렸던 여자는 도우미 밑에서 일을 했어야 했다. 한 번도 홀로서기를 해 본 일이 없는 여자였다. 어머니가 목을 매는 날까지 자신은 아무런 도움이 되지 못했다. 두려웠기 때문이다. 누구에게도 자신은 도움이 될 수 없었다. 누구도 지킬 수 없었다.

재희가 잠시 정신을 딴 데 두고 그 기나긴 설교를 놓치자 자득이 소리쳤다. 옷 가방 하나를 재희의 얼굴로 던졌다. 털썩. 가방이 재희의 턱에 맞고 바닥으로 떨어졌다. 고개가 꺾인 재희의 머리칼이 사방으로 흩날린다.

"응? 알았어? 몰랐어?"

"알겠다고 해."

옆에 선 재욱이 어깨 너머로 속삭이며 옆구리를 쿡 찔렀다. 재희는 무작정 자동 반사처럼 알겠다고 대답했다. 비로소 만족한 표정의 자득이 몸을 돌렸다.

"제대로 차려입고 가서 정중히 사과하고 빠른 날로 날짜 받아와."

재희는 그가 두 명의 수행원에게 목적지를 하달하는 것을 보고 있었다.

"난 바로 회사로 갈 테니까 여사님은 미술관으로 모셔다 드리고."

풍채가 좋은 자득이 요란하게 복도를 빠져나갔다. 재희는 잠시 정신이 방기된 채로 침대 옆에 서 있다가 비로소 무릎을 꺾고 앉았다.

"이제 그만 좀 해라. 도망은 왜 쳤어?"

말소리에 재희는 고개를 들었다. 그제야 아직 나가지 않고 서 있는 재욱을 발견했다.

"그냥 시키는 대로 하고 살아. 잘난 체하지 말고. 그게 속 편하니까."

"넌……."

"……?"

"아니다."

지금 다른 문제에 신경 쓸 겨를이 없었다. 그리고 아직은 재희도 인혁의 손을 놓을 생각이 아니었다. 그것은 어쨌거나 자득의 뜻과도 일치할 것이다.

"나 인혁이한테 좀 데려다줘."

재욱은 그러면 그렇지 하는 얼굴로 입을 비틀며 웃었다.

✳   ✳   ✳

HS 기획은 강의 이남 쪽 중심에 위치해 있었다. 대한민국 굴지의 기업 계열사답게 외관부터 웅장한 모습이었다. HS 그룹의 유일한 후계자인 인혁은 적당한 시기가 올 때까지 많은 계열사의 운영권을 순차대로 하나씩 인수받는 것으로 되어 있었다. 그리고 그 지분 중 가장 핵심이 되는 HS 기획의 사무실은 인혁이 자주 모습을 나타내는 곳이었다. 약혼이 진행되면서 재희도 인혁을 따라 두어 번 회사에 방문했던 기억이 있었다.

인혁의 사무실이 있는 꼭대기 층에 도착하자 복도에서 재희를 알아본 몇몇의 직원이 그녀에게 꾸벅 인사를 건넸다. 그간 딱히 언론에 노출된 일이 없었는데도 약혼식 건으로 재희를 기억하는 듯했다. 수군대는 소리 쪽으로 재희가 고개를 돌리자 사방이 곧 조용해졌다. 그 내용은 굳이 듣지 않아도 가히 짐작할 법했다.

비서실에 도착하자 안면이 있는 남자가 재희를 알아보고 벌떡 자리에서 일어섰다.

"아……."

"안녕하세요."

"사장님 회의 들어가셨습니다."

"기다릴게요."

얼굴이 익은 수행 비서였다. 일정에 없던 방문이 당황스러운 표정이었으나 그는 곧 재희를 인혁의 방으로 깍듯이 안내했다.

인혁은 정씨 일가의 4대 독자였다. 후계자 정인혁의 약혼녀라는 이야기인즉슨 그녀가 훗날 HS의 안주인이라는 뜻이었다. 차를 한 잔 건네받고 비서가 자리를 비우자 재희는 방 안을 둘러보기 시작했다. 인혁 없이 혼자 사장실을 방문한 일은 처음이었다.

방은 인혁의 취향대로 정갈하고 깔끔하게 꾸며져 있었다. 벗어 놓은 재킷이 걸려 있는 모습도 군더더기 없이 간결했다. 고급 목재와 대리석으로 꾸며진 방 안을 둘러보다 재희는 문득 쌓여 있는 서류철과 기획안을 훑어보기 시작했다. 어디엔가 인혁이 맡고 있는 구단의 자료가 있을지도 모른다는 생각에서였다.

　최근 인혁의 관심사는 새로 시작한 스포츠 사업에 온통 쏠려 있었다. 어려서 몸이 약했던 그는 유난히 스포츠맨을 동경했고, 딱히 이윤이 크지 않은 구단 운영에 관심을 보인 것도 그 영향이었다.

　단지 브랜드 홍보용으로 운영되던 구단에 어마어마한 자금을 쏟아붓기 시작한 것 역시 인혁이 헌터스의 대표이사로 취임하면서부터였다.

　막대한 예산을 들여 해외의 유명 감독을 영입하고, 상위 팀의 선수들을 하나씩 사들이면서 팀의 성적은 나날이 일취월장했다. 그중 대표적인 선수가 지난 월드컵에 좋은 성적을 보인 이해준이었다.

　선수들의 신상 자료는 의외로 쉽게 찾을 수 있었다. 정리된 서류철에서 연락망이 포함된 예산안과 경기표를 발견하자 재희의 심장은 쿵쿵 소리를 내며 뛰기 시작했다. 급하게 종이를 찢어 그것을 메모했다. 약간의 죄책감을 느꼈으나 지금은 그것보다 중요한 것이 있었다.

　재희가 급하게 방을 나서자 비서가 일어서며 궁금한 얼굴을 해 보인다.

　"급한 일이 생각나서요. 이따가 연락한다고 해 주세요."

스케줄 표에 따르면 헌터스 팀은 원정 경기 중이었다. 시합 중인 전주까지는 차로 네 시간은 족히 걸리는 거리다. 차고에 오랫동안 주차되어 있던 차에 올라타면서 재희는 조금 자신이 없었다. 운전대를 잡는 것은 정말 간만의 일인 데다 왠지 호흡이 가쁜 느낌이 들었다. 한동안 앓아누웠던 탓인 것 같았다.

포르쉐의 시동을 걸면서 재희는 심호흡을 했다. 마음을 단단히 먹어야 한다고 두 번, 세 번 다짐했다. 이 외에는 그 어느 것도 무기력한 자신을 자리에서 일으킬 수 없었다.

사는 길은 이것뿐이다.

무아지경으로 액셀을 밟았다. 중간중간 고속도로에서 위험한 상황이 벌어졌다. 간신히 경기장에 도착했을 때 재희는 자그마한 성취감을 느끼기까지 했다. 운전 실력이 녹슬지 않은 데 대해서 스스로에게 칭찬을 해 주고 싶은 기분이었다.

차를 세우고 입구로 걷다가 갑자기 주변인들이 우르르 달리기 시작하자, 재희는 이유도 모르고 덩달아 뛰었다. 멀리 선수단을 태운 버스가 주차장으로 진입하는 것이 보였다. 안전요원들이 차를 에워싼 사람들의 진입을 막았다. 흥분한 팬들을 제지하는 호루라기 소리가 귀를 때렸다.

'해준⋯⋯!'

차에서 내리는 해준을 발견했지만 사람들에게 가려 아무것도 할 수 없었다. 선수들이 만들어진 길을 따라 바람처럼 사라졌다. 재희는 겨우 해준의 옆모습만을 볼 수 있었을 뿐이다. 채 1분도 되지 않는 짧은 시간이었다.

선수들이 사라지자 재희는 무리 뒤에 선 채로 허탈감에 빠졌다. 해준에게 말을 건네기는커녕 그를 소리 내어 불러 볼 수도 없었다. 해준과 자신. 그 사이의 간극이 대양처럼 깊고도 넓었다. 방금 전까지 머릿속의 해준은 누구보다도 자신의 영혼에 가까이 있는 존재였는데, 현실은 생각과는 정반대였다.

썰물처럼 인파가 빠진 주변은 휑하게 변해 있었다. 재희는 터덜터덜 경기장 안으로 발을 들였다. 시간이 임박한 탓으로 좋은 자리가 없었다. 달리는 선수들의 모습이 점으로 보이는 2층의 꼭대기에 앉자 그간의 기억이 폭풍처럼 몸을 흔들고 지나갔다.

매번 해준의 경기를 보러 갔었다. 마치 서로의 영혼이 교감이라도 하듯이, 그가 뛰는 내내 자신 역시 달린다는 흥분에 젖어 응원했었다. 그의 승리가 곧 자신의 승리였다. 온몸을 전율케 하는 쾌감이었다. 떨어져 있어도 함께인 것 같았다. 그렇게나 가까운 상대라고 생각했던 적이 있었다.

너무 멀다.

재희는 혼자 되뇌었다.

딴생각에 빠져 있던 사이에 경기가 끝났다. 그 결과조차 모른 채로 재희는 그저 볼을 쫓는 해준을 보고 있었을 뿐이다. 사람들이 퇴장하는데도 한참을 멍하게 앉아 있다가 다시 아까의 주차장을 찾았다. 여전히 많은 인파가 모여 선수들을 기다리고 있었다.

버스가 출차하기 전 재희는 재빨리 자신의 차량에 탑승했다. 안전요원들이 팬들을 막아서고 천천히 머리를 돌린 대형버스가 경기장을 빠져나갔다. 제지에 밀려 뒤쳐졌던 재희는 버스의 뒤꽁무니를 쫓았으나 간발의 신호 차이로 그 그림자를 놓쳐 버리고 말았다.

아. 놓쳤구나.

재희는 허탈하게 한숨을 쉬었다. 갓길에 차를 세우고 이마의 머리칼을 쓸어 넘겼다. 애써 무시하고 있던 두통이 심해지는 것 같아 운전대에 머리를 기댔다. 눈을 감고 목덜미를 쓰다듬다가 문득 전화기를 확인했다. 인혁에게서 걸려 온 전화만 다섯 통. 마음을 가라앉히고 전화를 걸었다.

"응. 나야."

—어디예요? 무슨 일이에요? 회사에 찾아왔었다면서요. 병원에도 없고 연락이 없어서 걱정했어요.

"아. 답답해서 바람 쐬려고 드라이브 좀…… 하고 있었어."

재희는 거짓말을 했다. 사실을 말해서 좋을 것이 없다는 판단이 섰기 때문이다.

—어딘데요? 내가 갈까요? 보고 싶어요.

인혁은 왠지 기분이 좋은 목소리였다. 언제나 무기력하던 자신이 혼자서 운전을 했다는 사실에 놀라움을 느낀 모양이었다. 보고 싶다는 말에 슬며시 죄책감이 밀려왔지만 곧 인혁에게 용건을 물었다.

"그냥 쭉 내키는 대로 달리다 보니까…… 전주까지 왔네. 너무 피곤해서 어디 잠깐 쉬었다가 올라가면 싶은데. 프라임 호텔 지점이 여기에도 있지? 아마."

인혁은 하하 웃었다.

—네. 거기도 있어요. 그런데 그렇게 먼 데까지 갔어요? 재희 씨, 이제 다 나았네. 내가 같이 내려가면 좋은데. 저녁에 또 일

이 있어서. 프런트에 연락해 놓을게요. 불편한 거 없게.

"아, 아냐. 그럴 것까진 없어. 그냥 잠깐 쉬기만 하고 나올 건데 뭐. 올라가서 봐."

—그래요, 그럼. 연락은 해 놓을게요.

"아니야! 진짜 그렇게까지 안 해도 돼. 괜히 신경 쓰고 그러면 부담스러워. 싫어."

재희는 인혁을 달래는 것처럼 어색하게 웃었다.

—그래요?

"아, 그런데 혹시 오늘 VIP 객실이 모자란다거나 할 일은 없지? 무슨 행사가 잡혀 있다거나……."

—음, 잠시만요.

누군가에게 일정을 확인하는 듯한 인혁의 소리가 수화기를 통해 전해졌다.

—오늘 헌터스 팀이 거기 묵기로 되어 있긴 한데 VIP 객실은 넉넉하게 확보되어 있을 거예요. 혹시 모르니까 펜트하우스 비워 두라고 할게요.

"아, 아니야. 인혁아. 정말 오늘은 그냥 조용히 쉬고 싶어서 그래."

—그럼 올라오면 연락해요. 사랑해요.

"응……."

프라임 호텔은 HS 그룹의 계열사 중 하나로 인혁의 외가 쪽이 운영권을 가지고 있었다. 생각대로 선수들이 P 호텔에 묵는다는 사실을 확인한 재희는 급하게 차에 시동을 걸었다.

인혁의 사랑한다는 말에는 아무런 감흥이 없었다. 실상 인혁의 감정에는 이해되지 않는 부분이 많았다. 그의 말투나 태도는 언제나 다정하고 배려심이 있었으나 재희는 그것이 사랑에 의한 행동이라고 느껴 본 일이 없었다.

그것이 잘 빚어진 상류층의 자제된 매너나 계산된 처세술이라는 생각이 들 때면 재희는 그 감정을 뒷받침할 근거를 딱히 찾을 수 없어 곤란한 기분이 되곤 했다. 마치 이미지 메이킹에 성공한 유명인의 루머를 오로지 자신만이 알고 있는 그런 기분이었다.

재욱의 친구로 집을 드나들곤 하던 시절부터 인혁은 자신에게 호감이 있다는 태도를 분명히 했다. 물론 당시에는 장난이라고 여겼을 뿐이다. 8년 전 처음 집안을 통한 혼담이 들어왔을 때도, 그리고 어쨌거나 약혼하게 된 지금에도 재희는 인혁의 감정을 실체가 없는 불확실한 것으로만 느꼈다.

따지자면 예전의 그것은 그저 직감에 불과한 것이었다. 하지만 지금 자신은 사랑이라는 감정을 모르는 사람이 아니었다. 인혁의 감정에는 분명 석연치 않은 구석이 있었다. 그러나 그것이 무엇인지는 정확히 알 수 없었다.

호텔에 도착한 재희는 쉽게 구단의 버스를 찾을 수 있었다. 무슨 일이 있었는지 이미 입구에 도착한 자신의 포르쉐보다 늦게 버스가 야외 주차장으로 들어서고 있었다. 안도의 한숨을 내쉰 재희는 차에서 내려 버스의 곁으로 걸었다. 이번만큼은 해준에게 말을 걸 수 있을 것이라는 생각을 했다.

"어어, 아가씨. 비키세요."

하지만 차량이 입구에 도달하자 나타난 호텔의 안전요원에 의해 재희는 가볍게 제압당해 발을 뒤로 물러야 했다.

"아, 저……."

"가까이 가시면 안 됩니다."

보안은 철두철미했다. 도저히 곁으로 다가갈 수가 없었다. 경기장에서 느꼈던 해협이 다시금 눈앞에 해일의 벽을 만드는 순간이었다. 내리던 선수 중 누군가 재희에게 경멸 섞인 시선을 흘렸다. 재희는 그 시선 앞에서 난감한 기분을 느껴야 했다.

"아오. 대체 어디까지 따라오는 거야. 저년들은."

선수들끼리 속삭이는 소리를 우연히 들었을 때 얼굴이 화끈 달아올랐다. 이제야 자신이 처한 입장이 조금씩 이해되고 있었다. 경기장에 몰렸던 엄청난 인파들. 그리고 선수의 열성적인 팬들. 심지어 호텔까지 따라온 광적인 여성 팬.

"아니, 저는 그게 아니라 이해준 선수한테 용건이 있어서."

"아, 글쎄 아가씨 같은 사람 한둘이 아니니까 저리 비켜요."

무전기를 찬 요원은 귀찮아 죽겠다는 말투로 재희를 차량에서 멀리 밀어냈다.

"그게 아니라요……."

억울한 목소리로 말을 꺼내던 재희는 문득 버스 계단에서 내려서는 해준의 모습을 발견했다. 무심한 해준의 눈과 시선이 마주쳤다. 자신을 알아볼 것이라 기대했으나 그의 얼굴에는 일말의 표정 변화도 없었다. 잠깐 의아한 눈길을 주었다가 해준은 곧 앞의 사람들을 따라 호텔 로비 안으로 사라졌다.

또다시 해준을 놓쳤다. 재희는 얼어붙은 채로 그저 서 있었다. 빛 속으로 명멸해 가는 해준의 등만을 응시했다. 그는 마치 자신을 알아보지도 못한 것 같았다. 재희는 앞에 섰던 검은 양복의 사람을 붙잡고 몸의 균형을 유지했다. 당황한 남자가 곧 재희의 손을 털어 내고 어딘가로 자리를 옮겼다. 힘이 빠진 재희는 비틀거리다 근처의 차를 붙잡은 채로 엎드리듯 섰다.

뭐가 이렇게 어려운 거지.

그저 해준과 대화를 하고 싶었을 뿐이었다. 재희는 심호흡을 하면서 마음을 다잡았다.

더 이상 견딜 수 없겠다 싶었을 때 마치 운명처럼 그를 다시 만났다. 쉽게 포기해서는 안 된다는 생각을 한다. 그렇다면 정말로 더 이상은 살 수 없게 될 거야.

❋　　　　❋　　　　❋

해준은 계속해서 울리는 전화를 보고만 있었다. 벌써 두 시간째. 전화기에 찍히는 번호는 낯선 것이었지만 해준은 이제 어렴풋이 전화의 주인공이 누구인지 알 것 같았다. 그도 그럴 것이 창밖의 여자가 계속해서 통화를 시도하고 있었기 때문이다.

"진짜 안 받을 거야?"

석환이 물었다. 그는 걱정스러운 표정으로 밖에 선 재희를 안쓰럽게 쳐다보았다. 다른 사람들은 몰라도 석환은 그녀의 존재를 알고 있었다. 그녀가 팀의 숨은 구단주인 정 이사와 약혼한다는 것 또한 해준보다 먼저 알았던 사실이다.

"받아서 뭐하게."

해준은 딱 잘라 말했다. 로비에서 석환이 불러 세웠을 때와 똑같이 귀찮다는 반응이었다. 경호원에게 제지당한 채 서 있는 그녀를 알아보고 놀란 석환이 해준에게 뛰어가 그녀의 존재를 알렸다. 하지만 해준은 관심 없는 표정으로 '그래서'와 같은 대답을 했을 뿐. 공연히 안절부절못하는 것은 석환 자신뿐인 것 같았다.

"어딜 봐도 너 찾아온 거잖아. 임마."

"이제 와서 만날 이유 없어."

"그럼 전화라도 받아서 들어가시라고 해. 저러고 서 있는 거 불쌍하지도 않냐? 이사님 입장도 있는데."

석환이 이사님이란 단어를 입에 올리자 해준의 표정이 험악하게 바뀌었다. 다시 창문 쪽을 돌아보았다. 여자는 일렬로 주차된 차들 앞에 혼자 선 채 하염없이 전화기를 보며 뭔가를 기다리는 모습이었다.

"이사님이 대신 보냈을 수도 있잖아."

"……."

해준은 아무 말 하지 않았다. 미묘한 감정이 꼬리를 무는 복잡한 표정이었다.

"괜히 저러고 서 있다가 이상한 소문이라도 나면…… 이해준!"

석환이 말을 끝내기도 전에 해준은 자리를 뜨고 없었다.

호텔 밖으로 나온 해준은 재희의 쪽으로 걸었다. 멀리서 화가 치미는 가련한 인영이 눈에 들어왔다. 벌써부터 호흡이 거칠어지는 느낌에 해준은 심호흡을 하며 얼굴을 굳혔다. 절대로 동요하는 얼굴을 보여 주지는 않겠다고 속으로 다짐했다. 가까이 다가서자 익숙했던 여자의 옆모습이 사진처럼 망막에 맺혔다.

"모르는 번호는 받지 않습니다."

아직까지도 전화를 걸고 있는 여자에게 말을 꺼냈다. 목소리가 들리자 흠칫 놀라는 얼굴의 여자는 가증스러웠다. 항상 저런 얼굴이었다. 잊으려고 할 때도, 무시하려고 할 때도, 증오를 그만두려고 했을 때도 항상 여자는 처연한 얼굴로 자신의 머릿속을 괴롭혔었다.

사랑하지 않는다는 말로 여러 차례 자신의 가슴에 못을 박으면서도 그녀는 꼭 저런 얼굴을 했었다. 믿을 수 없게 된 것은 그 때문이다. 그 얼굴이 사실이 아니라고 말하고 있었기 때문이다. 마치 아직도 사랑하는 사람 같아서. 아직도 자신을 좋아하고 그리워하는 얼굴이라서. 그래서 잊는 일이 죽을 만큼 힘들었다.

"해……준아……."

기억과 똑같은 목소리를 처음 들었을 때 쭈뼛 귀부터 등까지 소름이 돋았었다. 미치도록 그리워했던 목소리. 그러나 억지로라도 죽여야만 했던 증오스러운 기억. 감정들……!

"무슨 일이시죠? 이사님이 전하라는 말이라도 있었나요, 형수님?"

이제 그만 되었다고, 이제 정말로 괜찮을 것 같다고 생각하기 시작한 것이 기껏해야 지난봄이었다. 뜻하지 않은 기괴한 기사를 물어 온 사람은 유스 때부터의 절친인 석환이었다. 2년 만이었다. 처음 기사를 보았을 때의 기분을 해준은 잊지 못했다. 흐릿한 흑백사진은 엄지손가락만 한 크기의 것이었다. 그러나 자신은 확실히 알 수 있었다. 그것이 누구도 아닌 김재희라는 사실을.

증오도 분노도 아닌 깊은 절망이었다. 그제야 그녀가 자신을 떠나며 던진 모든 말들의 퍼즐이 마지막까지 맞춰지며 의문이 풀렸다.

언감생심 대성물산 김자득 회장의 장녀. 국내 최대 기업인 HS그룹의 유일한 후계자 정인혁의 숨겨진 약혼녀. 그녀가 지난 몇 년간 뉴욕과 보스턴 등지에서 유학 생활을 했다고 기사는 밝히고 있었다. 그 꾸며진 내용을 해준은 비웃었다. 유학 중이었다는 그 시간 동안 그녀의 일상을 누구보다 자신이 제일 잘 알고 있었기 때문이다.

돈이 없어서 싫다고, 불장난에 질렸다고 말했던 재희의 사정을. 자신을 혼란스럽게 만들었던 그 표정만 아니었다면 좀 더 쉽게 믿었을지도 몰랐다. 사랑하고 있다는 얼굴만 아니었더라면. 아직도 사랑하고 있다는 눈동자가 아니었더라면! 보다 돈 많은 남자가 필요하다는 그 말을, 뭔가 이유가 있는 거짓말이라 생각하지 않았더라면. 그랬다면…… 그랬다면 모든 게 훨씬 더 쉬웠을 것이다.

"해준아."

목이 멘 목소리로 재희는 해준의 이름을 불렀다. 어째서인지 눈동자가 그렁그렁해져 재희는 재빨리 눈을 깜빡였다. 앞에 선 것은 누구도 아닌 그 이해준이었다. 다시 얼굴을 보는 것만으로, 그 청량한 음성을 눈앞에서 듣는 것만으로 오감이 반기듯 환희의 감각으로 밀려왔다. 다시 살고 싶다는, 어쨌든 살아야겠다는 삶에 대한 의지를 만드는 희열이었다.

사실은······.

사실은······.

재희는 말을 삼켰다. 도대체 어디서부터 말을 꺼내야 할지 도저히 알 수가 없었다.

"지금 바쁩니다. 피곤하기도 하구요. 용건이 있으신가요?"

"아······."

정면으로 부딪혀 오는 해준의 눈은 언제나 그랬듯이 힘든 구석이 있었다. 재희는 자신도 모르게 눈을 바닥으로 내리며 말을 골랐다.

"그, 저기 시간을 좀 내주면······ 하고 싶은 말도 있고. 그러니까."

해준은 차갑게 얼굴을 굳혔다.

"저와 길게 나눌 말씀이 있으시다고는 생각하지 않습니다. 이사님 약혼녀분을 단둘이 만나는 건 불편하네요."

재희는 입술을 깨물었다. 냉정한 반응에 가슴이 아팠다.

"보고 싶었어. 해준아."

해준은 잠시 자신의 귀를 의심했다. 지금 이 여자가 무슨 말을 하는 것인가. 찬찬히 생각하다 구겼던 이맛살을 천천히 폈다.

"무슨 말씀이시죠."

눈물이 나올 것 같아 재희는 주먹을 꽉 쥐고 말했다. 꼭 해야만 하는 말이었다.

"한시도 너를 잊은 적이 없었어."

해준은 재희의 속내를 가늠하려는 듯 눈을 가늘게 떴다가 의아한 표정을 지었다가 종내는 비웃는 얼굴로 표정을 바꿨다.

"뭐하자는 거예요."

"어떻게 너를 안 보고 살 수 있다고 생각했을까."

"지금 불륜이라도 하자는 겁니까?"

"그게 아니라……."

"돈 많은 사모님 정부라도 해 보라는 거예요? 생활이 굉장히 지루하신가 보죠? 그 많은 돈으로도 만족이 안 되시나요? 이사님은 혹시 이 일을 알고 계신가요."

빈정대는 해준의 말투에 재희는 침을 삼켰다. 자신을 탓하는 그를 이해한다. 전부 자신의 잘못이니까. 죽을 것처럼 다리가 떨렸지만 재희는 가능한 가슴을 폈다.

"인혁인, 인혁인 상관없어."

"약혼하셨잖아요? 얼마 전에 저도 참석했던 것으로 기억합니다만."

"그건……."

재희는 눈을 빠르게 굴리며 대답을 찾았다. 그러나 적당한 말이 떠오르지 않았다. 인혁을 사랑하지 않았다. 결혼할 마음이라곤 조금도 없었다는 것 역시 거짓이 아니었다. 입원과 퇴원을 반복하는 동안 모든 일은 너무도 빠르게 진행되었다. 좀비와도 같은 자신을 가지고 사람들은 이런저런 일을 잘도 꾸며 댔다. 자신은 그러니까 죽은 시체나 다름이 없었다.

그러나 그것을 해준에게 설명하기 얼마나 힘든 일인지 재희는 이제 와 새삼 깨닫고 있었다. 누구의 상식에도 쉽게 용납되지 않는 일일 것이리라. 재희는 마른 입술을 핥았다. 뭐라고 어디서부터 말을……

당황하는 재희를 차디찬 표정으로 내려다보던 해준이 결국 말을 꺼냈다.

"그래서. 거기서 제가 얻을 이득은 뭔가요?"

뜻밖의 물음에 재희는 고개를 들었다. 해준은 이죽대는 얼굴이었다.

"돈이라면 저도 넘칠 만큼 충분히 있습니다. 그쪽의 돈이 저에게 충분한 메리트가 되지 못한다는 뜻이죠. 돈이 목적이 아닌 육체적 연애라고 한다면 곧 남의 부인이 되는 늙은 아주머니보다 젊고 아름다운 아가씨 쪽이 훨씬 낫다는 생각이 듭니다만?"

"그런 얘기가 아니야!"

"전혀 끌리지 않는 제안이라 이겁니다."

재희는 할 말을 잃었다. 왜 저런 말을? 그저 입을 벌린 채 그의 냉정한 얼굴을 멍하게 볼 뿐이었다.

"방금 하신 말은 못 들은 걸로 할 테니 다시는 절대 이런 식으로 서로 보는 일이 없었으면 좋겠군요. 그럼."

제 할 말만을 마친 해준이 등을 돌렸다.

재희는 그가 저벅저벅 실내로 돌아가는 모습을 보고 서 있었다. 말문이 막혀 신음 소리 하나 낼 수가 없었다. 선뜩한 칼날이 가슴을 후비고 쑤셨다. 때 아닌 벼락을 맞은 듯 자리에 우뚝 서서 해준이 마지막으로 던져 놓은 말들을 곱씹었다. 일부러 상처를 주려는 채찍질처럼 어느 하나 가슴을 때리지 않는 말이 없었다. 분명한 것은 이제 해준은 자신을 전혀 원하지 않는다는 사실이었다.

해준이 어떻게 변할 수가 있는가 하는 의문은 어떻게 이제야 해준을 찾았을까 하는 자신에 대한 끔찍한 비판 의식으로 바뀌었다.

만나지 못한 지가 벌써 2년째였다. 해준의 속은 아마 외양이 변한 만큼 많이 바뀌었을 것이다. 그동안 자신에게도 많은 일이 있었다. 그러나 해준에 대한 감정은 한시도 변한 적이 없었다. 만날 수 없었을 뿐이지 그를 만나기만 한다면 언제든 다시 함께가 될 것이라는 생각을 은연중에 해 왔는지도 모른다.

그런 어리석은……!

자책감에 숨이 턱턱 막혀 왔다. 해준은 이제 자신을 원하지 않는다. 하늘이 송두리째 무너지듯 참담한 결론이었다. 재희는 결국 흙바닥에 무릎을 꿇고 말았다. 한 번도 생각해 본 일이 없는 비극적인 동화의 결말이었다.

✳   ✳   ✳

재희는 새벽 일찍 깼다. 사실은 거의 잠을 이루지 못했다. 아무리 천장을 노려보아도 결론은 한 가지였다. 해준이 변했다고 해도 그것을 그저 쉽게 받아들일 수는 없었다. 그 밖에는 정말로 어떤 것도 남지 않기 때문에. 이해준 말고는 이제 아무것도 없다.

해준의 차가운 태도에 실의에 빠져 누웠던 것도 한순간이었다. 어쩔 수 없잖아. 재희는 그런 생각을 한다. 되든 안 되든 부딪혀 보는 거라고. 거기까지 생각이 닿았을 때 벌떡 몸을 일으켜 프런트에 음식을 주문했다.

억지로 룸서비스를 시켜 꾸역꾸역 위장을 채웠다. 하루 종일 아무것도 입에 넣지 않고 있었다는 데에 생각이 미친 탓이었다. 다시 쓰러질 수야 없지.

해준이 이제 자신을 사랑하지 않아도, 다시 예전으로 돌아갈 수 없어도, 준을 되찾을 수 없다고 해도, 그렇다고 해도 자신에게는 이것밖에 없었다. 잠시라도 자신을 이승에 붙들어 둘 만한 끈이. 그 외에는 아무것도 생각이 나지 않았다.

새벽녘 주차장에서, 휴게실에서, 또 도착한 경기장에서. 재희는 그저 해준을 눈으로 좇기만 했다. 어떻게 하면 그를 되찾을 수 있을 것인가에 대한 아무런 구체적인 방안도 아직 생각해 놓지 않은 상태였다. 그저 해준을 봐야 할 것 같아서. 그래야 살 수 있을 것 같아서. 그래서 택한 무의식적인 행동의 발로였다. 달리는 그를 보면 살 수 있을 것 같았다.

재희는 어쩌면, 이렇게라도 당분간 죽지 않을 수 있겠다, 하는 생각을 했다.

❋   ❋   ❋

경기장에 따로 마련된 식사 공간에서 선수들은 식사를 마치고 오후 연습에 들어가도록 되어 있었다. 식판을 가져다 산처럼 먹을 것을 쌓는 해준의 뒤에서 석환이 말을 걸었다.

"야, 이해준."

"왜."

"무슨 일인지 진짜로 말 안 할 거냐."

해준은 발을 옮겨 고기를 담던 손을 딱 멈췄다. 석환의 머리
통을 집게로 탁 친다.

"어이, 따신 밥 먹고 신소리할 거면 먹지도 말랬다."

"어어?"

식판을 뺏는 손길에 석환이 몸을 비틀며 다시 제 것을 되찾아
쥐었다. 해준이 말없이 테이블로 자리를 옮기자 똥 마려운 강아
지 같은 표정으로 겨우겨우 음식을 담은 석환이 조르르 맞은편
에 자리를 잡았다.

"진짜 아무 일도 아닌 거냐."

"뭔 일이 있어. 임마. 밥이나 먹어."

아니라는데도 계속 자신의 눈치를 살피는 석환에 해준은 탁
하고 식탁을 쳤다. 자신은 무시한 채 무작정 밥 수저를 뜨는 해준
에 석환도 어쩔 수 없이 음식을 먹기 시작했다. 해준은 고개를 숙
인 채 수저질을 했지만 밥알은 돌멩이를 씹는 듯했고, 입안의 혀
는 사포를 문 것마냥 까끌했다. 잠을 제대로 자지 못한 탓인 것
같았다.

정말로 이상한 여자.

해준은 떠오른 상념을 잊기 위해 쉴 새 없이 수저를 놀렸다.
그런 것처럼 보였다. 그러나 정작 입으로 들어가는 양은 얼마 되
지 않았다. 맞은편에서 밥을 먹는 석환을 보면서, 그리고 뒤로 즐
비한 음식들, 또 앉거나 혹은 선 다른 선수들을 보다가 해준은 천

천히 고개를 저었다.

어젯밤, 잠이 들기 전까지도 창밖에 선 재희를 볼 수 있었다. 신경 쓰지 않겠다며 불을 끄고 자리에 누웠으나 잠들 수 없었다. 혹시나 싶어 새벽녘 창가로 다가갔을 때 여자의 모습은 사라지고 없었다.

해준은 재희가 대체 무슨 의도로 찾아와 그런 말을 꺼낸 것인지가 의아했다. 아니, 사실은 궁금한 것이 아니라 불쾌했다. 아침에도 자신들을 따라붙은 여자의 차를 볼 수 있었다. 그저 그녀를 열광적인 그루피라고 생각한 동료 중 누군가 저열한 관심을 보이기도 했다. 정말로 이해할 수 없는 것은 재희의 말이다. 너밖에 없다니. 이제 와서? 이미 그녀는 구단주인 정 이사와 약혼까지 마친 사이이지 않은가. 약혼식에 초대받아 다녀온 일이 불과 얼마 전이었다.

아니다. 아냐. 해준은 다시 고개를 흔들었다. 골치 아프게 생각하고 말고 할 일이 아니다. 그녀는 이미 자신과 하등 관계가 없는 사람에 불과했다. 귀중한 식사 시간에 등장해서 머리를 어지럽힐 가치조차도 없는 사람.

"맛있냐."

우물우물 불고기를 씹는 석환에게 해준이 말을 던졌다. 빵빵한 볼에 의문이 서린 얼굴이 해준을 마주 본다.

"많이 먹어라."

※　　　　※　　　　※

재희는 방 안을 돌고 서랍을 뒤지며 신변을 정리했다. 며칠 만에 들른 방은 마치 낯선 이의 그것처럼 새삼스러웠다. 지나치게 넓고 럭셔리하게 장식된 방에 정이 들지 않는 것은 언제든 매한가지였다. 어머니의 자살 후 본가는 늘 껍데기가 훌륭한 감옥이었고, 재희는 일부러라도 아르바이트를 자청하며 밖을 쏘다녔었다.

침대에 서랍 속 물건을 우르르 쏟은 후 재희는 그 곁에 앉았다. 집으로 돌아오며 되돌려 받은 통장과 증권이 눈에 띄었다. 억지로 떠맡은 고가의 장식품과 추억이 깃든 물건들 사이로 어머니의 바랜 사진 한 장이 보였다. 조용히 사진을 응시하던 재희는 또 다른 흑백사진을 찾아 헤집어진 물건들의 바닥을 손으로 쓸어 보기 시작했다.

그러나 한참을 샅샅이 뒤져도 마음에 둔, 숨겼던 사진들이 눈에 보이지 않았다. 분명 여기에 뒀는데? 재희는 이맛살을 찌푸리며 흐린 자신의 기억을 의심했다.

분명 여기에……?

재희는 얼굴을 싸안았다. 지난 몇 달간의 일을 곰곰이 되짚는다. 멍청히 앉아 벽을 쳐다보던 기억. 하지만 자신의 기억에는 확실성이란 것이 결여되어 있었다. 떠올리는 시간들은 모조리 뿌옇고 희미한 고통의 기억뿐이었다.

대체 어디. 입술을 깨문 재희는 자리에서 일어나 다시 너른 방 구석을 뒤졌다. 옷장, 침대, 화장대, 선반, 상자, 책상, 모두를. 이쯤 되니 드는 것은 아버지인 자득이나 재욱에 대한 의심이었다.

이제 아예 없었던 일로 치라고. 그냥 잊으면 된다고. 냉정했던 그 말이 설마 자신의 물건에까지 손을 대는 행동으로 옮겨질 줄은 몰랐다.

그때,

"뭐해?"

똑똑 노크 소리와 함께 재욱의 목소리가 밖에서 들려왔다.

쿵! 심장이 배꼽까지 떨어지는 기분에 재희는 가슴을 감싸 쥐었다. 쿵쿵. 쿵쿵. 불안한 소음을 내며 미친 듯 날뛰는 심장을 안정시키려 재희는 후우, 긴 호흡을 내쉰다.

"인혁이 왔어."

"알았어."

재희는 재빨리 대답하며 늘어놓은 침대의 물건을 치우기 시작했다. 순식간에 깔끔해진 방을 나서자 재욱이 문간에 비스듬히 기대어 이상한 눈으로 자신을 응시하는 것이 보인다.

"뭔데."

"뭐가."

계단으로 향하는 재희를 가만히 바라보던 재욱은 뭐 됐다는 제스처를 취했다. 그리고 복도를 돌아 계단을 내려가는 재희의 옆으로 붙었다.

"꽃 사 들고 왔던데? 누구는 좋겠네."

1층 거실의 중앙에서 인혁은 꽃을 든 채 서 있었다. 인혁의 옆으로 공손히 두 손을 앞으로 맞잡은 순혜와 너털웃음을 웃고 있는 자득의 모습이 보였다. 정겨운 담소를 나누는 듯 화기애애한 분위기였지만 주종의 관계는 확실해 보였다.

자득은 셈에 빠른 사람이었다. 생애 자신이 노력해 이룰 수 있는 극한치의 부보다 인혁이 바로 손에 쥐어 줄 수 있는 현찰이 훨씬 더 현실성이 있다는 것을 누구보다 잘 인식하고 있는 사람이기도 했다.

인혁은 척추가 곧고 키가 컸다. 상대적으로 대성물산 김 회장의 굽실거림이 더욱 강조되어 보이는 신장 차이다. 인기척을 느낀 인혁이 고개를 돌렸다. 재희를 발견하자 환하게 웃는 얼굴이 된다.

"나왔어요? 퇴근하는 길에 바로 들렀어요. 잘했죠."

"아, 응."

인혁이 내미는 꽃다발을 들고 재희는 잠시 표정의 갈무리를 고민했다. 그러나 곧 짧게 인혁에게 어색한 미소를 던졌다.

"자자, 저녁 준비될 때까지 얼른 올라가서 쉬게. 넌 고맙다는 말도 안 하고 뭐하는 거냐."

"그래요. 간만에 보는데 저녁 들고 가요."

"아니요. 시간이 너무 늦어서. 사실은 저녁도 생각이 없습니다. 재희 씨 얼굴이나 보려구요."

"그래그래. 빨리 방으로 올라가게."

자득은 재희와 인혁의 등을 그녀가 내려온 계단으로 도로 떠밀었다. 어쩌라는 건지 방으로 두 사람을 밀어 대는 자득의 손에 재희는 순간 불쾌감을 느꼈으나 표정을 숨겼다. 손에 든 분홍과 연보라색의 꽃다발을 순혜가 받아 챙겼다.

방에 들어간 인혁은 침대 옆 안락의자에 걸터앉고 재희의 손목을 끌어다 자신의 앞에 앉혔다. 머뭇거리다 재희는 인혁이 끄는 대로 침대에 앉았다. 인혁은 웃는 얼굴이었다. 재희의 손을 감싼 채로 인혁은 재희의 얼굴을 한참 응시했다.

"우리."

"……?"

"결혼식 좀 당길까요?"

재희 역시 가만히 인혁의 얼굴을 마주 본 채로 앉아 있었다. 어딜 봐도 빠지는 구석이 없는 고운 외모의 청년. 그가 소유할 부의 생산적 가치는 재희 자신의 주먹셈으로는 차마 어림잡을 엄두가 나지 않을 만큼 천문학적인 숫자일 것이다. 문제가 있다면 바윗돌 같은 자신의 마음이었다.

"사실 너무 나 혼자서만 열심히 진행 중인 것처럼 보여서, 이래 봬도 나 힘들었어요. 물론 더 기다리려고 했지만……. 그래도 재희 씨 병이 이제 나은 것 같아서 다행이에요. 그렇게 많이는 안 기다려도 될 것 같아서."

인혁은 눈을 접고 웃으며 말했다.

"……."

인혁의 눈을 보고 있었지만 재희는 잠깐 딴생각에 빠졌다. 이를테면 해준의, 또는 잃어버린 사진들, 쉽게 열리지 않는 경기장의 문과 같은, 인혁의 말과는 하등의 관계가 없는 상념들이다.

"내가 지켜 주겠다고 했지만. 솔직히 생각했거든요. 약혼식에 관심도 없고 항상 우울해하는 재희 씨 보면. 언제까지 이렇게 혼자 견딜 수 있을까 하는 생각. 안 들었다면 거짓말이겠죠."

"……."

"그래도 다행이에요. 이제 재희 씨가 나한테 마음의 문을 열어 주는 것 같아서."

인혁의 말을 들으면서 재희는 눈을 끔뻑거렸다. 사실은 인혁의 말을 잘 이해할 수 없었다. 인혁은 왜인지 몹시 기분 좋아 보이는 얼굴이었지만 이유를 짐작할 수가 없었다. 마치 외계의 언어로 소통하는 다른 인종이 된 것 같았다. 알 수 없는 인혁의 말을 이해하려고 노력하는 대신 재희는 다른 말을 꺼냈다.

"이번에 무슨 창단식 같은 거 한다면서. 너 바쁠 텐데……."

인혁은 또다시 활짝 웃었다.

"아, 그거요. 서포터즈 창단식이에요. 헐값에 사긴 했지만. 이름이 바뀌고 엠블럼도 아예 바뀌었기 때문에 팬들도 원하고 있다고 하고."

"……."

"아, 미안해요. 이런 얘기 재미없죠?"

"응? 아니야."

"아무튼 그냥 작은 홍보용 행사예요. 크게 신경 쓸 일이 아니라 재미 삼아 하는 거니까."

"……내가 뭔가 도울 일은 없을까? 나도 뭔가 할 수 있는 일이 있었으면 싶은데."

"진짜요?"

인혁은 재희의 손을 대고 짝 박수를 쳤다.

"와, 이제야 들어주네. 내가 왜, 전부터 명함 하나 파자고 했었죠? 나 어렸을 때부터 아내가 내 일을 같이했으면 좋겠다, 계속 생각했었거든요."

"으응."

재희는 그 말에 인혁의 어머니인 브랜드 백화점 회장 고상은 여사를 떠올렸다. 그리고 약간의 죄책감을 느꼈다. 이것이 단지 해준을 다시 만날 핑계일 뿐이라는 사실이 미안하게 느껴진 때문이다.

"당장 기획부에 연락 넣어 둘게요."

인혁이 주머니에서 전화기를 꺼내 비서실에 연락을 돌리기 시작했다. 재희가 미묘한 기분으로 인혁의 전화하는 얼굴을 보고 있을 때였다. 인혁이 재희의 왼손 약지를 가리키며 고개를 들었다.

"그런데, 반지가 없네요?"

웃지 않는 인혁의 사무적인 얼굴은 몹시도 냉정해 보였다. 딱히 언성을 높이지 않아도 명령하는 습관이 배어 있는 자의 말투는 위압적이었다. 치켜뜬 눈썹으로 인혁은 조용하게 재희의 손에 약혼반지가 끼어져 있지 않은 것에 대해 나무라고 있었다. 재희는 거짓말을 들킨 사람처럼 벌떡 일어나서 허둥지둥 반지를 찾기 시작했다.

"아. 아. 응. 병원 갔을 때 잠깐 빼 뒀나 본데. 이게 어딨더라."

재희가 끝내 반지를 찾아 나타나자 인혁은 다시 만족스러운 표정으로 비서와의 통화를 계속 이어 나갔다.

✷   ✷   ✷

"네. 저는 지금 베네수엘라와의 평가전이 열린 서울월드컵경기장입니다. 오늘 눈부신 활약을 보여 주셨죠? 전·후반 장거리 슈팅으로 무려 2득점을 획득! 오늘 승리의 주역이라고 할 수 있습니다. 이해준 선수?"

"네."

"한 말씀 해 주시죠. 우선 승리하신 소감부터."

쩌렁쩌렁한 목소리로 마이크를 넘기는 여자 아나운서의 옆에서 뒷짐을 지고 섰던 해준이 카메라를 응시하며 말을 꺼냈다. 차분하고 확신 있는 말투로 천천히 말을 이어 나간다.

"네. 우선 승리하게 돼서 기쁘고요. 이건 저 혼자만의 승리가 아니라 우리 선수 모두가 최선을 다해 호흡을 맞춰 왔던 결과가 아닐까, 그렇게 생각을 합니다."

말을 마치자 마이크가 여자에게로 넘어간다.

"네. 작년에 우리 축구. 정말 많은 사랑을 받았는데요. 올해 어떠세요. 그 인기가 여전한 것 같으세요? 정말 팬이 많으시죠. 우리 이해준 선수."

"다 국민 여러분 덕분이구요. 확실히 선수들이 큰 무대 경험을 통해서 여유가 생기고 운영도 좋아졌기 때문에 앞으로 더 많이 사랑해 주실 거라고 생각합니다."

"최근에 해준 선수 유럽 프리미어 리그에서 러브콜 받았다는 기사들이 많던데요. 절대 아니다. 헌터스와의 의리를 지키겠다. 그 입장에 새로운 변화랄지 그런 게 있을까요? 항간에는 벌써 계약을 조율 중이라는 얘기가 있던데요."

"아. 네."

경기장 대기실 앞에서 꾸역꾸역 아나운서의 질문에 준비된 대답을 읊어 나가던 해준은 뭔가가 신경에 거슬리는 것을 깨달았다.

"기사는 추측성 보도일 경우가 많습니다."

카메라에 대고 한마디 한마디를 이어 갈수록 그 기분은 더욱 심해졌다.

"아직까지는 전혀 그런 계획이 없습니다."

"네. 그러시군요."

"혹시 그런 계획이 생기더라도."

그러다 해준은 곧 그 이유를 알 수 있었다. 어깨에 무거운 장비를 들고 있는 남자의 뒤로 자꾸만 어슬렁거리는 한 물체의 잔상이 자신의 신경을 온통 긁어 놓고 있는 것이었다.

"아……."

그것은 재희였다. 흘끔흘끔 구석에 숨은 채로 해준의 동정을 살피고 있는 모습이었다. 한눈에 알아보지 못한 것이 멍청하게 느껴질 정도였다. 어떻게 여기에? 해준은 미간을 찡그렸다.

"이해준 선수?"

아나운서가 말을 재촉했다.

"아, 네. 혹시 그런 계획이 생기더라도 항상 팬 여러분들께 먼저 알려 드릴 생각이구요. 무조건적으로 팀의 우승에 전력을 다할 생각입니다."

"네. 인터뷰 정말 감사합니다. 파이팅하시고, 좋은 모습 앞으로도 기대하겠습니다. 이상으로……."

식상한 멘트를 뱉어 내는 아나운서에게 해준 역시 꾸벅 인사를 했다. 인터뷰가 끝나고 해준은 카메라의 뒤를 살폈다. 그러나 재희는 거기에 보이지 않았다. 해준은 눈을 가늘게 만들며 주위를 살폈다. 환각이라도 본 건가 싶을 만큼 여자의 흔적은 찾을 수가 없다. 마치 귀신에 홀린 기분이었다.

"바로 집에 갈 거냐?"

탈의실에서 옷을 갈아입던 석환이 해준에게 물었다.

"가야지."

"유라 씨 안 만나고?"

"해외 촬영 갔어."

"어이어이, 간만에 쉬는 날인데 술이라도 한잔해야지."

탈의실 입구에서부터 소란스럽게 샤워 수건을 돌리며 들어온 동욱이 나란히 등을 대고 선 해준과 석환에게 말을 던졌다. 그네들보다 세 살이 더 많은 동욱은 해준과 나란히 대표팀에 선출되어 헌터스의 주장을 맡고 있었다.

"오늘은 좀 바빠요. 선배. 와이프가 아프대요. 바로 토요일에 경기도 있고."

"야, 이해준이. 니는. 설마 고향 선배 모른 척할 기가?"

해준은 싱긋 웃었다. 본래 술은 잘 즐기지 않지만 딱히 거절할 명분도 없었다.

"어디로 가시게요? 어디 좋은 데 있습니까."

"니가 쏴야지. 임마. 돈 잘 벌잖아. 내가 물 좋은 데로 쫙 다 뽑아 났다 아이가."

동욱은 신진 모델들이나 여자 연예인들과 어울려 술을 마시는 것을 좋아했다. 유라를 처음 만난 것도 동욱의 소개를 통해서였다.

"청담동이요? 이따 봐요, 선배."

동욱이 던지는 명함을 받아 들고 10시로 약속을 잡은 후 해준은 대기시켜 둔 자신의 차로 향했다.

어떻게 알았는지 지하 주차장은 기다리는 팬들로 빼곡했다. 편하게 나가기는 다 틀렸다 싶어 해준은 혀를 찬 뒤 다른 통로의 쪽으로 발길을 옮긴다. 그러나 누군가 자신의 팔목을 잡는 바람에 기절할 만큼 놀라고 말았다.

"뭐야!"

"이해준."

유령처럼 소리 소문 없이 등 뒤에 나타난 것은 아까 전 대기실에서 보았다고 생각한 재희였다.

"뭐야! 당신."

해준은 자신의 팔목을 잡은 손을 후려쳐 털어 내고 겁에 질린 표정으로 손목을 매만졌다. 재희는 그러나 아랑곳하지 않는 얼굴이었다.

"얘기 좀 해."

"뭐야, 당신. 스토커야?"

"뭐라고 해도 좋아. 얘기 좀."

하. 기가 찬 한숨을 흘리고 해준은 짐 가방을 세차게 걸쳐 멨다.

"해준아."

들은 체도 하지 않고 해준은 뛰기 시작했다. 누가 뭐래도 국내 제일의 공격수인 자신이었다. 스피드로 자신을 이길 수는 없을 것이다. 해준이 달리자 재희가 따라 뛰었다. 그리고 그런 해준을 주차장 입구에 모였던 사람들이 알아보고 함께 달리기 시작했다.

"이해준 선수. 진짜 팬이에요!"

"와, 진짜 잘생겼다!"

"오빠! 사인 좀 해 주세요."

"이해준!"

"우리 딸이 진짜 좋아해요! 이해준 파이팅!"

아. 네네. 머리를 조아리며 해준은 급하게 벤틀리의 차 문을 열었다. 가방을 던지고 재빨리 운전석에 올라탔다. 해준이 시동을 걸자 차 주변에 몰려든 사람들이 창문을 치고 고함을 지르며 이름을 불러 댔다. 쫙 깔린 인파에 차마 속도를 낼 수 없어서 해준이 인상을 찌푸렸다.

"어, 어어."

재희는 갑작스레 몰린 인파에 밀려 그만 넘어지고 말았다. 곳곳에 빗물이 고인 웅덩이를 보지 못한 재희가 다시 한 번 풍덩 웅덩이에 한 발을 담근다. 철썩 전신으로 물이 튀고 그 바람에 다시 발이 미끄러졌다.

"아얏!"

따끔한 아픔에 재희는 꿇어앉아 무릎을 만졌다. 무릎에 송글송글 피가 맺히고 있었다.

백미러로 뒤를 힐끔거리던 해준이 아예 고개를 뒤로 틀었다.

아이씨. 머리를 털며 결국 해준이 차에서 내렸다. 사람들이 옆에 붙어 따라 걸었다.

"괜찮아요?"

해준이 재희의 옆에 꿇어앉아 물었다. 재희는 알싸한 아픔과 주변인들의 시선에 긴장해 그저 고개를 끄덕였다.

"젠장⋯⋯."

해준은 혼잣말을 내뱉고 곧 재희의 손목을 세게 끌어당겨 차로 향했다. 범접하지 못할 아우라 때문인지 이번에는 누구도 해준의 길을 막아서지 않았다. 재희를 차에 던지듯 태우고 해준은 쾅, 단호하게 차 문을 닫았다.

"누구야?"

"몰라. 애인인가."

"저렇게 당당하게 데려간다고?"

웅성대는 사람들이 해준의 클랙슨 소리에 슬금슬금 발을 물러 뒤로 비켰다. 차가 움직이기 시작하자 인파는 둘로 갈려 입구를 열어 주었다.

"⋯⋯괜찮습니까?"

차가 경기장 주변을 벗어나 대로로 진입했을 때 다시금 해준이 말을 꺼냈다.

"으응."

그러나 괜찮지 않은 모양이었다. 재희는 아픈 무릎을 만지며 인상을 쓰고 있었다. 넘어지며 어딘가 부딪쳤는지 여기저기 안 아픈 곳이 없었다. 욱신대는 팔다리를 매만지고 있자 그 모양을 힐끗 보고 해준은 인상을 썼다. 툭! 해준이 차 문에 꽂혔던 티슈를 재희의 다리에 던졌다. 정확히 피가 맺혀 있는 무릎 쪽이었다.

"닦아요."

"아, 고마워."

차는 외곽 순환 도로를 벗어나서 강남 한복판으로 향하고 있었다. 네온사인이 휘황찬란한 거대 빌딩숲 대로에 도착하자 재희는 주변을 둘러보았다. 차는 공중을 향해 우뚝 솟은 주상복합 아파트의 주차장 안으로 진입하고 있었다. 어리둥절한 얼굴로 재희가 해준에게 물었다. 휴지를 든 손으로 무릎을 누른 채였다.

"여기가 어디야?"

해준은 힐끔 경멸의 시선을 던졌다.

"그럼, 그러고 집에 갈 겁니까?"

"아……."

재희는 검댕이 잔뜩 묻은 원피스 앞을 내려다보고 입을 닫았다.

아파트는 철저히 신변이 보장되는 카드식 출입제였다. 주차장에서 엘리베이터로 들어서는 천장이 검은 대리석재로 높게 마감되어 있었다. 재희는 앞선 해준을 따라 걸었다. 엘리베이터는 총 다섯 대, 한 층에 한 호수만이 입주해 있는 구조였다.

승강기 문 옆, 양쪽으로 놓인 크고 화려한 꽃병을 보다 재희는 문득 격세지감을 느꼈다. 전혀 다른 사람이 된 듯한 해준의 뒷모습이, 그리고 그를 둘러싸고 있는 급변한 환경이, 눈이 돌 만큼 현실감이 없었다. 단칸방으로 팀백을 짊어진 채 들어서던 그의 모습을 떠올리자 더욱 그랬다.

"해준아."

재희는 눈앞의 단단한 어깨에 대고 그 이름을 불렀다. 무심결에 그저 불렀을 뿐이다.

"……?"

무슨 일이냐며 돌아서 눈썹을 치키는 얼굴은, 여전히 생각 속 그와 꼭 같은 것이다. 그러나 자신을 사랑하지 않는다. 전부 다 변해 버렸어. 변하지 않은 것은 오직 자신뿐. 아직도 여전히 당시의 감정으로 그를 보고, 이미 세상에 없는 준을 그리워하고 있었다. 이미 자신이 기억하는 해준의 애정은 거기에 없는데도. 눈앞에 선 잘생긴 남자는 이제 그때의 연인과는 다른 사람이 되어 버린 게 분명한데도. 여전히…….

이름을 불렀을 뿐 별다른 말이 없는 재희에게서 해준은 곧 고개를 돌렸다. 승강기 안으로 들어서자 공연히 벽을 툭툭 친다. 거울이 없는 구조였으나 고급스런 무늬로 도금된 금속의 벽은 고스란히 두 사람의 모습을 담아내고 있었다. 자신을 보는 재희와 눈이 마주치자 해준은 쯧, 혀를 차며 다시 고개를 벽 쪽으로 돌렸다.

"화장실은 이쪽을 쓰세요."

집에 도착해 우두커니 현관에 멈춰 선 재희에게 해준이 말했다. 복도에서 거실로 들어서는 왼편의 화장실을 가리켰다. 손에 타월과 갈아입을 티셔츠를 안긴 채 해준이 집의 안쪽으로 자취를 감췄다. 재희가 대략의 물기를 닦고 원피스에 셔츠를 걸쳐 입은 채 화장실을 나서자 해준은 커다란 소파 가운데 앉은 채로 신문을 뒤지고 있었다.

"저기."

"이제 가 보세요."

뒤를 돌아보지도 않고 해준이 말했다. 그 이상은 볼일이 없다는 차가운 태도였다. 재희는 용기를 내 한 발짝을 해준의 쪽으로 내디뎠다.

"내가 전에 했던 얘기 말야. 그…… 인혁이랑 관계는. 아, 그러니까 무슨 일이 있었는가 하면."

이에 해준이 들고 있던 신문을 내려놓았다.

"이보세요, 김재희 씨. 나는 댁의 사정을 듣고 싶지도 않고, 알고 싶지도 않아요. 이쪽은 귀중한 휴식 시간을 뺏기는 중이니까 옷 처리가 끝났으면 이만 돌아가 주시겠습니까?"

"……."

"옷이나 수건은 가다가 아무 데나 버리시면 됩니다. 그런 건 넘쳐 나서요."

단호하게 말하는 해준의 자세는 제국의 황태자처럼 당당하고 거침없었다. 어쩌면 저런 면에 끌렸던 것도 같다. 해준은 대책 없이 나부끼는 깃발의 중심을 잡아 주는 추와 같았다. 그가 자신을 원했던 당시에는…….

하지만 이제 재희는 어렴풋이 알 것 같았다. 오늘이야말로 끝이라는 것을. 해준과 자신의 연은 이대로라면 여기까지가 끝인 것이 된다. 그는 이미 변한 지 오래였고, 자신을 향한 감정은 쌀

알만큼도 남아 있지 않다는 것을 이제야 피부로 느낄 수 있었다. 그냥 그런 것이었다. 모든 것이 변하는 게 순리였다. 형체도 없는 감정 따위야 더할 나위가 없었다.

문제라면 아직도 그 시간에 홀로 머물러 있는 자신이다.

재희는 해준의 뒤로 비치는 거대한 창의 야경을 응시했다. 잠깐 동안 그 창을 열고 뛰어내리는 자신의 모습을 상상했다. 하루에도 수십 번씩 반복되는 충동들. 그러나 재희는 눈을 한 번 강하게 감았다가 떴다. 다시 해준의 옆모습을 눈에 담았다. 꿈에서나 보던, 언제나 미친 듯 그리워했던, 그대로의 해준이 바로 자신의 눈앞에 살아서 움직이고 있었다.

보는 것만으로도 다시 살 수 있을 것 같았다. 막혔던 숨통이 트이는 기분이었다. 지난 며칠 자신이 사람마냥 움직일 수 있던 원동력은 단지 그의 존재 때문이었을 따름이다. 어떻게 하면 그를 잡을 수 있을까. 어떻게 하면 다시 살아갈 끈을……

"가끔씩 꿈을 꿔."

듣지 못했는지, 신문을 펼친 채 해준은 아무런 반응이 없었다.

"그때의 꿈이야. 너도 있고. 나도 있고. 이렇게 가까이서."

그리고 준도 있지. 재희는 우는 듯 웃었다.

"행복했어. 정말로. 이렇게 행복해도 되는 건가 싶을 만큼. 어쩌면 그래서 꿈을 꾸나 봐. 행복해지고 싶어서."

"……"

"그때로 다시 돌아가고 싶다면. 그러면 안 될까."

도대체 무슨 말을 하는 건가. 해준이 신문에 처박았던 고개를 들고 재희의 꿈꾸는 표정과 마주했다. 갖가지 표정이 해준의 얼굴을 지나간다. 오만 가지 생각이 드는 얼굴이었다. 짙은 눈썹을 기묘하게 찡그린 채로 해준이 물었다.

"미쳤어요?"

"정말로 보고 싶었어. 해준아."

"나가요."

"넌 아니었어?"

"나가는 문은 저쪽입니다. 들어온 길 그대로 나가시면 됩니다."

해준은 다시 신문으로 고개를 내렸다. 재희는 이를 악물었다. 미친년처럼 춤을 추라면 추고 발광을 하라면 할 수도 있었다. 어차피 한 번은 죽은 목숨이다. 이래야만 내가 살 것 같아서 그래.

"왜. 우리 옛날에는 좋았잖아. 그때는 너 내가 그렇게 좋다고 졸졸 쫓아다니더니."

해준은 자존심이 강한 사람이었다. 그리고 그것을 누구보다 자신이 잘 알고 있었다. 모르는 척하지 마.

"나가!"

급기야 해준은 소리를 질렀다. 재희는 꼭 눈물이 날 것만 같았다. 그러나 가능한 밝고 가벼운 톤을 유지했다. 돌아갈 수 있다면. 정말 그렇게 된다면.

"왜?"

해준은 재희를 노려보다가 자리에서 일어나 저벅저벅 그녀 쪽으로 걸었다. 음산한 표정이었다. 심상치 않은 기운에 재희는 한 발짝 뒤로 걸었다.

"꺼지라고."

해준은 재희를 내려다보면서 눈에 무시무시한 기운을 담아 말했다. 재희는 그 기에 움츠러들었으나 가능한 표정을 숨겼다. 자꾸만 눈물이 날 것 같은 기분에 도도하게 뒷목을 치켜들었다.

"넌 정말 보고 싶던 적 없어?"

"……."

"너 나밖에 몰랐었잖아. 나한테 매달릴 때는 죽을 것 같다고 그러더니. 윽!"

다음 말을 꺼낼 겨를도 없이 해준의 손이 재희의 목으로 올라왔다. 목이 졸린다. 쿵! 등이 복도의 벽으로 밀려 부딪혔다. 재희의 목을 한 손으로 조른 채 해준이 무시무시한 표정으로 뇌까렸다.

"한 번 더 말해 봐."

"너 그때."

재희의 얼굴에 피가 몰려 얼굴이 점점 붉어지기 시작했다.

"그때? 그때가 언제지? 아, 니가 불장난이나 하다가 혼자 도망쳤던 그 얘기 중인가? 아니면 학교에서부터 도망친 그때 얘기 중이었나?"

결국 재희의 눈에서 눈물이 떨어졌다. 그 눈물을 보자 해준의 입술이 비틀렸다. 목으로 손이 올라와 재희의 턱을 쥔다. 하, 하고 재희가 큰 숨을 내쉬었다.

"가소롭게 굴지 마. 이런 게 니가 바란 거 아니었어? 죽고 싶어서 발악하는 거. 그런 거 아니냐고!"

재희는 해준에게 턱을 잡힌 채로 그의 눈을 바라보고 있었다.

움직이지 않는 그가 아팠다. 상처를 난도질하는 자신의 혀가 아팠다. 사랑이, 사랑이라는 게, 살아간다는 게 그렇게나 아플 수가 없었다.

"죽여 줄래? 니 손에 죽으면 영광스러울 것 같아."

"……!"

그 말에 해준은 얼굴에서 탁 손을 떼고 벽에 기댄 재희의 머리 위로 팔을 짚었다. 음산한 말투가 이어졌다.

"죽여? 내가 왜. 죽으려면 나가서 혼자 죽어. 가만히 잘 사는 사람 앞에 나타나서 들쑤시지 말고. 나한테 당신 같은 건 이제 정말 아무것도 아니니까."

"너…… 잘 살았어? 나 없이?"

하. 해준은 크게 웃었다. 잘 살았냐고? 갑자기 나타나서 그런 말로 자신을 흔들어 대는 여자를 정말로 죽이고 싶다는 생각이 들었다. 다시 목을 조르려다가 해준은 주먹을 힘주어 털어 버렸다. 눈을 감은 채 이마를 짚었다.

재희는 미친 듯이 흐르는 눈물을 닦지도 않은 채 어딘가 초점이 흐린 해준의 뒤편을 응시하고 있었다. 잘 살았을까. 이해준은. 김재희가 없는 이해준은 잘 살았던 걸까. 어쩌면 처음부터 그래서는 안 되었던 걸까. 시작부터 잘못된 선택이었던 걸까. 우리. 너. 그리고 나는? 어디서부터 이렇게 잘못된 것일까.

"차라리 누가 죽여 줬으면 좋겠어."

"뭐라는 거야."

"그게 너라면 그것도 괜찮을 것 같아."

알 수 없는 말에 해준은 인상을 썼다. 주저앉은 재희에게서 발을 물렀다. 여자는 어쩌면 미쳐 버린 건지도 모른다. 그렇게 밖에는 생각할 수가 없었다. 가까스로 감정을 추스르면서 옷의 가슴팍을 툭툭 털었다. 주저앉은 여자의 웅크린 등을 보며 호흡을 가다듬었다.

"진짜로 죽이기 전에 나가."

"정말이야. 너라면 괜찮을 것 같아."

"나가라고!"

미친 사람처럼 혼잣말로 중얼거리는 여자의 팔을 억세게 해준이 잡았다. 문까지 끌어당겨 해준은 재희를 바깥에 버리듯 던졌다.

"다시는 보지 않게 되기를 바랍니다."

한 자, 한 자 진심을 담아서 해준은 말했다. 정말로 두 번 다시는 보고 싶지 않았다. 몸싸움을 하듯 재희를 내보내고 해준은 쾅! 벽을 내려쳤다. 인테리어로 걸려 있던 거대한 숯 사진이 쿠구궁 소리를 내며 벽에서 떨어졌다. 와장창, 액자의 유리가 바닥으로 나가떨어졌다. 그리고 발을 돌린 해준이 목격한 것은 바닥에 널브러진 자신의 수건이었다. 재희의 피가 묻은 채로 그것은 복도의 구석에 짜부라져 있었다.

"씨발!"

해준은 머리를 감싸 안았다.

※　　　　※　　　　※

머리를 말리고 빗질해 윤기를 내고, 끄트머리에 컬을 만드는 일련의 과정 동안 재희는 거울 안의 자신을 공허하게 바라보고 있었다. 고급스러운 헤어 제품의 향기가 뒤섞일 때마다 공기는 매캐해졌다. 꺼풀 위로 장식이 한 단씩 더해질수록 자신은 가공된 크리스마스 케이크처럼 팔려 나가기 좋은 조형품으로 변해 간다는 생각이 들었다. 그래서 본질과는 더욱 멀어진다.

뷰티숍에서 외모를 만지고 다듬는 것은 재욱의 모친인 박순혜의 강요였다. 젊고 아름다웠던 시절, 미모로 자득을 사로잡았던 만큼 그녀는 자신의 외모가 볼품없이 늙어 간다는 사실을 세상의 어떤 일보다도 증오하고 있었다.

흔들흔들 팔목의 팔찌를 흔들며 거울 속 제 뒷모습과 가까워지는 순혜를 재희는 응시했다. 가운을 입은 채 요란하게 머리를 올린 차림이다.

"다음번에는 피부 관리부터 두 시간 이상 충분히 해 줘요. 얘 피부 거칠거칠한 거 봐. 이러다 인혁이 한눈팔면 어쩔 거야."

재희의 등 뒤에서 박 여사는 거울에 자신의 옆모습을 교대로 비춰 보며 말했다.

"……."

재희는 언제나처럼 무반응으로 일관했다. 인혁과 약속이 있는 날은 항상 아침부터 짐짝처럼 차에 태워져 끌려왔다.

"너 진짜 이번에 잘못되면 사달 나는 거야. 알지?"

프라이버시가 보장되는 VIP룸이었지만 자신의 손톱을 만지는 중인 여자에게도 눈과 귀와 입이 있었다. 재희는 순혜의 입에서 더 이상 천박한 말이 쏟아지지 않기를 그저 바라고 있을 뿐이었다.

한참 얼굴을 매만지고 목의 주름을 쓰다듬던 순혜가 재희의 앞은 거울 앞으로 무언가를 내려놓았다. 태그가 달린 조그마한 전자식 키였다. 의문스러운 표정을 짓자 그런 재희를 힐끔 보고는 순혜가 말했다.

"오피스텔 열쇠야. 지난번에도 말했잖아. 집에서 편하게 못 있겠으면 어디 가서 둘이 오붓하게 좀 지내라고. 필요한 건 다 준비해 뒀으니까 편할 때 들어가. 신혼집 정도는 우리가 준비해도 되는 걸 무슨 말도 못 꺼내게 하니까."

불만의 뉘앙스가 담긴 그 말투에 재희는 속으로 쓰디쓴 웃음을 삼켰다. 고고하신 HS가의 마나님께서 근본도 모르는 순혜와 상종하고 싶지 않아 하는 것은 재희 역시 익히 알고 있는 사실이었다.

인혁의 모친은 오래전 해외로 진출한 벤더클리오의 모기업, 한양섬유의 무남독녀 외딸 출신이었다. 대대로 재벌이라는 자부심이 하늘을 찔렀다. 고영철 회장의 사고 전 한양섬유는 당시 최고의 주가를 자랑하던 HS와도 맞먹을 만큼 재계에 영향력을 지닌 기업이었다.

공사판의 흙을 지어다 팔던 벼락부자나 그 공사판에서 몸을 팔았다는 소문이 있는 여자와 사돈 지간으로 얽힌다는 사실만으로도 고 여사의 손을 떨게 하기에 충분했으므로. 그래서 늘 출신 성분의 세탁은 자득과 순혜의 요원한 꿈이었다.

"어차피 약혼도 한 거 일찍 애 좀 생긴다고 누가 뭐라고 하겠어? 알아서 영리하게 똑똑하게 잘 처신하란 말이야. 너는 학교 공부는 잘했다는 애가 이런 데는 멍청하더라. 하긴, 인생살이에 공부 머리가 무슨 도움이 되겠느냐마는."

인혁과의 오붓한 장소. 어떻게든 방에 인혁과 자신을 밀어 넣는 혐오스런 아버지의 행동과 꼭 닮은 데가 있는 말투였다. 이럴 때면 재희는 자신이 종자를 받는 씨암탉이라도 된 듯한 기분이 들곤 했다. 백에 넣으라며 순혜는 열쇠를 기다리는 종업원의 손에 쥐어 주었다.

"감사해요."

기계적인 목소리로 재희가 대답했다.

"으이구, 쯔쯔."

그런 재희의 태도가 마음에 차지 않는지 순혜는 연신 혀를 차며 거울 안의 재희와 눈을 마주쳤다.

"넌 어찌 된 애가 그 모양이니. 여자애가. 나무토막을 데려다 앉혀 놔도 너보다는 낫겠다. 대체 정인혁이는 네 어디가 좋다고 그 난리인 건지 아무리 뜯어봐도 이해가 안 간다니까. 이제 곧 사위가 될 사람이지만 내 생각은 그렇다 이거야."

"……."

"아무튼. 이번 기회는 날려 버리지 않게 잘해. 너 하나만 잘하면 다 편해지는데 니가 자꾸 저번처럼 양잿물을 퍼다 뿌리면 되겠어?"

인혁의 선택을 받은 것이 자신이 아니라 그 아들인 재욱이었다면. 아마 모든 일은 지금보다 훨씬 더 쉬웠겠지, 라고 재희는 생각했다. 차라리 처음부터 바뀌었더라면. 어머니가 아닌 이 여자를 아버지가 먼저 만났다면 좋았을 것을. 그랬다면 아직도 어머니는 살아 있었을지 모른다. 차라리 태어나지 않는 편이 좋았을지 모른다고, 운명을 원망해 본 일이 있었다. 하지만 언제나 모든 게 원하는 대로만 굴러갈 수는 없는 일이다.

✳   ✳   ✳

"간만이죠? 둘이 식사하는 거."

"그러네."

레스토랑 안에는 바흐의 샤콘느가 울려 퍼지고 있었다. 2층의 VIP룸은 전면이 이음매 없는 통유리로 아래층의 분수가 한눈에 보이도록 설계된 자리였다. 인혁은 익숙한 자세로 소믈리에가 따르는 와인을 받았다. 고기를 자르고 커트러리를 만지는 인혁의 테이블 매너는 마치 그림으로 그려진 교본처럼 흐트러짐이 없었다.

와인을 홀짝이며 재희는 익숙한 음률에 귀를 기울였다. 와인의 맛은 그 가격만큼이나 훌륭했다. 자신만큼은 부르주아적인 향락에 젖어 있지 않다고 스스로 자부해 왔지만 익숙한 것은 익숙한 것이었다. 깨달은 것들을 무를 수 없듯이 이미 알게 된 맛 또한 돌이킬 수는 없다. 사람의 혀가 그렇게나 간사했다.

"오늘따라 유난히 예쁘네요."

인혁은 냅킨에 손을 닦으며 만족스러운 얼굴로 웃었다. 재희는 고맙다는 말로 간단히 그의 칭찬에 응수했다. 단지 두 시간뿐인 이 점심 식사를 위해 오전 내내 숍에서 보낸 시간과 비용을 생각한다면 당연한 결과였다.

"뉴욕 다녀온 건은 어떻게 돼 가?"

"응. 정부 쪽 승인이 안 나서 좀 복잡하기는 한데. 그래도 잘 될 거예요. 나 혼자 매달리는 것도 아니고. 고마워요."

"식사는 괜찮으세요?"

인혁은 웃으면서 물을 리필해 주는 웨이트리스에게 인사를 건넸다. 잘 포장된 웃음이다.

"맛이 좋네요."

인혁이 다시 재희에게 고개를 돌린다.

"밤에는 다시 들어가 봐야 돼요."

"그렇구나."

재희는 고개를 끄덕였다. 인혁이 사장으로 있는 HS 기획은 이번에 미국과 프랑스, 이탈리아 등지로 디자인 스쿨을 넓히는 일에 매진하고 있었다. 패션업에 관심이 많은 인혁의 모친 고 회장의 영향이었다. 이미 건물과 부지를 매입한 후임에도 관련 법상 오류 등으로 쉽사리 정부 측의 허가가 떨어지지 않는 모양이었다. 덕분에 그들 일가를 태운 전용기가 바쁘게 움직이고 있었다.

"창단식에 얼굴만 비추고 비행기 타야겠네요."

"낮에도 회의 있다고 하지 않았어?"

"아!"

깜빡 잊고 있었다는 얼굴로 인혁이 시계를 보았다.

"3시 회의니까 아직 시간 있네요. 식사하죠. 참."

인혁이 테이블 위에 놓였던 작은 상자를 재희 쪽으로 밀어 건넨다.

"뭐야?"

"열어 봐요. 파리 갔다가 재희 씨 생각나서 주문해 둔 건데."

붉은 공단으로 장식된 작은 상자의 안에는 나란히 핀으로 꽂힌 귀걸이가 한 쌍이 들어 있었다. 고풍스럽게 커팅된 다이아의 색상은 핑크색이었다. 한눈에도 개당 10만 불 이상인 고가의 장식품이었다.

"와, 정말 예쁘네? 고마워."

"예쁘죠? 한번 해 봐요. 지금 옷이랑 어울릴 것 같은데."

"그래."

상자를 닫으려다가 재희는 귀걸이를 손으로 빼냈다. 이거라면 진도에서 3년치 생활비는 되겠는걸. 자신도 모르게 씁쓸하게 뇌까렸다. 귀에 한 쪽씩 귀걸이를 걸었다. 잘되지 않는 나머지 한쪽을 인혁이 허리를 굽혀 돕는다. 그리고 웃는 얼굴의 찬사가 이어졌다.

"와. 정말 잘 어울리네요. 역시 생각대로예요. 마음에 들어요?"

"응. 고마워."

보석은 꼭 자신의 신체 위가 아니더라도 계속해서 빛을 내며 아름다울 것이다. 그러나 자신은 흙에 묻히는 순간 썩기 시작한다. 시간이 별로 없다는 생각이 들었다. 다이아몬드로는 자신을 기쁘게 할 수 없다. 인혁과 자신은 다른 삶을 살고 있는 사람이다. 자신을 살게 하는 것. 재희는 그것이 필요했다.

"그런데 창단식은 어디야? 몇 신데?"

"저녁 8시인 걸로 알고 있어요."

"그렇구나. 뒤풀이는?"

인혁은 웃었다.

"어쩐 일로 관심이 많네요. 이렇게 의욕적인 모습, 처음 봐요."

명목상의 홍보팀 인사, 낙하산인 자신에게는 많은 정보가 오픈되지 않았다. 직원들 모두 홍보이사라는 직함이 대외용 타이틀에 불과하다는 것을 매우 잘 인식하고 있는 듯했다. 오히려 신분을 알자 혹시 무슨 불똥이 튀지나 않을까 재희의 앞에서 직원들은 몸을 사릴 따름이었다. 심지어 가장 가까운 계획인 헌터 스숍 오픈식 일정도 홍보용 전단을 통해서 알게 된 정도였다.

"응. 아직 시작한 지 얼마 안 돼서 잘 모르는 게 많거든. 돌아가는 분위기 알려면 공식 자리든 비공식 자리든 참여해 가며 친해져 봐야지."

"그럴래요, 그럼? 그런데 자정에는 비행기가 떠서 일찍 돌아가 봐야 해요. 그래도 괜찮겠어요?"

"응. 상관없어."

"그래요. 그럼. 이따 이동할 때 차를 보낼게요."

"아니야. 내 차로 이동할게."

재희는 뭔가 더 할 말이 있는 것처럼 귀걸이를 만지작거렸다.

"뭔데요?"

"가능하면 홍보이사 말고 도와줄 다른 일 같은 건 없을까."

"아……?"

인혁은 눈썹을 가늘게 만들며 재희의 말을 곱씹었다. 재희의 눈에 비친 의지를 인혁은 야망으로 읽었다. 최근의 인사이동으로 홍보팀 프런트는 현재 공석이었다. 인혁은 아주 잠깐 생각했다. 그리고 대답했다.

"그럼 재희 씨가 프런트를 한번 맡아 볼래요? 마침 비어 있었는데."

그리고 인혁은 또 웃었다. 재미있겠다는 생각이 들었다. 역시 사람을 잘못 보지 않았다는 확신도 들었다. 남자의 군대를 대신 지휘해 주는 여자. 확실히 그저 그런 돈벌레들과는 차이가 있었다.

처음 봤을 때부터 그럴 거라고 생각했었다. 인혁은 주변에 흔한 그림이나 악기 전공 대신 교육 대학을 간다던 친구의 누나를 처음 만난 날을 떠올렸다. 제 신분을 알고도 자신을 물건 취급하는 여자의 태도는 신선한 즐거움이었다. 눈요깃거리가 아닌 여자를 정복해 보겠다는 생각이 든 것 역시 처음이었다. 그리고 뜻대로 되는 과정을 지켜보는 것은 언제나 즐거운 일이었다.

✻   ✻   ✻

창단식의 뒤풀이는 식이 있던 호텔의 지하 클럽 알리오에서 열렸다. 서포터즈들을 위한 홍보성 행사의 성격이 짙은 이벤트였던 만큼 애프터 파티는 지인들을 초청해 즐기는 조촐한 형식으로 진행되었다. 모든 식순과 기사용 촬영들을 끝낸 선수들이 하나둘 클럽의 홀 안으로 모였다. 행사장 안으로 간간이 유명세를 타고 있는 모델이나 연예인들의 모습이 띄었다.

입구부터 길게 테이블 위로 위스키잔과 와인 잔들이 놓였다. 그 옆으로 넛츠나 과일 카나페 등의 핑거 푸드가 보인다. 중간에 선 인혁이 잔을 들자 그를 둘러싸고 선 이사진과 협회장, 단장과 감독을 비롯한 코치진, 그리고 선수와 직원들이 모두들 높이 잔을 치켜들었다.

"수고들 많으셨습니다."

"정말 수고들 많으셨습니다. 특히 이사님이 수고 많으셨지요."

인혁이 먼저 말을 꺼내자 옆에 선 강용태 이사가 머리를 조아리며 말했다. 그는 전면에 나서지 않는 인혁 대신 표면상 구단주로서 구단의 경영을 책임지고 있는 인물이었다.

"아닙니다. 다들 애써 주신 덕분이죠. 올해는 작년보다 성적도 좋고, 전망이 아주 밝죠? 새로운 마음으로 화이팅 합시다."

"화이팅 합시다!"

"감사합니다."

인혁의 곁으로 주욱 늘어선 중년의 이사진과 배가 나오기 시작한 코치진이 굽실대며 단번에 술을 들이켜는 모습을 해준은 못마땅하게 바라보았다. 테이블의 곁에 선 모든 인파가 제 몫의 잔을 비우는 가운데 그의 잔은 비워지지 않은 채 손에 들려 있었다.

"왜 안 마셔."

단번에 잔을 비운 석환이 물었다. 해준은 연갈색 액체를 돌리며 만들어진 회오리를 빤히 응시하다가 다시 테이블 위로 놓는다.

"내가 언제 술 마시는 거 봤냐."

"그래도 분위기상 한잔해 줘야지. 다들 마시는데."

"운동선수한테 알코올이 왜 말이야, 새꺄. 물이나 마셔."

앞에 든 토닉워터를 들고 벌컥벌컥 삼킨 후 건네주자 석환이 입가심하듯 연달아 마셨다.

"아예 안 마시는 것도 아니면서 오늘따라 왜 까칠하셔."

말하며 석환은 해준의 시선이 향하는 방향을 보았다. 그는 테이블 중간에 선 인혁과 그 주변인들 쪽을 응시하고 있는 듯했다. 인혁의 옆으로 드레스를 입고 선 익숙한 모습의 여자가 눈에 띈다. 예의 그 구단주의 약혼녀라는 여자였다. 석환은 몰래 해준의 안색을 살폈다.

"뭐 보냐."

"뭐 보긴. 꼰대들 힘들게 사는 거 구경하지."

해준은 팔꿈치를 뒤의 카운터 테이블에 기댄 채로 심드렁하게 대답했다. 무심하다 싶을 정도의 그 얼굴에서 석환은 뭔가 읽어 내려던 시도를 포기했다. 해준은 정말로 아무렇지도 않은 표정이었기 때문이다.

실상 창단식에서 재희를 발견하고 더욱 안절부절 심기가 불편했던 것은 오히려 석환이었다. 인혁의 팔짱을 끼고 재희가 회장에 등장한 처음부터 석환은 계속해서 해준을 살폈다. 그러나 여전히 무표정한 해준의 얼굴은 그런 심경을 더욱 혼란스럽게만 할 뿐이었다. 대체 자신이 보고 들은 일들에 무슨 의미가 있는 것인가 헷갈릴 정도였다.

"어이."

"뭐야. 늙은이들이 왜 아직도 있어?"

화장실에 다녀온 유라와 채영이 해준과 석환 쪽으로 다가왔다. 모델 출신이라는 커리어답게 유라는 늘씬한 몸에 피트되는 검은색의 드레스 차림이었다.

"니가 좀 가라고 해."

해준이 말하자 유라가 백으로 입을 가리며 깔깔 웃었다. 해준의 가슴 위쪽을 툭 쳤다.

"야, 내가 무슨 힘이 있다고. 저 사람 HS 정인혁 아냐? 가서 안면이나 틀까? 응? 채영아, 어때?"

"재미없어 보이는데……. 우리 저기 가서 술이나 마셔요. 언니."

유라의 팔을 잡고 섰던 채영이 무대 한편의 바를 가리켰다. 현란한 조명과 양주병들로 장식된 카운터에서는 바텐더들의 쇼가 펼쳐지고 있었다. 옹기종기 모여든 사람들이 보였다.

"그럴래? 야, 이해준. 우리도 저쪽 가서 술이나 마시자. 본 지 오래됐는데 회포 좀 풀어야지. 얼른, 석환 씨도 이리 와요."

유라가 해준과 석환의 팔을 잡고 끌어당겼다.

바는 술을 주문하는 손님들로 만석이었다. 초대받은 기자들이나 연예인들, 혹은 선수의 지인들이 주를 이루었다. 유라와 채영은 맥주를, 해준과 석환은 탄산수를 각각 주문했다. 얼음 잔에 탄산수를 따르는 해준을 보고 유라가 타박했다.

"야, 어차피 공짜 술인데 팍팍 좀 마셔. 몸 관리도 하루 이틀은 쉬어 줘야지. 그렇게 팍팍하게 살면 인생이 무슨 재미야. 안 그래요, 석환 씨?"

"그것도 좀 그렇죠?"

석환은 해준의 눈치를 보며 손에 든 탄산수 병을 주저하듯 바라보았다. 그 모습을 보자 유라가 석환의 병을 홱 빼앗으며 바텐더를 불렀다.

"여기요. 보드카 한 잔이요. 크랜베리로요. 이런 날 마셔야지, 뭐하시게요. 집에 일찍 가 보셔야 돼요?"

"마실 거면 너나 마셔. 왜 남한테 마셔라 마라 강요야."

"으이궁. 너는 아무튼."

유라가 해준의 머리를 때리는 시늉을 하며 눈을 흘겼다.

"석환 씨 니 눈치 보느라 못 마시는 거잖아. 그리고 너는 내가 너보다 두 살이나 많은데 말끝마다 꼬박꼬박 너, 너 할래?"

"말은 니가 먼저 놨잖아."

그 말에 유라는 다시 까르르 해준의 어깨에 대고 웃는다. 자신에게 퉁명스러운 해준의 말투가 재미있어 죽겠다는 얼굴이다.

"오케이. 유 윈."

해외 생활을 오래한 탓으로 유라는 나이 차이나 호칭에 대한 거리낌이 별로 없었다. 그리고 섹스를 하고도 친구로 지낼 수 있다는 열린 사고방식의 사람이기도 했다. 그것이 두 차례나 대형 스캔들이 터지고 난 후에도 두 사람이 공공연하게 친구로 지낼 수 있는 비법이기도 했다.

술 대신 땅콩을 집어 먹던 해준은 입구 쪽에서 두리번거리는 재희를 발견했다. 어울리지도 않게 차려입고는 꼭 누군가를 찾는 듯한 모습이었다. 저절로 일전의 대화가 떠오르자 이마에 인상이 써졌다. 돌아가고 싶다는 이상한 말을 했었지.

자제하지 못하고 화를 내 버렸다. 해준은 급하게 고개를 다시 정면으로 돌렸다. 시선이 마주칠 것 같아서였다. 정인혁의 여자다. 신경 쓸 것 없어. 애꿎은 땅콩을 공중에 튕기며 유라에게 물었다.

"촬영은 어땠어?"

"응?"

해준이 묻는 말을 놓치고 유라는 귀를 그의 얼굴에 들이대며 되물었다. 입구 쪽의 진중한 모임이 해산된 것을 본 디제이가 음악을 키운 탓이다. 비트와 조명이 쿵쿵 바닥을 때렸다. 유라가 얼굴을 들이대자 해준이 크게 소리 질러 말했다.

"영화는 어땠냐고!"

"응? 아아. 좋았어. 재밌었지. 그레이트. 좋은 경험이었어."

엄지를 치켜세우며 유라가 웃었다. 하지만 해준 역시 유라의 말을 제대로 알아듣지 못했다. 기대 있던 바에서 몸을 일으켜 유라의 쪽으로 얼굴을 기울였다.

"뭐라고?"

"재. 밌. 었. 다. 고!"

"아아."

해준이 다시 몸을 원래의 자리로 되돌렸다. 유라는 웃으며 병의 맥주를 한 모금 마셨다. 비트를 타는 음악에 슬슬 몸을 흔들었다. 군데군데 마련된 테이블에서 리듬을 타고 있는 젊은 무리가 눈에 띄었다. 친구들과 가끔 들르곤 하는 곳이었지만 오랜만의 방문이라 왠지 색다른 느낌이었다. 그러다가 유라는 조금 전 시선에 걸린 한 여자의 실루엣으로 다시 고개를 돌렸다.

뭐지?

잘못 본 거라고 생각했으나 착각이 아니었다. 이상한 표정으로 자신을 쳐다보고 있는 여자가 눈에 걸렸다. 홀의 가운데 우뚝 선 채로 음침하게 한곳만을 바라보는 시선. 그것은 분명 자신을 향한 것이었다.

여자의 시선은 습하고 차가운 느낌이었다. 불쾌한 기분에 두어 번 눈을 피했다가 다시 돌렸으나 여자의 시선은 여전히 자신을 향한 채였다.

"저 사람 알아?"

유라가 뒤에 선 해준의 어깨를 툭툭 치며 물었다. 해준이 유라의 턱을 따라 시선을 옮겼다.

"아아, 우리 사장 약혼녀."

"뭐지. 나 지금 되게 추워질려구 그래."

"추우면 옷 입어."

"뭐?"

"추우면 옷 입으라고."

해준은 애써 무대를 바라보며 두 번 말했다. 얼굴이 따가울 정도로 시선이 느껴졌지만 해준은 고개를 돌리지 않았다. 그러다 힐긋 그쪽을 응시했을 때 재희는 이미 사라지고 없었다.

✼   ✼   ✼

"같이 돌아가지 않아도 괜찮겠어요? 가는 길에 내려 줄게요."

인혁이 재희의 드러난 어깨를 짚으며 물었다. 정신이 빠져 어딘가 멍하게 응시하던 재희가 고개를 돌려 인혁을 발견했다.

"응? 아니야. 내 차도 가져왔잖아."

"아참. 그렇죠. 그럼 김 실장 보낼게요. 재희 씨 술 마셔서 운전하면 안 돼요."

"아…… 아니야. 나 괜찮아."

걱정하는 인혁을 괜찮다며 배웅하고, 자신이 운전을 해야 한다며 끝끝내 고집을 부리는 김 비서까지 대리운전을 부르겠다는 말로 돌려보냈다. 혼자가 된 재희는 다시 클럽의 입구로 걸었다. 누군가 자신을 기다려서도, 유흥과 여흥을 즐기기 위해서도 아니었다. 단지 조금 전 자신이 본 장면을 똑똑히 눈으로 확인하고 싶을 따름이었다.

최유라.

아마 국내 최대 기업의 후계자인 인혁의 이름은 몰라도 최유라를 모르는 사람은 많지 않을 것이다. 대중매체와 그리 가깝게 지내지 못했던 지난 몇 년이었지만 재희도 그 이름만은 익히 들어 알고 있었다. 모델 출신의 여배우. 한국보다 해외에서 먼저 이름을 알린 재미교포 출신의 슈퍼스타.

현실은 쓰고 또 쓰고 한없이 쓰기만 했다. 자신 없이도 잘 살았다던 해준에게 다른 누군가 있을지도 모른다는 생각을 하지 않았던 것은 아니었다.

하지만 말로 들어 알고 있는 것과 실제 눈으로 목격하는 일 사이에는 많은 차이가 있었다.

클럽 안에서 키스하는 두 사람을 발견했을 때, 모든 것이 끝났다고 생각했다. 전부 끝났어. 재희는 이미 속으로 몇백 번도 더 외웠을 말을 되뇌고 또 되뇌었다. 어쩌면 자신은 그렇게나 오만했던 것일까. 자신이 다시 손 내밀어 원하기만 한다면 당연히 해준이 돌아와 줄 거라고. 멍청하게도 자신의 감정만을 믿었던 것일까.

전부 다 끝났다.

머리로는 그 사실을 아주 잘 알고 있는데도 도무지 실감이 나지 않았다.

재희는 무심결에 손을 뻗어 테이블에 남은 잔으로 목을 축였다. 눈은 아직도 그들을 응시하는 채였다. 벌써 몇 개의 잔이 연거푸 재희의 손을 지났다.

천재적인 실력의 축구 선수와 눈부시게 아름다운 여배우. 뭐라고 이의를 제기할 수 없을 정도로 잘 어울리는 커플이 아닐 수 없었다. 차마 그것을 부인할 수 없다는 사실이 재희를 더욱 비참한 기분에 빠뜨리고 있었다. 당장 술잔에라도 코를 박고 죽고 싶은 기분.

잔을 비우면 그 옆의 잔을 더듬어 다시 단숨에 들이켰다. 40도를 넘는 강력한 도수의 알코올이 식도를 태우며 위장으로 내려가는 것이 느껴졌다. 액체가 휘발되며 정신이 가볍게 몸과 분리된다. 숨구멍을 막던 고통이 덜해졌다.

어딘가 동해쯤의 바다와, 난간이 트여진 어드메 산골짜기의 도로를 떠올린다. 전속력으로 액셀을 밟으면 한 방에 끝낼 수 있겠지. 그것이 미련한 자신에 대한 형벌이자 가엾은 준에 대한 속죄가 될 것이다.

✻   ✻   ✻

맥주를 두 병째 마시던 유라는 연신 하품을 하다가 해준의 귀에 속삭였다. 나 졸려.

"들어간다구?"

"어. 시차 적응이 안 됐나, 피곤하네. 내일 일찍부터 촬영도 있고. 나야 뭐 너랑 의리 생각해서 온 거지. 원래 집하고 촬영장 밖에 모르는 사람 아냐."

"말도 안 되는 소리 한다, 또."

유라는 입을 가리고 깔깔 웃었다.

"데려다줄래?"

"……기다려."

어깨에 대고 배시시 웃는 유라를 보다가 해준은 소파에서 몸을 일으켰다. 카운터에 부탁해 차를 대기시키고 유라를 불러내자 배웅을 해 주겠다며 채영과 석환이 함께 입구로 나왔다. 해준은 웨이터에게서 열쇠를 받아 들었다.

입구를 지나치다가 무언가 발견한 석환이 그런 해준의 어깨를 툭 치며 말했다.

"야. 저기."

"응?"

들릴세라 석환은 귓속말을 했다. 해준의 시선이 따라 움직였다. 입구 옆으로 마련된 룸이었다. 술잔과 싸움이라도 벌이는 것처럼 높이 쌓인 잔들 앞에 앉아 있는 여자. 그것은 재희였다. 한눈에도 몹시 취한 것이 분명해 금방이라도 쓰러질 듯 위태해 보였다.

"내가 무슨 상관이야. 임마. 가."

앞선 여자들을 따라 계단을 오르다가 해준은 배웅하러 나온 웨이터에게 넌지시 물었다.

"저 여자는 왜 혼잡니까? 같이 온 사람이 있을 텐데."

"아, 사장님은 들어가셨습니다."

웨이터가 밝게 웃으며 말했다. 해준은 그러며 클럽을 빠져나왔다. 대로변에 선 자신의 차량이 보였다.

재희는 마지막 술잔과 눈싸움을 벌이는 중이었다. 연거푸 마신 것 같긴 한데 몇 잔째인지 기억이 나질 않았다. 마지막 잔을 마시면 다음 잔이 또 놓여 있었다. 이상했다. 주문한 숫자와 맞지 않았다. 알 수 없는 웨이터의 서비스였다.

차 키를 찾다가 핸드백을 넘어뜨렸다. 내용물이 바닥에 죄 쏟아진 것을 보고 재희는 무릎을 꿇어 손으로 바닥을 더듬었다. 그러나 아무리 더듬어도 도무지 찾을 수가 없다. 재희는 스스로에게 말했다.

겁쟁이. 두렵구나? 술기운을 빌리려고 하다니.

아직 해준을 두고 떠나기 싫은 건지도 몰랐다. 그에게는 여자가 있어. 아름다운 여배우. 키스를 하고 있었다. 이제는 되찾을 수 없어. 전부 다 끝났어. 인정해.

"그 옆에 있어요."

어디선가 사람 소리가 들려 재희는 고개를 돌렸다. 룸의 안으로 들어선 것은 해준이다. 해준은 그런 재희를 한참 지켜보고서 있었다. 재희는 마치 자신을 보지 못한 것처럼 멍한 얼굴이다.

"그 옆에 있다구요."

결국 해준이 다가서서 말을 꺼냈다. 엎드린 재희의 옆, 소파 밑에 낀 열쇠를 대신 주워 가방에 넣었다.

"집에 가시죠. 데려다줄게요."

재희는 자신의 앞에 서서 말을 던지는 해준을 꿈인 것처럼 홀린 듯 응시했다. 저게 자신이 찾던 바로 그 사람인가. 죽기 전에 한 번만 더 얼굴을 보고 싶었던?

하지만 어쩐지 환영처럼 그의 인상은 흐릿하기만 했다. 재희는 자신이 계속 눈물을 흘리고 있다는 사실은 미처 의식하지 못하고 있었다.

"일어나요."

해준이 자신에게 손을 내밀었다. 눈이 부신 것처럼 재희는 슴슴 눈을 부볐다. 그만해. 지금 가는 길이 죽으러 가는 길이라는 것을 겸허히 받아들이자고 스스로에게 속삭였다. 이제는 정말로 다 끝이라고. 그리고 그것을 모르는 것은 오직 너라는 여자 하나뿐이라고.

해준의 등 뒤에서 문이 열렸다. 석환이 걱정스러운 얼굴을 들이민다. 아직 홀에 남은 기자들이 있었다.

"괜찮겠어?"

"됐어. 유라는?"

"밖에서 기다리지."

"대리 태워 보내라니까."

"뭐야. 내 얘기해?"

열린 문 틈새로 등장한 유라가 보였다. 그녀가 안을 쳐다보며 말했다.

"우와, 뭐야. 혼자 다 마신 거래?"

해준이 급하게 등 뒤 문을 닫으며 궁금해하는 유라를 막아섰다.

"모른 척해라."

"왜, 왜. 뭔데. 너희 사장 약혼녀라는 분? 왜 여기 혼자 이러고 있대? 싸웠나? 이해준. 너랑은 무슨 상관인데?"

"너, 그냥 가. 오늘은."

평소 같지 않은 해준의 정색하는 반응에 유라는 의아해하며 어깨를 으쓱했다.

"아니, 그러니까 묻잖아. 무슨 상관이냐고. 그냥 궁금해서 그러는데 왜."

"니가 상관할 일 아냐."

"바래다준다며."

"어. 다음에."

"……."

해준은 계속 유리문 안을 살피면서 건성으로 대답했다. 유라는 가만히 선 채 해준의 표정을 읽었다. 말을 멈춘 여자를 의식한 해준이 눈썹을 올려 의아하게 유라를 응시했다.

"넌 항상 그런 식이야."

"무슨 말이야."

"됐어. 차 불러서 갈 거야. 신경 쓰지 마."

화를 내고 짐을 챙겨 돌아가 버리는 유라를 해준은 이해할 수가 없었다.

석환이 있는 안쪽으로 발길을 옮겼다. 문 앞에 멈추자 유리창 안으로 소파에 앉은 재희와 대각선으로 앉은 석환의 모습이 보였다. 재희는 어딘가 우는 모습이었고, 석환은 그 옆에 앉아 티슈 등을 건네고 있었다.

달칵. 해준이 들어서자 석환이 몸을 일으켰다. 들어서는 해준의 가슴팍을 밀며 밖으로 나온 석환이 문을 닫았다.

"왜."

"들어가지 않는 게 좋겠어. 계속 이상한 얘기하는데 하나도 못 알아듣겠고……."

"무슨 소리야. 왜 그러는데."

"글쎄. 넌 어울리지 않는 게 낫겠다니까."

석환은 걱정스러운 얼굴로 안으로 들어서려는 해준을 만류했다. 안의 여자는 몹시 취하기도 했지만 그뿐만이 아니었다. 어딘가 정신이 온전치 못한 사람처럼 계속해서 헛소리를 해 대고 있었다. 석환 자신은 조금도 알아들을 수가 없는 말이었다.

한창 상승세인 해준과 그리고 그 구단주의 약혼녀와의 만남. 아무래도 뒤끝이 찜찜했다. 곳곳에 눈에 불을 켠 기자들이 남아 있었다. 그것이 석환의 친구를 생각하는 배려였다.

"나가 있어."

"너 그러다 무슨 뒷말이라도 돌면……!"

"괜찮아. 놔 둬."

무턱대고 안으로 들어서는 해준을 석환은 미처 말리지 못했다.

"일어나요."

해준은 재희을 일으켜 세웠다. 저를 잡은 사람이 누군지도 모르면서 재희는 쉴 새 없이 입을 놀렸다.

"풍선은 떨어지는 거야. 세상과의 끈이 없기 때문에. 하늘로 올라가 버려."

"……."

"묶어 두려고 했었는데. 그것도 내 욕심이라는 걸 알았거든."

정신이 없는 모양이었다. 휘청휘청 몇 번이고 쓰러지는 재희를 해준이 껴안은 채로 걸었다. 눈앞의 물체가 무엇인지도 분간하지 못하면서 재희는 끝없이 지껄여 댔다.

"나는 이제 더 이상 남은 카드가 없어."

"무슨 말이에요."

"미안하다고. 미안하다고 말하고 싶어. 정말로 내가 미안하다고."

해준은 말없이 재희를 부축해 옮겼다. 차가 있는 곳까지 취한 사람을 옮기는 일은 생각보다도 훨씬 시간이 걸리는 일이었다. 재희는 계속해서 무의미한 헛소리를 읊어 대고 있었다. 전혀 알아들을 수 없다던 석환의 말이 이해가 가는 순간이었다. 수수께끼 같은 말들뿐이었다.

재희를 차에 태우고 해준은 창밖을 보며 앉았다.

"다시 만나면 정말로 내가 잘못했다고……."

다시는 보지 않겠다고 몇 번이나 결심했던 여자다. 이해할 수 없는 행동으로 자신의 심장과 자존심을 갈가리 찢어 놓았었다. 하지만 그녀였다. 오직 한 사람. 자신을 자라게 하고 이만큼이나 달리게 한 사람. 목표이자 목적지였다. 일생에 하나였다. 더욱 강해지고 싶다고 생각했었다. 어울리는 남자가 되고 싶었던 것은 과거의 자신에 대한 맹세였다.

그리고 지금 누구에게 하는지 알 수 없는 그녀의 사과가 마음을 누그러지게 하고 있었다. 한때는 인생의 전부라고 생각했었던 사람. 정말로 사랑했었던.

해준은 목적지도 모른 채 무작정 액셀을 밟기 시작했다. 그저 달리고 싶었다. 도시를 벗어나고 싶은 마음뿐이었다.

✳   ✳   ✳

재희는 언젠가의 꿈을 꾸고 있었다. 제발 도와……주세요. 그러나 수화기 속 아버지는 들은 체도 하지 않았다. 계속 배가 아팠다. 움직이면 안 된다고 했는데. 버스가 움직일 때마다 힘이 들어갔다. 통증을 느낄 때마다 불안감으로 쓰러질 지경이었다.

손톱을 쥐었다. 손바닥에 피가 맺혔다. 잠시 해준을 떠올렸지만 차마 그를 찾아갈 수가 없었다. 해준을 끌어들일 수는 없어. 잊겠다고 했잖아. 말하지 않고 떠났던 주제에. 해준은 몹시 화를 내고 있었다.

"미친 거 아니에요?"

강한 팔이 세차게 자신을 흔들었다. 어쩌면 때릴지도 모른다고 생각해 반사적으로 배를 움켜쥐었다. 화내는 그를 보면서 재희는 숨죽여 울었다. 준은 이루지 못한 사랑의 증거였다. 어디론가 가야만 했다. 숨을 만한 안전한 곳. 그와 준. 자신까지 지킬 수 있는 곳으로.

자신은 맨발로 꽃길을 달리고 있었다. 그러나 길은 불시에 가시밭길로 바뀌어 버린다. 괴물이 쫓고 있었다. 하지만 찢어진 발바닥 때문에 꼼짝할 수가 없었다. 지킬 수 있을 거라고 생각했는데. 지킬 수 있는 것은 아무것도 없었다. 알량한 몸뚱이 하나 뜻대로 움직일 수 없다니. 재희는 울면서 벼랑으로 뛰었다. 끝도 없는 바닥으로 떨어지고 있었다.

"깼습니까."

쿵쿵. 쿵쿵. 낯설지만 익숙한 목소리가 귓가에 들렸을 때 재희의 심장은 미친 듯이 뛰기 시작했다. 긴장한 듯 아직도 몸이 아팠다.

차 안이었다. 가죽 냄새가 확 끼쳐 왔다. 머리가 깨질 듯 지끈거린다. 그럴 리가 없는데, 옆자리에 앉아 있는 해준의 얼굴이 보였다.

"집 주소를 몰라서요."

두근두근두근. 다시금 아프게 심장이 가슴을 때렸다. 주위는 아직 어스름한 새벽의 바닷가다. 동이 채 트기 전인 듯했다. 부분부분 빗방울에 젖었던 흔적이 보인다. 바다가 얕고 갯벌이 있는 서해쯤인 것 같다.

재희는 이게 어떻게 된 일인지 도무지 감이 오지 않았다. 해준을 만났다. 해준과 둘이었다.

아직 살아 있다는 데에 재희는 안도했다. 고마운 마음에 눈물이 맺힐 지경이었다.

"어. 어떻게……."

옷차림을 내려다보자 지난밤 창단식의 일이 뿌옇게 한 장면 떠올랐다. 떠오른 기억은 그뿐이었지만 영문을 몰라도 지금 해준과 함께라는 사실만큼은 진짜였다. 바꿀 수 없는 확고한 사실.

"돌아갑시다. 어디로 가면 되죠?"

해준은 잠시 꺼 두었던 시동을 다시 켜며 재희에게 목적지를 물었다. 대답대로 내비게이션을 조작한 후 방파제의 뒤로 후진 기어를 넣는다.

옆자리의 재희는 잠자코 덮여 있던 이불과 매무새를 정리하기 시작했다. 그런 재희를 힐끗 응시하기만 했을 뿐 해준은 다시 입을 닫았다.

주소를 모른다는 말은 핑계였다. 지갑을 뒤지거나 조금만 연락망을 돌린다면 금방이라도 알 수 있었을 일이다. 하지만 그저, 조금 생각할 시간이 필요했다. 엉망으로 취한 여자. 횡설수설 이상한 말만 계속해서 늘어놓았다. 정인혁과 무슨 문제가 있는 것이 틀림없었다.

잠꼬대를 하면서 악몽을 꾸는 여자는 밉살스럽기보다는 안쓰러웠다.

한숨도 자지 못한 것은 옴상 맞게 내리는 빗방울 탓으로 돌렸다. 여자가 신음 소리를 낼 때는 심장이 베이는 것처럼 선뜩한 기분이 들었다. 죽을 만큼 고통스러웠던 것은 꼭 자신만은 아니었는지도 몰랐다.

"정인…… 아니, 이사님이랑 무슨 일 있습니까."

"……"

"세상과 끈이 어쩌니 하던데요. 이사님이랑 관련 있는 얘깁니까."

서울로 가는 차 안이다. 해준은 꼭 대답을 들어야겠다는 생각도 없었다. 그저 머리에 떠오른 생각을 물었을 뿐이다.

"인혁이랑은 상관없어."

재희는 무릎에 놓인 이불자락을 만지작거리며 대답했다. 돌아가면, 집에 도착하면, 이 시간은 또 끝이겠지. 생각만으로 쓰라린 기분이 든다.

"무슨 문제예요, 여자 문제? 집안끼리 알력 다툼이라도 있는 겁니까?"

무슨 생각일까. 대체 이제 와서 자신에게 그런 말을 하는 이유가 뭐지. 보고 싶었다거나, 너뿐이라거나. 다시는 보지 않겠다던 결심은 이미 잊은 채였다. 해준은 재희의 속내가 알고 싶었다.

"말했잖아. 인혁이랑은 상관없다고."

재희는 해준의 옆모습을 애절하게 응시했다. 반듯한 콧대. 사람을 설레게 하는 눈망울. 해준은 마치 신이 공들여 빚은 듯한 아름다운 얼굴을 가진 남자였다.

준도 이렇게 자랐을까. 이 나이가 되었다면 준도 저렇게 말하고 인상을 썼을까. 살아 있다면. 만약 내가 준을 죽이지 않았더라면⋯⋯?

"미안해. 지키지 못해서."

"⋯⋯?"

운전에 집중해서 해준은 알아듣지 못한 것 같았다. 내 끈. 내 생명. 내 삶의 이유. 잃어버린 준. 그리고 재희는 이제 그의 곁에 선 다른 여자를 떠올린다. 전부 끝난 걸까.

"널 갖고 싶어."

해준은 처음에는 자신이 잘못 들었을 것이라고 생각했다.

chapter 2
천사를 보았다

"꼬마야, 여기 이쁜이 슈퍼가 어디니?"

마침 자전거로 쌀 배달을 나가던 길이었다. '꼬마'라는 호칭에 이미 기분이 상할 대로 상한 해준은 이 한글도 못 읽는 머저리가 누구든 간에 절대로 대꾸를 해 주지 않을 예정이었다. 묵묵히 자전거의 체인을 풀어 쌀자루에 감았다. 하지만 여자가 다시 말을 걸었다.

"꼬마야, 혹시 이 근처에……."

"한글 모릅니꺼?"

두 번이나 꼬마라고 불렀다. 가뜩이나 팀원 중에서도 성장이 더딘 터라 그런 종류의 농담에 극도로 민감하게 반응하던 차였다. 버럭 성질을 내며 눈앞의 여자에게 호통을 쳤다. 손가락으로 슈퍼의 유리 앞에 페인트로 써진 글자를 가리킨다.

"여기요. 여기. 여기!"

"아."

여자는 벙 찐 얼굴이었다. 하지만 그것도 잠시, 방긋 웃어 보인다. 이.쁜.이.슈.퍼. 아, 여기구나. 고개를 끄덕끄덕한다. 그러다 곧이어 해준을 돌아보고는 놀란 듯 말했다.

"너 진짜로 이쁘게 생겼구나?"

이번에 당황한 것은 해준이었다. 예쁜 얼굴은 평생의 콤플렉스였다. 처음 운동을 시작한 이유이기도 했다. 남자다워지고 싶었기 때문이다. 또래보다 작은 키와 더불어 세상에서 가장 싫은 말 중 하나였다. 그러나 이상했다. 왠지 그 말이 그다지 싫게 느껴지지 않았다.

병아리색 재킷을 입은 여자는 유치원 시절 해준을 예뻐했던 여선생을 연상시켰다. 움직일 때마다 달콤한 향기를 풍기던 선생님이었다. 해준은 그녀를 무척이나 잘 따랐었다.

어쩐지 얼떨떨해서 해준은 여자의 손에 들린 쪽지를 보고 물었다.

"하숙집 찾아오신 거예요?"

"응. 혹시 집에 어른 계시니?"

헐값에 내놓은 옥탑방을 찾는 손님은 비단 여자가 처음은 아니었다. 단지 그간 손님들에 비해 화려한 행색이 의외였다. 옷의 상표나 가격에 무지한 해준의 눈에도 엄청나게 비싸 보인다는 생각이 드는 차림과 가방이었다. 근방에서 쉽게 보지 못하는 젊은 아가씨였다. 서울말을 쓰는 것으로 보아 근처 사람도 아닌 것 같았다.

"드가 보이소. 엄마 안에 계십더."

해준은 가능한 무뚝뚝하게 말을 이었다. 여자가 자신을 지나쳐 슈퍼의 안으로 향할 때는 희미하게 꽃향기 같은 것이 풍기는 듯했다.

"반가워. 김재희라고 해."

악수를 청하며 여자는 활짝 웃었다. 사방에 햇살이 번지는 기분이었다. 공연히 가슴이 두근거렸다.

해준은 딱딱하게 얼굴을 굳혔다. 얼굴이 붉어지지는 않았을까, 하는 것을 잠깐 걱정했다. 그것이 해준이 기억하는 처음이었다.

✽   ✽   ✽

"해준아! 해준아아!"

동네가 떠나갈 듯한 목소리가 온 집 안에 울려 퍼졌다. 이어폰을 낀 해준이 방 안과 창밖을 두리번거렸다. 이어폰을 빼자 해준의 귀청을 때리는 것은 모친인 신 여사의 음성이었다. 두 번을 불렀는데도 해준이 아무런 대답이 없자 그녀가 다시 목청이 터지도록 소리를 질렀다. 마지못해 책상에서 몸을 일으킨 해준이 아래층의 부엌으로 향했다.

"왜. 뭔데 또. 아들 공부하는 거 안 보이나."

그 말에 신 여사는 해준의 등짝을 찰싹 때렸다.

"시끄럽고. 이거나 퍼뜩 슨상님 갖다 드리고 온나."

신 여사가 해준의 팔에 풀썩 안기는 것은 양푼 가득한 고구마였다. 해준이 인상을 찌푸렸다.

"쌤 아직 오지도 않았다."

"기 뭔소리고. 쫌 전에 길 올라오시는 거 봤구만. 어여, 가서 모르는 것도 물어보고. 퍼뜩 안 가나."

물기 묻은 손이 다시 등판에 작렬하기 전, 해준은 날렵하게 몸을 피했다.

두 팔로 양푼을 안은 채 가게 밖을 나섰다. 골목은 이미 어둑어둑해진 지 오래였다. 위층을 올려다보니 재희의 방에 불이 켜져 있는 것이 보였다.

"뭐고. 진짜 왔나 보네."

해준은 툴툴거리며 재희의 방으로 향하는 낡은 계단을 올랐다.

방은 슈퍼의 창고로 쓰는 건물의 옥상에 위치해 있었다. 나란히 있는 해준의 방과 별다를 것이 없는 허름한 옥탑방. 구조나 모양새, 작은 크기까지 똑같았다.

똑똑.

"누구세요."

문을 두들기자 안으로부터 목소리가 들렸다.

"저요."

"누구? 우리 이쁜이?"

아니나 다를까. 예상 답변이 들려왔을 때 해준은 인상을 팍 썼다.

문이 열리고 벌레 씹은 얼굴의 해준을 발견하자 재희는 깔깔 웃었다.

"아이구, 아이구. 우리 이쁜이 와써요?"

"그 말 좀 그만하시라고 했죠."

들리지도 않는지 재희의 눈이 해준이 팔에 한 아름 안은 고구마 더미에 꽂혔다.

"어, 이거 뭐야. 어머니가 또 주셨어?"

해준이 고개를 끄덕했다.

"어머니! 감사해요. 잘 먹을게요!"

들으라는 건지 말라는 건지 재희는 아래의 슈퍼를 향하여 냅다 큰 소리를 질렀다.

"그럼 전 갑니다."

"가긴 어딜 가. 같이 먹고 가. 같이."

손을 잡아끄는 통에 못 이기는 척 해준은 방으로 발을 디뎌놓았다. 방에 들자마자 눈에 띄는 것은 문 옆으로 놓여 있는 쇼핑백들이었다.

해준은 어이없는 얼굴로 재희를 돌아보았다.

"쌤. 설마 또 쇼핑했어요?"

"아? 아, 아냐. 쪼. 쪼금."

재희가 화들짝 과장되게 놀라는 시늉을 했다.

"맨날 돈 없다, 돈 없다 하면서 이게 대체 뭐하는 짓이에요? 아, 오늘 월급날이죠?"

해준은 아예 가방들 앞에 털썩 주저앉았다. 하나둘. 쇼핑백의 숫자를 세어 본다.

"어쩐지. 저녁 먹을 때 안 보이더라니."

휙 고개를 돌린 해준이 눈썹을 구기고 취조하듯 윽박질렀다.

"대체 이게 몇 개예요! 얼마 썼어요. 무슨 재벌이에요? 돈을 물 쓰듯 쓰게?"

죄지은 사람마냥 뒤에서 양푼을 들고 섰던 재희가 노려보는 해준의 눈에 띄게 움찔했다. 하지만 곧 어색하게 입 끝을 올려 웃어 보이려 애썼다.

"어, 얼마 안 썼어. 쪼금 썼어. 쪼오금. 한 요만큼?"

"이번에도 식비 밀리면 내쫓을 거라고 내가 분명히 얘기했죠!"

해준의 입을 막듯이 재희가 후다닥 달려 팔을 잡고 끌어당겼다. 막무가내로 해준을 방 가운데 앉은뱅이 상에 끌어다 앉힌다.

"자자, 우리 고구마 먹읍시다. 아이고! 맛있겠다. 역시 고구마는 따뜻할 때 먹는 게 제 맛이지."

해준은 어이가 없었으나 우선은 시키는 대로 재희의 오른편에 주저앉았다.

어색한 분위기를 바꾸려는 듯 한참 고구마의 맛과 효능에 대한 찬양을 늘어놓는 재희의 앞에서 해준은 쯔쯔 혀를 차며 설레설레 고개를 저었다.

재희가 이 '이쁜이 슈퍼'의 하숙생이 된 것은 벌써 햇수로 3년째였다. 해준이 중학교 3학년 때의 일이었다.

이런 시골 동네와는 어울리지 않는 화려한 차림으로 재희는 해준네 슈퍼의 문 앞에 서 있었다.

대개 잠잘 곳만을 원하는 뜨내기손님들이 들락거리는 싸구려 방이었다. 여자 손님이 든 것은 처음이라 어머니인 해숙은 주저했으나 손님이 시내 고등학교의 선생님이라는 것을 알자 곧 쌍수를 들며 환영했다.

여자는 서울 사람이었다. 대학교를 막 졸업하고 첫 직장이라는 것 같았다.

어머니는 여자의 하숙비가 밀리고 식비가 밀려도 전혀 개의치 않았다. 심지어 하숙비를 깎아 주며 어떻게든 아들의 과외라도 시킬 수 없을까 전전긍긍이었다.

그리고 어머니의 그런 정성 때문인지, 아니면 타고난 친화력 때문인지 여자는 얼마 지나지 않아 해준 모자와 꽤나 친밀한 사이가 되었다.

하숙집에 명문대 출신의 선생님이 산다는 것은 어머니의 은근한 자랑이었다. 그리고 그런 재희가 자신과 남매처럼 지내 주는 것을 몹시 뿌듯해하는 것 같기도 했다. 재희를 따라 공부에 취미를 가지면 축구에 대한 아들의 열정이 자연히 줄어들게 될 것이라는 기대 때문이었을 것이다. 그러나 그런 신 여사의 의도와는 반대로 정작 진로에 관해 늘 자신의 편에서 역성을 든 것은 그 누구도 아닌 재희였다.

"중간고사 준비는 잘되어 가? 어려운 건 없고?"

재희는 고구마를 우적우적 씹으며 말을 꺼냈다. 껍질을 벗기고 속살을 후후 불며 맛나게도 알맹이를 씹어 삼킨다.

"누구님이 이번 범위를 너어무 적게 주시는 바람에요."

해준은 못마땅하게 고구마를 한입 베어 물었다.

"그럼 우짜냐. 배운 데까진 쳐야지. 수업을 너무 못 들어와서 그렇지?"

"시간도 얼마 없는데 처음 보는 것투성이라구요."

"모르는 거 있으면 좀 가져와. 과목 상관없이."

"됐어요. 꼴찌 할 정도 머리는 아니니까. 기본 실력이 있는데."

"왜. 그래도 어머니 좋아하시잖아. 시험 기간만이라도 열심히 하는 척해야지."

그것은 재희의 말대로였다. 재희의 끈질긴 설득 끝에 아들을 공부로 성공시키겠다는 어머니의 열망은 일단 사그라진 듯 보였지만 아직까지도 신 여사의 상식에 공을 차서 돈벌이를 하는 일은 납득하기 어려운 문제였다.

해준의 팀이 좋은 성적을 내고, 그의 방에 트로피가 쌓여 가도 어머니에게 최고의 직업은 책상에 앉아 펜대를 굴리는 일이었다.

가끔 해준은 어머니를 이해시킬 수 없는 자신이 한심했다. 하지만 깡촌 출신의 신 여사에게 스포츠란 아무리 세상이 변한다 해도 그저 공놀이에 불과해 보이는 모양이었다.

당장에 급한 책만을 가져와서 노트에 대충 끄적대고 있을 때였다.

이상한 기분이 든 해준이 고개를 들자 방바닥에 드러누운 재희가 보인다. 배가 불렀던지 앉았던 장소 그대로 머리만 누인 재희는 얕게 코까지 골고 있었다.

해준은 황망한 표정으로 그런 재희를 응시하다가 큰 소리로 불렀다.

"쌤! 자요?"

"응? 으응?"

"모르는 거 물어보라더니 벌써 자요!"

냅다 소리를 지르자 깬 모양인지 재희는 눈을 흐리멍덩 뜨고 소리가 나는 쪽을 향해 고개를 이리저리 돌렸다. 이윽고 엉금엉금 기어 몸을 바닥 한편의 매트리스 쪽으로 옮겼다.

"응. 응. 물어봐. 물어봐."

잠이 덜 깬 목소리로 재희가 웅얼거렸다. 아예 비몽사몽인 모양이었다. 모르긴 몰라도 이 일을 전혀 기억하지 못할 성싶었다.

해준은 맥이 탁 풀렸다. 뭐야, 저건. 굼벵이도 아니고 애벌레도 아니고. 목이 늘어진 티에 무릎이 잔뜩 나온 추리닝까지, 무방비하게 잠든 얼굴을 한참 보다가 해준은 도리질을 쳤다. 목까지 이불을 덮어 준 뒤 주섬주섬 책을 정리해 잠자코 재희의 방을 나섰다.

❋   ❋   ❋

"이쁜아아!"

시험이 끝난 주말 저녁. 해준은 재희의 방에 가로누운 채 축구 경기에 집중해 있었다.

"아, 진짜! 그렇게 부르지 좀 말라니까요!"

늘어져 티비를 보던 해준이 재희를 향해 짜증을 부렸다. 재희는 침대맡에 앉은 채로 화내는 해준을 보다가 킬킬 웃었다. 문득 어쩌면 자신의 과민반응 때문에 재희가 더 놀리는지도 모르겠다는 생각이 들었다.

앞으로 절대 저 인간의 장난에 반응하지 않겠다고, 해준은 또다시 굳은 다짐을 했다.

"아, 이거 또 왜 안 나오노!"

갑자기 지직이는 티비를 해준은 벌떡 일어나 손으로 팡팡 쳤다.

"주워 온 게 다 그렇지."

"그러게 티비 하나 사라니까. 제대로 나오지도 않고, 이게 뭐예요."

"죽을 때 돼서 그렇지 뭐."

해준은 고개를 홱 돌렸다. 중요한 장면을 놓치게 된 것이 아쉽다.

"그러니까 왜 돈을 다 허튼 데 써요! 이런 중요한 걸 사는 데 안 쓰고! 구두, 그거! 이 산동네에서 그걸 신고 나갈 데가 어딨다고!"

하지만 재희는 당당한 표정이었다.

"남이야 피땀 흘려 번 돈으로 하이힐을 사든 말든! 그리고 내가 맨날 내 것만 사냐? 어? 저번에 그 축구화, 그것도 내가 사 준 거잖아. 엄마처럼 잔소리야! 쪼꼬만 게."

"하."

해준은 한숨을 쉬었다.

"그니까 누가 쌤더러 내 신발 사 달래요? 돈을, 어? 아껴서! 쓸 만한 데 써야 잔소릴 안 하죠."

"티비야 보지도 않는 걸 왜 그런 데 돈을 써. 그리고 너야말로 가게 가서 보면 되지. 꼭 공부한단 핑계로 여기 오더라? 시험도 다 끝났으면서. 너 어머니한테 일러바친다?"

"가게는 손님들 때문에 불편하니까 그렇죠."

어머니 얘기가 나오자 등등하던 해준의 기세가 줄었다. 다시 티비의 안테나를 이리저리 만져 본다. 집에는 공부에 방해된다는 이유로 티비가 없었다. 라면 먹는 손님들이 앉는 슈퍼 한편에 조그마한 것이 있긴 했으나 거기서도 어머니의 눈치를 보게 되는 것은 마찬가지였다.

"오! 나온다."

"암튼 말이야. 지 집마냥 들락거리고. 이거 주인집 아들이라고 너무하는 거 아냐? 집 없는 사람은 서러워서 살겠나."

해준이 제 집 안방마냥 편하게 누운 모양에 재희가 비아냥거리듯 말했다. 아이고, 억울해. 농담 같은 푸념을 훌쩍이며 덧붙인다.

"쌤은 내 방 안 오는 것처럼 말하지 마요. 밤 10시 넘어서 야식 먹으러 넘어오는 게 누군데?"

해준은 벅벅 옆구리를 긁으며 말했다. 티비는 한창 국내 프로팀의 축구 경기가 한창이었다. 해준의 눈은 티비 화면에 붙박혀 움직일 줄을 몰랐다.

"아, 저거 저거. 저따 패스를 하면 우짜노."

해준은 혼자 훈수를 두기도 하고 안타까워하기도 하면서 경기에 집중했다. 그런 해준의 뒤통수를 보다가 재희는 곧 지루해지기 시작했다.

사실 해준의 경기가 아니면 축구에는 큰 관심이 없었다. 운동을 반대하는 해준의 모친을 설득한 것이 재희 자신이었음에도 그랬다.

앞에 누운 해준의 목덜미에 시선이 걸리자 많이 자라난 머리카락이 눈에 띈다.

"이쁜아. 머리 묶어 줄까?"

해준은 듣는 둥 마는 둥 했다. 재희는 침대 옆 탁자에서 고무줄을 꺼내 들고 해준의 옆으로 앉았다.

"어허!"

그때야 재희가 뭘 하려는 줄 안 해준은 몸을 움직여 그 손을 피했다.

"하지 마요."

"왜. 한 번만."

"아, 싫어요."

"야. 딱 한 번만. 한 번만 묶어 보자."

"싫다니까요? 왜 다 큰 남자 머릴 묶는다 그래."

"에이, 이쁜아. 그러지 말고."

머리칼에 손이 닿자 해준은 기겁하며 물러섰다.

"그 소리도 그만하라니까!"

버럭버럭 소리를 지르는데도 재희는 아랑곳하지 않았다.

"야, 그럼 이쁜 걸 이쁘라고 하지. 못생긴 걸 이쁘다고 할까."

재희는 킥킥 웃었다. 해준의 매끈한 볼을 꼬집자 해준이 그 손을 탁, 하고 쳐 냈다.

"손 치워요. 인제 여기서 테레비도 몬 보겠네. 참나."

"우이구! 애기야."

재희가 다시 한 번 해준의 양 볼을 꼬집었다.

"아, 진짜!"

해준은 몹시 싫은 듯 인상을 썼으나 지친 듯 더 이상 피하지 않았다. 다 포기한 양 티비로 시선을 돌릴 뿐이었다.

해준이 피하지 않자 재희의 손놀림이 바빠졌다. 해준의 등을 티비 앞에 바로 세우고 손가락빗으로 자라난 머리칼을 정성스레 빗질했다. 하지만 보기에만 길어 보인 모양인지 묶는 것이 쉽지가 않았다.

재희는 몇 번이나 시도하다 가능한 긴 머리카락을 어떻게든 고무줄 안으로 넣어 매듭을 지었다. 비로소 묶기를 다 끝내고 티비에 집중한 해준의 머리통을 이리저리 돌려 보았다. 그러다 갑자기 웃음을 터뜨렸다.

"푸하하하하하."

"왜요."

"하하하하. 아하하하하."

재희는 심지어 배꼽을 쥐며 뒹굴었다. 해준은 무심코 거울을 본 후에 방 안에 누워 구르는 재희를 노려보았다. 삐죽삐죽 뿔이 사방으로 뻗친 듯한 머리는 엉망이었다.

"쌤. 진지하게 이게 재밌습니까?"

해준은 옹골차게 묶인 고무줄을 잡아당겨 풀려고 애썼다. 그러나 어찌나 세게 묶었는지 매듭은 잘 풀리지도 않았다.

"아, 따거."

풀면서 연신 해준은 인상을 찌푸렸다. 그 모양에 아직도 재희는 우습다고 배꼽을 잡고 있었다. 해준은 공연히 얄미운 기분에 입술을 깨물고 장난스럽게 주먹을 쥐었다.

"진짜 죽었어."

간질이겠다고 해준이 누운 옆구리에 손을 가져가자 재희는 죽는다고 소리를 질렀다.

"아! 알았어! 항복! 항복! 이해준! 야, 해준아! 잘못했어! 잘못했어요!"

재희는 발버둥을 쳤다. 깔깔깔깔. 웃음이 멈추지 않았다.

＊　　　＊　　　＊

"어? 이해준. 니 신발 샀나."

워밍업을 위해 스트레칭을 하던 수영의 눈길이 해준의 발치에 꽂혔다. 해준은 벤치에 앉아 축구화의 끈을 묶던 중이었다.

"그래. 샀다, 마."

"새끼. 그래도 어무이 마이 누그러지셨는갑네. 신발을 다 바까 주고. 우리 집보다 낫다 아이가?"

해준은 피식 웃었다. 더할 말을 찾지 못해 그래, 그래, 고개를 주억거렸을 뿐이다. 쇼핑백을 건네며 뿌듯해하던 재희의 얼굴이 떠올랐다. 벤치의 곁으로 동석이 나타났다.

"어이. 느그들 오늘 끝나고 세화네 애들이랑 뭉친다는데 갈 끼제."

"그기 오늘이가! 당연하지. 해준이 니 이번에도 빠지면 안 된다. 그래도 갸들이 만날 간식이고 뭐고 응원한다 카면서 힘 제일 많이 쓴다 아이가."

"아, 난 오늘은 좀."

"어이, 이해준이! 니가 그라믄 안 된다. 그럼 우리가 세화 얼굴 우째 보노. 갸가 누구 보고 그라는지 몰라서 그카나."

"그래. 안 된다. 안 돼!"

풀 죽은 수영의 어깨를 해준이 미안하다고 툭툭 쳤다. 사실 공식적 지원이 전무한 자신들의 팀을 감독만큼이나 열성적으로 서포트하는 것이 세화 무리였다. 해준 역시 고마운 마음이 없다면 거짓말일 것이다. 게다가 세화와는 입학하고 잠깐이나마 사귀었던 사이이지 않은가. 하지만 그렇다 보니 그들 모임이 더욱 껄끄러운 것 또한 사실이었고, 더구나 오늘은 아침부터 계획이 있었다.

"미안. 지인짜 미안타."

말을 마치고 트랙으로 뛰어나가는 해준을 뒤에 남은 팀원들이 못마땅하게 바라보았다.

오늘은 어쩌다 한 번인 '고기 먹는 날'이었다. 집 근처에 정육점이 없기 때문에 마을버스를 타기 전 시장에 먼저 들러야 했다.

그리고 한창 성장기인 해준 자신보다 이날을 더욱 반기는 것은 바로 건넛방 2층의 식충이 하숙생 재희였다.

언제나 식비가 남지 않을 정도로 월급을 탈탈 털어 써 버리는 습관 때문에 재희는 굶주려 있기 일쑤였다.

아침나절 이 소식을 들은 재희의 뛸 듯이 기뻐하던 얼굴을 떠올리며 해준은 웃었다. 연습도 하는 둥 마는 둥, 오늘은 간만에 같이 시내에 들렀다가 버스를 탈 예정이었다.

종례 시간에 맞춰 교복을 갈아입은 해준이 교무실을 두리번거릴 때였다. 마침 문을 나서던 선생이 해준의 얼굴을 보고 아는 체를 했다. 1학년 때의 담임인 한태석 선생이었다.

"여어, 이해준이. 요번에 창원 가서 시합 있다며. 잘해라."

"네. 감사합니다."

해준이 건성으로 목례를 했다. 계속해서 해준이 누군가를 찾는 눈치를 보이자 태석이 말을 덧붙인다.

"김 선생 찾나? 김 선생 손님 와서 금방 같이 나가든데."

재희가 해준의 집에서 하숙을 하는 것은 비밀이랄 것도 없는 일이었다.

"아, 그래요? 감사합니다."

해준은 가볍게 태석이 알려 준 방향으로 뛰었다.

정문으로 향한 주차장 쪽에서 해준은 재희의 모습을 발견했다. 하교 중인 학생들 틈에서 재희는 처음 보는 사람과 함께 대화를 나누고 있었다. 키가 크고 늘씬한 잘생긴 남자였다. 두 사람은 어딘가 심각한 분위기였다. 해준은 잠시 발을 머뭇거리다 재희의 쪽으로 향했다.

"내 말은 현실을 직시하란 얘기야."

"그런 얘기라면 난 더 이상 할 말 없는데."

해준은 반갑게 재희를 불렀다.

"선생님!"

"어, 해준아."

해준은 웃었으나 재희의 얼굴은 딱딱하게 굳은 채였다. 해준은 재빨리 옆의 남자를 훑어보았다. 남자의 길고 미끈한 검은 정장은 어딘지 제비족 같은 느낌을 주었다.

"퇴근, 안 하세요?"

해준의 묻자 재희는 황급히 말문을 닫는 모양새로 은색 차의 조수석 쪽으로 발을 옮겼다.

"어, 어어. 해준아. 이따 집에서 보자."

남자는 잠시 해준을 궁금해하는 눈치였으나 재희가 차에 타자 바로 반대쪽의 운전석으로 올라탔다. 두 사람을 태운 차가 눈앞에서 출발했다. 해준은 잠시 당황스러웠다. 이유 없이 가슴이 쿵쾅쿵쾅 뛰었다. 이상한 기분에 자신도 모르게 왼 가슴을 엄지로 쿡쿡 찌르며 차가 사라지는 방향을 보고 서 있었다. 뭐지?

✴   ✴   ✴

"꼴 좋네. 시골 아줌마 다 되셨어."

시내의 커피숍에 앉은 채로 재욱이 말문을 텄다. 싸구려 커피를 앞에 두고 다리를 꼬고 앉은 재욱의 말투는 여지없이 재희의 심기를 건드렸다.

"니 꼬락서니나 신경 쓰는 게 어때."

"이러려고 그 난리 피우고 내려왔냐?"

"니가 상관할 일은 아니라고 보는데?"

"진짜로 니가 집을 나갈 줄은 몰랐지."

"할 말이 뭐야."

재욱은 익숙한 일류 호텔의 고급 커피숍과 너무도 대조되는 너저분한 분위기의 카페를 휘휘 둘러보고 말했다.

"이런 구질구질한 데서 선생질이나 하고 사는 게 니가 말한 독립이고 자유야? 지금 그 꼴 보면 정인혁이 땅을 치고 관에 들어가려고 하겠다."

"돈 한 푼 스스로 벌어 본 적 없는 너한테 그런 취급 받을 만큼 후진 직업 아니야. 시끄럽고. 무슨 일이야."

재욱은 눈썹을 치켜세우고 앞에 놓인 커피를 한 모금 마셨다. 그러나 입에 맞지 않는지 곧 몹시 인상을 찌푸리고 커피 잔을 소리가 나게 놓는다.

"시골구석에 처박혀서 평생 이러다 죽는 게 누님 소원이면 상관없는데, 그래도 집 생각은 좀 해야 하는 거 아니야? 그 이후로 우리 집이랑 인혁이네랑 얼마나 껄끄러워졌는지 알아?"

"그래서. 누가 죽기라도 했어?"

재희는 시종일관 딱딱한 말투를 유지했다. 가능하다면 평생 보지 않아도 괜찮을 얼굴들이었다. 재욱은 도리 없다는 듯 한숨을 내쉬었다.

"너 진짜 그러면 한 푼도 못 받아."

"아쉬울 거 하나도 없으니까 너 다 가져."

"그래. 누님이 안 받는다고 하면야 나야 좋지만."

"그 말 하려고 먼 길 왔어? 왜, 무슨 사인 필요해? 각서라도 써 줘?"

"진짜 사람 이상하게 보네. 오랜만에 봐도 하나도 안 변했다. 너는."

재욱은 짜증 섞인 말투로 말하며 꼬았던 다리를 풀었다.

"그냥 공장 부지 보러 온 김에 들른 거야. 그래도 가족인데, 서로 얼굴 보고 살아야지."

"무슨 꿍꿍이야. 집에 일 있어? 나 여기 있는 건 대체 어떻게 알았어."

"야박하기도 하다. 진짜 그게 궁금하긴 하냐? 아무리 싸우고 나갔어도 어떻게 연락 한 번을 안 해. 살았는지 죽었는지 소식도 없고 말이야."

재희는 조용히 커피를 삼켰다. 집을 나온 것이 벌써 3년째였다.

가족이라니. 우스웠다. 어머니의 자살 이후 재희는 자신에게 가족이란 없다고 생각하며 살아왔었다. 고작해야 돈 때문에 이어지던 끈 아닌가.

협박 수단은 언제나 그거였다. 아버지는 언제나 그 구실로 식구들을 박제된 인형으로 만들어 버렸다. 인혁과의 결혼 이야기는 단지 핑계일 뿐이었다. 언제고 적당한 때를 기다려 탈출하겠다는 일념. 그 하나로 버텨 왔던 지난날이었다.

가족이란 서로를 조종하고 이용하기에만 급급한 자신들에게 절대로 어울리지 않는 단어였다. 차라리 비즈니스 파트너 정도라면 어울릴지도 모른다. 이용 가치가 없다고 생각되면 그대로 상대의 등에 칼을 꽂는.

메마른 감정의 출구는 언제고 집이란 울타리의 밖에서 찾아야만 했었다.

"인혁이는…… 잘 지내?"

커피를 마시던 재희가 묵묵히 물었다. 그의 감정을 몇 번이고 무시한 데에 대해서는 조금 미안하게 생각하고 있었다.

"미국 갔잖아, 바로. 덕분에 방황 좀 하고 있다는 것 같던데, 자세히는 나도 몰라. 연락 끊긴 지 좀 돼서. 회장님 알아서 잘하시겠지. 그럴 능력 없는 집안도 아니고."

그리고 대성은 그 HS의 꼬랑지를 잡고 승천하려고 했었지. 꼴좋게 실패했지만.

재희는 쓰게 웃었다. 재욱이 멀끔히 웃는 재희를 쳐다보다 다시 말을 꺼냈다.

"근데 하나만 물어보자. 인혁이가 대체 왜 그렇게 싫었던 건데. 그 정도면 인물 좋지. 성격 좋지. 집안 끝내주지. 게다가 누나 너 같은 애를 좋다고 하는데. 대체 싫다고 도망갈 이유가 뭐가 있었냐. 안성이고 금인이고 내로라는 집안 기지배들 다 부러워서 죽으려고 했었는데."

"말했잖아. 어려서 싫다고."

재욱은 하. 헛웃음을 웃었다.

"그건 그냥 아버지한테 하는 핑계였잖아. 그거 말고 이유가 있을 거 아냐. 진짜 이유."

"그게 다야. 난 어린애는 싫어. 특히 너같이 골 빈 어린애는."

쳇. 재욱은 못마땅한 표정을 지었다.

재희는 더 이상 설명할 필요를 느끼지 못했다. 아마 재욱은 죽을 때까지 이해할 수 없을 것이다. 평생 아버지의 장식품으로 살았던, 끝내는 그 자리마저 재욱 모에게 내주고, 결국에는 스스로 생을 마감한 어머니. 그런 삶에 인간의 자유의지 같은 건 없었다.

재희는 절대로 그렇게 살고 싶지는 않다고 생각했다. 그런 건 삶이 아니라고. 그런 건 사는 게 아니라고. 그런 건 가족이 아니라고. 그런 건 사랑이 아니라고.

첩의 자식이라는 위치, 알량한 유산 몇 푼 때문에 항시 아버지의 눈치를 보며 살아온 재욱으로서는 평생 이해하지 못할 감정일 것이다.

고작 그런 이유로 안락한 삶을 팽개친 자신을 재욱이 평생 이해할 수 없듯이 자신도 돈 외에 아무 목표가 없는 재욱을 평생 이해할 수 없을 것이었다.

❋   ❋   ❋

해준은 내내 책상의 시계를 보며 앉아 있었다. 이상하다. 이렇게 늦을 리가 없는데. 의자에 앉아 눈에 들어오지도 않는 책을 뒤적거렸다.

재희는 집 밖 출입이 거의 없는 사람이었다. 달동네로의 버스가 드문 탓도 있었지만 편안한 트레이닝 차림으로 집에서 뒹굴거리는 것을 좋아하는 사람이었다.

늦게까지 업무가 있거나 자신의 경기가 있는 날을 제외하면 거의 매일 하숙집의 단란한 세 가족이 함께 저녁을 하곤 했었다.

손님이라고 온 남자는 아마도 서울에서 온 사람 같았다. 뺀질뺀질한 인상이 괜스레 사람을 불안하게 만들었다. 누구지. 무슨 일이지. 이렇게 늦는 일이 없는데. 해준은 다리를 달달 떨다 부산히 아래층의 가게를 들락거렸다.

"와 들락거리노. 가만 앉아 공부나 할 것이지."

"소화가 안 된다. 잠깐 나갔다 올게."

"여기쯤에서 세워 줘."

차가 동네 어귀에 들어서자 재희가 차를 멈춰 세웠다. 재욱이 주변을 두리번거린다.

"여기야?"

"조금만 더 올라가면 돼."

"너무 야박한 거 아냐? 그래도 동생인데 집 구경은 시켜 줘."

"없는 살림 구경해서 뭐하게. 괜히 동네에 쓸데없는 소문만 돌아. 내려 줘."

벨트를 푸는 재희를 보다 재욱이 말을 꺼냈다.

"너무 그러지 마. 너랑 나랑 피가 반밖에 안 섞였다고 해도 가족은 가족이야. 아버지도 그렇고. 피는 물보다 진한 거야."

"충고 고마워. 잘 가."

재희는 거두절미하고 몸을 일으켜 차 밖으로 나왔다.

차는 후진을 하려는가 싶더니 다시 돌았다. 재욱이 창문을 내렸다.

"정말로 누나 너 혼자 그러고 살 수 있다고 생각해? 너 일하는 학교, 여기. 내가 어떻게 알았을 것 같아?"

차가 가는 것을 보고 섰던 재희가 어리둥절한 표정을 지었다.

"무슨 소리야."

"정말 네 실력만으로 거기서 일하게 된 건지 생각해 보라는 말이야. 반항은 진짜 혼자 서고 나서, 그때 가서 하든가."

그 말을 끝으로 재욱은 창문을 올렸다. 후진하는 차체를 재희는 얼떨떨하게 보고 있었다.

무슨 말이지? 눈을 깜빡이며 재욱의 뜻 모를 마지막 말을 정리했다. 정말로 혼자 서고 나서라니. 아버지가 준 카드도 전부 잘라 버린 지 오래였고 자신의 명의로 된 통장이며 주식 그 어느 하나 손대지 않은 채로 모두 버리고 나왔었다.

자신의 말을 듣지 않으면 동전 한 푼 주지 않겠다던 아버지. 그의 손에서 돈은 그저 숨통을 조이는 올가미 대신 쓰였을 뿐이다.

아르바이트로 손에 쥔 푼돈을 가지고 어렵게 시작한 달동네 살이였다. 어떻게 일하게 된 건지 생각해 보라니. 재희는 재작년 가을의 일을 천천히 되짚었다. 여기저기 원서와 연락을 돌렸었고, 마침 가을 학기 자리가 난 자립형 사립고에 운 좋게 발을 디디게 되었다. 자신을 반갑게 맞이하던 이사장의 얼굴을 상기했다.

설마? 재희는 휙 고개를 돌렸다.

그러나 재욱의 차는 이미 자리를 떠난 뒤였다.

"늦으셨네요?"

헉. 재희는 소스라치게 놀랐다. 뒤돌아보니 편안한 차림의 해준이 모퉁이에 서 있는 것이 보였다.

"해준아."

"누구예요?"

"하아."

재희는 쿵쿵 겁나게 뛰는 심장을 진정시키느라 가슴에 손을 얹었다. 크게 심호흡을 하자 그제야 긴장했던 뒷목과 등이 풀어졌다.

"놀랐잖아. 임마!"

꿀밤을 먹이려 손을 올리자 해준이 머리를 까딱하며 피했다.

"밤중에 여긴 왜 나왔어? 조깅?"

"네. 누군데요?"

함께 집으로 향하는 오르막을 걸으며 해준이 집요하게 물었다. 재희는 답할 말을 곰곰이 생각했다. 섣불리 누군가에게 가족 얘기를 꺼내는 것을 재희는 삼가는 편이었다. 스스로 그들과의 관련성을 애써 상기하고 싶지 않은 이유이기도 했다.

집을 생각하면 재희는 늘 악취가 나는 늪에 빠지는 악몽을 꾸곤 했다.

해준은 홀어머니 손에서 자랐어도 구김 없이 밝고 긍정적인, 건강한 아이였다. 신경 쓰게 할 일이 아니다. 재희는 그렇게 결론을 내린다.

"넌 몰라도 된다. 꼬맹아."

"……."

해준은 추리닝 바지에 손을 넣은 채로 자꾸만 뒤를 돌아보며 걸었다. 눈이 돌아갈 만큼 비싼 자동차. 기생오라비처럼 기분 나쁘게 생긴 남자였다.

"왜요. 누군데 그래요. 왜 말을 못 하는데요. 설마."

"……?"

"선생님! 여기저기서 돈 빌리고 다니고 그런 건 아니죠?"

"어허, 시끄러. 애들은 어른 일에 참견하는 거 아니다. 아참. 삼겹살 먹었어? 아, 아깝다. 놓쳤네."

"자꾸 애, 애 하지 마요. 나도 이제 몇 달만 지나면 열아홉 살이라고요."

"우이구, 구래쩌여. 우리 이쁜이가 벌써 그렇게 됐어요?"

재희는 억지로 밝은 목소리를 내며 높게 웃었다. 해준은 그것이 영 신경에 거슬렸다.

"들어가세요."

"응. 잘 자. 내일 보자."

방으로 향하는 계단을 오르는 재희를 해준은 아래에서 멍하니 보고 있었다.

이윽고 창문에 조용히 불이 들어온다. 그것을 보고 있노라니 괜히 가슴이 답답해 해준은 큰 숨을 쉬었다. 체한 듯한 명치끝을 쿵쿵 치다가 그대로 골목의 아래로 달렸다. 미친 듯 동네 주변을 뛰고 또 뛰었다. 평소에도 체력 단련을 위해 달리곤 하는 길이었다. 익숙한 골목이 달리는 시야의 곁으로 사라졌다가 다시 나타나고는 했다.

폐가 풍선처럼 부풀어 터질 지경이 되어서야 해준은 다시 집으로 돌아왔다. 비 오듯 땀이 쏟아졌다.

가게에는 뒷정리 중이던 어머니가 있었다. 슈퍼의 냉장고를 뒤적거린 해준은 1리터짜리 우유를 꺼내 벌컥벌컥 물처럼 단숨에 비워 냈다. 어련히 그러냐는 어머니는 그런 자신을 보고도 별다른 반응이 없다. 숨을 헐떡이며 잠깐을 고민한 해준이 다시 1리터들이 팩을 하나 더 꺼내자 신 여사가 아들의 등짝을 후려친다.

"작작 좀 무라. 하루에 몇 통을 먹는 기고."

"와. 아들이 묵는 게 아깝나!"

해준은 화를 내며 대들었다. 신경질적으로 손에 든 우유 팩을 가로채 자신의 방으로 향했다. 하루에 몇 통이든 부족하다. 염산에 부식되듯 목이 타들어 가는 느낌이었다. 무슨 수도 써 볼 수 없는 기분이란 그저 참담할 정도의 갑갑함뿐이었다. 괜스레 손에 땀이 배는 조급한 기분에 해준은 방에 오르기 전 이미 손에 든 우유 팩을 해치워 버렸다.

✳   ✳   ✳

늦은 봄의 저녁. 해준의 집에서는 단출한 세 식구의 저녁 식사가 한창이었다.

반찬은 김치찌개와 두부조림, 멸치볶음 등 어디서나 볼 수 있는 흔한 것들뿐이었지만 재희는 연신 신 여사의 음식 솜씨를 칭찬하며 열심히 수저질을 했다.

"천천히 좀 무라."

한 다리를 의자에 얹은 채 구부정한 자세로 입에 밥을 떠 넣는 해준에게 신 여사가 타박하듯 말했다.

"어머니, 이거 진짜 맛있어요. 어떻게 이렇게 맛있지?"

재희는 총각김치 하나를 손가락에 쥐고 얼굴 위로 올려 우걱

우걱 씹었다.

"많이 드세요, 스상님."

재희의 칭찬이 싫지 않은지 신 여사가 웃었다.

"참, 해준아. 이번 경기가 언제랬지?"

"다음 주 금요일이요."

해준이 입안에 밥알을 가득 문 채 웅얼웅얼 대답했다.

"다음 주 금요일?"

재희는 곰곰이 날짜를 세다가 인상을 찌푸렸다.

"금요일? 아, 교직원 총회 있는 날이잖아!"

불현듯 소리를 지르는 재희를 해준은 물끄러미 보다가 담담하게 말을 이었다.

"괜찮아요. 어차피 세화네 애들 응원하러 올 테고 정신도 없을 텐데요, 뭐. 아시잖아요."

"그래도 가 봐야 하는데!"

흐응. 어깨를 으쓱한 해준이 묵묵히 다시 밥알을 씹자 신 여사가 말을 보탰다.

"엄마는 가게 문 못 닫는데이, 알제?"

"안다."

"묵고는 살아야 할끄 아이가."

"누가 뭐라나?"

원래부터 해준의 축구를 반대했던 신 여사는 이제껏 한 번도 아들의 경기를 직접 보러 간 일이 없었다. 해준은 언제나 신경 쓰지 않는 듯, 상관없다는 듯 무심한 반응을 보여 왔지만 재희는 공연히 자신이 대신 신경 쓰였다.

어딘지 껄끄러워진 분위기를 쇄신시키려 재희가 가능한 밝은 목소리로 말을 꺼냈다.

"참, 어머니. 그거 아세요? 저번 경기 이겨서 이번에 8강전 갔잖아요. 그래서 이번에는 유명 팀 감독이나 코칭하는 사람들이 많이 보러 올 거래요. 그러면 좋은 유스 팀에 스카우트될 수도 있구요. 아니면 프로 팀에 눈도장 찍는 계기가 될 수도 있어요! 정말 잘됐죠. 어머니?"

"유우스, 뉴쓰? 그게 뭔교."

"유소년 팀이요. 어머니. 열여덟 살 이하인 선수들."

"아. 아아. 접때 그 뭐고. 니 접때 포항 갈라카던 그기 비슷한 거 아이가."

해준은 이미 타 지역의 U—18 입단 제의를 거절한 전적이 있었다. 그것은 비단 신 여사의 반대뿐 아닌 홀어머니를 혼자 두고 떠나지 못한 해준의 망설임에도 큰 이유가 있었다.

"거 들어가면 뭐합니꺼. 기양 다 땔치고 얌전히 공부나 했으면 참 좋을 낀데. 쌤처럼 훌륭한 슨생님이나 됐으면 참말로 바랄끼 없겠구만키로."

이미 한두 번 지나온 논쟁이 아니라 해준은 그저 입을 다물었다. 어떻게 설득을 하려 애써 보아도 그저 책상에 앉아 펜 굴리는 직업이 제일이라는 신 여사의 고집은 누구도 꺾을 수 없는 종류의 것이었다.

"에이. 그래두요. 어머니. 해준이는 축구를 엄청 잘하잖아요. 축구 잘하면 돈도 많이 벌고 유명해지고 얼마나 좋은데요. 해준이는 팀 에이스니까 충분히 가능성 있어요."

"공 좀 차는 아들이 한둘입니꺼. 그거 해서 뭐 묵고살란지. 지 앞가림은 해야 할 낀데. 언제꺼정 공 찬다고 저 난리를 직일지 모르겠는 기라예."

"마, 그만해라."

해준이 신경질적으로 수저를 식탁에 탁 내려놓는다.

"내 드간다."

밥을 먹는 둥 마는 둥 제 방으로 자리를 뜨는 해준을 보며 신 여사가 쯔쯔 혀 차는 시늉을 했다.

"저거, 저거. 지 애비 닮아가 승질 머리하고는."

신 여사가 재희를 돌아보았다.

"쌤요. 점마 저거 진짜 가능성이 있는 깁니꺼."

재희는 눈을 둥그렇게 떴다.

"그럼요! 제가 전문가는 아니지만 감독님이나 주변 선생님들도 다 해준이는 더 크게 될 거라고 맨날 그러시는 걸요."

"내사 마 저거 고생 안 시킬라고 별거 별거 안 해 본 일이 없습니더. 우짜든동 지 하나라도 편하게 살아야 할 낀데."

한숨 쉬는 모정이 읽혀 재희는 할 말을 잃었다. 덩달아 가슴이 뭉클해졌다.

"걱정 마세요. 어머니. 해준이 꼭 성공할 거예요. 진짜예요."

정말로 해준이 잘되었으면 좋겠다고 재희는 마음속으로 빌었다. 누군가 여유로운 삶을 영위할 수 있기를 이렇게나 간절하게 빌어 본 것은 처음 있는 일이었다.

탁. 탁.

재희는 해준의 창문을 향해 작게 구긴 종이 뭉치를 계속해 던졌다. 이어폰을 낀 채 뭔가에 열중한 해준은 쉽사리 자신의 쪽을 돌아보지 않는다. 이윽고 낌새를 챈 해준이 뒤돌아보자 재희는 과장되게 손을 흔들며 웃어 보였다.

"뭐예요."

창가로 다가온 해준이 매우 귀찮은 얼굴로 말했다.

"배고파."

"저녁 먹었잖아요."

"그래도 배고파."

해준은 한숨을 내쉬며 들어오라는 듯 창가의 곁으로 몸을 피했다. 해준의 방 베란다와 재희의 창문 사이의 간격은 기껏해야 50센치. 얄팍한 조립식 난간으로 벌어져 있을 뿐이다. 재희는 히죽거리는 웃음으로 쉽사리 창문을 넘었다.

"부엌에 남은 것 좀 있을 거예요. 잠깐 여기 앉아 있어요."

재희가 침대에 걸터앉자 해준이 아래층으로 발을 옮겼다. 밤 11시가 조금 넘은 시각이었다. 벌써 배고플 리가 없는데? 해준은 재희의 마음 씀을 대강 알 것 같았다.

밤늦은 시간에 야식을 찾는 일이 처음은 아니었지만 대개 그것은 재희가 사정상 저녁을 굶거나 건너뛴 날이었다. 예상에 없던 밥 타령은 풀이 죽은 자신을 위로해 주려는 재희의 배려일 것이다.

처음으로 전국 대회에 진출하게 되어 꽤나 흥분해 있던 자신을 재희는 알고 있었다. 작년까지만 해도 누구도 견제하지 않는 최약체 팀으로 평가받던 자신들이 아닌가. 하지만 올해는 느낌이 달랐다. 나날이 좋아지고 있는 자신의 기량은 물론 팀원과의 호흡도 이 이상 바라기 힘들 정도로 발전해 있었다. 어쩌면 4강, 어쩌면 이번에야말로 고등리그 전국 우승까지도 노려볼 기회인지도 모를 일이었다.

해준은 유명 유소년 팀의 제의를 거절하던 때의 일을 떠올렸다. 그것은 꼭 혼자 남을 어머니를 염려한 이유 때문만은 아니었다. 아직은 누군가를 포함한 그 모든 걸 뒤로할 자신이 없었다.

물론 선택을 전혀 후회하지 않았다고 하면 거짓말이다. 먼저 스카우트된 석환이 각종 우승컵을 휩쓰는 모습을 볼 때가 그랬다.

하지만 어차피 결과가 같다면 해준은 자신이 선택한 길이 틀리지 않았음을 증명하고 싶었다. 그리고 그렇게 되기를 간절히 바랐다.

양푼에 밥을 잔뜩 비벼 방에 도착하자 재희는 작은 밥상까지 편 채로 그를 기다리는 중이었다. 해준이 도착하자 짝짝 박수를 치며 반긴다.

"오오. 맛있어. 맛있어."

수저를 들고 야무지게 밥을 퍼 넣으며 감탄을 흘리는 재희를 보다가 해준은 말을 꺼냈다.

"뭐예요. 할 말 있으면 해요."

"뭐가?"

재희는 심지어 모르는 척이다.

"뭔가 훈계하고 싶어서 왔잖아요."

"얘는, 너 날 뭘로 보는 거야? 훈계는 무슨. 그냥 작은 인생의 메시지랄까."

"설교요?"

푸흡. 재희는 입을 막고 웃었다. 같이 보낸 세월만큼 해준은 자신의 속을 읽고 있는 것이 분명했다. 내내 해준의 기분에 마음이 쓰였다. 전통적 강호인 가나를 꺾고 다음 회전에 진출하게 된 해준의 기쁜 심정은 재희로서는 차마 상상도 되지 않을 정도였다.

여느 집처럼 부모가 나서서 전폭적인 지원을 해 줄 사정도 아니다. 혼자 계신 어머니를 생각해 타 지역의 스카우트 제의도 거절한 해준이지 않은가.

그런 그가 자력으로 한 단계씩 꿈을 밟아 가고 있는 것을 볼 때 재희는 마치 자신이 함께 모든 일을 이루는 듯 벅찬 감동을 느끼곤 했다.

그런 그에게 어머니의 냉담한 반응은 상처였을 것이라고 재희는 생각했다.

입안 가득한 밥을 꿀꺽 삼키고 재희는 말을 꺼냈다.

"어머니는 니가 고생하는 게 싫으신 거야."

"뭔 소리예요. 그게."

해준은 퉁명스럽게 대답했다.

"그러니까 너무 섭섭해하지 말라구."

"상관없어요. 그런 거. 어차피 내가 좋아서 하는 일이고."

툴툴거리며 대답하는 해준을 보고 재희는 우이구, 그랬어요, 하며 숟가락을 든 손을 올렸다. 수저를 손가락 사이에 끼운 채

매끈해 보이는 뺨을 꼬집으려 하자 해준이 선뜻 고개를 뒤로 물렀다. 버럭 소리를 지른다.

"아, 뭐하는 거예요. 더럽게."

정색한 얼굴로 해준이 말을 보태자 재희는 한 수 더 떠 낄낄 웃으며 말했다.

"우리 해준이는 뭘 믿고 이렇게 이쁠까."

"쌤."

마치 어린아이를 어르는 말투에 기겁한 해준이 인상을 썼으나 재희는 아랑곳하지 않았다.

"눈도 이쁘고, 코도 이쁘고, 입도 이쁘고, 마음씨도 곱고, 안 이쁜 데가 없네?"

"그만합시다. 저 지금 밥맛 떨어졌어요."

재희는 다시금 해준의 반듯한 얼굴을 눈에 담고 최대한의 진심을 담아서 말했다.

"넌 정말 크게 될 거야. 내가 사람 보는 눈은 좀 있거든. 넌 원석 같은 애야. 가짜가 아니고 진짜. 평범하지 않은 사람. 그러니까 네가 원하는 대로 될 거야."

진지한 재희의 말을 듣다가 해준이 진저리를 쳤다. 팔을 긁는다.

"징그럽게 밥 먹다가 왜 그래요. 알았어요. 누가 뭐래?"

치를 떨며 말했지만 사실 해준은 재희의 그런 말이 싫지는 않은 얼굴이었다. 항상 여자의 말에는 이상한 힘이 있었다. 마치 진짜 같은. 정말로 그렇게 될 것만 같은. 그런 기분 좋은 예감이었다. 덩달아 진지해지기 전에 해준은 재빨리 정신을 차렸다.

"다 먹었죠? 치웁니다."

재희에게서 숟가락과 그릇을 야멸차게 뺏고 해준은 먹던 자리를 치웠다.

"뭐야. 아직 덜 먹었는데!"

재희는 순식간에 장난감을 뺏긴 아이처럼 앉아서 손바닥으로 밥상을 두드렸다. 진상을 부리는 손님에 해준이 밥상마저 빼앗아 구석으로 치웠다.

"훠이, 훠이. 이제 가요. 설교 그만하고."

"와, 치사하다. 그런다고 먹던 걸 뺏냐."

"안 가요? 안 그러면 자고 가든가."

해준이 턱으로 침대를 가리키자 재희가 기겁해 엉덩이를 일으켰다.

"간다, 가. 하늘 같은 선생님을 이렇게 대접하다니. 흑흑."

"안녕히 주무세요."

해준은 뒤뚱뒤뚱 난간을 넘어가는 재희의 뒷모습에 꾸벅 인사를 했다. 자신의 방 창문에 도착해 재희가 무심코 손을 흔들자 해준도 따라 손을 흔들었다. 웃는 표정이었다.

✳　　　✳　　　✳

"어어, 잠깐만. 잠깐만!"

"빨리요. 쌤. 버스 간다니까요?"

해준은 계단 아래서 식빵을 물고 뛰어 내려오는 재희를 보며 답답함에 소리를 질렀다. 허둥지둥 재킷을 여미고 재희가 우다다 계단을 한달음에 내려온다. 이미 그에 익숙한 마을버스 기사가 백미러를 살피며 둘을 기다렸다. 텅 빈 버스에 올라타 털썩 자리를 잡자 재희는 그제야 입에 물었던 식빵을 우적우적 씹기 시작한다.

"뭐예요. 맨날 아슬아슬하게."

"그니까."

"그니까는 또 뭐예요!"

재희는 깔깔 웃었다. 물어뜯고 남은 빵을 건네자 해준이 군소리 없이 빵을 받아 씹었다.

이른 아침의 마을버스는 한산했다. 장터에 나가는 국밥집 김 할매를 제외하면 텅 빈 버스에 승객이라곤 재희와 해준 두 사람뿐이었다.

덜컹이는 버스에 다리를 벌리고 앉은 채로 해준은 유리창 앞을 응시했다. 구불구불한 길이 계속 이어졌다.

"어어."

차체가 기울면 재희의 몸에 밀려 해준의 다리가 닿혔다. 쿵. 고물 버스가 굽잇길을 지나며 요동친다. 재희가 손잡이를 잡았지만 이미 기울어진 체중이 해준의 엉덩이를 다시 밀어냈다.

"아, 미안."

"됐어요."

해준이 웃으며 사과하는 재희의 얼굴을 응시하고 뻣뻣하게 고개를 앞으로 돌렸다.

앞창으로 보이는 산동네는 햇살에 조용히 잠겨 있는 모습이다. 고요하고 또 어딘지 애잔한 기분이 들게 했다. 정류장을 지날 때마다 하나둘 사람이 늘었다. 옆으로 고개를 돌리자 재희는 언제나처럼 졸린 표정으로 창밖을 보고 있었다. 열려진 창에서 아카시아향이 흘러들어 버스 안의 공기가 부푸는 기분이었다. 창문에 대고 머리를 말리는 재희를 멍하게 보던 해준은 지금도 꽤 괜찮다는 생각을 했다.

그냥 지금으로도 괜찮은 것 같다고. 반복되는 지루한 일상이지만 아직은 꽤 괜찮은 것 같다고.

재희의 긴 머리가 바람에 날려 가끔씩 해준의 얼굴과 교복을 친다. 뺨에 닿는 머리칼에서 방금 한 빨래 냄새가 풍겼다. 해준이 그것들을 떼어 내다가 잠깐 그 끝을 만져 본다. 머리카락 끝을 만지고 있을 때,

"아, 맞다!"

무슨 생각인지 고개를 휙 돌리며 재희가 박수를 쳤다. 재희의 머리끝을 응시하던 해준이 재빨리 손을 놓고 얼굴을 찡그렸다.

"뭐예요. 또!"

"응? 맞았어? 미안, 미안."

재희가 배시시 웃으며 양손으로 해준의 볼을 쓰다듬었다. 해준이 아무 때나 예고 없이 만져 대는 재희의 손을 탁 하고 쳐 냈다. 재희가 무안해진 두 손을 잠깐 들었다가 내렸다.

"왜요. 뭔데요."

얻어맞은 왼쪽 눈을 찡그리며 해준이 물었다.

"회비 안 가져왔다."

"회비요?"

"응. 오늘 회식인데. 총회야 조퇴할 거라 쳐도 회비는 내야

하는데. 정 쌤한테 이번에는 꼭 준다고 약속했는데."

제법 진지한 듯 턱에 주먹을 대고 고민하는 얼굴에 해준은 맥이 탁 풀렸다.

"안 갖고 온 거예요. 없는 거예요."

재희가 고개를 들었다. 여전히 진지한 얼굴이다.

"없는 거지."

해준은 할 말이 없었다. 월급날이 며칠 지나지 않은 것으로 알고 있었다. 그러나 수중에 돈이 한 푼도 없단다. 정말 혀를 내두를 정도의 소비력이었다.

"그래서 어쩌게요."

재희는 무언가 곰곰이 생각하다 해준의 쪽에 대고 큰 눈을 깜빡이기 시작했다.

"없어요."

이미 눈치를 챈 해준이 정색하고 재빨리 답했다.

"에이. 거짓말. 왜 그래. 가족끼리 이러기야?"

재희가 교복 주머니를 뒤지기 시작하자 그때서야 해준이,

"아, 얼만데요. 얼만데요!"

소리를 버럭 지르며 몸을 피했다.

"3만 원."

"아오. 진짜."

해준은 인상을 구기며 스포츠 가방에 쟁여 두었던 비상금 봉투를 꺼냈다. 양손을 곱게 포개 내밀고 있는 재희에게 만 원 한 장을 하나씩 떼어 탁 소리가 나게 놓았다.

"이자는 알죠?"

"네."

눈을 글썽이며 불쌍한 척을 하기에 해준은 재희의 얼굴을 밀어 버렸다.

"무슨 학생 삥을 뜯냐. 선생님이."

"무슨 삥이야, 또. 가족끼리."

"우리가 무슨 가족이에요!"

"가족이지. 우리 이쁜 해준이."

해준이 버럭 화를 내는데도 재희는 좋다고 팔짱을 끼고 부비적대는 시늉을 했다.

"아, 징그러워요. 떨어져요."

"징그럽다니! 흑흑. 우리 해준이가 변했어. 예전엔 귀여웠는데."

우는 시늉을 하는 재희에게 해준은 혀를 찼다.

"그런 적 없거든요?"

하지만 자신도 모르게 피식 웃음이 나는 것은 어쩔 수 없다.

"참, 오늘 진짜 조퇴하고 오실 거예요?"

"응. 그럼 가야지. 오늘이 어떤 경긴데! 드디어 꿈에 그리던 8강 아냐!"

자신이 더 긴장되는 듯 양손을 부여잡고 흥분한 목소리에 해준은 내심 뿌듯한 기분이 되었다.

"최 감독님 말로는 이번에야말로 전국 우승이 꿈만은 아니라던데. 진짜로 그렇게 되면 이게 얼마 만이야. 우리 학교 근 20년만의 쾌거인데. 최고의 천재 포워드님도 계시고. 응?"

"뭐, 올해가 사상 최강의 팀이긴 하죠."

해준은 씰룩거리는 입매를 차마 감추지 못했다.

"진짜로 우승하고 그러면 어떡하지. 막 이해준 슈퍼스타 돼서 선생님 모른 척하고 그러는 거 아냐? 너 잘돼도 사인 해 주고 그래야 해? 알았지?"

"아, 됐어요."

계속해서 던지는 실없는 농에 해준은 그만하라는 듯 안색을 굳혔다. 하지만 가슴속 깊은 곳이 뿌듯하게 차오르는 느낌마저 막을 수는 없었다. 정말로 그렇게만 된다면 좋을 것 같았다. 재희가 말하는 대로의 남자가 되고 싶었다. 그런 생각을 하자 심장이 느리게 쿵쾅대며 뛰는 것이 느껴진다. 해준은 공연히 숨을 들이마셨다.

"으아, 오늘 날씨 좋다."

기지개를 켜며 해준은 화제를 바꾼다. 시선을 돌린 재희가 그렇네, 하며 고개를 끄덕거렸다.

"날씨가 이렇게 좋으니까 오늘은 진짜 좋은 결과가 있을 거야."

무덤덤하지만 맑은 목소리로 재희가 말했다. 햇살이 정말로 밝은 날이었다. 덩달아 가슴이 벅차게 뛰었다. 여자의 말은 언제나 긍정의 예언 같아서 자신을 벅차오르게 했다. 그 기대를 무너뜨리지 않을 수 있기를. 그리고 지금보다 더 멋지고 큰 남자가 되기를. 해준은 선선한 공기를 가득 들이쉬며 그렇게 빌고 또 빌었다.

❋　　　❋　　　❋

재희는 교무실에 도착해 자리를 정돈했다. 수업에 필요한 프린트물을 꺼내고 일지를 정리한 후 자리에 앉았다. 잔에 따라온 티백 녹차를 홀짝홀짝 마셨다.

2층 창가에 위치한 재희의 책상에서는 운동장에 모인 축구부 선수들을 훤히 볼 수 있었다. 이미 승합 차량이 도착했음에도 선수들은 막바지 패스 연습에 열중인 모습이었다.

재희는 삐죽이 고개를 빼고 해준의 모습을 찾았다. 균형 잡힌 모습이 날쌔게 볼을 가로채는 모양을 보면서 오오 작은 탄성을 지른다.

"이쁘지?"

문득 귓전에 들리는 소리에 재희는 고개를 돌렸다. 함께 영어를 가르치는 정미란 선생이다. 그녀는 옆의 책상에 서서 재희와 똑같은 찻잔을 들고 미소 띤 모습이었다.

"어? 선생님! 일찍 오셨네요."

재희가 눈을 접으며 웃었다. 그 말에 대답은 않고 미란은 차를 한 모금 마시며 다시 창밖을 가리켰다.

"이쁘지 않아? 해준이 말야."

그제야 미란의 말을 알아챈 재희는 창 쪽으로 눈을 돌리며 더욱 활짝 웃었다.

"이쁘죠. 너무 이쁘죠."

너무 이뻐서 깨물어 주고 싶죠. 재희는 차마 뒷말을 아낀 채 해준의 뛰는 양을 열심히 눈에 담았다. 달리고 공을 차고 웃는 모습까지. 마치 새끼를 살피는 어미의 시선과 같이 다정함을 담은 눈으로 해준을 좇았다.

"어쩜 저런 보물이 들어왔지."

다른 이에게 해준의 칭찬을 들으면 저도 모르게 어깨가 으쓱해지고는 한다. 마치 제 자식의 자랑을 듣는 것마냥 뿌듯한 기분이 드는 것이다.

"그래도 편애하고 그러는 거 아냐."

"에이. 그런 거 아니에요."

말하며 재희는 웃었다. 미란은 함께 근무하는 교직원들 중 가장 친밀한 관계를 유지하는 사이였다.

시작은 어찌 된 일인지 잘 기억하지 못하지만 첫 회식 자리 이후였던 것 같다. 주는 대로 받아 마시다 보니 그날 하는 수 없이 골드미스인 미란의 집에서 신세를 졌었고, 그 후로 둘의 사이는 급격히 가까워졌다.

"뭐가 아냐. 아주 얼굴에 내 새끼 이쁘다. 이러고 써 있구만. 자기 신세지는 집 애라고 너무한 거 아냐? 하기야 나 같아도 우리 반 애였음 업고 다녔겠지만."

"……."

"그러다 다른 애들 질투한다. 이 동네 말 돌기 시작하면 피곤한 거 자기도 알잖아."

"알아요. 헤헤."

재희는 알아들었다는 듯 말했지만 사실 딱히 신경은 쓰이지 않았다. 자신보다 열 살이 위인 미란의 걱정이 가끔 지나친 노파심 같았기 때문이다.

해준의 성공은 곧 자신의 성공처럼 느껴졌다. 그것은 가족의 친밀함을 겪어 보지 못한 재희에게 생소한 감정이었다. 자신에게는 어머니가 없고, 해준에게는 아버지가 없었다. 서로가 결핍의 보완이라고 느껴지는 때도 있었다.

해준이 바르게 자라나는 모습을 보고 든든한 축구 선수로 태어나는 것을 관찰하면서 얻는 뿌듯함은 교사라는 직업 그 이상의 기쁨이고 환희였다. 그만큼 해준에게 느끼는 감정은 특별했다. 그저 '편애'와 같은 단어로 치부될 얄팍한 것이 아닌 어떤 종류의 숭고한 감정이었다. 동질감이었고, 또는 가족과 같은 안정감이었다.

해준이 가끔 어색한 말로 힘이 되어 주어서 고맙다고 말할 때가 있었다. 하지만 해준은 모를 것이다. 이 관계에 더욱 의지하고 있는 것이 누구인가 하는 것을.

"그래서, 오늘 회식은 결국 안 온다고."

"네. 어쩔 수가 없어요. 해준이 어머님도 못 오신다고 하고. 제가 가 봐야……."

"그러니까. 그런 게 이상하다는 거야. 보통 자기네 반 학생한테 그렇게까지 해? 아무리 하숙집 아들이라고 해도 그렇지. 암튼 난 몰라. 이상한 말 나오면 자기가 알아서 해."

"그냥 응원해 주러 가는 건데요. 뭐. 별문제 없을 거예요. 선생님이 잘 말씀해 주실 거죠?"

"암튼 김 선생 때문에 내가 못 살아. 회비는?"

오, 하며 주머니를 뒤져 재희가 꼬깃꼬깃한 만 원짜리 지폐를 꺼냈다.

"어쩐 일로 돈이 있대?"

미란이 묻자 재희는 웃었다.

하는 둥 마는 둥, 남은 수업을 미란에게 맡긴 재희는 아프다는 핑계로 교무실을 빠져나오는 참이었다. 정기총회는 평소보다 한 시간 일찍 종례를 마치고 회의실에서 진행되고, 회의를 마치면 연례행사인 회식이 계획되어 있었다. 나오는 길에 재희에게 유달리 관심이 많은 교무주임의 질문에 그녀는 콜록대며 대답을 회피했다.

손목시계를 살피며 재희는 부리나케 복도를 뛰었다. 다행히 경기가 열리는 경기장까지는 그리 멀지 않았다. 넉넉잡아 한 시간이면 도착할 것이란 생각에 재희는 더욱 발걸음을 빨리했다. 이사장실 앞을 지날 때 소음에 신경이 쓰여 발길을 죽였다. 그런 재희의 발길을 잡은 것은 이상하게 귀에 익은 목소리였다.

"……."

대화는 알아들을 수 없었다. 하지만 그 음파만은 쉽게 헷갈리기 쉬운 성질의 것이 아니었다.

저절로 발길이 멈췄다. 뒤돌아 선 재희의 눈에 띈 것은 아니나 다를까. 이곳에 있어서는 안 될 사람의 모습이었다. 등줄기가 쭈뼛했다. 팔에 소름이 돋아 재희는 자신의 눈을 의심했다. 눈을 가늘게 뜬다.

"아……버지?"

"항상 감사합니다. 허허. 살펴 가십시오."

꼿꼿이 선 재희의 옆에서 이사장은 차량에 탄 사내에게 연거푸 머리를 조아렸다. 이사장은 평생 청렴한 교육자의 길을 걸어온 사람으로 세간에 알려져 있었다. 그의 열린 교육에 대한 의지와 청소년에 대한 애정은 재희뿐만 아닌 많은 교원들에게 귀감이 될 만큼 훌륭한 것이었다. 재희 역시 항시 그런 그를 존경하는 마음을 감추지 않고 표현해 왔다. 그런데, 그런 그가 부패한 부의 상징 앞에 허리를 굽히는 장면을 직접 목격하게 되는 일이란, 재희가 평소 꿈꾸던 이상적인 스승의 인상과는 얼마나 다른가.

"타라."

검은 차의 창을 반쯤 내린 뒷좌석의 남자가 엄중한 투로 말을 던진다.

"올라가세요."

재희의 얼굴 역시 차게 굳어 있었다.

"타라. 다른 사람 앞에서 애비 얼굴에 먹칠이라도 할 테냐?"

묵묵히 섰던 재희가 잠자코 다른 쪽 차 문을 열어 좌석에 앉았다. 차가 출발하자 멀찍이 이사장이 허리를 굽히고 선 모양이 눈에 들어왔다. 자득은 한동안 말이 없었다.

"어쩐 일이세요."

대답 대신 묵직한 종이봉투가 풀썩 재희의 무릎 위로 던져졌다. 재희는 눈썹을 찡그렸다. 스커트 위에 던져진 봉투를 집어 안을 살폈다.

"이게 뭔데요. 여긴 어떻게 오셨어요. 혹시 재욱이……."

"부지로 가자."

자득이 재희의 말을 무시한 채 앞에 앉은 남자에게 낮고 짧게 명령형의 말을 던졌다. 운전사가 고개를 끄덕해 응답하고 고급형 세단은 곧 교정을 벗어나 시의 외곽으로 조용히 달리기 시작했다.

항상 이런 식이지. 절대로 바뀔 리가 없다. 그 앞에서 자신은 사람이라기보다는 노예였다. 가족이고 딸이라기보다는 단지 실내의 구색 맞추기용 장식품이었다. 맥박이 소리 내어 뛰기 시작했다. 저절로 얼굴에 피가 몰렸다.

재희는 가능한 숨소리를 죽이며 심호흡을 했다. 화내고 싶지 않다. 더 이상 미워하고 싶지 않아. 무엇보다도 이미 제 인생과 상관없다고 결정지은 사람 때문에 분노라는 소모적인 감정에 휘둘리고 싶지 않았다.

※　　　※　　　※

무슨 일이야.

해준은 신발을 고쳐 신으며 계속해서 벽시계와 문을 번갈아 응시했다. 시간은 벌써 오후 3시를 가리키고 있었다. 재희는 무슨 일이 있더라도 오겠다는 말을 남긴 터였다. 비단 그 말이 아니더라도 자신의 주요 경기를 빼먹을 리가 없는 사람이다. 늦어도 한 시간 전에는 대기실에 들러 열심히 하라는 응원을 남기고 자리를 잡는 것이 그녀다웠다.

무슨 일이 있는 건가. 해준은 공연히 초조해지는 기분을 느끼고 있었다. 이번 8강전은 자신에게 큰 의미가 있는 경기였다. 처음으로 치러 보는 8강이기도 했고, 이번 경기만 이기면 대대적인 강호인 오산이나 포항과 붙어 볼 기회가 생기는 것이다. 승기가 한껏 올라 있는 한성에 여론은 호의적이었고, 해준도 이번에는 노려볼 만하다는 생각이 들 만큼 승부에 자신이 있었다.

보고 싶다는 마음. 그리고 그런 자신을 보여 주고 싶다는 마음이 이렇게나 강했던 적은 처음 있는 일이라는 생각이 들었다.

무슨 사고라도 생겼나.

해준은 점차 조급해지는 기분을 털어 내려 자리에서 벌떡 일어섰다. 경기력은 피지컬과 팀워크 외에도 선수의 집중력 또한 매우 중요했다. 잡생각은 그저 독이 될 뿐이다. 훅훅. 해준은 숨을 내쉬며 자리에서 가볍게 달리기 시작했다.

대기실은 한창 몸을 푸는 어린 선수들로 북적거리고 있었다. 축구화를 단단히 동여매거나 준비체조를 하고, 누군가는 긴장을 풀겠다며 이어폰으로 음악을 듣기도 했다. 팀원들이 뛰거나 스트레칭을 하는 곁에서 팀의 매니저를 자청한 세화와 그 친구들이 수건과 음료수를 실어 나르는 것이 눈에 띄었다.

"안 마실래?"

세화가 뜀뛰기를 하고 있는 해준에게 이온 음료를 건넸다.

"됐어."

해준은 곁에 다가온 세화의 손만을 힐끗 봤을 뿐 곧 대기실 문으로 얼굴을 돌렸다. 세화는 그 표정이 무슨 뜻인지 알 것 같아 불퉁거리는 말투로 다시 물었다.

"왜, 선생님 기다리나."

"뭐?"

해준이 무슨 상관이냐는 얼굴로 아래 세화를 응시했다. 이상한 것을 묻는다는 표정. 세화는 그 아무것도 아닌 시선에도 설레는 자신이 싫게만 느껴졌다. 헤어진 후로 해준은 여간해선 자신을 똑바로 보려고 하지 않았다.

"쌤이 맨날 오실 수 있나. 수업도 하셔야 되고."

"그러는 니는 어떻게 왔는데? 수업 안 하나."

세화는 그만 말문이 막혔다. 축구부의 매니저 일을 하겠다는 것은 알량한 핑계일 뿐이었다. 실은 그의 경기를 보겠다는 욕심이 더 컸다. 세화의 조퇴를 담임은 어지간해서는 제지하지 않는다. 그간 자신과 어머니가 여러 방면으로 학교와 선생에게 돈을 써 왔다는 반증이었다. 게다가 능력 없는 감독은 도리어 세화무리의 등장을 환호하며 반기는 쪽이었다.

"우리가 와 주면 고마운 줄 알아야지. 나랑 애들 안 오면 팀은 누가 챙기는데."

"안 와도 알아서 다 잘 돌아가게 돼 있다. 학생이 공부를 해야지. 고마하고 집에 가라."

"그러는 쌤은 무슨. 니 엄마가. 니네 엄마도 안 오는데 쌤이 뭐한다고 맨날 수업 빠져 묵고 운동장에 오는데."

"그만하라 했다. 저리 안 가나."

위협적으로 변한 해준의 말투에 그때서야 세화는 자신이 꼭 하지 않아도 될 말을 내뱉고 말았다는 것을 깨닫는다. 씨발. 낮은 욕설을 뇌까린 해준이 세화를 등지고 자리를 비켰다. 돌변한 해준의 태도에 세화는 그만 눈물이 날 것 같았다. 세화의 바뀐 표정을 보고 주변의 친구들이 달려와 그녀를 위로했다. 세화가 울먹이는 목소리로 말을 꺼냈다.

"내가 뭐하자고 이 짓을 계속하는지 모르겠다."

"세화야……."

"이해준 나쁜 놈."

"진짜 왜 저런대."

학교에서 해준을 처음 만났을 때를 세화는 떠올렸다. 근방의 중학교를 졸업한 아이라면 모르는 사람이 없을 정도로 해준은 또래 사이에서 유명세를 탔다. 잘생긴 얼굴이 그랬고, 월등한 축구 실력이 그랬다. 마침내 같은 학교에 배정되었다는 것을 알았을 때부터 세화는 다짐했다. 이해준을 갖는 사람은 반드시 자신거라고.

해준이 자신의 고백을 받아 주었던 날을 기억한다. 당시의 해준은 저렇게 냉정하고 무심한 남자가 아니었다. 세화는 해준이 변했다고 느꼈다. 그리고 그 원인의 제공자는 두 번 생각할 필요도 없는 것 같았다.

✻　　　✻　　　✻

강영석. 39세. 태산그룹 2세로 최근까지 뉴욕의 지사장으로 근무. 프랑스인 부인과 사별한 후 5년간 혼자였음. 슬하에 자녀는 없음. 2주 후 귀국 예정. 영어, 불어, 일본어, 중국어에 능통하며 취미는 승마. 담배는 하지 않음. 그 외의 취향으로는…….

아버지가 던진 봉투 속 파일의 간략한 내용이었다. 그 외에도 소소한 그의 기사나 사진, 취향이 적힌 보고서가 기밀문서처럼 포장되어 단정하게 출력된 상태였다. 재희는 물가에 선 채로 실소를 참지 못했다. 참으려고 해도 계속해서 터져 나오는 것은 기막힌 웃음뿐이었다. 미친 여자처럼 웃다가 눈물이 맺히면 잠깐이나마 잊고 지내던 어머니의 얼굴이 보이는 것도 같았다.

아버지의 의도는 명백했다. 태산에 자신을 팔아넘기겠다는 뜻이었다. 중국이나 동남아 등지의 하품을 수입해 상표만을 바꿔 파는 사업이 주된 돈벌이인 대성이, 자사 노하우를 가지고 수출 위주의 경영을 해 온 태산과의 협력에 눈독을 들인 것은 자득의 야망에서 생각했을 때 일리가 있는 행보였다. HS의 후계자인 인혁과의 결혼이 엎어지고 세상이 끝난 듯 분노했던 아버지가 몇 년간이나 자신을 가만히 둔 것은 다음 타깃을 물색하던 기간에 지나지 않았던 것이다.

곧 귀국한다는 남자의 취향을 공부하고 맞춰 놓으라는 전언이 있었다. 무기로 들고 나온 것은 다름 아닌 재희의 일자리였다. 강하게 반발하는 재희에 자득은 분기별로 재단에 억대의 기부금을 내놓는 사람의 입김을 무시하지 말라고 엄포를 놓았다.

재희는 그저 물을 보고 서 있었다.

하천은 검고 외로워 보였다. 제멋대로 풀이 자라난 강바닥에는 담배꽁초와 쓰레기, 그리고 자신이 엉망으로 찢어 놓은 종잇장들이 흩뿌려져 있었다. 기가 막힌 일들. 자신의 상식으로는 전혀 이해되지 않는 일들은 언제고 꼬리를 물며 자신의 꽁지를 쫓아서 따라왔다. 피할 수 있을 거라고 생각했는데, 그러고도 잘 살아왔다고 생각했는데. 새삼 자신이 얼마나 무력한 인간인지 깨닫고 있었다.

모든 게 아버지의 입김이었다니. 드디어 취직, 그리고 독립이라고 노래를 부르며 박수를 쳤던 지난날을 떠올리자 한심해졌다. 어디에도 발을 붙이지 못하게 해 주겠다는 아버지의 협박은 여지없이 제대로 먹히고 있었다. 두렵다. 어떤 목소리도 내지 못했던 어머니가 떠올랐다. 재희는 그저 울었다. 벌써 10년도 전의 일이었지만 어머니가 목을 매단 날을 평생 잊을 수는 없을 것이다.

아버지의 힘. 자신으로서는 어떻게도 이길 방도가 없어 보이는 거대하고 위압적인 돈의 위력. 두려움 때문에 굴종하고 굴복하는 구성원들. 이것이 가족…… 이것이…… 애정?

얼마나 그렇게 서 있었는지도 알 수 없었다.

재희는 턱을 악물었다. 물은 여전히 검고 조용하게 흐르고 있었다. 물빛이 더욱 까맣게 변한 것 같다고 생각했더니 주위는 이미 어둑해진 지 오래였다. 몸을 움직이자 경직되었던 관절이 두둑거리는 소리를 냈다.

❋   ❋   ❋

방으로 향하는 계단에서 꾸벅꾸벅 졸며 자신을 기다린 해준을 발견했을 때, 재희는 소스라치게 놀랐다. 그리고 저도 모르게 뚝뚝 눈물을 흘리기 시작했다. 어째서 울음이 나는지 자신이 더욱 이유를 알 수가 없었다.

봄이었다. 그리고 밤이었다. 가족처럼, 아니, 가족보다도 더욱 아끼는 사람이었다.

"쌤. 왜 그래요?"

해준은 파란색 추리닝 차림이었다. 졸다가 깨어난 해준이 놀란 얼굴로 재희를 향해 달려왔다.

"미안……. 경기 못 가서."

"이겼어요."

"그럴 줄 알았어."

"어디 갔다 왔어요?"

눈물은 끝이 없었다. 재희는 그저 해준의 걱정하는 얼굴을 보기만 했다. 잠이 덜 깬 얼굴이었지만 염려하는 섬세한 표정이었다. 북받치는 감정은 둑이 허물어져 내리는 것처럼 액체가 되어 바닥으로 떨어졌다. 재희는 그제야 자신이 그동안 해준과 신 여사를 얼마나 감정적으로 의지해 왔는지 흐릿하게 짐작할 수가 있었다.

정말로 외로워서. 죽을 것 같아서.

과거의 자신을 떠올린다. 어디에도 마음 둘 곳이 없었다. 늘 살얼음판을 걷는 기분으로 살았던 집. 적이나 다를 것 없었던 가족들. 돈으로 치장된 친구들, 손님들, 일꾼들. 아무도, 누구도, 자신과는 관련이 없는 사람이었다. 끝없이 자신을 이용하고 억압하는 가족이라는 망령만이 존재할 뿐이었다.

해준에게 애정을 쏟을 수 있어서, 해준의 어머니와 같은 사람을 만날 수 있어서 얼마나 자신에게 힘이 되었는가. 아마도 그들은 상상조차 할 수 없는 정도의 크기일 것이다.

"왜 울어요."

"좋아서 그러지. 좋아서. 이번에 이겼으니까 그럼 4강 가는 거지? 우와. 진짜 너무 좋다."

한 번 터진 눈물은 쉽사리 멈출 기색을 보이지 않았다. 자신이 그들에게 의지해 온 정도를 가늠할수록 그 여파란 거대하기만 해서, 감정의 폭발을 억누르기가 힘이 들었다.

"근데 오지도 않고 말이죠."

해준이 입술을 부루퉁 내밀었다.

"진짜로 어디 갔다 왔어요. 무슨 일 있어요?"

해준은 걱정스러운 얼굴로 재차 물었다. 그 선량한 눈망울에 부딪히자 응석처럼 더욱 큰 울음이 터진다. 울음소리가 커지자 해준은 당황하면서 자신의 추리닝 소매를 늘려 재희의 눈가를 닦고 문질렀다.

"고마워."

"뭐가요."

"그냥 다."

아버지였고 어머니였다. 동생이고 자식이었다. 어느 한마디로 정의 내릴 수 없는 소중한 감정의 집합체들이 가족으로 재희의 가슴에 정의되어 있었다. 어디도 날아갈 곳이 없는 병든 새 같은 자신을 품어 주고 식구로 받아들여 주었다. 가족에게 얻지 못한 감정의 안온함이 반동처럼 집약되어 이들 가족에 퍼부어진 느낌이었다.

"그만 울어요."

"어. 응."

재희는 울고 또 울었다. 해준의 소매는 성한 곳이 없을 만큼 이미 수분으로 축축해졌다. 맨손을 들어 재희의 눈물을 닦았다.

해준은 물끄러미 재희의 얼굴을 보고 있었다.

"선생님……."

그러면 안 되는데. 아직은 너무도 일러서 꾹꾹 담아 놓았던 말이었다. 미처 준비되지 않은 말이 왜인지 해준의 입술을 비집고 나왔다.

"좋아해요."

※　　　※　　　※

의외의 말에 재희는 눈을 깜빡였다. 방울방울 떨어지던 눈물이 엉겁결에 멎었다.

"응? 물론 나도 좋아해."

재희는 어색한 웃음을 웃었다. 그러나 마주 보는 해준의 얼굴이 꽤 진지해 재희는 고개를 갸웃했다. 해준은 머쓱한 얼굴로 재희의 어깨를 짚었다. 입술을 깨물고 가까운 재희의 눈을 응시했다.

"장난하는 거 아니에요."

해준과 눈이 마주치자 재희는 발을 뒤로 물렸다. 급하게 고개를 숙이고 눈알을 이리저리 움직였다.

"아, 벌써 시간이 이렇게 됐네?"

"……선생님."

"난 그만 들어가 볼게. 너무 늦었다."

"선생님."

"너도 그만 들어가고. 참. 승리 축하해!"

허둥지둥 계단을 오르면서 재희는 해준에게 최고라는 듯 엄지를 올리며 웃어 보였다.

"선생님!"

눈 깜빡할 새 재희의 모습이 사라지자 해준은 미간을 찡그리고 다시 입술을 깨물었다. 아…… 괜한 말을 했나. 공연히 머리를 부스스 털어 냈다. 하지만 언제고 터질 일이었다. 깊어지기만 하는 감정을 그저 자라도록 놓아두기만 했던 것이다. 단지, 이렇게 빨리 입 밖에 꺼내 놓을 생각은 아니었지만.

해준은 재희가 사라진 방의 문을 올려다보았다. 맞닿은 창문으로 서로의 불빛이 보이는 쌍둥이 옥탑방. 한참을 계단 아래 섰던 해준은 이윽고 몸을 옮겼다. 괜스레 길가의 돌을 걷어찼다.

＊　　　＊　　　＊

다음 날 아침, 해준은 여느 때처럼 재희가 준비를 마치고 계단을 내려오기를 기다렸다. 재희는 평소와 다름없이 버스가 도착하고 나서야 허겁지겁 입에 빵 조각 하나를 문 채 계단을 뛰어 내려왔다.

"쌤. 빨리 좀 와요!"

"어, 해준아! 안녕! 잘 잤어?"

헐레벌떡 돌진한 재희가 습관처럼 창가 자리에 자리를 잡고 해준이 그 옆에 착석하고 나서야 천천히 버스가 출발하기 시작했다.

"잘 잤어요?"

해준은 식빵을 물어뜯는 재희의 얼굴을 아래위로 응시하면서 물었다. 실은 자신이 잠을 좀 설친 까닭이다.

"어. 완전 잘 잤지! 근데 얼굴이 왜케 부었는지 몰라. 라면도 안 먹고 잤는데 말이야."

중얼중얼 평소같이 허튼소리를 해 대며 남은 식빵 반쪽을 뜯어 해준의 입으로 밀어 넣는 재희다. 얼결에 피했다가 그것을 다시 받아 문 해준은 어딘가 조금 이상한 기분이 들었다.

"숙취도 아니고, 어제 소주 딱 한 잔 마시고 잤는데. 왜 이리 머리가 아프지?"

"글쎄요."

"왜 이렇게 머리가 아플꼬. 아이고, 두야."

"한 잔이 아니라 한 병이었던 거 아니에요?"

"에이. 아니야. 내가 무슨 술고래인 줄 알아."

재희는 팔꿈치로 해준의 옆구리를 찌르며 깔깔 웃었다. 그 웃음소리에도 해준은 뭔가 이상한 느낌이었다. 그러다가 곧 어렴풋이 이유를 알 것 같았다. 이 여자는 너무, 평소와, 다름이 없었다!

"술은 왜 마셨어요."

"피곤하길래 푹 자려고. 왜 이래. 그런 눈으로 보지 마. 하루 한 잔 정도는 심장 약이라고 그랬거든? 아, 내가 학생 앞에 두고 별말을 다 한다. 애기야. 너도 크면 다 알게 돼."

"누군 술 안 마셔 본 줄 아나."

재희는 해준의 쪽으로 고개를 돌렸다.

"응?"

"아니에요."

버스는 습관처럼 약속된 장소들을 지나고 가로질러 달렸다. 익숙한 시장. 눈에 익은 삼거리. 그 앞을 지날 때면 재희는 창가에 팔을 괴고 지나는 마을 사람들을 유심히 응시하고는 했다. 해준은 그런 재희의 뒷모습을 응시하다가 목을 가다듬었다.

"어제 한 말."

"⋯⋯?"

"농담 아니에요."

"무슨 말?"

재희는 마치 까맣게 잊은 사람처럼 굴고 있었다. 당황스러움과, 그리고 약간의 짜증으로 해준이 목청을 높이려는 순간,

"어머. 얘. 알았어! 호호."

재희가 선수를 치듯 까르르 웃음을 터뜨렸다. 해준의 등을 치고 입을 가리면서 웃는다. 해준은 당황했다.

"이구이구. 우리 이쁜이. 선생님이 몰라줄까 봐 섭섭했구나? 선생님이 해준이 마음 다 알아요."

그리고 저절로 해준의 볼로 올라오는 양손의 집게손가락. 해준은 잽싸게 그것들을 치우며 몹시 인상을 찌푸렸다.

"뭐하시는 거예요. 지금?"

"으구. 요게 컸다고 얼굴도 못 만지게 해. 알았어. 알았어. 치사하다. 진짜. 됐어. 안 해."

재희는 얼굴을 다시 창가로 돌렸다. 해준은 찡그린 얼굴을 좀처럼 펴지 못했다. 뭐하자는 거지. 참새처럼 떠들어 대는 재희

때문에 잠시 맥락을 놓쳐 버린 기분이었다. 이게 아닌 것 같으면서도 해준은 정확히 문제점을 쉽게 콕 짚어 낼 수가 없었다.

"진짜로 장난 아니었다니까요?"

싱긋 웃는 얼굴로 재희가 고개를 돌렸다.

"알았어. 알았어."

하며 또 손부터 다가오기에 해준은 아예 고개를 멀찍이 피했다. 그리고 이제야 확실히 알 수가 있었다. 그만 맥이 탁 풀렸다.

무려 3년간이나 혼자서 쌓아 온 감정이었다. 첫눈에 반한 거라고 해도 좋았다. 그냥 좋았다. 무작정이었다. 깨닫고 보니 거칠 것 없이 무조건 빠져 버리고 만 상태였다. 항상 가장 가까이 있었다. 딱히 뭔가 변하지 않아도 좋았다. 그것도 아직은 나쁘지 않다고 생각했었다. 뭘 어쩌겠다고 결심한 것도 아니었는데. 그저 지금은 곁에 있는 걸로도 괜찮다고 생각했는데. 어쩌다 보니 입 밖에 내놓게 되고 말았다. 때문에 자신 역시 당황스럽기는 매한가지였다.

어떤 반응을 보일까 싶어 잠을 설쳤다. 그러나 그랬던 것은 오직 자신뿐이었나 보다. 마치 없던 일로 하려는 듯 장난스러운 태도에 해준은 대꾸할 말을 찾을 수 없었다. 한 방에 어떤 관계가 되겠다고 결심한 것이 아니다. 어쨌거나 선생님과 학생. 그 신분의 격차도 당분간 무시할 수는 없겠지, 생각해 왔던 것도 사실이다. 눈 앞, 달리는 차창을 응시하다 말고 해준은 흘깃 재희의 옆모습에 눈을 주었다. 잘근잘근 입술을 씹었다.

돌아갈 수 있을 거라고 생각하는 건가. 이미 그건 늦었다고 생각하는데.

아침 연습이 있는 해준을 운동장으로 보내고 재희는 교무실
의 복도를 걸었다. 반별로 팻말이 줄지어 달린 교실을 지나면
한 층의 반절을 차지하는 큰 규모로 이사장실과 교장실, 그리고
교무실이 연달아 자리를 잡고 있었다.

'교무실'이라고 적힌 팻말을 눈을 들어 한참 응시하다 재희
는 끼익 나무문을 열었다. 평소와 다름없는 이른 출근이었다.
고즈넉하게 텅 빈 교무실은 아침 햇살을 들일 준비를 하고 있었
다. 재희는 비어 있는 제자리에 눈을 준다. 자리에 붙박은 듯 선
채로 한참 동안 창가의 자리를 응시했다.

후우. 머리를 쓸어 넘기고 재희는 의자에 앉았다. 가방을 놓
고 자리에 앉자 새삼 책상과 의자가 새롭게 느껴졌다. 골이 울
리는 지끈거림에 책상에 머리를 눕혔다. 소주 한 잔이 아니라
한 병이 아니었냐는 해준의 말은 실은 정답이었다. 동이 틀 무
렵까지 잠을 이룰 수가 없었기 때문이다. 이겨 내겠다고 다짐했
지만 아버지의 손아귀에서 벗어나는 방법은 없어 보인다.

재혼남과의 맞선을 피할 수 있는 방법, 그 제안을 무시하고 아
끼는 자신의 자리를 지킬 수 있는 방법도. 멍청이라도 된 것처럼
아무 생각도 나지 않았다. 그저 무방비하게 죽을 날을 기다리는
시한부 인생처럼 초조하기만 할 뿐이었다. 다른 아이들이 자신
처럼 자라나는 것이 싫었다. 그런 책임감에서 선택한 숭고한 직
업이었다. 하지만 어쩌면 좋을까. 자의가 아닌 타의에 의해서 그
자리를 잃게 된다면. 잃어야만 한다면?

책상에 머리를 누인 채로 이리저리 돌리던 재희는 몸을 일으켰다. 유니폼을 갈아입은 해준이 트랙을 달리는 모습이 눈에 띄었다. 쑥쑥 자라난 태양 같은 아이. 재희는 턱을 괸 채로 뛰는 해준을 지켜보고 있었다.

✱　　　　✱　　　　✱

"이해준. 라면 어디 있냐, 라면!"

"아, 새끼. 거기 있잖아. 거 음료수 옆에."

"야! 손님이 왔으면 니가 끓여서 바칠 생각은 안 하고. 손님을 일꾼으로 시켜 먹냐!"

"야, 해준이 일하잖아."

해준은 배달 주문 전화를 받다가 태준에게 귀찮다는 듯 손을 휘휘 저어 보였다. 결국 대신 라면을 찾아낸 수영이 가게 한편의 주방에서 봉지를 뜯기 시작했다. 모인 인원은 넷. 투입할 라면은 모두 여섯이었다.

"야, 이거 한 번 끓이고 또 끓여야 되나. 냄비를 이거 하나밖에 못 찾겠다."

이윽고 전화를 끊은 해준이 수첩을 들고 나타나 머리 위의 싱크대에서 찜통 겸용으로 쓰는 냄비를 하나 꺼내 준다.

"아, 이런 좋은 기 있었네."

수영이 신나서 물을 담기 시작하자 해준이 말했다.

"아. 맞다. 라면 한 개 더 끓여야 된데이."

"왜."

"쌤도 같이 무야지."

해준이 자전거에 쌀 포대를 묶는 동안 동석이 재희를 불러냈다. 간편한 추리닝 차림에 머리를 질끈 묶은 재희가 슬리퍼 바람으로 슈퍼에 들어섰다. 라면 냄새를 맡자 손뼉을 짝 치며 반가운 기색을 했다.

"오! 웬 라면이야? 어머니는?"

"기장에 잠깐 일 있다고 가셨어요. 좀 늦으신대요."

"그래. 반갑다. 너희들. 근데 곧 중요한 시합 있는데 라면 가지고 되겠어?"

"그러니까요. 쌤! 맛난 거 좀 해 주세요."

"그, 그럴까."

당황하는 재희에게 해준이 무뚝뚝한 얼굴로 핀잔을 던졌다.

"할 줄 아는 것도 없으시잖아요."

"음. 그것도 그래. 얘들아. 라면 왔다. 라면! 맛있게 먹자."

수영이 냄비를 들고 나타나 양철 테이블에 소리 나게 놓았다. 작은 테이블은 곧 다섯 명의 인원으로 복작복작 좁은 모양이 되었다.

식사를 끝내고 후룩후룩 마지막 국물까지 마신 태준이 말을 꺼냈다.

"쌤. 우리, 쌤 집 구경 좀 하면 안 됩니꺼."

"맞다. 니나 내나 쌤이 여 얹혀산다는 소리만 들었지. 구경한 번 한 적 있나. 수영이 니는 와 봤었나."

"나도 여만 와 봤지 쌤 집은 가 본 적 읍따."

"와. 쌤 너무한 거 아입니꺼. 안 그래도 해준이만 이뻐한다고

155

그 반 아들이 원성이 자자하든데예."

"무슨 소리야. 그런 거 아니야."

"이뻐하긴 뭘 이뻐해."

재희는 웃으며 손사래를 치고 해준은 무뚝뚝하게 부인했다. 라면 국물을 마시던 동석이 대접을 내려놓고 한마디 거든다. 푸근한 인상의 그는 웃는 얼굴이다.

"아이다. 맞다. 내 친구 호영이 있다 아이가. 쌤네 반 1등 하는 아 맞지요? 가가 그러는디 해준이 젤 이뻐하신담서요. 쌤 진짜 그러시는 거 아입니더. 저희가 딴 반이라 그럽니꺼. 같은 학생인데 이뻐해 주시야지예."

"쌤 그런 거 아이다."

유일하게 해준과 같은 반인 수영이 재희의 편을 들었다.

"아이고. 우리 수영이 착해라. 그치? 쌤 그런 거 아이지?"

재희가 바로 옆에 앉은 수영의 머리를 헤집으며 목소리를 높여 칭찬했다. 수영이 괜히 으쓱하자 지켜보던 해준이 떨떠름한 표정을 지었다.

"야. 다 먹었으면 상부터 치워."

"우와. 이해준이. 손님 대접 직이네."

"다 먹었으면 원래 먹은 거 자기가 치우는 기다."

요란스럽게 상을 치우는 중에 태준이 재희를 잡고 말했다.

"쌤. 우리 과자 싸서 쌤 방에 놀러 가입시더. 해준이는 자주 간담서요."

"맞아. 해준이만 이뻐하고 그러면 안 됩니더."

"청소 안 했는데…… 방도 좁고."

"어차피 해준이 방이랑 똑같이 생긴 거 아입니꺼? 글고 저희끼리만 여기 냅두면 저희 뭐할지 모르는데예."

"맞다. 이해준. 슈퍼에 술 남은 거 없나? 아저씨들 드시고 꼬불챠 두는 거 어디 있을 낀데."

태준의 말을 동석이 거들었다. 부원들의 입에서 술이라는 단어가 나오자 재희가 정색하고 소리를 질렀다.

"어헛. 술이라니! 이것들이 쌤 앞에 두고 못 하는 소리가 없어!"

"그니까요. 저희들이랑 놀아요. 쌤."

"아이구. 알았다. 그럼 과자들 싸 들고 컴 온. 단 음료는 전부 콜라다!"

재희가 모았던 동전을 긁어 계산하는 동안 축구부 멤버들이 그녀의 방으로 주전부리를 가져다 날랐다. 해준은 동전을 하나하나 세어 주고 있는 재희를 재촉했다.

"아, 진짜. 천 원짜리 없어요? 천 원짜리? 만 원짜리나."

"어? 이해준. 너 백 원짜리 무시하냐? 사람이 그러는 거 아니다."

헛소리를 늘어놓는 재희에 해준은 그녀가 동전을 세어 금고 앞에 놓는 것을 떨떠름한 얼굴로 보고만 있었다. 하나. 둘. 셋. 넷. 재희는 열심히 동전을 세어서 늘어놓았다.

"자! 12,100원. 됐지?"

"과자 열세 봉에 음료수가 네 통인데. 13,000원이지."

"500원짜리가 딱 두 개 모자라서 그래. 한 번만 봐줘."

"장부에 써 놓을 거예요. 외상으로."

하며 장부책을 꺼내 볼펜에 침을 묻히는 해준에 재희는 울상을 지었다.

"와. 진짜 너무하다. 가족끼리 칼같이 구네. 흑흑."

"시끄러워요. 다음 달 월급은 미리 차압이에요. 월급날 또 어디로 토낄 생각 하지 마세요."

"야. 이해준! 뭐하노!"

"쌤! 올라오세요."

이러쿵저러쿵하는 가운데 계단의 난간에서 두 사람을 부르는 소리가 들렸다.

방에는 요란하게 뜯어진 과자 봉지가 즐비했다. 서너 평도 채되지 않는 작은 옥탑방이 한창 때의 운동선수들로 꽉 찼다. 해준과 재희가 들어섰을 때 이미 바닥은 발 디딜 틈도 없을 정도였다. 하는 수 없이 재희와 해준이 침대에 기대어 앉았다. 방 안은 티비의 소음, 씹고 마시는 소리로 북적거렸다.

화제는 주로 한 주 앞으로 다가온 오산과의 4강전에 관한 것이었다. 그 외에도 감독이나 코치진에 대한 불만, 아직까지 현역으로 뛰는 선배들에 대한 이야기나 혹은 이제야 적응 중인 신입생에 대한 타박이 주를 이뤘다. 배불리 먹고 열띤 토론을 하는 그들 틈에서 재희는 고개를 끄덕거리기도 하고 경기에 관한 것을 묻기도 하면서 과자를 집어 먹었다. 계속되는 축구 얘기가 지겨웠는지 태준이 재희의 옆자리로 콜라 잔을 들고 다가갔다. 해준이 그쪽으로 흘깃 시선을 주었다.

"참, 쌤. 애인 없습니꺼."

"있긴 뭐가 있어."

미처 재희가 대답하기도 전에 건너앉은 해준이 말을 가로챘다. 그런 해준을 의미 없이 돌아보고 나서 재희는 태준에게 꿀밤을 먹이는 시늉을 했다.

"있건 말건 네 녀석이 알아 뭐하게!"

그러나 꿀밤을 먹이던 팔이 곧 태준의 큰 손에 잡혔다.

"에이. 그라시지 말고. 말씀 좀 해 주이소. 궁금하다 아입니꺼."

태준은 멤버 중에서도 키가 크고 몸집이 좋은 편이었다. 얼결에 팔을 잡힌 재희는 웃으면서 빼내려 했으나 완력을 이기기가 쉽지 않았다. 해준이 말했다.

"니 쌤한테 뭐하는 짓이고. 손 안 놓나."

"뭐긴 임마. 쌤이 먼저 내 때리려 한 거 못 봤나."

"내가 때리긴 뭘 때려. 장난친 거 가지구."

재희가 여전히 웃으면서 말을 보탰다.

"놔라. 새꺄."

"뭐고. 니 말투가 쫌 이상하다?"

양쪽에서 오가는 험상궂은 말투에 재희의 웃던 얼굴이 점점 요상하게 일그러졌다.

"이잉? 니들 뭐하노."

"이 새끼 웃기네. 뭐 쌤이 니 여자 친구라도 되나."

태준이 히죽 웃으며 보태자,

"뭐라고, 개새끼야."

해준이 발끈하며 일어섰다.

"뭐라구?"

중간에서 기가 막힌 재희가 덩달아 벌떡 세차게 일어섰다. 덕분에 태준에게 잡혔던 팔이 탁 하고 풀어진다. 재희는 씩씩거리는 얼굴로 옆구리에 팔짱을 꼈다.

"이것들이 보자 보자 하니까. 니들! 선생님이 친구야?"

그러나 태준과 해준, 두 사람 모두 재희의 행동에는 아무 관심이 없었다. 대치하듯 일어서서 서로의 눈을 부라리는 둘은 금방이라도 유혈 사태를 일으킬 것처럼 주변인들을 질리게 했다.

"쌤. 참으세요."

수영이 재희를 뒤로 끌어당겼다.

"야. 니들 뭐하는 기고!"

보다 못한 동석이 크게 소리를 지른다. 앉은 자리에서 과자를 까먹던 손을 탈탈 털고 두 사람에게 다가갔다. 거칠게 해준과 태준의 뒷목을 잡아챘다.

"쌤 앞에서 이기 무슨 추태고. 니들이 그라고도 한성 이름표 달 자격 있나!"

동석은 실제로는 그네들보다 두 살이 위였다. 그래서 얼굴도 또래보다 노숙한 그는 팀에서 미드필더 겸 부주장을 맡고 있었다.

천둥 치는 소리로 동석이 고함을 지르자 씩씩대며 서로를 죽일 듯 노려보던 두 사람의 인상이 그제야 억지로 사그라졌다.

"미친 새끼들아. 시합을 코앞에 두고 또 이 지랄들이고! 아이고. 가자. 마. 됐다."

멱을 잡아채 문밖으로 밀어내는 시늉을 하던 동석이 다 귀찮다는 듯 갈 채비를 차렸다. 그리고는 재희에게 꾸벅 인사를 한다.

"쌤. 죄송하게 됐습니더. 저것들이 툭하면 저래삐가꼬. 아무튼 간에 운동할 때 빼고는 붙여 노므는 안 되는 기라. 저것들은. 모이기는 뭐한다고 모이자캤노."

"아. 아니야. 괜찮아."

여차하면 발차기라도 날릴 기세로 폼을 잡고 서 있던 재희는 분위기를 잡아 준 동석에 고마운 기분이 들었다. 한 반에 몇이 모인 운동부 녀석들은 평소 재희로서도 제압하기 힘든 경우가 많았다. 그리고 그중에는 꼭 태준처럼 젊은 여선생을 윗사람 취급하지 않는 기골 장대한 녀석이 있었다. 대개 수업에 제대로 참석하지도 않고, 교과서 진도를 뺄 때도 이상한 농담으로 분위기를 망쳐 놓는 놈들이었다. 그래서 동석이나 해준처럼 반이나 운동부 모두에서 모범적인 아이들은 늘 큰 도움이 되었다.

"그럼 가 봐. 조심해서."

가능한 선생의 품위를 지키겠다는 일념으로 재희는 고맙다는 말을 붙이지는 않았다. 마치 딱히 동석의 도움이 아니었더라도 이 사태를 해결할 수 있었다는 듯 최대한 여유 있고 점잖은 표정을 짓기 위해 노력했다.

대충 정리를 끝낸 수영이 봉지에 쓰레기를 담아 문을 나섰다. 동석이 아직도 날이 서 있는 해준과 태준의 어깨를 툭툭 두들긴다. 인원들이 꾸벅 재희에게 목례를 하고 방을 나섰다.

어스름한 저녁 거리의 안으로 무리가 돌아가는 것을 재희는 난간에 서서 바라보았다. 멀찍이 전봇대 아래에 선 그들은 무언가 한참 더 대화를 나누는 모양이었다. 잠시 후, 나와 있는 재희를 발견한 수영이 다시금 꾸벅 인사를 건넸다. 재희는 그런 수영에게 잘 가라고 웃으며 크게 손을 흔들었다.

"아야야……."

삐걱대는 철문을 닫고 안으로 들어오자 별안간 손목이 시큰거렸다.

곧 제 손목의 퍼런 멍을 발견하자 재희는 경악스러운 표정을 지었다. 잡힌 악력이 어지간히도 셌던 모양이다.

똑똑.

어질러진 자리를 정리하다가 문간의 노크 소리를 들었다. 고개를 들자 일그러진 문양의 유리에 흰 티셔츠 차림인 해준의 실루엣이 보인다.

똑똑똑. 똑똑똑.

급하게도 문을 두들기는 소리에 재희는 바삐 문 앞으로 발길을 옮겼다.

"어련히 열까 봐."

큰일이라도 난 것처럼 유리를 두들겨 대더니, 문이 열렸는데도 해준은 말도 없이 문간에 인상을 쓰고 선 채였다.

"왜 그러고 서 있어. 들어와, 할 말 있으면."

"기분, 나빠요."

"……?"

"기분 나쁘다구요."

"무슨 소리야, 갑자기. 들어와."

재희는 걱정스러운 표정을 짓는다. 기분이 상한 듯한 얼굴의 해준을 끌어당겨 침대에 앉혔다. 밖에서 무슨 일이 있었는가 싶다.

"무슨 일인데. 밖에서 무슨 얘기하는 것 같더니만."

"……."

걱정스레 묻자 해준은 습관처럼 푸욱 한숨을 내쉬며 가만히 재희를 응시했다. 태준은 원래가 그런 놈이었다. 학교의 얼마 되지 않는 여선생님들, 주변의 여자아이들을 대상으로 지저분한 농을 습관처럼 던지곤 했었다. 그러나 평소에는 장난처럼 흘려 넘기는 농담도 재희가 그 대상이 될 경우에는 사정이 달라졌다. 번번이 무마되고는 했으나 결국에는 주먹다짐을 하고나서야 불쾌한 성적인 농담을 끝낼 수가 있는 것이다.

"아무 생각이 없는 거예요?"

해준은 짐짓 화난 목소리를 꺼냈다. 머리에 손가락을 댔다. 장난이라도 여지를 주는 쪽이 나쁘다. 모두에게 친절할 필요는 없다는 것을 왜 모르는 거지?

"왜애. 무슨 일인데."

재희는 영문을 모르는 얼굴로 나란히 앉은 해준의 머리를 쓰다듬었다.

"밖에 나가서 또 싸웠어? 태준이 그 녀석 힘도 좋아 보이던데. 혹시 때리거나 그런 건 아니겠지?"

"뭐라고요?"

고분고분한 척 앉았던 해준이 머리를 만지는 재희의 손바닥을 치우고 답답한 듯 성을 냈다.

"미친 거 아니에요? 내가 이태준한테 왜 맞습니까?"

재희가 눈을 껌뻑거리다 왼팔을 들이대며 말했다.

"아니, 이것 봐. 팔 한 번 잡혔는데 멍들었잖아. 주먹으로 한 대 치면 사람 하나 그냥 날아가겠던데? 솔직히 조금 무섭더⋯⋯."

말이 끝나기도 전에 해준이 재희의 팔을 잡았다. 눈이 휘둥그레졌다.

"아얏."

"아, 씨발. 이태준 개새끼. 이거."

"어어어. 말조심."

"멍들었잖아. 아, 나. 진짜. 저 새끼를 그냥."

일어날 제스처를 취하는 해준의 팔을 재희가 끌어다 앉혔다.

"어허. 이해준. 앉아. 그러다 크게 다치면 어쩌려고 그래. 내가 다른 건 다 참아도 우리 이쁜이 다치는 건 못 본다."

해준은 팔을 잡혀 다시 앉으며 재희를 한심하게 응시했다.

"선생님! 이제 정말로 그 소리 좀 그만하시죠?"

"무슨 소리."

"일부러 그러는 거예요, 아니면 모르고 그러는 거예요. 정말 나 화나게 하고 싶어서 그래요? 대체 언제까지 애 취급할 거예요?"

해준은 재희의 손을 확 잡아당겨 자신의 가슴팍과 팔을 더듬게 했다.

"저도 남자예요."

강제로 해준의 몸을 더듬게 되자 재희는 당황했다.

"누가 뭐래?"

몸을 빼 팔을 털어 내려는 재희를 제지하고 해준은 그녀의 두 팔을 더욱 세게 자신에게 잡아당겼다.

"몸집도 키도 이제 선생님보다 훨씬 크다구요. 언제까지 열여섯 꼬맹이가 아니란 말이에요."

"아. 알았어. 하. 하하. 왜 이래. 이제 이거 놔. 알았어. 알았다니까?"

"좋아한다구요. 좋아한다고 말했잖아요. 언제까지 무시할 거예요."

"알았다고 했잖아. 아프니까 이제 그만. 그만하자. 이쁜아."

재희는 얼렁뚱땅 위기를 모면하려 말을 빨리했다. 여전히 장난으로 무마하려는 재희의 태도에 해준은 인상을 확 쓴다. 팔을 풀려고 저항하는 재희를 거세게 뒤로 밀쳐 눕혔다. 재희는 팔을 위로 올려 얼굴을 마주 보는 자세로 꼼짝없이 해준의 밑에 깔리고 말았다.

"그만하라고 했죠."

"......!"

"거봐요. 풀지도 못하잖아요."

"뭐, 뭐하는 거야! 놔줘."

공연히 어색한 기분에 재희는 시선을 돌리고 몸을 비틀었다. 그러나 양팔을 모두 잡혀 몸이 눌린 상태에서는 쉽지 않은 일이었다. 강하게 다리를 버둥거렸으나 어림없었다.

"놔. 놔줘."

재희는 차마 해준의 눈을 마주치지도 못했다. 스멀스멀 공포에 가까운 어떤 기운이 등줄기를 타고 올라왔다. 이전의 어린 해준을 상대로 한 번도 느껴 보지 못했던 기분이다.

"이해준!"

"싫어요."

"진정해, 해준아. 너 왜."

두려운 듯 재희는 떨기 시작했다. 잡은 손 안으로 미약한 떨림이 느껴지기 시작하자 해준은 결국 한 손을 풀었다. 재희의 머리칼을 잡아 정면의 자신에게로 돌린다. 자연스럽게 눈이 따라왔다.

"뭘 어쩌자는 게 아니잖아요. 사람 말을 진지하게 들으란 말이에요."

강제로 해준과 눈이 마주쳤다. 재희는 시험 삼아 팔을 움찔거렸으나 몸은 여전히 꼼짝달싹도 할 수 없는 채였다. 그는 자신을 몸 아래 완벽히 묶어 놓고 있었다. 그러나 그 이상의 어떤 행위도 없이 자신을 바라보기만 할 뿐이다.

"……."

한참이나 눈을 마주했다. 눈 안의 실핏줄이 다 보일 정도의 거리. 소름이 오소소 돋는 기분에 눈을 피하며 재희는 말했다.

"알았어. 그만해."

"뭘 알았는데요. 나 봐요."

해준이 다시 재희의 턱을 치켜들게 했다. 재희는 소름이 끼쳤다. 정확히 근원을 정의할 수 없는 종류의 소름이었다. 팔의 피부가 새로 돋아나는 것 같기도 하고 오금이 저리는 것 같기도 했다.

여전히 해준의 눈동자는 자신을 꽉 잡고 놓아주지 않았다. 마치 시선에 사로잡힌 기분이었다. 이상했다. 한 번도 해준의 얼굴을 이렇게나 가까이에서 본 적이 없다는 것을 그제서야 의식했다. 이렇게 생겼었나. 기다란 속눈썹 위로 눈썹이 진했다. 턱의 선이 생각보다 좀 더 날카로워 보이는 것 같기도 했다. 하지만 도저히 해준의 얼굴을 계속해서 볼 수가 없었다.

재희는 참을 수가 없어서 아예 눈을 감아 버렸다. 몸 위로 해준의 남성이 강렬하게 느껴진 때문이다. 품에 가둬진 채로 해준을 계속 보게 되는 일은 마치 고문과 다름없었다. 체념한 듯한 재희의 태도에 해준은 팔을 놓고 몸을 일으켰다. 해준이 일어나 앉는 것을 느끼자 재희는 손을 들어 얼굴을 가렸다.

"이제 그만 돌아가 줘."

"……장난으로 생각하지 말라는 말이었어요."

"알았으니까 그만 돌아가 줄래? 응? 해준아."

간곡한 부탁의 말에 해준은 머쓱하게 몸을 일으켰다. 일어선 채로 잠시 뭔가를 생각하던 해준이 재희의 몸에 이불을 덮어 준다.

"내일 봐요. 선생님."

그리고 방 안의 불이 꺼졌다. 문이 닫힌다.

방은 쥐 죽은 듯 고요했다. 잠깐의 정적이 흐르고 재희는 얼굴을 가렸던 손을 내렸다. 해준이 나간 것을 확인하자 그제야 조용했던 심장이 쿵쿵 거대한 소리를 내며 뛰기 시작했다. 재희는 가까스로 몸을 일으켰다.

맙소사!

재희는 거의 바닥에 쓰러질 지경이었다. 덜덜 떨리는 손으로 어렵사리 문의 고리를 달칵 채웠다. 이제껏 해 본 적이 없던 일이다. 안으로부터 문을 잠그고 나서야 후우 긴 한숨이 흘러나왔다. 그대로 주욱 다리를 내려 문에 등을 기대고 앉았다. 머리가 어지러웠다. 의도치 않은 잔상으로 방금 전 자신의 몸을 압박한 채 누웠던 완벽히 낯선 남자의 얼굴이 떠올랐다. 원래 저런 얼굴이었나?

덜덜. 심장이 빠르게 뛰자 다시 몸이 떨리기 시작했다. 바닥을 짚고 일어나 재희는 주전자의 물을 따라 마셨다. 꿀꺽꿀꺽 한 컵의 물을 다 마시고 나서야 조금쯤 진정이 되는 것 같았다.

한 번도, 단 한 번도 해준을 남자로 생각해 본 일이 없었다. 정말로 단 한 번도 해준을 그런 식으로 의식해 본 일이 없다고 하늘에 대고 맹세할 수 있었다. 언제나 그런 얼굴이었다고? 말도 안 돼. 정말로 말도 안 된다.

항상 머릿속의 해준은 까맣고 큰 눈의 고수머리 남자애였다. 처음 만났을 때, 웬만한 여자아이들보다 훨씬 예쁜 그 얼굴을 아직도 잊지 못한다. 그저 앳되고 고운 얼굴의 제자이자 동생, 그리고 사랑스러운 식구.

전혀 의식하지 못했다. 해준의 키가 자신을 한 뼘이나 넘어서는 동안. 그의 감정이 도를 넘을 만큼 자라는 동안.

싸아. 물벼락을 맞은 것처럼 등골이 시렸다. 처참한 기분이었다. 승부한 일도 없는데 패배한 기분. 시작한 적도 없는데 끝난 기분. 재희는 어째서 자신이 그러한 기분이 드는지 몰랐다. 해준의 감정을 애써 장난으로 취급한 것 역시 그의 말대로였다. 이상하다. 이 기분은 왜. 이건 대체 뭐지.

그러나 적어도 한 가지만은 확실했다. 어쨌거나 이건 안 돼. 이건 절대로 안 된다.

✱　　　✱　　　✱

간만에 하루 종일 연습이 없는 날, 해준은 단정히 교복을 입고 교실의 뒤에 앉아 있었다. 쉬는 시간이라 교실은 어수선했다. 매점을 가자는 수영의 제의도 거절한 채 해준은 생각에 빠져 있었다.

벌써 며칠째 재희는 평소 시간보다 훨씬 일찍 마을버스를 타는 모양이었다. 항상 같은 시간에 함께 등교를 했던 자신에게는 일언반구 언질도 없이 일어난 일이다.

뿐만 아니라 학교 내에서도 마치 자신을 피하는 양 수업 시간 외에는 모습조차 찾기 힘들 정도였다. 코앞에 닥친 시합 준비로 늦게까지 계속되는 연습 때문에 차분히 시간을 가지고 찾아갈 여건도 아니었다.

답답한 기분으로 다리를 떨며 해준은 칠판을 응시하고 있었다. 다음 시간은 담임인 재희가 맡고 있는 영어였다. 그리고 교실 앞문으로 재희가 모습을 나타냈을 때 해준은 몹시 반가운 기분이었다. 왠지 한참 동안이나 보지 못했던 기분이 들었다.

"차렷! 경례!"

"안녕하세요."

하지만 재희는 단 한 번도 자신의 쪽을 응시하지 않았다.

"우리 전에 어디까지 했지?"

"68페이지요."

앞자리에 앉은 안경을 쓴 여자아이가 대답했다. 해준은 책도 펴지 않은 채 그런 재희만을 보고 있을 따름이었다. 아예 주머니에 손을 찔러 넣은 채였다. 언제까지 안 보이는 척할 거지? 혼을 내려면 자신을 봐야 한다.

"그럼 우리 오늘 단어부터 볼까?"

재희는 뒤돌아서 칠판에 단어를 적기 시작했다. 어근과 어원을 설명해서 단어를 쉽게 외우게 하는 것이 재희의 수업 방식이었다.

주변의 학생들이 따라서 필기를 시작했다. 그러나 해준은 재희의 뒷모습을 찌르듯 노려볼 뿐이다.

"33번, 본문 한번 읽어 보자."

"The great king was······."

본문을 읽고 단어의 의미를 유추시킨 후에 재희는 뜻을 설명하기 시작했다.

고개는 들지 않으려고 애썼다. 뒷자리의 누군가와 눈이 마주치는 것이 싫었다.

"여기서 defining은 define에 ing를 붙여서 형용사절로 쓰인 거지? 그리고······."

"선생님, 질문 있는데요."

재희는 무심코 고개를 들었다. 질문을 한 이는 해준이다. 맙소사. 해준과 눈이 마주치자 불안하게 가슴이 뛰기 시작했으나 바깥으로 내색은 하지 않았다.

"응. 뭔데."

"뭔 소린지 하나도 못 알아듣겠는데요."

심드렁한 말투였다. 앞자리에 앉았던 수영이 웬일이냐는 듯 해준을 돌아보았다. 교실이 웅성거리자 재희는 교탁을 교봉으로 탕탕 쳤다.

"예습해 왔으면 알 수 있는 거야. 나머지는 다 알아들었지?"

2분단의 호영을 위시해 여남은 명이 고개를 끄덕였다.

"자, 수업하자."

"그런데…… 그래도 못 알아들었으면요?"

해준이 수업 시간에 이렇게 자신을 곤란하게 하는 일은 없었다.

해준의 의도를 알지 못해서 재희는 인상을 찌푸렸다. 그는 마치 제우스처럼 의자에 등을 기댄 거만한 자세였다. 재희는 불쾌한 낯으로 말을 이었다.

"아는 애들한테 물어봐. 혼자만 모르는 걸 설명해 줄 수는 없지. 수업에 방해되니까. 그리고 너 자세가 그게 뭐야. 똑바로 앉아."

"그럼요."

"……?"

"끝나고 교무실로 가면 되나요? 수업도 방해되고, 자세도 안 좋으니까요."

엇흠. 재희는 헛기침을 했다. 주변의 모든 시선이 자신에게 쏠려 있었다. 재희는 불안하게 손가락으로 책을 톡톡 치며 대답했다.

"그래. 그렇게 해. 그럼. 자, 수업 계속하자."

다시 책을 가리키면서 재희는 눈 둘 곳을 찾았다. 해준이 의식되어 미칠 지경이었다. 자신을 둘러싼 모든 게 부서지고야 말 것 같은 불안감. 그 초조함 때문에 책을 쥔 손바닥에 땀이 밸 정도였다.

이건 안 돼. 이건 정말 아니야. 제발 그러지 마.

chapter 3

터부

오라고는 했지만 해준과 대면하고 싶지 않았기 때문에 재희
는 교무실이 아닌 운동장 쪽으로 향했다.

타닥타닥. 누군가 자신을 뒤쫓는 것이 느껴져 발걸음을 빨리
했다.

"선생님."

"……."

"선생님!"

들리는 목소리는 분명 해준의 것이다. 제법 호통까지 치며 재
희를 부르는 목소리에 지나던 주변인들의 시선이 집중된다. 도
망치듯 뛰는 교사와 그 뒤를 쫓는 모양새의 남학생. 누가 보아
도 이상한 그림이 아닐 수 없다.

"무슨 일이야."

더 이상 도망치는 것은 무리라고 생각해 재희는 발을 멈췄다.

가능한 한 위엄 있는 얼굴로 해준을 돌아보았다.

"교무실로 오라고 하셨잖아요."

"……"

"왜 피하시는 거예요."

"무슨 말이야."

"제 착각이라는 거예요?"

듣는 귀는 없는가. 재희는 재빨리 주변을 살폈다. 자신들의 대화가 선생과 학생 사이에 오가기에 바람직한 내용이라고 판단되지 않은 탓이다.

"쓸데없는 소리 하지 말고 궁금한 게 있다면 이따가 물어보도록 해. 지금은 바쁘니까."

형식적인 말투로 대답하자,

"선생님, 대체 왜 그래요."

해준은 인상을 쓰며 도망치기 급급한 재희의 소매를 잡아당겼다.

급하게 몸이 돌려진다. 불쾌한 낯으로 재희가 해준의 손을 쳐냈다. 아직도 주변에 보는 눈들이 있다.

"너야말로 왜 이래. 뭐하는 짓이야?"

"얘기 좀 해요."

"지금 바쁘다고 말했잖아. 나중에 호출하면 그때 오도록 해."

해준은 답답함에 발을 쾅쾅 굴렀다.

"왜 그래요. 선생님 진짜."

해준이 다시 어깨를 짚자 재희는 기겁해서 손을 피해 뒷걸음질을 친다.

"하지 말라고 했잖아. 여기 학교야."

"내가 대체 뭘 어쨌다고 그래요?"

재희는 말문이 막혔다.

"피하는 거죠. 피하는 거 맞죠? 대체 왜 그래요? 내가 뭐 잘못 말했어요?"

"……!"

"안녕하세요."

귓전을 스치고 지나가는 소프라노의 음성에 선뜩 소름이 끼쳤다.

"좋아한다는……?"

재희는 갑자기 해준의 팔을 잡았다. 하지 말라는 뜻이었다. 해준과 재희, 둘 모두 급하게 입을 다물었다. 옆을 돌아보자 예쁘장한 여자아이 둘이 길가에 멈춰 서 있다. 재희가 웃으면서 어색하게 인사를 건넸다.

"어. 안녕."

"이해준. 니 여서 뭐하는데?"

설마 들은 건 아니겠지.

쿵쿵 긴장 때문에 혈액이 팔을 타고 약동하는 것이 느껴졌다. 아니야. 듣지는 못했을 거야.

"그냥."

"또 보자."

인사를 건네는 세화의 말을 듣는 둥 마는 둥 해준은 다시 재희에게 집중했다.

"제가 뭐 잘못했냐구요. 좋아한다고, 그 말 한 게 그렇게 큰 잘못이에요?"

저 멀리 세화와 여진이 돌아보는 것이 보인다. 재희는 뻣뻣한 목에 힘을 주었다.

"제발 그만해, 그런 얘기! 너랑 더 이상 이런 대화 하고 싶지 않으니까."

상대는 학생이고 자신은 선생님이었다. 젊은 여선생을 동경하는 풋내기들이야 여럿이라지만.

"그게 잘못이냐구요."

그래. 잘못이 있다면야 여지를 준 나에게 있겠지. 재희는 괴로운 표정을 짓는다. 해준은 심지어 당당한 얼굴이었다. 그는 거리낄 게 없다는 얼굴로 등을 곧게 편 채로 재희를 압박해 오고 있었다.

다시금 손목을 잡으려는 몸짓에 재희는 몸을 기어이 멀리 비켰다.

상대는 어린애다. 뭣 모르고 날뛰는 철이 덜 든 짐승과 같은 존재다. 선은 자신이 그어야만 했다.

"그만해."

재희는 이제껏 살아오면서 자신이 지을 수 있는 가장 근엄하고 엄숙한 표정을 짓기 위해 애썼다.

"다시는 이런 일로 말 시키지 마."

"그게 대체 무슨 소리예요?"

해준은 떨떠름한 얼굴로 비웃었다. 재희는 해준의 표정에 안타까움을 느꼈다.

그는 전혀 자신을 두려워하지 않는다. 해준과의 관계에서 교사의 위엄이란 이미 사라진 지 오래였다. 선생과 학생의 틀로 자신들의 관계를 규정하기에는 이미 너무 먼 길을 와 버린 것이 틀림없다.

"이 일로 귀찮게 하는 일 없었으면 좋겠다고. 알겠어?"

해준의 대답도 듣지 않은 채 재희는 재빨리 뒤돌아 발길을 옮겼다. 뒤에 남은 해준이 자신을 부르는 것이 느껴졌다.

눈썹을 찡그린 얼굴. 상처 입은 강아지 같은 표정을 하고 있으리라. 발길에 채는 돌에 발끝이 아프게 느껴졌다. 이게 맞는 거야. 혼자서 연신 고개를 끄덕이면서 재희는 어깨를 부르르 떨었다.

✳   ✳   ✳

밤.

창문을 두드리는 소리에 재희는 입술을 꽉 물었다. 볼 것도 없이 주인공은 해준이다. 낮에 한마디 한 것으로는 충분치 못했던 모양이다.

"쌤, 넘어갑니다."

그간 귀가를 늦춰도 보고 일찍 집을 나서기도 했다.

하지만 해준과 자신의 방은 고작해야 한 뼘 너비의 난간으로 분리된 것이 다였다. 지나치게 가까운 거리. 지나치게 각별한 사이.

난간을 통해 물체가 움직이는 소리가 들렸다.

"쌤. 안에 있는 거 다 보여요. 얘기 좀 해요."

재희는 말없이 한숨을 내쉬었다. 자신에게 해준은 가족이나 다름없었다. 가족보다도 가깝게 정을 붙이고 살았다. 하지만 상대는 또 자신의 학생이자 제자다. 어디서부터 잘못된 일이지? 원한 건 이게 아니었다.

"선생님 주무신다. 애기는 어서 자."

재희는 고집스레 커튼을 열지 않는다.

"애 취급 좀 하지 마요."

꼭 닫힌 창문 앞에 서서 해준이 불만스럽게 말했다. 빨래 건조대가 널려 있는 베란다는 꼭 한 사람 정도가 몸을 붙이고 설 수 있을 만큼 좁았다.

"선생님 혹시 요새 무슨 일 있어요?"

"일은 무슨 일이 있어. 너야말로 진짜 왜 그래. 낮에 내가 한 말 못 들었어? 할 얘기 없다고 했잖아."

불빛에 움직이는 그림자가 보인다. 그림자를 보고 해준은 말을 걸었다.

"좋아한다고, 내가 잘못 말한 거예요? 내가 말하지 말고 있었어야 돼요?"

안에서는 아무 대답도 없었다. 해준은 인상을 쓰며 이마를 만졌다. 천천히 다시 묻는다.

"내일 시합은…… 보러 오실 거죠?"

재희는 입술을 잘근잘근 씹었다. 착잡해하는 해준의 목소리가 만져질 듯 가까워서 가슴이 쓰라렸다. 재희는 고민 끝에 목소리를 꺼냈다.

"너 이러면 못 가. 호적에 잉크 마르면 그때 다시 찾아와라."

"선생님 곤란하게 할 일 없어요."

"지금 충분히 곤란하시거든?"

"곤란해요? 그거 신경 쓰인다는 얘기죠?"

해준의 천연덕스러운 대꾸에 말문이 턱 막힌다. 재희는 어깨를 축 늘였다. 어디서부터 차근차근 설명해야 할지 속이 답답해졌다.

"우선 문 좀 열어 주세요."

잠긴 창문을 해준이 매달려 덜컥덜컥 흔든다. 재희는 깜짝 놀라 커튼 속 잠금 쇠를 확인했다.

"모르고 시작한 거 아니에요. 선생님이 선생님인 거. 내가 모르고 있는 줄로 보여요?"

하아. 재희는 큰 한숨을 삼켰다.

"해준아. 이런 거 금방 지나갈 거야."

"지나가긴 뭐가 지나가. 뭐라도 아는 것처럼 말하지 마요."

재희는 다시 한숨을 쉬며 얼굴을 감싸 쥐었다. 아이를 달래는 것처럼 부드러웠던 말투가 점점 험악해지고 있었다.

"야, 이해준. 상식적으로 너랑 내가 무슨…… 그게 말이 되냐, 임마?"

"왜 말이 안 되는데, 김재희."

"뭐라고? 너 진짜."

"됐고. 문이나 열어요."

재희는 울상을 짓고 닫힌 창을 향해 빌었다.

"야. 이해준, 너 이러면 내가 이제부터 너희 어머니를 무슨 얼굴로 보니."

"이제부터 나를 좋아하면 되잖아요."

그게 무슨 말이야! 재희는 머리를 쿵 박으며 책상에 엎드렸다. 원래 이런 성격이었지.

"뭐가 문젠데요. 나이가 문제예요? 좋아하는데 나이가 무슨 상관이에요. 졸업하면 되잖아요. 그까짓 2년 금방이에요."

"나이만 문제인 게 아니라……."

해준은 자신이 옳다고 생각하는 일에는 굽히는 법이 없었다. 재희는 도저히 말로는 설득이 불가능한 문제임을 깨달았다.

"하, 아직 어려서 그런데. 그래. 내가 너한테 무슨 말을 하겠냐."

"애 취급하지 말라고 했어요."

"미안해."

재희는 전부 자신의 잘못이라는 생각이 들었다.

"미안하다. 내가 너무 너랑 격의 없이 지내 왔던 것 같다. 이제부터 좀 거리를 두자. 너도 또래 여자애들 많이 만나다 보면 언제 그랬나 싶게 금방 잊게……."

쾅! 창틀이 부서질 것처럼 창문이 흔들렸다. 느슨히 엎드려 있던 재희는 바닥에 고꾸라질 것처럼 놀랐다.

"그런 식으로 사람 감정 무시하는 거 어디서 배웠어요? 나는 죽으려고 안 해 본 줄 알아요?"

약이 바짝 오른 낮은 목소리가 뇌까린다. 재희는 하얗게 질린 얼굴로 창문을 응시했다.

"해준아?"

풀썩. 창밖으로 건너뛰는 가벼운 뜀박질 소리가 들렸다. 다시 자신의 방 난간으로 돌아간 모양이었다. 재희는 해준과의 대화를 떠올리며 손톱을 씹었다. 그리고 한참 후 커튼을 열어 해준의 창문을 확인했다.

해준의 방은 불이 꺼져 있었다. 재희는 하염없이 그 창을 바라보았다.

✳   ✳   ✳

4강전과 그 후의 결승전은 주말에 있었다. 보다 더 많은 관객들이 관람할 수 있게 하기 위한 관례였다. 대기실에서 그리고 경기장에서 해준은 재희를 기다렸다. 오지…… 않는구나. 말 한마디에 끝날 수 있는 관계였었나?

그것보다는 훨씬 끈끈한 관계라고 생각했었다. 흔하고 얄팍한 연애 감정 같은 것보다 더 진하고 깊은 무언가가 자신들을 묶어 놓고 있다고 생각했다.

아니었나. 나만 그랬던 건가. 어린애 취급은 정말이지 미치도록 싫었다.

그 분노로 해준은 더욱 볼에 집중했다. 그리고 경기에서 승리했다.

✳   ✳   ✳

남자는 사진보다 늙어 보이는 얼굴이었다. 짧은 목에 갑갑하게 둘러진 넥타이에는 크게 명품 회사의 로고가 수놓아져 있었

181

다. 갑작스런 연락에 놀랐다더니 그런 사람치고는 제법 멋을 부린 것 같은 외양이었다. 단지 머리의 윤기를 더해 주는 머릿기름이 대체 어디의 유행을 따른 것인지에 관해서는 확신할 수가 없었다.

"저는 사실 아직 누구를 만날 생각이 없습니다."

"……그런데 어째서 절 보자고 하셨어요."

"그냥 친구 정도로 지내는 것도 좋겠다 생각했거든요. 김 회장님의 간곡한 부탁도 있으시고 해서."

너털웃음을 웃는 영석에 재희 역시 억지웃음을 지어 보였다.

"이거 리필 됩니까."

영석이 웨이트리스에게 커피의 리필을 주문할 때 재희는 잔을 집는 척 손목의 시계를 살폈다.

2시. 시작했겠구나.

재희는 남자의 뒤로 보이는 거대한 창으로 눈을 돌렸다. 날씨는 아주 화창하고 맑았다. 어떻게 되어 가고 있을까. 평소대로였다면 해준이 뛰는 경기장에 앉아 열렬하게 응원봉을 흔들고 있었겠지.

"무슨 생각하세요."

"아무 생각도요."

"하나 물읍시다. 만약 결혼하면 일은 계속하실 생각이세요?"

"당분간 누구를 만날 생각이 없으시다면서요."

"그냥 물어보는 거예요. 궁금하니까."

결혼이라……. 강영석은 자신보다 열세 살 위였다. 인혁이 어려서 싫다는 말을 아버지가 곡해했던지, 아니면 거꾸로 자신을 엿 먹이려는 수작인지 알 수가 없었다. 자꾸 히죽히죽 웃는 영석의 얼굴에 불편함을 느끼면서 재희는 대답할 말을 골랐다.

"네. 아무래도 그렇겠죠. 이 일이 제 천직이라고 생각하기도 하고, 집에 빌붙어 사는 게 좋아 보이는 삶이라고는 못 하는 입장이라서요."

"아버님 말씀은 다르던데요."

뭐라고 혀를 놀려 댔을까. 어딘가 자득의 얼굴이 비쳐 보이는 탐욕스러운 흰자위가 마뜩찮아 재희는 고개를 아래의 주스 잔으로 내렸다.

전반전이 지났을까. 아니. 아직은 뛰고 있을 시간인가. 어떻게 됐을까. 어떻게 되어 가고 있을까.

먼 곳의 카페에 앉아서도 마음은 이미 경기장이라 참을 수 없이 초조하기만 하다.

"사실 힘들기만 하고 돌아오는 보상이 턱없이 적지 않습니까. 그것보다는 사업가의 아내라는 본분으로 더 많은 일을 할 수 있지 않을까 생각하는데."

"……."

재희는 고개를 들었다. 이번에 이기면 결승이다. 결승에 올라가기만 한다면……!

히죽대며 드러나는 누런 이빨에 자꾸 신경이 쓰였다. 해준의 새하얗고 튼튼한 치아를 떠올렸다. 결국 경기를 이겨 햇살과도 같이 웃는 얼굴을 상상한다.

"별로 말씀이 없으시네요. 제가 마음에 안 드시는 건지. 혹시 지금 만나는 분이라도 계신가요?"

"아. 아니에요."

쿵. 속마음을 들킨 것처럼 가슴이 내려앉았다. 털이 수북한 손이 커피 잔을 잡아 드는 것을 응시한다. 짧둥한 목도 미끈한 머릿기름도, 누렇게 변색된 치아도, 어느 하나 해준을 연상시키는 것은 없다.

하지만 이상하게도 머리를 떠나지 않는 것은 해준과, 또 그 해준의 경기에 관한 일이다.

"그러시다고 듣긴 했습니다만. 아, 그 HS 꼬맹이랑은 별 사이 아니었나요? 정인혁이 말입니다."

"……이미 다 알고 계신 거 아닌가요."

"물론 들은 얘기야 있지만, 그래도 본인 입으로 듣는 것과는 차이가 있으니까요. 그 녀석 어릴 땐 참 똘똘하니 귀여웠는데 말이죠. 하하."

재희는 어색하게 입가를 끌어 올리며 웃었다. 정인혁. 그다음은 강영석이다. 이다음이 있을까. 좁디좁은 사교계의 소문은 빨랐다.

보잘것없는 수입 업체인 대성의 딸이 HS의 외아들을 거절했다. 그것만으로도 이미 호사가들의 입방아에 수없이 오르내리고도 남았을 일이다.

그리고 자신의 나이는 이제 20대 후반을 향해 가고 있었다. 좋은 가문에 팔아 치우기 좋다는 적정 나이를 훌쩍 넘었으니 다음은 아마 없을지 모른다. 아버지도 그 사실을 인지하고 있기 때문에 더욱 이번 일을 서둘렀는지 모르겠다.

"솔직히 말하죠."

커피 잔을 비우고 영석은 테이블 위의 물건을 흥정하는 사람처럼 손바닥을 마주 비비며 웃음을 흘렸다.

"저는 재희 씨가 꽤 마음에 듭니다."

"아, 네에."

재희는 해준의 선량한 얼굴을 떠올렸다.

왜 좋아하면 안 되냐고 아이는 물었다. 강직하고 곧은 투명한 눈동자였다. 거기에는 계산적 실리나 이해득실과 같은 숨겨진 더러운 이면은 없었다. 그저 순수한 감정. 숨어 있는 것은 그것뿐이었다.

"그래서 말인데…… 저는 일을 진전시키는 것도 괜찮다는 생각이 드는군요. 언제 식사나 한 번 더 하시죠."

"네에……."

한번 만나 보겠다고 약속을 했을 뿐이지 결혼을 성사시키겠다고 선언을 한 것도 아니다.

경기를 피하겠다는 핑계로 이 자리를 선택해 나온 것이 얼마나 후회되는 일인가를 다시금 뼈저리게 느끼는 순간이었다. 하지만 제안을 거절할 수가 없다. 재희는 거절의 말을 찾기가 곤란한 기분을 느끼고 있었다.

"연락드리겠습니다. 재희 씨."

남자는 자신의 명함을 테이블 끝으로 밀었다.

부모가 골라 준 남자와 결혼한 어머니의 마음이 이러했을까. 몰락한 교육자였던 재희의 외조부는 당시 시장판에서 목돈 좀 굴린다는 젊은 자득의 경제력을 높이 샀다.

재희는 한 번도 어머니와 아버지가 사랑하는 사이라고 생각했던 일이 없었다.

굳은 얼굴로 재희는 명함을 받아 들었다. 인혁을 거절하기 위해서 집을 나왔다. 또 어디로 가야 할지 알 수 없다. 이제는 갈곳도 없었다.

알량한 직장을 빌미 삼는 아버지의 영악함을 칭송했다. 정말이지, 해준이 보고 싶었다.

✱   ✱   ✱

한성의 아들 도약하라!
천재 스트라이커 이해준 누가 막으리!

원정 경기를 떠났던 해준 일행은 주말 내내 모습을 보이지 않았으나 학교는 온통 축제 분위기였다. 20년 만의 결승 진출이라 교문과 운동장 곳곳마다 승리를 자축하는 플래카드가 나붙었다. 물론 대부분은 세화 무리의 자비가 투입된 개인용 응원 문구였다.

이겼구나. 승리 소식을 듣자 재희는 뿌듯함을 감출 수 없었다.

해준의 머리통을 끌어안고 뽀뽀라도 해 주고 싶은 심정이었다. 그러나 자제해야 한다는 사실 역시 당연했다.

축구부 일원이 교정과 복도를 지날 때마다 팬이라고 자칭하는 무리들이 그들을 에워싸고 축하의 인사를 건넸다.

"오빠, 완전 멋있었어요!"

"오빠, 완전 캡짱인 거 알아요?"

정수기의 물을 뜨다가 재희는 해준을 발견했다. 다닥다닥 들러붙은 후배 소녀들 틈으로 머리 하나가 불쑥 튀어나온 해준의 모습이 보인다. 생각만큼 환한 표정의, 생각만큼이나 훨씬 예쁜 얼굴로 해준은 밝게 웃고 있었다.

"니 봤나 마. 해준 오빠 막 이케 이케 날라가지고 캬. 슛 넣는 거 봤나."

"야! 이해준 진짜 잘하드라."

학생들에게 둘러싸여 신나게 웃고 있는 해준의 얼굴을 본다. 당장 달려가고 싶다.

재희는 그 대신 손에 든 머그잔을 꾹 쥐었다. 참을 수 있어. 참아야 돼.

사실은 누구보다 먼저 축하 인사를 해 주고 싶었다. 다음번엔 드디어 꿈에 그리던 결승이라고 엄지를 추켜세우며 응원해 주고 싶었다. 수고한 등을 두들기고 머리카락을 부비적거리며 잘했다고 말해 주고 싶었다. 하지만…….

재희는 간신히 파리한 얼굴을 단속하고 교무실 쪽으로 걸었다.

지나던 재희를 해준이 발견했다. 웃던 얼굴이 놀라는 표정으로 바뀐다.

해준이 인파를 헤치고 재희 쪽으로 걸었다. 영문을 모르고 여학생들이 해준의 뒤를 따랐다.

"선생님."

"……!"

"들었어요? 이겼어요."

저벅저벅. 해맑은 얼굴이 자신을 향해 걸어와 말할 때, 재희는 울음을 참기 위해 노력했다. 드디어 그렇게 원하던 결승이었다.

"응. 정말 축하한다."

머그잔을 든 반대편 손의 손가락을 손톱으로 찔렀다. 주변에 보는 눈들이 있다. 그럼에도 재희는 해준의 얼굴을 오래 눈에 담았다.

정말로 보고 싶었던 얼굴. 정말로 보고 싶었던 사람. 그를 위해서 선을 그어 준다고 하더니, 정작 이 관계에 목을 매고 있었던 것은 누구지. 감정을 숨기지 못하고 재희의 눈이 일렁거렸다.

"감사합니다."

해준이 웃었다. 생각지 않게 두근, 가슴이 뛰었다.

"그래."

재희는 재빨리 고개를 돌렸다. 주변의 학생들을 향해 말했다.

"너희들도 이러고 있지 말고 얼른 들어가 봐. 수업 시작한다."

"네."

해준 역시 뒤돌아 운동장 쪽으로 걸었다. 두근두근, 해준의 걷는 뒷모습을 보자 가슴이 아팠다. 재희는 정말 바닥에 주저앉고 싶은 기분이었다.

✳   ✳   ✳

"그라모. 이제 우예 되는 기고."

"우예 되긴. 결승 가는 기지."

"그라니까. 결승 가면 뭐가 좋은 긴데."

"뭐가 좋긴. 결승에서 이기면 전국 우승이다 아이가."

"아. 우짜튼간 좋다 이기제. 자, 마이 무라. 장하다 우리 아들."

피식피식. 보일 듯 말 듯 웃음을 삼키며 해준은 어머니인 신여사가 주는 쌈을 받아먹었다. 그러나 그 곁에서 재희는 껄끄러운 기분을 느낄 뿐이다.

"하이고. 쌤요. 와 입맛이 없습니꺼? 웬일로 고기를 잘 안 잡숫지."

"예? 아, 아니에요."

차마 승리를 자축하자는 삼겹살 파티를 거절할 명분이 없어 피하지 못한 자리였다. 그러나 어쩐지 밥이 넘어가지 않았다.

"어여. 마이 드시소. 슨상님이 복 있게 팍팍 드셔야 우리 해주이도 마이 묵고."

신 여사의 쌈을 겨우 하나 받아 들고 재희는 눈치를 살폈다.

"저. 어머니."

"와 그라시능교. 똥 매려운 강아지 맹키로."

"저…… 이제부터 밥을 밖에서 먹고 올까 해요."

재희는 제법 아무렇지 않은 양 쌈을 우걱우걱 씹으며 말했다.

"야? 아니 왜예? 밥을 집에서 무야지 어디서 드실라고예."

"예. 그냥 밖에서."

해준이 젓가락을 탁 놓는다. 재희는 이번에는 해준의 눈치를 살폈다.

"왜예. 밖에 무슨 일 만들었습니꺼."

"아. 뭐 좀 그런 것도 있고."

재희는 애써 하하 웃었다.

"저도 이제 슬슬 시집가고 하려면 밖에서 데이트도 하고 해야 하잖아요. 남자도 좀 만나고."

"그건 글치만도. 아이고, 마, 갑자기 슨상님 시집가뿐다 카면 내캉 해준이캉 섭섭해서 우짠대요. 쌤요. 천천히 하이소. 급할 게 뭐 있습니꺼. 아직도 앞길이 창창하이 구만리구만. 슨상님 나이가 올래 벌써 그래 돼뿐나."

"아, 예에. 하하."

재희는 씹던 고기를 꿀꺽 삼켰다.

해는 이미 저문 지 오래라 골목은 어둑어둑했다. 식사를 마치고 나오는 재희를 해준이 뒤따랐다.

"쌤."

모른 체하는 재희를 해준이 불러 세웠다.

"아까 그게 무슨 말이에요."

혹시 들릴까 싶어 재희는 슈퍼의 안쪽을 살핀다. 선반 정리에 바쁜 신 여사의 모습이 눈에 띈다.

"무슨 말은 무슨 말이야."

발걸음을 빨리하자 해준 역시 발걸음을 빨리했다.

"무슨 남자를 만나요."

"니가 알 거 없어."

방으로 올라가는 것은 곤란하겠다 싶은 재희가 골목의 아래로 발길을 틀었다. 주황색 불이 켜진 전봇대 아래서 해준은 재희의 팔을 잡고 돌려 세웠다.

"이러지 마세요. 진짜."

"내가 뭘 어쨌는데."

"내가 죽을죄 진 거 아니잖아요."

그것은 해준의 말이 맞다. 사람의 감정이 죄는 아니지. 하지만 자신에게는 바른 길을 가야 한다는 명분이 있다.

"너 때문 아냐. 이건. 나 때문이지."

"그건 또 무슨 말이에요."

가로등 아래로 비추는 해준의 얼굴은 기막혀 웃음이 날 정도로 예쁘게만 보인다. 예쁘다고, 이쁘이라고 부른다면 해준은 또 화를 낼까.

억지로라도 보지 않으려 한 반동 때문일까. 해준을 마주친 재희는 이전보다 더욱 사무치는 느낌을 받고 있었다. 그러니까 이건 나 때문이다. 재희는 그렇게 마음을 다잡는다. 흔들릴지도 모른다는 불안.

"애기야. 내가 만나는 남자가 있단다. 이 정도면 이유가 돼?"

해준은 기가 차다는 듯 웃었다.

"거짓말하지 마요."

"진짜야."

해준은 고개를 내리고 재희의 양팔을 짚었다. 눈에서 무엇이라도 읽어 내려는 듯 한참 재희의 눈동자를 들여다본다. 그리고 해준은 웃었다. 웃을 때 가지런히 드러나는 곧고 하얀 치아가 참 예쁘다고 재희는 생각했다.

"에이. 진짜. 거짓말하지 마요."

"정말이라니까? 얘가 사람 말을 못 믿네. 나 너랑 이럴 시간 없어."

계속해서 눈을 맞추려는 해준을 피해 재희는 고개를 틀었다. 그의 손에서 팔을 빼내려 허우적질을 했다. 그러나 해준은 자비가 없었다. 다시 재희의 팔을 세차게 두어 번 흔들어 자신의 얼굴에 고정해 놓는다.

"나 봐요."

아직 해준의 얼굴을 마주 보는 것은 어색하다. 재희는 필사적으로 고개를 비틀었다.

집 앞이다. 누군가 볼지도 모른다는 공포감이 사위를 에워쌌다. 불안감으로 심장이 미친 듯 뛰었다.

"나요…… 나 좋아하는 사람은 얼굴만 봐도 알아요."

"……?"

"선생님 나 좋아하는 거예요."

쿵쿵. 쿵쿵. 쿵쿵. 쿵쿵. 귓전을 때리기 시작한 심장 소리 때문에 머리가 울릴 지경이었다.

"무슨 소리야. 그게."

남자를 모른다. 누군가를 좋아해 본 일도 없었다. 불안하고 설레었다. 설렌다는 기분이 싫었다. 해준을 싫어하지 않는다는 게 싫었다. 이 감정이 무엇인지는 더욱 알 수가 없었다.

날이 맑은 날, 재희는 정든 하숙집을 떠나 학교 근처로 이사를 했다.

"감사합니다."

연신 이마의 땀을 닦아 내는 이삿짐센터 직원에게 재희는 남은 지불액의 잔금을 건넸다.

대출이 점점 쌓여 가고 있었지만 당장은 그런 것을 신경 쓸 계제가 아니었다.

재희는 주먹을 불끈 쥐고 새집에 들어서 짐이 채 정리되지 않은 안을 둘러보았다.

이사는 일사천리로 진행되었다. 해준이 합숙 연습을 하는 동안이다.

갑자기 이사라니 너무 섭섭하다고 신 여사는 울상을 지었지만 재희는 담담한 표정으로 이별을 받아들였다. 자신과 해준과의 관계는 선생과 제자치고 지나치게 밀접했던 것이 틀림없다. 그것이 가족에게서 찾지 못한 애정을 남에게 갈구하는 자신의 성정 탓인지, 아니면 어딘가 꼬여 있는 해준의 이성상 때문인지 자세히 구분할 수 없었다.

하지만 그 이유보다 중요한 것은 어쨌든 이 이상한 관계를 끊어 내야 한다는 사실이었다.

재희는 이것으로 되었다고 생각했다. 인생이라는 공이 어떻게 모르는 쪽으로 튀는지에 대해서는 많은 경험이 없었다.

"뭐라고? 그기 말이 되나!"

수화기를 붙잡고 해준은 버럭 소리를 질렀다. 덕분에 뒤에서 동전을 짤각대며 차례를 기다리던 수영이 화들짝 놀라 동전을 떨어뜨린다.

"언제? 아니, 안 말리고 뭐했노! 그란다고 그냥 보냈다 이 말이가."

무슨 용건인지 어머니와 전화로 티격태격하는 모습을 보자 수영은 질린 얼굴을 한다.

왜? 무슨 일인데. 입 모양으로 묻지만 해준은 눈썹을 몹시 찡그린 채 아무 말 말라는 듯 쉿 인상을 쓸 뿐이다.

전화기 아래 놓인 철제 휴지통을 전력을 다해 걷어찬다. 그 바람에 휴지통 안의 지저분한 것들이 죄 바깥으로 튀어 쓰러졌다.

"그래서! 어데로?"

"……."

"아, 몰라. 마. 됐다. 끊어라."

씩씩대는 해준을 수영은 면구한 얼굴로 보면서 서 있었다.

비가 올 것 같은 날이었다. 재희는 오전부터 감기 기운이 있었다.

퇴근 후에 재욱이 찾아왔다. 재욱은 영석에 대해 가타부타 말이 없는 재희를 엄한 지시라도 받은 듯이 볶아 댔다.

차의 옆자리에 앉아서 콜록대는 그녀를 재욱은 언짢은 얼굴로 응시했다.

"제대로 몸도 안 챙기고 뭐하고 사는 거야. 언제는 혼자 나라라도 구할 여자처럼 당당하게 굴더니."

"요새 좀 무리해서 그래. 무슨 일이야."

아버지의 전언, 새어머니의 전언. 그리고 회사와 가족을 둘러싼 상황과 이야기들을 재희는 영혼 없이 들었다. 아침부터 오른 열 기운 때문에 정신이 없었다.

"요새 한가한가 보네. 그 많은 모임들은 어쩌고 이 먼 데를 자꾸 행차셔. 바쁜 일 없어?"

"말 돌리려고 하지 말고. 그래서 어쩔 건데."

"뭘 어째."

마음 같아서야 내가 알게 뭐냐고 소리를 지르고 차에서 내리고 싶었다. 하지만 아직 다음 행보에 대한 아무런 준비를 해 놓지 않은 상태였다. 당장 이 직장에서 잘리면 그다음은 어떻게 해야 하는 거지. 통장에 눈덩이처럼 부풀고 있는 대출금을 생각했다.

"너 같으면 만난 지 한 달도 안 된 사람이랑 결혼할 수 있겠어?"

재욱은 잠깐 말이 없었다. 잠시 차선을 바꾸는 데 열중하다가 곧 입을 열었다.

"어쩔 수 없는 상황이라면."

재희는 한숨을 몰아쉬었다. 재욱과 자신은 처음부터 삶의 가치관 자체가 다른 사람이었다. 물질적인 안정을 위해서라면 개인의 의지나 마음 따위는 휴지 조각 취급을 하면서 살아온 그였다.

집창촌 뒤에서 보낸 어린 시절 때문이었을까. 경제적인 문제 외에는 무엇도 관심사 주변에 들지 못했다. 재희는 마뜩찮은 얼굴로 그런 재욱을 쳐다보다가 이내 시선을 차창 밖으로 돌렸다.

"생각할 시간을 좀 달라고 해. 대체 왜 이렇게 서두르는 거야."

"왜긴. 너 또 토낄까 봐 그러지. 마침 강 사장이라는 대어도 물었겠다."

재희는 이미 두어 번 만난 영석의 얼굴을 떠올렸다. 어쩐지 몹시 숨이 막히는 느낌이다. 한숨을 쉬며 창문을 열자 거센 비가 차 안으로 쏟아진다. 주위를 둘러보자 생소하지만 익숙한 길이 보였다.

"내려 줘. 여기서 걸어가게."

"뭐야. 이사했다더니. 집 구경이나 시켜 줘."

"언제부터 그런 사이였다고. 차 세워."

하지만 재욱은 차를 세울 생각이 없어 보인다. 가방을 들고 당장이라도 뛰어내릴 채비를 하던 재희는 후우 한숨을 내쉬며 다시 등을 의자에 기댔다.

새로 이사한 집은 연립주택이 모여 있는 낡은 빌라촌 한구석에 위치해 있었다.

당장에 적은 돈으로 급하게 옮길 수 있는 곳이라 편의나 안전성 등은 미처 신경 쓰지 못한 허름한 동네였다. 골목 빈자리에 대강 차를 세우고 끝끝내 뒤를 따라오겠다는 재욱을 재희는 말릴 수 없었다.

이사한 단칸방은 조립식 건물의 2층이었다. 부식된 철계단을 덜컹이며 올라서면 건물의 가장자리에 위치한 방이 보인다. 재희가 급하게 옮겨 오기 전에는 그 조잡한 위치 때문에 몇 달도 넘게 비어 있었던 방이다.

"미희 누나가 너 보고 싶다더라."

뒤에서 우산을 받친 채 따라오던 재욱이 말을 꺼냈다. 계단이 삐걱거리는 소리를 냈다.

"미희가?"

꽤 오랜 시간 동안 들어 보지 못했던 이름이 기억의 포문을 뚫고 일어나 나왔다. 선형그룹의 자제인 미희는 어릴 적부터 친구였다.

폐타이어를 팔던 선형과 드럼통에 흙을 팔던 대성과는 꽤 꾸준히 접점이 있었다. 다른 재벌가의 자제들이 졸부 출신이라며 거리를 둘 때 비슷한 처지에 있던 두 사람은 가까워질 계기를 만들 수 있었다.

타고난 가벼움과 졸부 근성을 그녀 역시 자의로 어떻게 할 수는 없겠지만 그래도 개중 가장 재희의 입장을 이해하려고 했던 인물이었다.

"어떻게 지낸대?"

"궁금하면 먼저 연락해 보든지."

과거의 일은 과거의 일로 묻고 살아왔었다. 옛 친구의 이름을 떠올리는 것 또한 요원한 일이다. 이제 와서 왜. 그런 생각을 하며 재희는 걸었다.

조잡한 철제 복도는 내린 비로 흥건히 젖어 있었다. 응당 텅 비어 있어야 마땅할 복도 끝에서 재희는 이상한 검은 물체를 발견한다. 설마. 인영을 의식하자마자 가슴이 뛰기 시작했다. 설마······?

"이제 그만 가."

황급히 뒤돌며 재희는 재욱에게 말을 던졌다. 사람의 기척에 쓰레기봉투처럼 보이던 검은 물체가 서서히 고개를 드는 것이 보였다.

더욱 높은 소리로 재희의 가슴이 요동쳤다. 뒤따라오던 재욱이 어처구니없다는 목소리로 말했다.

"차 한 잔 정도는 줄 줄 알았는데?"

재욱이 빗물에 흠뻑 젖은 한쪽 어깨를 턴다. 무작정 앞으로 전진하려는 재욱을 재희가 만류했다.

"그냥 가라고."

"집 구경도 안 시켜 주고? 너 정말 이러기냐?"

빗물이 얼굴과 눈을 무자비하게 때려도 재희는 한눈에 앉아 있는 사람이 누구인지 알아볼 수가 있었다. 흠뻑 젖은 몰골로 남의 집 앞에 앉아 있을 사람. 어쩌면, 언젠가 혹시 그럴지도 모른다고 생각했던. 해준이다.

"가라니까."

재희는 고집스럽게 뇌까렸다. 고개를 든 해준과 눈이 마주친 듯했다. 교복 차림의 그는 보는 이가 안쓰러울 정도로 젖은 모양새였다.

툴툴거리며 재욱이 우산을 털고 방향을 돌렸다. 그리고 그제야 재희의 눈이 향한 곳에 앉아 있는 사람을 발견했다. 지붕이 없는 복도에 젖은 채 앉은 아이는 입은 옷으로 보아 아마도 그녀의 학생 중 하나인 듯했다. 요란스레 우산을 터는 동작에 해준 역시 재욱을 쳐다본다.

"누구야?"

"선생님……."

소년은 아마도 꽤 오랫동안 재희를 기다린 듯했다.

뭔가 말을 꺼내려는 재욱을 향해 돌아서면서 재희는 무겁게 고개를 저었다.

다음에 연락할게. 명품 옷을 적시는 비에 질려 재욱은 빠르게 포기했다. 어깨를 으쓱하고 재욱이 뒤돌아 걷는다. 다 큰 성인 남자의 체중에 덜컹이며 계단이 움직였다. 해준이 그런 재욱의 뒷모습을 한참 응시했다.

재욱을 돌려보내고 재희는 할 말을 고르면서 선 채로 비를 맞고 있었다.

무슨 말을 먼저 꺼낼지 모르는 것과 별개로, 기다린 해준을 보자 반갑게 느끼는 자신이 싫고 역겨운 생각이 먼저 들어서였다.

"누구예요?"

묵묵히 재희를 보던 해준이 입을 열었다. 비는 내리다 멈추다를 반복했다.

해준은 재욱이 돌아가는 자동차의 시동이 걸리는 소음을 들고 있었다. 저 사람 때문일까. 언젠가 본 적이 있는 얼굴이라는 것을 해준은 정신이 없는 와중에 기억해 냈다. 나한테서 도망친 이유가⋯⋯.

"어쩐 일이야. 여기는."

"여기저기 물어봤어요. 엄마랑. 복덕방 아저씨랑."

해준은 재희가 뭔가 더 말해 주기를 바라는 듯이 젖은 눈으로 가만히 재희의 얼굴을 쳐다본다. 그러나 재희는 아무런 말이 없다. 결국 체념한 목소리로 해준이 말을 꺼냈다.

"한 두 시간쯤 됐나? 졸고 있었더니 비가 오더라구요."

"⋯⋯."

"보고 싶었어요. 선생님."

재희는 덮인 재킷의 소매 사이로 주먹을 꾹 쥐었다. 그 말이 주는 메아리를 그는 깨닫지 못했을 것이다. 나도 그랬다고. 그러나 그 말을 할 수는 없다.

"소식 들었어. 경기⋯⋯ 졌다고."

재희의 말에 커다란 눈동자가 한참 일렁이다가 말을 보탰다.

"그게 끝이에요? 그걸로?"

실망과 좌절감이 가득 담긴 목소리였다. 가슴이 선뜩하니 아파 와서 재희는 인상을 썼다.

결승전에서 한성이 패배했다는 소식을 들어 알고 있었다. 하지만 선뜻 먼저 다가가 위로를 전하거나 해준에게 말을 걸 엄두가 나지 않았다. 거리를 두겠다는 결심. 그러나 어디부터 어디까지 그 선이란 것을 그어야 할지 재희 자신도 확실하게 알지 못했다. 애써 얼굴을 보지 않으려고 할수록 그 반동은 심해지는 것 같았다. 보고 싶다는 생각. 그리고 그래서는 안 된다는 죄의식.

해준은 하, 자조가 섞인 웃음을 웃었다.

"그것보다는 좀 더 써 줘도 되잖아요. 선생님. 우리 이렇게까지 먼 사이는 아니잖아요."

뺨과 머리카락을 타고 흘러내리는 맑은 빗방울을 보면서 재희는 입술을 깨문다. 언제든 만질 수 있는 가까웠던 얼굴.

"그만 돌아가."

"선생님."

"학생이 이런 식으로 선생님 집을 무턱대고 찾아오면 어쩌라는 거야."

일부러 거리를 두는 일은 고난에 가까운 임무였다. 시선을 피하고 말 섞는 일을 피하고, 아예 해준에 대한 생각 자체를 하지 않으려 애썼다. 그러나 극단의 결핍은 언제나 미칠 듯한 갈망이 되고 만다. 이미 생활의 일부분이었던 해준을 단칼에 끊어 낸다는 것은 오히려 그 반작용만을 극대화시킬 뿐이었다. 보고 싶었던 것은 너뿐만이 아니다. 머리까지 오른 열로 정신을 차릴 수가 없었다. 어쩌면 자신은 원래부터 이미 제정신이 아닌지도 모르겠다.

그러나 재희는 끝끝내 초연한 표정을 지으려 애를 썼다.

"솔직히 여기까지 찾아온 거 소름 끼치고 불쾌해."

딱 잘라 말하자 해준의 표정이 바뀐다. 물방울이 맺힌 창백한 해준의 얼굴이 더욱 하얗게 질렸다.

"그런 식으로 말하지 마요."

해준의 상처 입은 얼굴에 심장이 난도질당하는 것처럼 아팠다.

하지만 여기서 끊어야 한다는 생각에는 변함이 없었다. 누구를 위해서도 아닌 해준을 위해서.

"대체 왜 그래요. 선생님. 딴사람 같게. 우리 이런 사이 아니잖아요."

"사이가 뭐 어쨌다는 거야? 너랑 내가 선생과 학생 사이인 것 말고 뭐가 있다는 거야?"

재희는 쏘아 대는 말투로 다다다 읊었다.

"위로 정도는 해 줄 수 있잖아요. 아무 사이 아니라도 친구, 그 정도는 됐잖아요. 아니에요?"

"친구?"

재희는 어처구니없다는 듯 하하 웃었다.

"너랑 내가 어떻게 친구가 될 수가 있어. 그까짓 경기 졌다고 어디 가서 위로받고 싶은 거라면 상대를 잘못 찾아왔어. 내가 맡고 있는 학생들이 몇백 명이나 되는데 그 모든 애들을 일일이……."

말하다 말고 재희는 깨달았다. 해준의 눈에 맺힌 것은 처마에서 내린 빗방울이나 지금 하늘에서 내린 물방울 따위가 아니라는 것을.

그는 분명 울고 있었다. 해준이 우는 모습은 이제껏 한 번도 본 일이 없었다. 재희는 말을 더듬었다.

"그 많은 애들을 일일이……."

갑작스레 해준의 감정에 이입이 되었다. 지금까지 중 가장 중요했던 경기. 거창하게 부모의 지지도 받지 못하는 꿈. 그 곁에서 항상 지지대 역할을 했던 것은 자신이었다. 갑자기 이상한 핑계로 급하게 해준을 끊어 낸 자신. 어쩌면 그가 가장 필요로 한 순간에 어린 그의 손을 밟아 버린 것은 아닌가. 재희는 말하다 말고 침을 삼켰다.

"내가 보살펴 줄 순 없잖아. 내…… 몸은 열 개가 아니라고."

해준의 얼굴에 우수와 실망만이 가득했다.

살면서 다시는 보고 싶지 않을 얼굴이었다. 해준이 우는 모습이라니. 비탄에 빠진 얼굴이 지나치게 아름답다는 사실을 제외한다면 꿈에서라도 해준의 우는 모습을 다시는 보고 싶지 않았다.

"알겠어요."

해준은 재희의 냉랭한 얼굴을 응시하다가 고개를 돌렸다. 흠뻑 젖은 머리카락을 쓸어 올린다. 새카만 머리카락에 잔뜩 물기가 맺혔다.

"지금까지 내가 완전히 혼자 꿈을 꾸고 있었나 보네요."

어디선가 화살이 날아와 심장에 박힌다. 재희는 차라리 비가 더욱더 많이 내리기를 바랐다.

그냥 없었던 일로. 지금까지의 말은 하지 않았던 것으로. 해준에게 모진 말 따위를 하는 오늘 같은 건 전부 지워져 버렸으면.

"나는 선생님은 그래도 내 편일 거라고 생각했었는데."

부러진 화살이 심장에 단단히 박히고 목구멍까지 따끔따끔 심장의 신 피가 튀기는 기분이다.

해준의 팔을 붙잡고 그게 아니라며 어르고 달래고 싶은 것을 재희는 겨우 참아냈다.

"뭔가 단단히 착각을 했나 봐요."

입술을 깨물면서 해준은 계속 울고 있는 듯했다. 말간 눈물은 비와 섞여서 아래로, 아래로 떨어진다. 아마도 마음의 위안을 찾아 여기까지 왔으리라. 그것을 재희는 모르지 않았다. 느릿느릿 해준이 자신을 지나쳐 철재 계단을 쿵쿵 걸어갈 때 재희는 차라리 계단이 부서져 내렸으면 하는 생각을 했다. 누구도 보지 않는 곳에서라면……!

재희는 다시 손톱을 주먹의 안으로 세게 쥐었다. 역시 자신은 안 된다. 교사로서 자격상실이었다.

해준은 이미 돌아간 모양이었다. 그러나 몸을 돌릴 용기도, 집으로 들어갈 엄두도 나지 않았다.

재희는 그저 자리에 붙박은 채로 서서 비를 맞고 있었다.

언제부터인지 알 수도 없는 눈물이 흘렀다. 머리카락도 가벼운 옷차림도 어깨에 걸친 가방까지 마치 비에 담근 것처럼 푹 젖은 채 오들오들 떨었다.

울면서 재희는 왜냐고 물었다. 어디서부터 잘못된 거냐고. 그저 조금 친밀한 관계를 욕심낸 자신의 문제냐고. 하지만 답은 없었다. 또 다른 심연처럼 깊은 외로움만이 도사리고 있을 뿐이다.

그때, 쿵쿵쿵쿵, 건물이 휘청이는 것처럼 무거운 발자국 소리가 들려왔다.

뒤를 돌자 달려오는 해준의 모습이 보인다. 비와, 또 눈에 어리는 습기로 뿌옇게 비치는 교복 차림의 아이.

"……!"

미처 재희가 뭐라고 입을 열 새도 없이 긴 팔에 몸이 확 들어차 안긴다. 화악. 비와 해준의 내음이 코끝으로 끼쳐 왔다. 솔잎 같기도 하고 풀냄새 같기도 한 쌉싸름한 향이었다. 턱 끝까지 안긴 채로 놀라서 눈을 멀뚱히 뜨다가 재희는 이윽고 사태를 깨닫고 해준의 포옹을 풀어내려고 애썼다. 그러나 해준의 힘은 말할 수 없이 거셌다.

아득바득 새처럼 버둥거리다가 한순간 재희는 몸의 힘을 풀었다. 해준의 몸도 자신의 옷도 흠뻑 젖어 있기는 마찬가지였다. 그런데 뜨거웠다. 그래서 어쩐지 안심이 되었다. 그런 느낌이었다.

"그러지 마요. 선생님."

목소리를 듣는 것만으로도 다시 눈물이 흐르기 시작했다. 눈치채지 않는다면 좋을 텐데. 재희는 눈을 깜빡였다.

"다시는 곤란하게 하지 않을게요. 그러니까……."

"……."

"보기 싫다느니. 안 보겠다느니. 그런 말 하지 마세요. 부탁이에요."

해준은 우는 것 같았다. 재희 역시 울고 있었다.

"다시는 좋아한다든가 그런 말 안 할 테니까……."

"……."

"너무 그러지 말라구요."

결국은 울음이 터져 버릴 수밖에 없었다. 해준의 팔을 밀어내자 젖은 얼굴로 쏟아지듯이 흘러내리는 물방울들이 보인다. 재희는 손가락을 들어 그것을 닦아 냈다. 해준은 어색한 눈으로 재희의 얼굴을 살폈다. 하지만 뺨을 어루만지는 재희의 손을 밀어내지는 않는다.

"그래……."

"……."

"알았어."

두 사람의 얼굴 모두에 비가 내리고 있었다. 멀리서 내리는 비였다.

＊　　　＊　　　＊

해준을 돌려보내고 재희는 젖은 옷차림 그대로 방바닥에 주저앉았다. 무릎을 껴안았다. 바깥은 이미 어둑어둑했다. 바닥이 물로 흥건히 젖었다. 방금 전 마주친 해준의 젖은 얼굴을 떠올린다. 인정하고 싶지 않지만 인정해야만 했다. 지난 몇 주간 자신의 머릿속을 붙잡고 한시도 놔주지 않은 사람이 누구인가를. 그리고 자신이 얼마나 흔들리고 있는가에 대해서. 그리고 괴롭지만 그것이 사회에서 절대로 통용될 수 없는 터부라는 것을, 이래서는 안 된다는 사실은 누구보다도 자신이 가장 잘 알고 있었다.

따르르릉!

갑작스러운 굉음에 재희는 펄쩍 뛸 듯이 놀랐다. 그리고 소음의 진원지를 찾아 좁은 방 안 구석구석을 헤맸다. 가방을 뒤져 찾아낸 것은 재욱이 던져두고 간 거대한 휴대폰이었다. 마치 벽돌을 연상시키는 그것이 주는 불쾌한 소음에 재희는 가슴을 쓸며 노려본다.

"여보세요?"

당황한 끝에 이런저런 버튼을 눌러 보다가 마침내 재희가 입을 떼었다.

─재희냐.

기대할 것도 없이 피를 싸하게 굳히는 목소리가 흘러나왔다. 아버지였다. 당연하지 않은가. 재욱을 통해 그것을 건넨 의도를 미리 간파하지 못했던 것이 어리석었다. 전화로 목소리를 듣는 와중에 재희는 눈을 감았다.

차갑게 젖은 옷이 그 모양 그대로 맨살에 얼어붙는 것처럼 느껴졌다.

─길일로 날 잡아 둘 테니 그리 알아라. 식장 예약이나 부대 사항은 강 회장댁 사모와 니 엄마가 알아서 할 테니 그리 알고.

그 여자는 내 어머니가 아니다. 재희는 벽지에 기댄 채로 울컥거리며 웃었다.

"아버지. 이건 누구 인생이에요?"

─더 토달 것 없다. 필요한 게 있으면 강 사장 편에 전달해 보내마. 항시 연락망 켜 두는 거 잊지 말고.

그리고 전화가 끊어졌다. 너무도 기가 차서 재희는 울면서 웃었다. 아버지의 간섭은 언제나 자신을 위한 배려라는 핑계가 덧붙었다.

알량한 자리를 지키기 위해서 인생의 주도권을 전부 남에게 넘겨야 하는가.

재희는 오래된 비로 얼룩진 천장과 벽의 벽지를 스산한 눈으로 훑었다. 사무치게 외롭다는 기분이 들었다. 해준의 미래나 남의 시선과는 상관없이 다시 달동네 슈퍼의 옥탑방으로 돌아가고 싶었다. 지긋지긋한 괴물들의 틈에서 인간다운 삶을 그나마 조금이라도 맛볼 수 있던 곳.

그러나…… 그것이 과연 해준을 위해서 옳은 일인지 알 수가 없었다.

결국은 한 가지뿐인가. 언제까지고 인생의 선택권을 남의 손에 맡겨 둘 수는 없었다.

가족이라는 이름의 월권행위를 더 이상 묵과할 수는 없다고 재희는 생각했다.

※   ※   ※

"무슨 일 있어? 얼굴이 안 좋은데?"

미란은 초죽음이 된 채 들어오는 재희를 보고 걱정스러운 얼굴로 물었다.

"아니에요. 감기 기운이 좀."

며칠 새 내린 비 때문이려나. 미란은 따뜻하게 데운 귤차를 들고 재희의 자리 쪽으로 발길을 옮겼다.

"고마워요. 선생님."

헤헤. 웃는 얼굴에 푸석푸석 아픈 기색이 가득하다. 미란은 다른 잔을 손에 쥐고 자신도 뜨끈한 차를 목구멍으로 넘기며 말했다.

"몸 챙겨 가면서 일해야지. 이사하느라 바빠서 그렇지?"

"아니에요."

"어때, 새로 옮긴 집은. 살 만해?"

"그냥 괜찮아요. 조용하고. 싸고."

"그래도 누가 챙겨 주는 하숙집만 하겠어? 밥 좀 잘 챙겨 먹고 다녀. 어디 아픈 것 아니야?"

미란은 손을 들어 재희의 이마를 짚었다. 초읍 일대의 원룸촌은 학교와 가까운 이사 자리를 묻는 재희에게 자신이 소개시켜 준 동네였다.

여자 혼자 살기 좋은 동네는 아니었지만 가진 예산 안에서는 어쩔 수 없는 선택이었다. 저처럼 타지에 혼자 와서 고생이라는 생각에 더욱 마음이 쓰였을까. 미란은 그저 재희가 안타까워 보일 뿐이었다.

"혼자 살수록 더 잘 챙겨 먹고 다녀야 해. 아프면 얼마나 서러운데."

"네. 감사해요."

미란은 다시 자리에 앉아 수업할 자료를 정리하기 시작했다. 전날 비가 내려서인지 창밖으로 보이는 하늘이 꽤나 맑았다. 보고 있는 사람의 기운까지 청명하게 만들어 버리는 하늘이었다. 실랑이 소리가 들리는 듯해 미란이 눈을 들자 한 학생과 재희가 보온병을 들고 투닥이는 모양이 보인다.

잘생긴 남학생은 재희가 담임을 맡고 있는 반의 이해준이다. 보아하니 아픈 재희를 위해 무언가를 싸 와서 그것으로 충돌이 있는 모양이었다.

귀엽네. 부럽기도 해라. 미란은 재희가 앉은 방향으로 진심으로 부러운 눈길을 보냈다.

해준의 모친이 재희를 친딸처럼 살뜰하게 챙긴다는 것은 익히 들어 알고 있는 사실이었다. 단순히 하숙생과 집주인 사이를 넘어 아들의 담임으로까지 얽혔으니 그야말로 인연이 아닐 수 없다.

"또 뭘 싸 왔어, 해준아? 나도 좀 줘라."

미란이 웃으며 멀찍한 재희의 자리로 한마디를 던졌다. 그러나 그 말을 들은 재희나 해준, 누구도 웃는 얼굴이 아니기에 미란은 당황하며 어색한 표정을 지었다. 오히려 재희는 자신의 눈치를 보는 양 불편한 얼굴이었다. 이윽고 두 사람이 떨떠름한 얼굴로 자리를 비우자 미란은 조용히 궁리하다 식은 찻잔을 들었다.

운동장 곁으로 늘어선 풀 길에서 재희는 주변의 기척을 살폈다. 누구도 오가지 않는 것을 확인하자 재빨리 해준을 잡아당겨 단속하듯 짤막하게 말을 던진다.

"부담스럽다고 했잖아."

"말만 안 꺼내면 되는 거 아니었어요?"

"그러지 마라. 제발."

재희는 애처로운 얼굴로 부탁했다. 산들바람이 무심코 코끝을 스쳤다.

초조한 자신과는 다르게 해준은 웃는 얼굴이다. 그 얼굴이 상쾌하게 느껴진다는 것이 놀라웠다.

"그냥 얼굴만 보는 것도 안 된다구요? 선생님 되게 비싸게 구네요."

"그건……."

좋아한다고 했다. 거리를 두겠다고 했다. 모든 것이 두려운 자신과는 달리 해준은 그저 여유로운 얼굴을 하고 있었다. 물론 전혀 보지 않는 일은 불가능할지 모른다고 생각했지만 억지스럽게 서두른 이사도 자신의 의사를 전부 전하지는 못한 모양이었다.

"그거 맛있는 거예요. 선생님 전복죽 좋아하잖아요."

"또 어머니 고생시켜 드렸구나. 아침부터."

"고마우면 인사하러 와요. 집에. 그러고 나갔다고, 엄마도 계속 보고 싶다는데."

해준은 또 웃었다. 그러면 안 되는데 마음이 풀어진다. 세상의 기준이나 자신의 고지식함을 버리고 그저 저 자신만만한 얼굴을 따라간다면. 그러고 싶다면 안 되는 걸까?

그러다 재희는 자신의 뺨을 스스로 몹시 치고 싶은 기분이 되었다.

선을 두는 것은 처음의 생각대로 그를 위한 일만은 아닐 것이다. 어디로 튈지 모르는 위험천만인 자신을 위해서다.

"당분간 서로 보지 않는 편이 좋아."

"왜요? 이제 아무 말도 안 한다고 약속했잖아요."

해준은 가볍게 눈썹을 찡그렸다. 도무지 여자의 속을 짐작할 수가 없었다. 자신을 싫어하지 않는 것만은 확실했다. 어떤 공식적인 사이가 되어 달라고 조른 것도 아니다. 지나친 과민반응이라는 생각을 한다. 그저 지금까지처럼. 얼굴을 보는 사이로. 적당히 친밀한 사이로.

"사귀어 달라고 한 것도 아니잖아요. 이 정도도 안 돼요?"

"안 된다고 했잖아!"

재희는 소리를 질렀다. 해준은 언제고 위태로운 감정을 드러내는 순간이 올 것이고, 재희 자신은 흔들리는 순간을 조금이라도 용납할 마음이 없었다. 날카롭게 소리를 지르자 아이는 조금 놀란 얼굴이었다. 가슴이 아릿한 기분.

봄바람에 흔들리는 화단이 너무도 예쁜 날이었다. 재희는 떠나겠다는 결심을 굳혔다. 비단 아버지의 손길로부터가 아닌, 자신들 두 사람을 파멸시킬 수도 있을 이 위험한 관계로부터 가능한 한 멀리 떨어지자고. 벌써부터 뼈가 시린 외로움이 사방을 좁혀 왔다.

＊　　　＊　　　＊

미란은 아무 생각 없이 화장실 문을 열었다가 바닥에 미끄러져 넘어질 뻔했다. 쾅. 다른 쪽 칸을 열었다. 쾅. 또 다른 칸을 확인했다. 경악한 얼굴로 여자 화장실을 뛰쳐나온 그녀는 바로 옆의 남자 화장실로 달려 들이닥쳤다.

"아, 쌤요. 여기 남자 화장실인데요."

소변을 보던 남학생들의 불만 섞인 투정에 아랑곳없이 변기가 있는 칸의 문을 열어젖혔다. 미란은 해괴한 체위로 엮여 있는 남녀의 그림과 그 아래 굵게 써진 이름을 응시했다. 매우 곤란한 표정으로 옆구리를 짚었다.

교실에 도착해서도 상황은 나을 것이 없었다. 칠판에는 조잡한 그림체와 함께 '이해준 김재희랑 교실에서 떡친 거 본 사람?' 등의 너저분한 낙서가 잔뜩 칠판을 메우고 있었다. 와글와글 소란스러운 교실에서 미란은 쾅! 세게 교탁을 쳤다. 그리고 화가 난 표정으로 소리를 질렀다.

"주번! 칠판 안 지우고 뭐하노!"

�֍   �֍   ✶

미란에게 얘기를 전해 듣고 재희는 당황한 표정을 숨기지 못했다. 이해할 수 없다는 얼굴은 이내 극심한 당혹감이 서린 얼굴로 바뀌었다.

"왜요? 선생님. 대체 왜."

상담실 한편에 서서 재희는 손끝을 떨었다. 눈동자가 가눌 곳 없이 움직였다.

"그건 내가 묻고 싶은 말이야. 정말 아무 일 없었던 거 확실해?"

미란의 차분하지만 추궁하는 목소리에 재희는 펄쩍 뛰며 손사래를 쳤다.

"당연하죠! 무슨 그런, 말도 안 되는 소리가⋯⋯!"

소리를 지른 재희가 불안하게 손톱을 씹는 모습을 보면서 미란은 착잡한 표정을 지었다. 어째 불안하다는 생각이 들었었는데 기어코 사단이 났구나, 싶었다. 물론 재희나 해준이 그런 사이일 것이라고 생각지 않았다. 그러나 곁의 사람이 불편할 정도로 두 사람이 친밀한 사이였던 것만은 사실이었다. 아이들은 한창 예민할 나이였다. 그들의 지나치게 밀접한 관계가 누군가의 심기를 거슬렀던 것임에 틀림없다.

"낙서는 지우면 된다지만. 그보다 문제는 애들 입이……."

미란은 지나치면서 들은 자기 반 아이들의 지저분한 수다를 상기했다. 그들에게 사실 여부란 전혀 중요치 않은 사족에 불과했다. 단지 자극적인 것. 무엇보다도 자극적인 것만을 갈구하고 필요로 하는 어린 주둥이들에게 이보다 더욱 구미가 당기는 가십거리란 없을 것이다.

미란의 말을 들으며 재희는 이제 다른 손의 손톱을 물어뜯었다. 내 잘못이다. 재희는 우선 그렇게 생각했다. 누구의 잘못도 아닌 자신의 잘못이라고. 자신이 진작 고리를 끊어 내지 못했기 때문이었다. 어디서 본 거지. 어떤 장면을 본 거야. 뭣 때문에 이런 말이 생긴 거야. 해준이 자신을 쫓아다닌 수많은 상황들을 낱낱이 되짚었다.

"낙서. 지금 어디 어디에 있어요?"

초조한 얼굴로 재희가 물었지만 미란은 고개를 흔들었다. 보아서 좋을 것이 없는 난삽한 그림이다. 미란이 알려 주지 않을 기색을 보이자 재희는 밖으로 뛰었다. 학교의 곳곳을 뒤진 끝에 재희는 교사용 화장실에 섰다. 미처 지우지 못한 낙서가 거기에 아직 남아 있었다. 쾅! 재희는 화장실 문을 세차게 치고 이를 악물었다. 해준과 자신이라고 표기된 그림 속 인물은 몸의 절반이

성기인 것처럼 보인다. 재희는 이마를 싸잡고 눈을 감았다.

왜. 대체 왜. 이런 일이.

정말로 끝까지 무슨 일이 있어도 피하고 싶던 상황이 닥친 것만은 분명했다. 재희는 학교 밖으로 뛰었다. 학교 전체, 사람들 모두가 자신을 보고 손가락질을 하는 기분이었다. 정작 자신들은 아무런 거리낄 일이 없는, 정말로 떳떳한 사이임에도 그랬다. 예고도 없이 벼랑에서 곤두박질친다. 건물을 한참 멀리 벗어나서야 재희는 참았던 숨을 몰아쉬었다.

❋   ❋   ❋

"어쩌게."

해준의 옆에서 윗몸일으키기를 돕던 수영이 걱정스러운 표정으로 물었다. 학교 전체가 술렁인 스캔들의 당사자인 것에 비해 정작 해준은 담담한 표정이다.

"어쩌긴 뭘 어째. 새꺄. 처음 그린 새끼부터 잡으면 콱 죽여버려야지."

서늘한 표정과 말투와는 달리 허리를 들고 상체를 트는 마무리 동작까지 빈틈없다.

"한두 명도 아닌 거 같은데. 우예 잡게."

"아오! 씨발!"

수영의 말에 화를 내며 해준은 벌떡 몸을 일으켰다. 생각만으로 화가 치미는 모양인지 목까지 덮이는 추리닝을 펄럭거린다.

"어? 저기 쌤 아니가."

수영의 손짓에 고개를 돌리자 운동장으로 향한 건물의 출구에서 바람같이 뛰어나오는 한 인영을 볼 수 있었다. 재희는 정문을 향해 전속력으로 뛰는 모양새였다. 해준은 생각할 겨를도 없이 재희의 뒤를 쫓아 뛰었다.

"야! 어데 가노!"

체력 단련용 매트 위에서 수영이 발을 동동 구르며 해준을 불렀다.

"선생님!"

정문을 조금 벗어난 지점에서 해준은 재희를 따라잡았다. 불러도 대답 없이 달리는 재희의 손목을 해준이 낚아챘다.

"쌤! 어디 가요!"

뒤돌려 본 재희의 얼굴이 눈물범벅이라 해준은 조금 당황했다. 도저히 왜 울고 있는지 이유를 짐작할 수 없었기 때문이다.

"왜 울어요?"

"놔."

손목을 잡힌 채 재희는 부들부들 떨었다. 이곳이 아직 학교 앞이라는 사실. 그리고 눈앞의 사람이 해준이라는 사실. 모두가 전부 지독하리만치 치욕스러웠다. 어디서 누군가의 눈이 자신들을 주시하고 있을지 모른다는 생각만으로 재희는 불안하고 초조했다.

"놓으라고!"

소리를 지르자 해준은 인상을 썼다. 재희의 어깨를 잡고 흔들었다.

"왜 이러시는 거예요?"

"놓으라고 했잖아!"

철썩. 짜릿한 소음과 함께 해준의 고개가 돌아갔다. 재희는 따가운 오른손을 쥔 채로 겁에 질린 표정을 지었다. 비틀렸던 고개로 해준이 눈을 치켜뜬다. 재희는 입을 어버버 멍하게 벌렸다. 학생을 때려 본 일은 처음이었다. 해준은 인상을 썼다.

"다 너 때문이야. 아. 아니. 어쩌면 나 때문인가."

해준의 얼굴에 벌겋게 자국이 남은 것을 보자 재희는 울상을 짓고는 횡설수설했다. 그런 재희에 해준은 반듯한 눈썹을 움직여 안쓰러운 표정을 지었다.

"그 낙서들 때문에 그래요? 그 정도 장난이야 정신 빠진 새끼들이 할 수도 있는 건데. 왜."

"장난? 니 눈엔 그게 장난이야?"

장난이 아니라면 뭔가. 해준은 잠깐 시선을 재희에게서 바닥으로 내렸다. 적나라한 정사 장면이 담긴 낙서. 한 번도 생각해 보지 않았다고 하면 거짓말일 것이다. 그러나…… 해준은 다시 재희의 눈을 똑바로 마주했다.

"장난이지 그럼 뭐예요. 우리가 진짜로 그랬던 것도 아닌데."

천연덕스럽게 대꾸하자 다시 재희의 얼굴이 사납게 굳었다.

"다시는 나한테 손대지 마."

"에이. 선생님. 왜 그래요."

"다시는 나를 부르지도 마. 나라는 사람을 아는 척하지도 마. 다시는 너를 보는 일 같은 건 없을 거야."

"선생님?"

이건 또 무슨 말인가. 해준은 미간을 찌푸렸다.

"어떤 덜 떨어진 새끼가 장난 좀 친 거 가지고 왜……."

하지만 재희에게 이 일은 그냥 덜 떨어진 장난이 아닌 모양이었다. 재희의 표정은 지나치게 싸늘했다. 해준은 왠지 갑자기 몸에 한기가 들었다. 달리고 난 땀이 급격히 식었기 때문인 것 같았다. 트레이닝복의 지퍼를 목까지 채웠다.

"어이! 거기 너. 뭐하고 있노. 트랙 안 도나?"

우연히 해준을 발견한 축구부 최 감독이 운동장으로 향하는 먼 길에서 그를 향해 소리쳤다.

"네에."

건성으로 대답한 해준은 어쩔 수 없이 교문 안으로 발길을 옮겼다. 달리면서도 뒤에 남은 재희가 계속 신경이 쓰였다. 마치 그녀가 금방이라도 땅으로 꺼지거나 하늘로 솟을 것처럼 불안한 기분이었다.

✳   ✳   ✳

2층의 한편을 아예 터서 사용하는 이사장실은 선선한 볕이 드는 곳이었다. 영국제 테이블과 고즈넉한 분위기의 소파가 공간을 사용하는 인물의 지위를 드러내 주고 있었다. 볕이 드는 창가에서 등을 보이고 선 이사장의 뒤에서 재희는 손을 가지런히 모은 채로 그가 무언가 운을 떼기를 기다렸다.

"자네도 알겠지만."

무거운 목소리로 우식이 입을 열었다.

"학교는 지금 그렇게 사정이 좋은 편이 아닐세."

재희는 담담하게 고개를 끄덕였다. 각오하고 있던 일이다.

"지금은 이런 말을 꺼내는 내가 잔인하게 느껴질 수도 있겠지만……. 언젠가 자네도 나와 같은 입장이 되면 이해해 줄 날이 있지 않을까. 그렇게 생각하네."

재희는 이사장의 말을 조금은 이해할 수 있을 것 같았다. 한차례 낙서와 음담패설이 몰아치고 지나간 학교는 일견 태풍이 휩쓸고 지나간 들판과 같았다. 현재는 고요히 태풍의 눈 상태를 유지하더라도 언제고 같은 일이 벌어지지 않는다고 장담을 할 수 없는 일이다.

매일매일, 하루하루가 고통스럽게 느껴졌다. 학생들을 대하면서 자신의 입장이 수치스럽게 느껴진 일은 처음이었다. 존경과 선망을 표현하던 순진하고 아름답던 눈동자들이 이제는 자신을 비난하고 힐책하는 회초리질처럼 따갑게만 느껴졌다.

기이하다. 해준의 말처럼 자신들이 정말로 그런 일을 벌였던 것도 아니다. 그러나 그런 조롱과 루머의 대상이 되었다는 사실만으로도 이미 재희에게는 견딜 수 없는 치욕이었다. 정말로 해준을 향한 자신의 감정이 떳떳하기만 한 그것이었을까. 재희는 자신에게 변명의 여지란 남아 있지 않다고 결론을 내렸다. 학생과의 추문이 있는 여선생……. 학교에서의 퇴출은 이사장으로서 당연한 결정이라고 받아들였다.

"이해합니다. 선생님."

재희는 주머니에 든 사직서를 바스락거리며 쥐었다. 3년이라는 돈으로도 살 수 없을 시간. 이만하면 꽤나 큰 은혜를 입은 것이라고 재희는 스스로를 도닥였다.

"그러니 이제라도……."

찻잔을 든 우식이 몸을 틀어 재희를 마주했다. 인자하고 온화한 얼굴의 이사장이 안타까운 표정으로 말을 잇는다. 송구스러운 기분에 저절로 재희의 고개가 수그러진다.

"아버님의 뜻을 들어드리는 것이 어떤가."

"……?"

"나로서도 이것이 교육자다운 부탁이 아니라는 것을 잘 아네. 하지만 지금은 한 푼이 아쉬운 사정이야. 이제 와서 기부금을 거절하기엔 내 면이 서질 않네. 나를 봐서라도 어떻게 안 되겠나."

"네?"

휙휙 머리의 회전이 빨라졌다. 눈앞의 남자가 지금 무슨 말을 하고 있는 것인가. 학교에 파다한 해준과 자신의 추문이 문제가 아니었다는 말인가. 눈앞에서 파드득 불꽃이 튀는 기분이었다.

"나도 언제까지 자선사업만 할 수는 없지 않은가."

재빨리 머리를 굴린 재희는 착잡한 표정으로 말을 꺼냈다.

"……아버지가 또 무슨 말씀을 하시던가요."

"어째서 그렇게 영리하지 못한가 말이야. 자네만 잘해 준다면 모든 일이 없었던 것처럼 될 수도 있어. 부모님의 말을 듣는 것이 결국은 자네와 주변 모두를 행복하게 하는 일이라는 것을 왜 알지 못하나?"

"얼마나 더 주신다고 하던가요?"

"돈이 문제가 아닐세."

재희의 얼굴이 차갑게 식었다. 하마터면 헛웃음이 비어져 나올 뻔했다.

"처음부터, 절 받아 주실 때부터 이런 게 조건이었나요."

"글쎄, 자네만 마음을 돌려준다면!"

더 들을 것도 없다는 판단이 섰다. 재희는 손에 쥔 하얀 봉투를 이사장 앞의 책상에 밀어 놓았다. 가능한 사무적인 딱딱한 어조로 말을 꺼냈다.

"그동안 감사했습니다."

"어허. 이렇게 끝내면 다른 어디서도 발을 붙이지 못하게 될 거야. 제자와의 스캔들은 그렇게 쉽게 덮어지는 문제가 아니야."

"제가 결백하다는 거. 아시잖아요."

허흠. 우식은 공연히 헛기침을 했다. 그녀를 설득시켜 결혼을 성사시키든, 그녀를 경제적 궁핍 상태에 몰아넣든 어찌 되었든 재단은 두 배의 재정적 지원을 받도록 약속되어 있었다. 어디에서도 직장을 구하지 못한다면 제 발로 집을 찾을 것이라는 자득의 판단에 의한 계획이었다. 안타까운 마음에 우식은 그녀를 위한 진심 어린 조언을 한마디 덧붙였다.

"정말이야. 어디서도 자네를 다시 받아 주는 곳은 없을 걸세."

"안녕히 계세요, 선생님."

뒤돌아 나가는 재희를 보면서 우식은 안경 밑 콧잔등의 땀을 닦았다. 재희가 내민 봉투를 힐끗 보고 서랍에 넣었다. 후룩, 식은 차로 타는 목을 식혔다. 평생을 교직 생활에 몸담은 덕에 자신의 인맥은 가히 성공적이라 부를 수 있을 만큼 넓은 편이었다. 그녀에게 건넨 조언은 정말이지 진심이 담긴 걱정이었을 뿐이다. 우식은 다시 창가로 몸을 돌렸다. 이 일이 끝나고 재단의 이름으로 쌓일 계좌의 잔액을 생각하자 흥분으로 손이 축축하게 젖었다.

❋　　　　　❋　　　　　❋

이사장실을 나와 재희는 바로 주변 정리에 돌입했다. 자리를 정리하는 재희에게 다가와 미란은 마치 자신의 일인 양 불같이 화를 냈다. 교협에 제소하겠다는 그녀를 재희는 몇 번의 설득 끝에 겨우 달랠 수 있었다. 필요 없는 대부분의 것은 쓰레기장에 버렸다. 짐을 챙겨 집에 돌아와서는 더욱 막막한 기분이 되었다.

또 어디로?

뭔가 이상한 쪽으로 바퀴가 굴러간다는 생각을 지울 수 없었으나 자신의 힘으로 방향을 돌리는 일은 역부족이라는 생각을 했다. 짐을 챙기자 급한 것은 우선 돈이었다. 무슨 생각으로 월급을 받는 족족 써 버렸는지 이제 와 소용없는 후회에 빠졌다. 늘어놓아 보면 쓸 곳이 없는 신발이나 가방들뿐이다. 진작 해준의 말을 들었어야 했는데…… 재희는 후회했다. 속물인 아버지를 증오하면서도 이미 부르주아의 타성에 젖어 있던 자신의 소비습관에 혀를 찼다.

어디에도 자신을 기다리는 사람은 없었다. 단지 피해야 할 사람. 재희는 해준의 얼굴을 떠올렸다. 그와 그의 모친을 떠올리면 드는 것은 가족에게서 미처 느끼지 못했던 안온함이다. 그리고 한편의 죄책감.

돌아가고 싶다고 느끼지 않는 것이 아니었다. 마치 그들 가족의 구성원이 된 것 같던 일체감이 그리웠다. 그러나 떠난다고 짐을 꾸려 앉았을 때에야 그것이 얼마나 자기 본위의 생각이었는지 깨닫는다.

하지만 피로 이어진 가족 관계 역시 그보다 진하지 않다. 결국 너는 무엇을 위해 나를 이용하고 있는가. 너 스스로의 욕망과 체면을 위해서인가.

당장에 필요한 짐만을 챙기고 나머지를 소포용 상자에 넣었다. 잔뜩 모아 둔 가방과 신발을 버리면서 재희는 스스로를 꾸짖었다. 이제 변해야 할 때다. 부지불식간에 쌓아 온 습관에서도, 타성에 젖은 취향에서도. 그리고 해묵은 관계나 진저리 나는 가족의 조종에서도. 이제야말로. 정말로 안녕이다.

커다란 여행 가방을 챙겨 집을 나오면서 재희는 예전 집을 떠나오던 기억을 떠올렸다.

패기 있게 집을 박차고 나왔으나 아무 것도 스스로 할 수 없을 것 같은 불안에 시달렸다. 하지만 이제는 그때와 사정이 조금 달랐다. 조금의 경험, 그리고 자신감이 있었다. 어디서도 받아 주는 일은 없을 거라는 이사장의 마지막 말을 떠올렸으나 재희는 이를 꽉 악물었다. 다시 해준의 얼굴을 떠올리고 반사적으로 허공에 주먹을 꽉 쥐었다.

그래. 모두를 위해서 옳은 일이야.

＊　　　　＊　　　　＊

　연습을 마치고 교실에 돌아왔을 때, 해준은 청천벽력 같은 소식을 들었다.

　"사직서 내고. 짐 싸서 바로 나갔다 카든데?"

　"진짜? 뭐 그래 관두나. 진짜 뭐 찔리는 게 있……!"

　제 앞에 발을 멈춘 해준을 발견하자 말하던 한섭은 갑자기 입술을 한일자로 굳게 다물었다.

　"니 지금 뭐라캤노?"

　"아. 해준아, 아. 아무것도 아이다."

　바들바들 떠는 한섭의 앞에서 책상을 짚고 해준이 나지막이 한 번 더 물었다.

　"쌤 관두셨다고?"

　"그게…… 나도 드, 들은 거라……. 그제, 아."

　더 이상 들을 것도 없었다. 해준은 손을 털어 한섭의 멱을 팽개치듯 던져두고 교실을 빠져나왔다. 한섭의 말대로 교무실 안 재희의 자리는 텅 비어 있었다. 말도 안 돼. 갑자기 들이닥친 해준에 놀라는 선생들의 얼굴이 보인다. 그러나 물어보고 자시고 할 것도 없었다.

　계단을 세 개씩 뛰어내린다. 정문을 향해 전속력으로 달렸다. 때마침 매점을 빠져나오던 세화가 해준을 불렀다.

　"야! 이해준!"

　느닷없는 부름에 돌아보았으나 상대해 줄 여력이 없었다. 해준은 서둘러 발길을 돌렸다. 세화가 부리나케 뛰어와 그런 해준의 소매를 잡는다.

"어디 가는데?"

"놔라. 짐 바쁘다."

"어디 가냐고."

"니가 알아서 뭐하게."

세화는 꿋꿋하게 바닥을 버티고 서서 해준의 소매를 놓지 않았다.

"영 쌤한테 갈라고?"

해준은 미간에 날을 세웠다.

"니가 상관할 일 아니라니까?"

"가서 니가 뭘 어쩔 건데."

"뭘 어쩌건 간에 니 알 바 아니다. 비켜."

해준은 세화의 손을 뿌리치고, 세화는 다시 해준의 교복 소매를 집요하게 잡기를 반복했다. 그런 두 사람의 행동을 세화의 뒤에서 과자를 한 아름씩 껴안은 아름과 여진이 눈치를 보며 살핀다.

"비키라 했지."

"아직 수업 안 끝났다."

"근데 뭘 어쩌라고!"

해준이 소리를 지르자 세화 역시 바락바락 악을 쓰며 대들었다.

"수업 들으라고! 언제는 학생의 본분이 공부라며? 대체 수업 빠지고 어딜 가겠다는 건데?"

해준은 못 봐주겠다는 얼굴로 눈을 부라리며 세화를 노려본
다.

"그만해라."

미련 없이 등을 돌리는 해준에 대고 세화가 소리쳤다.

"뭘 어쩌겠다는 건데! 벌써 여기저기 소문 다 났는데 니가 간
다고 뭐가 달라질 것 같나?"

하지만 이미 문을 벗어난 해준은 보이지 않는다. 뒤에 남은
세화는 발을 구르며 분통을 터뜨렸다. 신경질적으로 뒤에 선 과
자더미를 하나씩 차례로 밀어 분풀이를 했다.

✳   ✳   ✳

당연히 집은 기억하고 있었다. 하지만 헐레벌떡 뛰어 재희의
집 문 앞까지 도착했을 때, 이미 텅 비어 있는 집 안을 보고서 해
준은 허탈감에 빠졌다. 무릎을 짚는다. 숨이 턱에까지 차 헉헉대
며 공기를 뱉어 냈다. 숨을 고르고 다시 창살이 쳐진 창문 안으로
방의 모습을 살폈다. 방 안은 스산했다. 누군가 살았던 흔적도 없
는 텅 빈 공간. 눈을 씻고 살펴도 남은 쓰레기 하나 찾을 수가 없
는 수준이다.

허술하게 보이는 문고리를 슥 잡아당기자 문이 열렸다. 해준
은 신을 신은 채로 방 안으로 들어섰다.

재희가 하숙집에서 쓰던 옥탑방보다도 작은 크기의 방이다.
짐을 옮기던 누군가 남긴 것인지 남자의 것으로 보이는 흙 발자
국을 발견했다.

쾅!

해준은 꽉 쥔 주먹으로 세차게 벽을 치고 뒤돌아섰다. 마치 사람이 흔적도 없이 소멸한 것 같은 모양새였다. 해준은 입술을 씹었다. 건조해 갈라진 입술에서 피가 스며 나왔다. 재희가 연락하겠다는 마음을 먹지 않으면 자신으로서는 그녀를 찾을 방법이 없었다. 그 사실을 깨닫자 해준은 통탄했다. 하하. 실없는 웃음이 입술을 비집고 나온다. 하지만 더욱 끓어오르는 것은 미처 분출하지 못하는 화였다. 해준은 허리에 손을 짚었다. 찬찬히 재희가 갈 만한 곳을 궁리했다. 하지만 여전히 전부 불가능이라는 결론에 도달하자 해준은 이를 악물었다.

이미 사라진 사람을 무슨 수로 찾는다는 말인가. 자신은 아직 너무도 어렸다. 사람을 찾아 달라고 흥신소를 뒤질 만한 여건도 못 된다.

해준은 온몸의 뼈가 뽑히는 것과 같은 통증을 느끼고 있었다. 이것이 그녀의 안에서 자신에 대한 존재감의 표현인 것만 같았다. 언제든 무 뽑듯이 뽑아서 버릴 수 있는 존재. 그리고 자신은 그에 대항할 아주 조금의 능력조차도 지니고 있지 못했다. 그저 어리고, 아무런 힘도 가지고 있지 못하기 때문에.

하하. 울지 않으려고 해준은 자꾸 웃음을 흘렸다. 버려졌다. 완벽하게. 결국 그녀에게 있어 자신은 이 정도 존재였을 뿐이다.

대등한 의논 상대도 될 수가 없었다. 결론은 언제나 어른인 체하는 여자 혼자만의 몫이었을 뿐이다. 마지막 이별 인사와 같은 달콤한 이별 노래조차 자신에게는 그저 먼 나라의 이야기일 뿐이었다.

피가 튀겨지듯 끓는 통증에 해준은 문을 박차고 나와 심호흡
을 했다. 어디로 가야 찾을 수 있는 것일까. 자신의 손은 너무
작고, 바깥의 세상은 너무 서대하고 넓기만 할 뿐이었다.

chapter 4

새벽 비

    고깃집 3층에 위치한 작은 학원. 이곳에서 재희는 영어와 수학을 가르치고 있었다. 여남은 명 되는 아이들에게 문제 풀이를 시키고 재희는 창 쪽으로 턱을 괴었다. 밖으로는 2층 이상의 건물이 드물다. 낮은 건물의 행진으로 시야가 탁 트였다. 학원은 아파트 단지와 초등학교에서 멀지 않은 주택가에 형성되어 있었다. 딱히 주택가와 번화가를 구분 지을 필요도 없었다. 그야말로 모든 곳이 조용하고 한적한 도시였다. 식사 때가 되어서인지 아래층에서 고기 굽는 냄새가 솔솔 올라오자 꼬르륵 시장기가 느껴졌다. 때맞춰 한 아이가 손을 들었다.

    "선생님, 배고파요."

    질문이 있는가 달려간 재희는 피식 웃으며 여자아이의 머리를 쓰다듬었다. 시계를 확인하고 손뼉을 쳐 수업을 마무리 지었다.

교사실에서 가방을 챙기고 재희는 원장인 화영에게 인사를 건넸다. 주변에서 가장 큰 보습 학원이라지만 직원은 원장 부부를 포함해 자신까지 단출하게 셋뿐이다. 각자 전문 과목도 없이 그때그때 생기는 수업을 서로 맡아서 하는 식이었다. 저녁이라도 먹고 가라는 화영의 말에 재희는 웃으며 인사를 건넸다.

"오늘은 오랜만에 은경이랑 약속이 있어서요."

은경의 이름을 듣자 화영이 반가운 기색을 표했다.

"왜, 은경 씨 얼굴 보고 싶은데."

"오늘은 별로 시간이 없나 봐요. 제가 그쪽으로 가기로 해서. 다음에 꼭 같이 밥 먹는 자리 만들게요."

"요새 은경 씨 애 낳고 정신없나 보다. 다음에 꼭 같이 봐, 그럼. 좋은 시간 보내고."

한참을 기다려 버스를 타고 재희는 은경이 사는 아파트 상가로 향했다.

"어! 여기야!"

새로 생긴 경양식 카페의 문을 열고 들어서자 반갑게 웃으며 손을 흔드는 은경의 모습이 보인다. 품 안에는 얼마 전 낳은 상준을 안고 옆자리에는 이제 세 살이 된 상미를 앉혔다.

"오래 기다렸어?"

"기다리긴 뭘. 집 앞인데. 니가 오느라 고생했지."

"난 너 보는 게 좋아서 오는 건데 무슨 고생이야. 상미랑 상준이 잘 있었어?"

"뭐 먹을래. 배고프지? 여기 돈까스 괜찮게 해. 맛있어."

"그래? 그럼 돈까스 먹자. 나 무지 배고파. 아랫집에서 갈비 굽는 냄새가 어찌나 올라오는지."

"그래? 그럼 갈빗집으로 갈 걸 그랬구나. 거기 위치가 좀 그렇긴 하지."

"아냐. 무슨. 애기들 때문에 불편한데. 그리고 나 돈까스 좋아해. 알잖아."

메뉴를 시키고 식사를 시작하자 은경은 아이들의 밥을 챙기느라 분주했다.

"상미는 이모랑 먹어."

재희가 상미를 자신의 무릎에 앉혔다.

"쟤는 아무튼 너만 좋아한다니까? 근데, 일은 괜찮아? 할 만해?"

"그냥 그렇지 뭐. 이제 적응돼서 편해. 애기들도 귀엽고. 원장님이 얼마나 잘해 주시는데."

"알지."

안다고 하면서도 은경은 측은한 표정을 감추지 못했다.

"내가 미안하지. 도움이 못 돼 줘서."

"무슨 소리야! 이 정도로 먹고사는 게 다 선생님 덕인데요. 최선생님."

"그래두……."

은경은 1년째 육아휴직 상태였다. 재작년 나타난 재희를 후임으로 추천도 해 보고, 인맥을 동원해 소개도 시켜 봤으나 번번이 정중한 거절의 말만 돌아왔다. 하는 수 없이 남편에게 도움을 청했다. 다행히 시내에서 학원을 운영한다는 남편의 지인을 소개받았다. 그러나 지인의 학원 역시 명목만 근근이 유지되는 상황이라 월급은 최저임금 수준으로 형편없었다. 임시방편의 일자리로 생각했지만 그 이상의 자리를 구해 줄 수도 없었다. 대학 시절 재희에게 많은 경제적 도움을 받았던 은경으로서는 그녀를 마음껏 도와줄 수 없는 제 형편이 아쉬울 뿐이었다.

"선배는 잘 지내?"

"잘 지내지, 그럼. 못 지낼 거 뭐 있어. 요샌 맨날 니 걱정이더라."

"켁. 왜."

의외의 말에 재희는 사레가 들어 기침을 뱉었다.

"왜긴. 너 해 넘기기 전에 시집보내야 된다고 그러지. 이런 시골에 처박혀 있으면 남자 만날 기회도 없다고."

"칫."

킥킥대며 재희가 웃었다.

"시집가면 그렇게 좋아? 왜 이렇게 남 걱정을 못 해서 안달이래."

재희의 밝은 얼굴에도 은경은 수심이 가득이다. 은경은 말을 참다 결국 목소리를 꺼냈다.

"너 그냥 마음 고쳐서 집으로 들어가면……."

"쉿. 그만. 그 얘긴 우리 안 하기로 했잖아."

"그래. 알지. 아는데. 너 이러고 고생할 애가 아니잖아. 니가 어디가 못나서."

"그만. 그만. 알았어. 시집가면 되는 거지? 그럼 이 잔소리 끝인 거지? 아, 빨리 결혼이나 해야겠다. 어디서 선배 같은 좋은 남자 좀 안 떨어지나. 있으면 빨리 소개시켜 달라고 해. 난 옛날에 준비 완료라고."

대수롭지 않다는 재희의 말투에 은경은 웃으며 절레절레 고개를 저었다.

"알았어. 그만할게."

"그래. 그만해. 나 지금 괜찮아. 일도 편하고. 돈도 적당히 벌고. 가끔 너도 만나고. 취미 생활도 하고. 이 이상 바랄 게 없는데?"

"외로우니까 그러지. 그리고 너 사는 동네 거긴 너무 외지고."

외롭다. 재희는 그 단어를 참으로 오랜만에 떠올렸다. 그런 것을 신경 쓸 틈도 없이 살아온 지난 2년이었다. 새로운 생활에 적응하고 또 잊는 데 바빴다. 사람 사는 살이란 것이 반복적이고 언제나 무미건조했다. 도망치고 또 달아나면 뭔가 대단한 것이 기다리고 있을 줄 알았지만 삶은 영화가 아니었다. 다다른 종착역에는 그저 구차한 생의 충족만이 다시 기다리고 있을 뿐이었다. 먹고 자고 시간을 때우는 그저 그런 일과들.

하루는 월세를 걱정하고 하루는 대출 이자를 걱정했다. 어쩌면 사는 것은 그냥 먹고 싸고 자는 것의 연장이라는 생각도 들었다. 거기에 무슨 만족이 있을까. 가끔 재희는 해준의 슈퍼 옥탑방에 살던 매일을 떠올렸다. 항시 자신의 곁에 다정한 누군가가 있었다. 함께 밥을 먹고 일상을 공유하던 사람들. 사무치게 외롭다는 생각이 들 때면 그저 또 잊는 데만 총력을 기울여야 했다.

"그래. 또 전화해."

정류장 앞에서 은경은 말갛게 웃으며 손을 흔들었다. 익숙한 어미의 보습으로 걷는 아이는 세우고, 갓난아이는 품에 재운 재다.

"상미도 인사해야지."

어린 딸의 손을 맞잡고 대신 흔들어 대는 모양에 재희는 마주 보고 손을 흔들었다. 버스가 출발해 시야에서 사라질 때까지 은경과 아이는 손을 멈추지 않았다.

외롭다.

정말로 오랜만에 그런 생각이 들었다. 학교 때 만난 선배를 따라 시골에 자리 잡은 친구는 행복해 보였다. 가끔 불만인 듯 털어놓는 시시콜콜한 일상도 귀여운 투정으로만 보일 따름이다. 가족. 은경에게는 그것이 있었다. 돈으로는 살 수 없을 따뜻한 존재. 자신에게도 그런 것이 있었을까. 재희는 어렴풋이 그것이 어떤 기분인지를 짐작해 본다. 함께 둘러앉아 먹는 따뜻한 저녁 식사. 그리고 다시 버스의 창에 스미는 어떤 이름과 기억들을 슥슥 지워 내렸다.

✳   ✳   ✳

일을 마치고 재희는 인도로 나와 걸었다. 여름이 시작되는 모양으로 공기가 무거워지는 듯 느껴졌다. 곧 장마가 시작된다고 하더니 아직은 그럴 기미가 없어 보였다. 근처의 슈퍼에 들러

찬거리를 사고 인적이 드문 거리를 계속 걸었다. 큰길을 한 번 건너고 여러 개 골목을 지나야 비로소 다세대 주택가가 조그마하게 모습을 드러내기 시작한다.

봉지를 흔들면서 어둠이 깔린 길을 걷다가 재희는 문득 어제 은경이 남긴 말을 상기했다. 외롭다……고. 너 외로울까 봐. 실은 그것을 크게 실감할 겨를이 없었다. 당장 먹고사는 일을 걱정해야 했기 때문이다. 아무 연고도 없는 도시에서 재희는 누구도 자신을 신경 쓰지 않는다는 홀가분함과 동시에, 여전히 어디에도 기댈 데가 없다는 쓸쓸함을 함께 느끼고 있었다.

도시는 조용하고 낯설었다. 자유는 곧 외로움의 다른 이름일 수도 있었다. 그저 하루를 또 살아가는 것 외에는 딱히 의미 없이 지나치는 날들이었다. 이 순간에 재희는 가족과 둘러앉아 저녁 식사를 하고 있을 은경의 식구들을 떠올렸다.

"……?"

가라앉은 상념에 빠져 발자국을 느릿느릿하던 탓일까. 재희는 익숙지 않은 기척에 귀를 세웠다. 그러고 보니 아까부터 계속 누군가 자신의 뒤를 밟고 있는 것처럼 느껴졌다. 다른 방향을 보는 척하면서 재희는 흘깃 뒤의 사람을 살폈다. 모자를 푹 눌러쓴 검은 옷차림의 남자.

순간 재희는 자신이 몹시 한적한 골목을 꽤나 여유롭게 걷고 있었다는 데 생각이 미쳤다. 평소에도 해가 지고 나면 쉽게 스산해지곤 하는 길이다. 재희는 상대가 눈치채지 못하도록 서서히 걸음의 속도를 높였다. 설마…… 아니겠지. 자신이 괜한 과민 반응을 하는 것일 거라고 불안한 가슴을 달랬다. 그러나 골목을 돌면 골목을 돌고, 속도를 붙이면 덩달아 상대도 속도를 올리는 것이 아닌가. 마음 놓고 집으로 달려갈 엄두도 나지 않았다. 그것은 주소를 노출시키는 위험천만한 행동이 될 뿐이었다.

결국 재희는 달리기 시작했다. 뒤의 남자는 자신을 쫓고 있는 것이 틀림없었다. 문득 어디선가 들었던 골목길의 살인이나 강간 사건 같은 것이 불쑥 머리를 쳤다. 온몸의 모공이 바짝 조이면서 등에서 식은땀이 흘렀다. 헉헉. 재희는 뛰었다. 빨리 큰길이 나타나기를!

뒤의 남자는 달리기가 빨랐다. 아찔한 느낌과 두려운 기분에 심장이 터질 것 같았다. 덜그럭거리는 구두를 벗어서 던질까 생각했을 때, 결국 뒤의 사내에게 어깨를 잡혔다.

"아악!"

"아야!"

재희는 손에 든 봉지를 크게 휘둘러 남자의 머리를 가격했다. 혹시 칼을 들고 있지는 않은가 얼결에 그것부터 살폈다. 얻어맞은 남자가 잠시 주춤하자 재희는 재빨리 구두도 벗어 던지고 황급히 등을 돌려 달아나기 시작했다. 대로의 모퉁이에 경찰서가 있었다. 거기까지만 도착할 수 있으면. 외지다고 했는데! 왜 그 말을 새겨듣지 않았나. 서러운 기분에 눈물이 터질 것 같았다.

"너무 격하게 환영하는 거 아니에요?"

"……?"

자신의 등 뒤에 대고 남자가 뭐라고 말을 던졌다. 새겨듣지도 않고 재희는 그저 달리기만 했다. 그러다 문득 속도를 늦춘다. 달리는 걸음이 점점 걷는 모양으로 바뀌었다. 들은 적이 있는 목소리. 웃음기를 띤. 아니, 언제라도 다시 들으면 몹시 반가울 것이 분명한 목소리.

"……해준아?"

재희는 자리에 멈춰 선 채 등을 돌려 다가오는 남자의 실루엣을 확인했다. 더욱 키가 큰, 낯선 옷을 걸쳐 입은 모습이었지만 그것은 해준이 분명했다.

"해준아!"

재희는 한걸음에 내달려 해준에게로 뛰었다. 아야야. 얼굴을 쓰다듬으며 도로 위에 널린 대파 등을 주워 들던 해준이 무릎을 일으키고 재희를 향해 웃었다.

"선생님."

"이해준……."

"오랜만이에요."

⁂   ⁂   ⁂

고깃집에 마주 앉아서 재희는 할 말을 잃었다. 제 얼굴을 보기만 하는 재희에 머쓱해져 해준은 모자를 벗으며 머리를 털었다. 그리고 또 한참 침묵의 시간이 흘렀다.

"궁금하세요?"

"어?"

"어떻게 찾았는지."

"아……."

재희는 뭔가로 머리를 얻어맞은 표정을 하고 있었다. 그런 놀란 얼굴이 우습기도 하고 반갑기도 해 해준은 앞에 놓인 소주잔을 채워 재희에게 건넸다.

"아. 술 마셔도 되나?"

"네?"

해준은 의아하게 묻고 깨끗이 잔을 비웠다. 아직 눈앞의 여자는 과거에 머물러 있는지도 모르겠다.

"아, 그렇겠구나. 벌써 그럴 나이가 됐네."

재희는 말을 아끼고 덩달아 잔을 비웠다. 이제는 선생도, 학생도, 무엇도 아니다.

"……."

해준은 당연한 말을 한다는 듯 어깨를 으쓱하고 두 번째 잔을 따랐다.

"이모, 여기 소주 좀 더 주세요."

안주로 나온 야채를 씹으면서 해준이 주방에 소리를 질렀다. 재희는 신기한 듯 해준을 찬찬히 감상하다가 물었다.

"잘…… 지냈어?"

"어땠을 것 같아요?"

다정한 눈에 마음이 풀어진다. 해준은 그게 싫었다. 실은 미워할 수 있으면 미워하려고 했다. 마치 일찍 자신을 떠난 아버지처럼 똑같이 자신을 버렸다. 앞으로는 평생 미워해 주겠다고. 그러나 마음은 생각 같지 않았다. 얼마나 그리워했었는지를. 이 사람이 알까?

"많이 먹어."

고기를 구워 주면서 재희는 다정한 체를 한다. 꼬박 2년이다. 그동안 다시 만나게 되는 날을 꿈꾸고 기다려 왔었다. 찾으면 뭐라고 화를 낼지, 어쩌면 화를 못 이겨 폭력을 쓰게 될지도 모른다는 생각을 했다.

추문에 휩싸인 학교에 자신만을 던져두고 홀연히 혼자서 사라져 버린 여자. 마치 사실을 인정이라도 하는 것처럼 깔끔한 뒷정리에 어처구니가 없을 지경이었다. 놀림거리가 되는 것은 아무렇지 않았다. 다만 그런 식으로 모든 것을 혼자 결정하고 눈앞에서 영영 사라져 버렸다는 사실이 용납되지 않았을 뿐이었다.

"화가 났었어요."

술이 한두 잔 들어가자 붉어진 얼굴로 해준이 푸념하듯 말을 꺼냈다.

"그래."

재희는 아직도 물기에 촉촉한 눈으로 자신을 보고 있었다. 마치 금방이라도 꺼질 것처럼 아련한 촛불을 감상하는 눈길이었다. 언제나 그랬던 것처럼 애정이 가득한 눈.

"근데 웃긴 게 뭔지 알아요? 지금은 화낼 기운도 없다는 거예요."

재희는 별다른 말이 없었다. 말이 없으니 무슨 생각을 하는지도 도통 알 수가 없었다. 단지, 믿을 수 있는 것은 사람의 눈이라고 해준은 늘 생각해 왔었다.

"어떻게 찾았는지 안 궁금해요?"

"궁금해."

"안 가르쳐 줄 거예요."

사실은 지난주에도, 지지난 주에도 왔었다. 마치 스토커라도 된 것처럼 뒤를 밟으면서 어떻게 등장할까 고민했다. 자그마치 2년이다. 그 긴 시간 동안 어떤 연락도 없었던 여자를. 자신들 사이에 이어져 있던 끈이 마치 사실이 아니었다는 것처럼 일시에 증발해 버린 여자를. 찾게 되면 어떻게 탓하고 뭐라고 윽박지를지부터 생각했다.

하지만 정말로 찾아낸 모습을 발견했을 때, 마주친 자신을 몰라보는 재희의 텅 빈 눈에서 해준은 설명할 수 없는 고독감을 느껴야만 했다. 혼자 길을 걷는 무표정한 얼굴이었다. 그때, 어쩐지 그녀를 이해할 수 있을 것 같다는 기분이 처음으로 들었다. 여기까지 몰아세운 게 자신일지도 모른다는 생각을 한다. 어쩌면 그렇게도 어렸을까.

"선생님은요?"

"......?"

"잘 지냈어요?"

재희는 웃었다.

"어땠을 것 같아?"

결국 얼굴을 보면 좋은 감정이 든다는 것이 문제다. 자신이 아무것도 아닌, 어떤 것도 가지지 못한, 그저 학생의 입장이었을 때, 이 얼굴을 다시 볼 수 있게 되기만을 얼마나 소망했던가. 하지만 찾을 방도가 없었다. 끝난 관계라고. 이제는 떨어져 버린 끈이라고. 어차피 원래부터 그녀에게 자신 같은 건 그저 무의미한 존재에 불과하지 않았느냐고.

미친 듯이 공 차는 데에만 몰두했다. 그것은 괴로운 생각을 잊기 위한 방편이기도 했지만 돈을 벌 수 있다는 희망과 연결되어 있었다. 사람을 찾으려면 돈이 얼마나 들까. 그저 무지한 어린 생각에서 출발한 집착이었다.

우연한 기회에 프로에서 제의가 왔을 때는 두말 않고 유명 대학팀과의 교섭을 아쉬움 없이 버렸다. 더 말할 것도 없이 그저 돈이 필요했기 때문이었다. 첫 정산을 받았을 때 그 돈을 봉투째로 소개받은 사무소에 갖다 바쳤다. 하숙집 시절 어머니가 받아 둔 계약서 한 장이 그저 하나뿐인 단서였다.

그리고 마침내 그녀를 전라도 어딘가에서 찾아냈다는 연락을 받았을 때, 해준은 그저 얼떨떨한 기분이었다. 목매달고 바라마지 않던 일이었으나 정말로 일이 성사될지에 대해서는 긴가민가 확신하지 못했던 것이다.

"난 잘 지냈어……. 보고 싶었어. 해준아."

말로 표현이 가능한 정도의 감정이란 얼마나 자유로운가. 담담하게 웃으며 재희는 말하고 있었다. 해준은 그녀의 눈을 보면서 소주를 들이켰다. 전부터, 아주 오래전부터 이 사람 하나였다. 그 감정의 차이가 너무 크고 거대해서 늘 목이 졸릴 것 같은 기분이었다. 어떻게 해도 여자가 나를 나만큼 좋아하게 되는 일은 없겠지. 단지 그 짧은 생각만으로 몸이 타들어 가는 것처럼 괴로웠다. 오직 한 사람. 그 밖에는 아무것도 보이지 않았다. 목표이자 목적이었다. 지금의 자신이 되기까지.

"우연히 동창 놈이 근처에서 봤다고 하대요. 그래서 함 와 봤어요. 진짠가 싶어서."

"진짜? 와아! 우연이 정말 기가 막힌다. 그치? 세상이 정말 좁구나. 아는 사람 만난 적…… 진짜 별로 없는데. 와. 되게 잘됐다. 그치?"

"……."

해준은 시선을 내렸다. 너무 무거워서 차마 입으로 꺼낼 수가 없는 말들. 말하면 또 달아나 버릴까 봐 쉽게 열어 보일 수도 없다.

"고기나 많이 사 줘요. 선생님 좋다는 게 뭐예요."

"그래. 그래. 알았어. 많이 먹어."

✳   ✳   ✳

버스 밖에서 재희는 모자를 눌러쓴 해준을 배웅했다. 길옆에 서서 어색하게 손을 흔들었으나 해준은 미동도 없었다. 서울로 올라가는 막차였다. 당분간은 연습 때문에 서울에서 지내고 있다는 말을 했다. 자세한 얘기를 않는 해준에게 더 이상 묻지 않았으나 경기권의 프로 팀에 소속되어 있는 모양이었다.

집으로 향하는 대신 재희는 은경의 집으로 향했다. 늦은 밤 실례라고 생각했지만 도저히 이 뛸 듯한 마음을 달랠 수가 없었다. 더구나 은경의 남편인 광훈이 축구광이라는 사실을 잘 알고 있는 터였다.

"어쩐 일이야!"

"미안, 쉬고 있었지?"

"미안하기는! 어서 와."

그저 혼자 있기 적적해서 왔다는 핑계를 은경은 받아들였다. 광훈은 구독한 신문을 작은 방에 쌓아 두는 버릇이 있었다. 어쩐 일로 생전 관심도 없던 스포츠 신문을 뒤지냐는 물음에 재희는 대충 둘러댔다.

상미를 한 무릎에 앉히고 해준에 관련된 기사를 읽고 또 읽었다. 세상에. 하마터면 재희는 눈물을 흘릴 뻔했다. 연락이 끊겼던 고작 2년 사이에 해준은 멋진 스포츠 신예로 우뚝 발돋움해 있었다. 예술적인 플레이라며 극찬하는 기사를 읽자 뿌듯함으로 가슴이 저릴 정도였다. 한동안 잊고 살아 왔던 뻐근한 감동이 가슴속으로 밀려왔다. 행여 은경이 눈치챌세라 재희는 눈물을 삼키고 겨우 말했다.

"나 이 신문 좀 가져가도 되지."

"응, 그래그래. 어차피 고기 궈 먹을 때나 쓰지 쓰레긴데. 근데 뭐하게?"

상준에게 우유를 먹이다 말고 은경이 무관심하게 물었다.

"응? 그냥."

"그보다, 오늘 자고 갈 거지?"

"아냐. 늦었는데 선배 눈치도 보이고 집에 가야지."

"야, 김재희. 가긴 어딜 가. 이렇게 늦었는데."

때마침 화장실에서 나오던 광훈이 배를 북북 긁으며 하품을 했다. 재희는 다시 한 번 기사에 뜬 작은 사진을 본다. 우와. 다시 저절로 감탄사가 나왔다.

"상미, 너. 무릎에서 그만 내려와. 이모 다리 저리겠다."

"싫어."

"놔둬. 좋아서 그러는데. 상미도 좋지?"

재희는 상미를 껴안고 뺨에 얼굴을 비볐다. 왜인지 가슴이 부풀어 올랐다. 정말이지 간만에 느끼는 행복감이 아닐 수 없다. 그저 해준이 잘 살고 있다는 소식을 들은 것만으로 이렇게 뛸 듯이 기뻐지다니. 망가지지 않았어. 난 틀리지 않았어. 재희는 다시금 과거 자신의 선택이 옳았다고 느낀다.

"밤늦게 정말 미안."

현관 문간에 선 채로 재희는 건네받은 신문을 소중히 가슴에 안았다. 입으로는 연신 미안하다고 하면서도 웃음기를 띤 표정이라 지켜보던 은경과 광훈의 얼굴에는 의문이 서렸다.

"그냥 자고 가라니까. 상미 방에 자리 펴면 되는데. 니가 애 봐주면 편하고 좋구만."

"아냐. 다음에. 다음에 꼭 와서 애기들 오랫동안 봐줄게."

"응. 그래."

"선배도 잘 있어요. 또 봐요."

"어. 으응."

계속 싱글벙글 웃는 얼굴을 감추지 못하는 재희에 광훈은 멋쩍게 웃었다. 재희가 꾸벅 인사를 마치고 나가자 광훈이 은경에게 물었다.

"왜 저런대? 뭐 좋은 일 있나?"

"몰라."

❋　　　　❋　　　　❋

종종 올 거라던 끝인사가 무색하게 해준은 주말마다 여수에 들렀다. 친구를 만나러 가던 길이라고 했다. 어머니 집에 내려 가던 길이라고 했다. 혼자 주말을 보내기 심심하다는 이유를 댈 때도 있었다. 공짜 술을 얻어먹겠다는 핑계였지만 재희는 몰랐다. 근육이 망가질 것을 우려해 해준이 사실은 평소 음주를 즐기지 않는다는 것을.

일주일이 멀다 하고 얼굴을 보니 마치 부산에서의 날이 돌아온 것만 같았다. 다른 점이 있다면 이제는 더 이상 선생과 제자 지간이 아닌 애매모호한 관계라는 것과, 더 이상은 같은 집에 살고 있지 않다는 것이 그랬다. 함께 지냈던 기간이 긴 만큼 다시 친밀해지는 데는 그리 오랜 시간이 걸리지 않았다. 그러나 재희는 예전처럼 스스럼없이 해준을 대하지는 못했다. 그것이 떨어져 지낸 시간 때문인지, 아니면 해준이 더 이상 어린 제자가 아니기 때문인지 재희로서는 잘 알 수 없었다.

적적하고 무료했던 여수 생활에 다시 나타난 해준은 활력소가 되었다. 알 수 없는 외로움과 사람에 대한 그리움은 해준의 등장만으로 씻은 듯 사라졌다. 비록 약속을 하지 않았더라도 주말만 되면 목을 빼고 그를 기다리는 자신을 발견할 수 있었다.

몹시 비가 내리는 날이었다. 미리 무슨 약속을 한 것도 아니었다. 그러나 재희는 해준을 기다렸다. 지난 몇 주간 해준은 한 번도 방문을 빼놓은 일이 없었다. 공연히 해준이 내릴 터미널 근처를 우산을 쓴 채 배회했다. 얼마 전 새로 생긴 핸드폰으로 계속해서 연락을 시도했다. 해준과 함께 가서 구입한 것이었다.

비는 갈수록 거세어지고 있었다. 점점 더 조급증이 일었다. 그러다 문득 재희는 한동안 터미널로 들어오는 버스가 없다는 사실을 깨달았다. 이상한 일이다. 터미널 화장실 바닥을 쓰는 인부에게 묻자 모른다고 대답했다. 표를 끊는 안내양에게로 다가가 물었다. 돌아오는 말은 고속도로 출구에서의 큰 사고로 버스들이 연착하고 있다는 단순한 대답이었다.

어디로 갈 거냐면서 아가씨는 막차 시간이 얼마 남지 않았음을 매니큐어를 바른 손가락을 흔들며 보여 주었다. 표를 끊는 것을 사양하고는 재희는 좁다란 터미널의 간이식 의자에 털썩 걸터앉았다. 밖으로는 자비 없이 빗물이 쏟아지고 있었다. 본격적인 장마가 시작된 것 같았다. 노점상들이 휩쓸려 사라질 만한 거센 물살에 재희는 덜컥 마음이 쓰였다. 혹시 무슨 사고라도 생긴 것은 아닌가.

그렇게 생각하자 가만히 앉아 있을 수가 없었다. 할 수 있는 일이 아무것도 없는데도 좀이 쑤셔 견딜 수가 없었다. 우산을 쓰고 터미널 주변을 뛰었다. 갑자기 굵어진 비 때문인지 거리는 한적했다. 택시를 잡아타고 삼거리 쪽에서 병원, 인터체인지가 있는 곳까지 훑었다. 맞은편에서 서울 버스가 들어오는 것을 보고는 다시 택시를 돌려 확인했다. 그러나 해준은 타고 있지 않았다. 몇 안 되는 손님이 차 문 앞에서 검사라도 하듯 얼굴을 살피는 재희를 이상하게 응시하며 지나쳤다.

오지…… 않는 거구나.

그제야 그런 생각이 들었다. 따지고 보면 약속을 한 것도 아니었다. 다른 바쁜 일이 있는 것이다. 그는 축구장의 신진 스타였다. 약속들이 많이 있겠지. 어째서 해준이 당연히 올 거라고 생각했을까. 갑자기 기운이 쭉 빠지는 기분에 땅끝까지 몸이 흘러내리는 것 같았다. 우산을 들 기운도 나지 않아 재희는 내리는 비를 모조리 맞으면서 걸었다. 처량하고 쓸쓸한 비가 몸을 때렸다. 빗속에서 자신은 철저히 혼자였다. 또다시.

"어?"

눈앞에 황급히 하얀 택시가 끼익, 황급히 멈춰 서기 전까지.

"뭐하는 거예요?"

후다닥 우산을 펼치며 해준이 택시에서 뛰어내렸다. 재희는 눈앞의 광경을 믿지 못해 입을 벌리고 섰다.

"너…… 어떻게?"

"우산도 안 쓰고 그렇게 걸으면 어떻게 해요!"

재희를 끌어당기며 해준이 화난 듯 소리를 질렀다.

"뭐야. 우산 있었네? 나 참. 뭐예요. 진짜."

해준이다……. 재희는 하마터면 눈물을 흘릴 뻔했다. 놀랍고 반가운 마음. 어깨를 잡고 비를 덜 맞을 수 있는 처마 아래로 끌어당기는 해준의 손에 자신을 맡겼다. 반가운 기운에 해준을 보며 배시시 웃음을 흘리자 그런 그녀를 내려다본 해준이 다시 호통을 쳤다.

"왜! 전화도 안 받고! 무슨 일 있는 줄 알았잖아요!"

"아, 진짜?"

재희는 그제야 가방을 열어 핸드폰을 확인했다. 발신 이력이 잔뜩 찍힌 작은 흑백의 액정. 재희는 공연히 웃었다.

"지금 웃음이 나옵니까?"

"왜 이렇게 늦었어."

같은 마음이다. 같은 마음. 재희는 그렇다는 확신이 들었다.

"뭔 사고가 크게 났는지 움직이지도 않는 통에 내려서 택시 탔다구요. 전화를 몇 번이나 했는지 알아요?"

재희는 또 웃었다. 해준은 자꾸 자신을 웃게 했다. 몇 번이나 전화를 한 것은 자신도 마찬가지였다.

"다리는 왜 그래?"

식당으로 향하면서 절룩거리는 해준을 발견한 재희가 물었다.

"아, 좀 삐었어요. 걱정할 정도는 아니에요. 오전에 병원도 들렀다 왔고."

그래서 늦었구나. 재희는 혼자 속으로 생각했다. 그러고 보면 해준이 있는 서울에서 여수까지는 다섯 시간 가까이 걸리는 길이다. 매주 다른 핑계로 방문하기까지 해준이 숙소를 나서야 했을 시간을 생각하면 그가 대는 우연히 들렀다는 핑계란 얼마나 귀여운가 하고 재희는 생각했다.

"왜? 무슨 바쁜 일 있어?"

식사 내내 시계를 살피는 해준에 마음이 쓰였다. 재희의 물음에 해준은 잠깐 시선을 피하며 대답을 망설였다.

"아뇨. 그게……."

"……?"

"막차가 끊긴 것 같아서요. 뭐, 모텔에라도 가서 자면 되죠."

그러고 보니 평소 해준이 들르는 시간대보다 꽤나 늦은 시간이었다. 오후에 도착하면 간단히 밥이나 술을 하고 막차 전에 무조건 자리를 뜨는 것이 그간 해준의 관례였다. 그러나 이렇게 비 오는 날 다친 다리로 모텔이라니. 재희는 마음이 쓰였다.

"그럼 우리 집으로 갈래? 별로 넓진 않지만…… 모텔보다는 편할 텐데."

"예?"

매우 당황한 듯이 해준의 목소리가 높아졌다. 말하는 재희의 양쪽 눈을 번갈아 살핀 해준이 다시 고개를 저으며 대답했다.

"아니에요. 신경 쓰지 마세요."

"아냐. 난 진짜 괜찮은데. 아, 너 불편하면……."

왠지 어색한 기운이 흘러 재희는 공연히 앞에 놓인 고기를 뒤집었다. 삼겹살이 불판에서 지글지글 익고 있었다. 해준은 쥐고 있던 소주잔을 단숨에 들이켰다.

"……."

잠시 생각하던 해준이 입을 열었다.

"내 기분은 아직 그때와 달라진 것이 없어요, 선생님."

켁. 고기를 집어 먹다가 재희는 말문이 막혔다. 그런 것쯤이야 굳이 말로 하지 않아도 알고 있다. 열렬한 눈에서, 부러 먼 곳을 핑계까지 대 가며 찾아오는 행동에서. 하지만 역시 정색한 해준의 얼굴과, 그런 그의 입에서 떨어진 말에는 또 다른 파급력이 있었다.

"무슨 말이야. 그냥 힘들까 봐 좀 쉬고 가라는 건데."

헤헤 웃음으로 화제를 무마하려는 재희와 달리 해준은 얼굴의 긴장을 풀지 않았다.

"좋아한다는 말이에요. 아직."

"……."

재희는 말을 삼켰다. 급하게 들이마신 술 때문인지, 아니면 불판의 열 때문인지 얼굴이 붉게 달아오른 것이 느껴졌다. 젖었던 머리카락과 옷이 열기로 바삭하게 마르는 기분이었다. 많은 손님들로 주변은 분명 소란스러웠지만 지금 당장은 해준과 자신 둘뿐인 것 같다. 그때와는 다르다. 누구도 자신들을 주목하거나 주시하지 않는다. 이곳에서 자신들은 철저히 이방인이었다.

"그런 거야…… 아무려면 어때."

재희는 우물쭈물 말을 보탰다. 해준이 연거푸 술잔을 넘기는 모습이 어룽한 눈에 흐리게 보였다.

"가요."

계산을 하고, 해준이 자리에서 일어섰다.

집으로 걸어가는 골목에서도 비가 쏟아졌다. 자신의 집으로 향하는 길이었지만 어쩐지 재희는 해준의 뒤를 따르는 모양새였다. 이미 몇 번 바래다준 전적 때문인지 해준은 집으로 향하는 길을 잘 알고 있었다. 자신의 속도에 맞춰 앞서 걷던 검은 우산이 가끔 뒤를 돌아보면 재희는 움찔해 서곤 했다. 집 앞에 도착해 해준은 재희를 기다렸다.

재희의 집은 다세대주택 모서리의 반지하 방이었다. 볕이 잘 들지 않는다는 것을 제외하면 따로 주방이 달린, 원룸치고는 꽤 넉넉한 구조의 집이다. 철제 대문 앞에서 우편함의 열쇠로 문을 열고 재희는 가파른 길과 보일러실을 지나 계단을 내려갔다. 좁은 길이라 우산을 펼 수 없는 해준이 팀백을 앞으로 한 채 뒤따라 들어왔다.

"생각보다 좋은데요?"

주방을 지나 방으로 들어선 해준이 말했다. 모자를 벗고 가방을 바닥에 둔다.

"뭐라도 마실래?"

어쨌든지 간에 남자가 이 방에 찾아온 것은 처음 있는 일이었다. 어찌할 줄 몰라 어색해하며 물었으나 아뇨, 해준의 대답은 간단없었다.

"그럼 전 여기서 자겠습니다."

대충 휘휘 방 안을 둘러본 해준이 문간에 자리를 잡고 말했다. 침대와는 멀찍이 떨어진 문가에 가방을 탈탈, 털어 놓고 해준이 누웠다. 얼굴에 모자를 덮는다. 연이은 해준의 동작에 재희는 조금 벙 찐 기분이었다.

"그, 그럴래? 불편하지 않겠어? 이불 줄까?"

"괜찮아요."

"......"

갑자기 긴장이 탁 풀렸다. 젖은 옷 그대로 재희는 제 침대 발치에 걸터앉아 누워 있는 해준을 보았다. 어쩐지 매우 긴 밤이 될 것 같았다.

※　　　　※　　　　※

정말이지 한숨도 자지 못했다. 그것이 창을 때리는 시끄러운 비 때문인지 아니면 괜히 가슴뼈를 때리는 심장 소리 때문인지 재희는 알 수 없었다. 옆으로 돌아누우면 불이 꺼진 와중에도 문간에 누운 해준의 실루엣이 보이는 것 같다.

잠이 들었을까? 아마도 그럴 것이다. 해준은 고른 숨소리를 내며 누워 있었다. 재희는 다시 뒤척이며 천장을 향해 바로 누웠다. 슬슬 동이 터 오는 모양인지 벽지의 문양이 하나둘 나타나기 시작했다. 피곤한 것 같기도 하고 신경이 잔뜩 예민해진 것 같기도 했다. 그도 그럴 것이 해준과 격의 없이 지냈던 사이이기는 했지만 방에 그를 들여 재운 것은 처음 있는 일이었다. 어쩌자고 오라고 했을까. 이제 와 다시 남매나 가족처럼 지내기에 해준은 발가락에 박힌 거대한 가시처럼 몹시도 거슬리는 신기하고 생경한 이물질이었다.

얼마간 얄궂은 잠에 빠졌을까. 누군가 움직이는 소리에 재희는 정신을 차렸다. 그리고 그것이 해준의 기척이라는 것을 깨달았을 때 재희는 자신도 모르게 숨을 멈췄다. 해준의 움직임은 둔탁했지만 무겁지 않았고, 필드의 공을 찰 때처럼 재빨랐다. 해준이 가방을 챙겨 들고 방을 나선다. 그제야 재희는 멈췄던 숨을 헉 하고 내뱉으며 긴장을 풀었다.

시간은 새벽 5시를 가리키고 있었다. 창밖에서는 아직도 무자비한 빗방울 소리가 텅 빈 골목을 휩쓸며 지나가는 소리가 들린다. 우산은 챙겨 갔을까. 재희는 벌떡 자리에서 몸을 일으켰다. 밖은 온통 빗길일 것이다. 해준은 다리를 다쳤다. 게다가 집 주변으로는 배수가 제대로 되지 않아 웅덩이마다 물이 고이는 일이 잦았다.

아직 제대로 해가 뜨지 않은 밖을 살피다가 재희는 허탈한 기분에 한숨을 내쉬었다. 아무래도 아직 자신과 해준 사이에는 보이지 않는 벽이 존재하는 모양이었다. 그저 우산을 건네주고 잘 가라는 인사를 건네는 일마저 껄끄럽게 느껴진다. 아니, 어쩌면 처음부터 집으로 불러서는 안 되는 사이였는지도 모른다. 지난 일이라 치더라도 자신과 해준은 본디 사제 지간이지 않은가.

붙잡아도 될까?

그러나 잠시 생각하던 재희는 우산을 꺼내 들고 해준을 찾아 밖으로 나섰다. 남들의 시선. 이제 그런 건 상관없다. 중요한 건 변하지 않았다는 해준의 마음이었다. 후다닥. 대차게 밖을 나섰으나 해준이 골목의 어느 쪽으로 향했는지 알 길이 없었다. 눈앞에 보이는 휑한 공터를 두고 재희는 좌우를 열심히 살폈다. 좀 더 큰길로 발을 디디는 순간.

아!

재희는 외마디 소리를 질렀다. 불시에 팔이 끌어당겨졌다. 뒤에서 어깨를 안아 오는 팔이란 분명 해준의 그것이라, 재희는 안도의 한숨을 내쉬었다.

"어디 가요."

그 바람에 우산이 떨어져 발밑으로 나뒹굴었다. 어깨를 껴안은 해준의 음성이 귓전의 바로 옆에서 느껴졌다. 잠을 제대로 자지 못한 듯 까칠하고 낮은 음성이었다.

"너 찾으러."

그 말에 어깨를 안은 해준의 팔에 힘이 들어갔다. 한 팔이 더 올라오기에 재희는 그 팔에 자신의 손을 얹었다. 몸을 돌려 해준의 얼굴을 보려 했으나 그는 팔에 준 힘을 풀지 않는다.

"왜 이렇게 일찍 나왔어. 날도 궂은데. 다리도 아프다면서."

"……덮칠 것 같아서요."

오싹. 귀에 닿은 입술에서 떼어 놓는 음절마다 소름이 끼쳤다. 애써 아무렇지 않은 척 재희는 입술을 깨물었다.

"그런데 그러면 안 될 것 같아서……. 그러면 정말로 다시는 못 보게 될까 봐……. 그래서 나왔어요."

해준의 음성은 바닥에 깔리는 비처럼 목젖에 착 달라붙어 있는 듯 낮았다. 축축하고 담담했다. 재희는 애타게 할 말을 찾았다. 그러나 대답과 상관없이 심장만이 세차게 뛰고 있을 따름이었다.

초조하게 할 말을 찾고 있는 동안 해준의 손가락이 젖은 블라우스의 어깨, 그 안쪽을 짚었다. 옷깃이 벌어지자 빗물이 저절로 배와 가슴 안으로 떨어진다. 차가운 빗물에 정신이 번쩍 드는 것 같다. 머리카락을 지난 비는 목과 어깨 그리고 옷가지와 가방을 스치고 바닥으로 전부 떨어졌다.

"아……."

어깨의 맨살을 쓰다듬던 해준이 기어이 목덜미에 입술을 대었을 때, 재희는 재빨리 해준의 팔에서 벗어나 그의 양팔을 꼼짝 못 하도록 잡았다.

"왜요."

하지만 여전히 할 말을 찾지 못한 것은 마찬가지였다. 이러면 안 될 것 같은데. 그런데 뾰족한 명분이 생각나지 않았다. 그보다 그림으로 그려 놓은 듯한 해준의 얼굴을 만져 보고 싶다는 마음이 더 컸다. 실은 계속 그러고 싶었는지도 모르겠다.

"......?"

갑자기 얼굴을 더듬는 손에 해준이 어리둥절한 표정을 짓는다.

"이러면 안 되나?"

재희는 혼잣말을 하듯 중얼거렸다. 해준의 얼굴은 칼로 깎고 손으로 빚어 놓은 것처럼 깨끗하고 강렬했다. 비에 젖어 아무렇게나 흘러내린 머리카락마저 일부러 흐트린 것처럼 완벽하게 얼굴의 균형을 맞춘다. 머리카락을 타고 내린 빗방울이 뺨과 콧날을 타고 방울방울 아래로 떨어졌다. 재희는 끊임없이 떨어지는 물방울을 손으로 닦고 또 닦아 냈다.

"넌 정말 예쁘게 생겼어."

해준은 엉겁결에 피식 웃었다.

"또 그 말이에요."

하지만 싫지는 않은 듯 얼굴을 만지는 재희의 손을 쳐 내지 않는다. 공들여 곱게 빚은 공작품을 대하는 경외의 표정. 해준은 항상 그 열렬한 눈동자를 믿었다. 사람의 눈은 거짓말을 하지 않는다고. 늘 그렇게 생각해 왔었다. 얼굴을 만지는 재희의 손등을 자신의 손으로 마주 잡았다. 손을 들어 손목에 입술을 가져가자 재희가 움찔 어깨를 떨었다. 하지만 눈은 여전히 해준의 얼굴에 못 박힌 채다.

"......니가 좋아."

이윽고 재희가 입을 열었다. 어쩌면 아주 오래전부터였는지도 모르겠다. 손목에 입을 맞추던 해준이 고개를 들었다.

"네."

해준은 또 보일 듯 말 듯 피식 웃었다.

"그게 다야?"

"알아요."

정말 이래도 되는 걸까. 아직도 소년과 성인. 그 사이의 간극에 해준은 머물러 있었다. 어찌 보면 다 자란 성인 남자로 보이기도 했고, 어떻게 보면 아직 소년티를 벗지 못한, 기억 속의 꽃 같은 해준 그대로로도 보인다. 정말 이래도 될까? 재희는 혼란스러웠다. 아주 간단히도 추문에 빠졌던 자신들의 입장을 기억해 냈다. 두 사람의 인생을 위해서 도망치듯 떠나온 것은 잘한 선택이었다. 그러나 이제 와서 이 관계가 다시 시작되는 데에 문제가 없을까. 재희는 생각하지 않을 수 없었다. 해준은 전혀 생각하지 않는 듯 보였기 때문이다.

"겁 안 나?"

"왜요?"

"우리가 선생님과 제자 사이라는 게."

"그게 왜요."

해준은 진심으로 이해할 수 없다는 얼굴로 물었다.

"서로 좋다는데 뭐가 문제예요?"

그 당연한 자신감에 재희는 묘하게 설득당하고 있었다. 본디 자신의 가치관이란 그저 고리타분하게만 느껴진다. 언제나 그에게는 모든 게 다 당연했다. 전부가 다 당연하고 자연스러운 일이었다. 자신들의 나이나 또는 지위도 그에게는 아무런 문제가 아니었다. 그리고 그의 그런 나이답지 않은 강인함에 항상 기대고 있었던 당시의 자신을 기억해 낸다. 당시의 해준은 정말이지 당돌한 꼬마였다. 예전의 해준을 떠올린 재희는 푸핫 웃음을 터뜨렸다.

"왜요?"

"아니야."

재희는 대답 대신 앞에 선 해준의 목을 끌어안았다. 좋아한다고, 몇 번이고 외치듯 소리 질러 주고 싶었다. 가슴이 부풀어 터질 것 같았다. 사실은 사랑인 것 같다고. 아마 꽤 오래전부터. 어쩌면 너보다 먼저였을지도 모른다고. 그건 그냥 외모에 대한 끌림이 아니었다. 일상을 공유한 사람에 대한 익숙함이나 정과 같은 편안한 감정만도 아니었다. 해준은 그저 그 모든 좋은 감정의 완결작이었다. 모든 좋은 것들의 집합체였다. 따스함이나 강렬함, 애정, 애상과 같은 모든 감정의 소용돌이가 해준을 통해서만 생겨났다가 사라졌다. 그 외에는 아무것도 존재하지 않을 성싶었다.

"지금 꼬시는 거예요?"

골목은 큰길까지 뻥 뚫린 채 열려 있었다. 미친 듯 비가 쏟아졌다. 지나는 사람은 아무도 없었다. 그저 두 사람뿐이었다. 지금 세상에 남은 것은 그저 자신들 둘뿐인 것 같다는. 재희는 그런 느낌을 받는다. 멀리. 아주 멀리까지. 길의 끝. 도시의 끝까지 텅 비어 있었다. 아무도 없다. 해준 외에는.

"모르겠다. 이제."

재희는 해준의 목에 매달려 투정하듯 중얼거렸다. 그것이 진심이었다. 정말로 그 외에는 아무것도 알 수가 없었다. 자신을 비난할 누군가의 얼굴들. 손가락질하고 깎아내릴 누군가의 말들. 그러나 그것들은 그저 흐릿하디흐릿한 잔상뿐이었다. 그보다는 자신이 안은 단단한 몸이, 자신을 꽉 끌어안은 두 팔이 주는 실체감이 더욱 컸다.

"선생님, 내가 진짜 귀엽다는 말 했어요?"

해준은 재희의 귀에 대고 속삭이면서 자꾸 웃었다. 재희는 간지러워서 연거푸 몸을 튼다. 하지만 해준의 목을 끌어안은 손을 놓지는 않았다. 허리를 쓰다듬고 목덜미를 만지는 손에 몸을 맡겼다. 저절로 입술이 마주쳤다. 차갑지만 뜨거운 혀였다. 빗물이 연속해서 겹쳐지는 입술 사이로 들어와 마셔졌다. 해준은 재희의 몸이 짜부라지기를 바라기라도 하듯이 강한 힘으로 죄며 하체를 붙였다. 타액이 점차 질척해지자 해준의 입술이 떨어졌다. 어렴풋이 맞닿은 바지의 얇은 천 사이로 솟아오른 하체가 느껴졌다. 내리깐 채 자신을 응시하는 눈은 본능에 침잠한 수컷의 그것이라 재희는 오금이 저릴 지경이었다. 재희는 허둥거리며 말했다.

"들어가. 들어가서."

말을 다 끝낼 겨를도 없었다. 해준은 재희의 손목을 잡아채고 뒤돌아 집 안으로 달리듯 걷기 시작했다.

"아……!"

아래로부터의 욱신거리는 아픔에 재희는 입을 틀어막고 진저리를 쳤다. 해준이 끝까지 자신의 몸을 밀어 넣고 입을 가린 재희의 양손을 떼어 바닥으로 눌렀다. 그리고 한참 동안 제 아래

벌거벗은 재희의 알몸을 응시했다. 두려워하는 눈동자에 대고 해준은 침착하게 말을 읊었다.

"그거 알아요, 선생님? 전부터 정말 이렇게 하고 싶었어요."

해준의 목소리는 청량하면서도 깊이가 있었다. 오싹한 기운에 재희는 치를 떨었다. 온몸으로 생전 처음 맛보는 기이한 전율이 일었다.

"아…… 아……."

멈춰 있던 해준이 천천히 허리를 움직이기 시작하자 재희는 다시 몸을 틀기 시작했다. 통증이 점차 쾌감으로 바뀌고 있었다. 다시 입을 막으려 재희는 손을 놀렸다. 싸구려 판잣집. 방음이 제대로 될 리 없었다. 그러나 고개를 돌린 재희의 턱을 쥐어 해준은 자신에게 고정시킨다. 눈이 마주쳤다.

"나 봐요. 눈 피하지 마요."

"……!"

시선을 맞추자 아래가 오싹하고 수축하는 기분이 들었다. 수치심과 그보다 더한 쾌감으로 재희는 정신이 다 달아날 지경이었다. 순간을 놓치지 않고 해준이 깊게 혀를 엮는다. 아래는 더욱 질척한 소리를 내기 시작했다. 재희는 어쩐지 눈물을 흘리고 있었다.

"아……."

"윽……."

왈칵. 내벽의 안으로 뜨거운 것이 확 끼치는 기분에 재희는 자신도 모르게 다리로 해준의 허리를 감고 그 등을 끌어안았다. 두어 번 더 뭉클한 액을 재희의 안에 쏟아 놓고 나서야 해준의 움직임이 잦아들었다. 더욱더 기나긴 입맞춤이 이어졌다.

✳   ✳   ✳

3일째, 그칠 듯 말 듯 하면서도 내내 비는 그치지 않고 있었다. 덕분에 재희의 방 안은 사회와 단절된 고립무원 같았다. 밥을 먹는 일, 자는 일도 잊다시피 그들은 그저 행위에만 몰두했다. 재희는 학원에 연차를 내고, 해준은 석환에게만 간단히 몸이 아프다는 전화를 걸었다. 감독이 노발대발하고 있다는 소식을 석환이 전해 왔으나 해준은 개의치 않고 전화를 끊어 버렸다.

땀과 체액으로 범벅된 몸은 온통 시큼한 냄새를 풍기고 있었다. 해준은 킁킁 자신의 몸 냄새를 맡고 따로 마련된 샤워실에서 간단히 물을 끼얹어 비누칠을 했다. 이른 새벽부터 재희는 정신을 잃은 듯 잠에 빠져 있었다.

그도 그럴 것이 3일 연속 밤낮으로 재우지 않았다. 그건 아무리 현직 선수인 자신의 체력이라도 무리인 일이었다. 해준은 대체 자신의 어디에 그런 욕구가 있었던 것인지 혀를 내두를 지경이었다. 재희가 잠든 침대 곁으로 다가가 걸터앉았다. 삐걱. 무거운 스프링이 소리를 낸다. 물수건으로 얼굴을 쓰다듬자 재희가 가름하게 눈을 떴다.

"응……? 일어났어?"

"더 잘래요? 배 안 고파요?"

재희는 비몽사몽 정신이 없는 얼굴이었다. 먹을 것보다도 급하게 바닥난 체력이, 그리고 채우지 못한 수면욕이 우선인 듯 보인다.

"응. 너 뭐 먹어야지. 내가…… 해 줄게. 김치볶음밥……."

재희는 눈꺼풀도 제대로 들지 못하면서 말을 이었다.

"더 자요."

해준은 피식 웃으며 자리에서 몸을 일으켰다. 그리고 부엌의 냉장고를 뒤졌다. 재희가 일어나기 전에 무엇이건 만들어 둘 요량이었다. 재료를 꺼내 기름에 볶고, 계란과 밥을 한데 비볐다. 재희를 깨워 밥을 먹이고, 잠들기 전에는 또 몸을 섞었다. 서로의 맨몸을 껴안은 채 좁은 침대에서 잠이 들었다. 먹고, 자고, 안고. 그것이 전부인 날들이었다. 그 외에는 아무것도 필요하지 않아 보이는 완벽한 삶.

그리고 결국에는 불호령이 떨어졌다.

—오늘 안 올라오면 제명이래다.

석환의 전화였다.

"그래?"

—그래가 뭐야, 이 자식아. 빨리 정리하고 올라와.

"흐음……."

석환의 목소리는 꽤 다급했다. 어느 선까지는 본인이 알아서 처리하겠다는 말로 보아 상황은 꽤나 심각한 듯했다. 해준은 아직도 옆에 누운 재희를 돌아보며 고민에 빠졌다. 그녀는 마치 좋은 꿈을 꾸는 것처럼 미소를 띤 채 포근한 이불에 쌓여 있었다. 바깥의 장맛비가 매섭든지 말든지, 누운 공간이 아무리 좁고 초라해도, 이만한 천국은 다시없었다. 뭐라 해도 행복이라는 단어 외에 달리 표현할 길이 없었다. 그냥 행복했다. 그저 행복했다. 너무 좋아서…….

해준은 턱선을 수차례 매만졌다. 돌아가야 된다는 것쯤은 알고 있었다. 하지만 이 완벽한 천국의 문을 스스로 닫을 마음이 쌀알 한 톨만큼도 생기지 않는다는 것이 문제였다.

"일단 알았다."

─일단이라고? 이 새끼야. 당장 튀어서 올라와. 내가 막아 주는 것도 한계가 있어……!

화가 나 퍼부어 대는 석환의 목소리를 뒤로하고 해준은 전화를 끊었다. 전화기를 멀리 던져 버린 후 누워 있는 재희에게로 얼굴을 들이밀었다.

"자요?"

"우응……."

재희는 기지개를 펴면서 단잠에서 빠져나왔다. 눈을 뜨기도 전에 당장에 입술부터 부딪혀 오는 해준의 목을 웃으면서 안았다. 잠에서 깨기 전부터 숨 막히는 키스가 덮쳐 왔다. 재희는 켁켁거리며 해준의 등을 때렸다. 웃는다.

"잠깐. 잠깐. 숨 좀 쉬고."

부드러운 감촉의 이불이 사라지고 대신 더욱 뜨겁고 단단한 몸이 밀착했다.

"으음. 아."

아래로 해준의 몸을 짜 맞춘 것처럼 받아들이고 재희는 그의 머리를 끌어안았다. 손가락 아래서 해준의 갈라진 근육이 꿈틀거리며 움직였다. 몹시 흥분한 해준이 재희의 가슴을 급하게 물고 허리를 들어 움직이기 시작했다.

"아…… 아……."

재희는 소리를 감추는 것도 잊은 채 열락에 빠졌다. 완전무결. 그 외에는 어떤 것도 머릿속에 없었다. 온통 충만한. 꼭 짜여진 자신들의 틈만큼이나 세상은 이대로도 완벽했다. 밖과 단절된 단칸방이 곧 낙원이었고, 태풍이 오는 소리도 음악 소리로 들렸다. 그것만으로도 그냥 충분했다.

✳   ✳   ✳

퍽! 퍼억! 퍽!

비어 있는 경기장의 강당 안을 대걸레 자루의 매질 소리가 가득 메웠다. 몽둥이가 지나갈 때마다 선수들의 몸이 풀썩 꺼지거나 으으으 죽는 신음이 흘러나왔다. 잘못한 이가 하나여도 기합은 단체였다. 신입들의 기강이 느슨하다며 호시탐탐 기회를 노리던 구단 선배들에게는 절호의 기회가 아닐 수 없었다.

"니들 정신 상태 이따우로 해가 되겠어? 니들 여기 놀러 다니는 새끼들이야? 어? 안경호! 너 이 새끼 말해 봐."

주장인 민준이 걸레 부분이 잘려 나간 막대 봉으로 탕탕 마룻바닥을 내리쳤다.

"아, 아닙니다."

호명당한 경호가 억울한 목소리로 외쳤다. 줄 끝에 엎드린 해준을 못마땅한 얼굴로 째린다.

"아니야? 뭐가 아니야?"

"노, 놀러 다니는 곳이 아닙니다!"

오랫동안 팔을 짚고 있었던 탓인지 부들부들 체중을 이기지 못하고 털썩 경호의 몸이 바닥으로 쓰러졌다. 그 바람에 퍽! 하고 강한 힘의 스매싱이 다시 엉덩이에 퍼부어졌다. 윽! 경호가 외마디 비명을 질렀다. 이해준. 저 새끼. 경호는 차마 큰 소리는 내지 못하고 해준의 이름을 곱씹으며 이를 갈았다. 탕! 해준의 앞에 선 민준이 양손으로 들고 있던 봉을 바닥에 꽂듯 찍었다. 움찔. 잠자코 땀을 흘리며 몸을 지탱하던 해준의 등이 움직였다.

"그래서. 이해준."

"네!"

"너. 이 새끼가 무단이탈한 이유가 뭐라고?"

화살은 이제 옆자리 석환에게로 날아들었다. 뻘뻘 땀을 흘리던 석환이 결국 고꾸라졌다. 허겁지겁 다시 몸을 일으킨 그가 대답했다.

"네! 해, 해준이 어머님이 많이 편찮으셔서……."

"그런 새끼가 두 달째 애가 집에를 안 온다고 구단 사무실로 전화를 오게 해?"

민준의 목소리가 쩌렁쩌렁 강당 안에 울려 퍼졌다. 팔짱을 낀 채 민준의 뒤에 선 선배들이 쯔쯔 혀를 차며 그 모양을 보고 섰다.

"죄송합니다."

해준은 간단명료하게 대답했다.

"죄송해?"

퍼억! 대답이 마음에 들지 않았던지 해준의 엉덩이로 몽둥이 찜질이 날아들었다. 으윽! 그러나 해준은 이를 악물며 참아 냈다. 저절로 이마에 핏줄이 팽팽해진다.

"죄송합니다."

연거푸 죄송하다는 말을 뱉는 해준은 그러나 이탈한 이유는 쏙 빼놓은 채였다. 옆에서 애가 탄 석환이 눈치를 보며 몇 번이나 옆구리를 찔러 봐도 마찬가지였다.

"말 안 해!"

"뭐하는 짓이야! 해산해!"

사자 같은 호통과 함께 경기장의 입구로 감독의 모습이 나타났다. 그러자 민준의 기세가 슬그머니 자취를 감춘다. 탁. 손에서 대걸레 자루를 놓았다.

"하, 이 시발 새끼. 그래. 너 어디 두고 보자. 또."

한참이나 계속될 것 같던 얼차려는 결국 감독의 등장으로 무마되었다. 감독으로부터 엄중한 문책을 듣고, 월급의 반이나 벌금으로 처리한 후에야 해준은 사무실에서 풀려날 수가 있었다.

"괜찮아? 뭐래."

감독 방에서 나오는 해준에게 걱정스러운 얼굴로 석환이 물었다.

"뭐라기는. 됐어."

먼지를 털듯 툭툭 엉덩이를 털던 해준은 그러나 엉치뼈까지 울리는 통증에 아야, 인상을 쓴다. 휴게실에서 예정에 없던 기합으로 해준에게 불만을 품은 선수들이 야유의 눈빛을 보냈다.

그러나 누구 하나 먼저 해준을 닦달하는 법이 없었다. 실력이나 연봉이나 해준의 적수가 못 되는 신입들은 여기서 문제를 키워 봐야 자신에게는 득 될 것이 전혀 없다는 사실을 너무도 잘 알고 있었기 때문이다.

덜컹. 이온 음료가 자판기 아래로 떨어지자 해준은 그것을 꺼내 반쯤 마시고는 나머지를 석환에게 건넸다. 석환은 고개를 저었다. 대신에 걱정스러운 얼굴로 해준에게 물었다.

"또 여수 갔다 왔냐."

"그럼."

그 매타작을 견디고, 선배들에게 욕설을 듣고, 동료들에게 힐난의 눈초리를 받으면서도 해준은 뻔뻔한 얼굴로 싱긋 웃는 모양새였다. 마치 있지도 않을 오늘 연습에 대비라도 하겠다는 듯이 창틀에 대고 팔굽혀펴기를 하는 모습에 석환은 혀를 내둘렀다.

"그렇게 좋냐."

큭큭. 대답 대신 해준은 웃었다.

"너도 해 봐라."

"뭘, 새꺄."

"사랑."

웩. 석환은 토하는 시늉을 하고 정 떨어진다는 얼굴로 고개를 저었다.

"너 이러는 거 어머님도 아시냐?"

"넌 연애할 때 엄마 허락 맡고 했냐. 마마보이 같은 새끼. 넌 암것도 몰라. 임마."

"너같이 유난법석 떨면서 연애하는 놈은 처음 본다. 이 새끼야."

그때, 주장인 민준이 휴게실 문의 앞으로 나타났다. 일순 방안이 조용해졌다.

"7시에 러닝부터 할 테니까 운동장으로 집합한다. 알겠나."

"네!"

전원이 목소리를 높여 대답했다.

✻　　　✻　　　✻

꼬박 열흘 만이었다. 그래서일까. 해준은 평소보다 더욱 들뜬 마음이었다. 터미널 앞에서 기다린 재희를 만나 택시를 잡아타고 교동으로 향했다. 마음 같아서야 그냥 손을 부여잡고 침대로 가고 싶었지만 재희의 핸드폰이 말썽이었다. 통화는 가능하되 잡음이 너무 심해 뭐라고 대화를 나눌 수가 없었다. 일전에 비를 쫄딱 맞춘 때문인가 싶었다.

"이거 어때요?"

진열대 위의 조막만 한 핑크색의 제품을 해준이 가리키자 재희는 고개를 갸우뚱했다.

"글쎄……."

"왜요. 크기도 괜찮고, 신제품이고. 나쁘지 않을 것 같구만."

재희는 고민했다. 지금 가진 회색의 기기는 해준이 처음 골라준 것이었다. 자판 역시 이제 막 손에 익으려던 참이라 애착이 가고 있었다.

"아직 쓸 만한데. 그냥 좀 더 쓸까 봐. 아직 되는데 아깝기도 하고."

"언제부터 그랬다고."

"……?"

"이걸로 주세요."

재희의 말을 절약하겠다고 들은 해준은 더 생각할 것도 없이 처음의 물건으로 마음을 정했다. 재희의 손에 새로 산 휴대폰을 쥐어 주고 나서야 해준의 얼굴에 만족한 웃음이 번진다.

"봐요. 잘 어울리잖아요."

"그래?"

봄꽃같이 화사한 웃음에 재희 역시 따라 웃고 말았다.

"자."

해준이 손을 내밀면 재희가 손가락을 끼워 깍지를 지었다. 날은 이제 늦여름으로 접어들고 있었다. 손바닥에 땀이 흥건히 흐르는데도 두 사람은 잡은 손을 놓지 않았다. 아이스크림 가게에 들르고, 분수 광장에 앉아 그것을 먹었다.

해준이 장난을 치면 재희는 목을 놓아 깔깔 웃었다. 햇볕은 마치 두 사람을 위한 조명인 것처럼 그들을 따라다녔다. 손바닥이 지나치게 축축해지면 방향을 바꾸어 다른 손을 잡고 걸었다. 시내를 거니는 인파들 중에 두 사람을 신경 쓰는 이는 그 누구도 없었다.

마치 영화의 주인공인 것처럼. 두 사람은 그저 자신들에게만 집중했다. 걸으면서 보는 것이. 둘이 함께 먹는 것이. 이 세상

무엇과도 비교할 수 없을 정도의 즐거움이고 행복이었다.

재희는 마치 주변의 모든 것이 자신들을 위해 준비되어 있던 것처럼 새삼스레 고와 보일 지경이었다. 손을 맞잡고, 팔꿈치를 마주 대고 서로의 맨살을 느끼면서 걸었다. 지나치며 마주치는 다른 연인들처럼 자신들은 그저 아주 평범하고 행복한 한 쌍의 연인일 뿐이었다.

"집에 갈래요? 이 이상 참기 싫은데."

나란히 앉은 동시 상영관에서 해준이 결국 재희의 귀에 속삭였다. 웃음을 참을 수가 없어서 재희는 손으로 입을 막고 숨죽여 낄낄 웃었다. 맨 앞자리에 앉은 다른 누군가 사납게 자신들을 돌아보는 것이 느껴졌다.

"아, 해준아⋯⋯!"

정말로 이번에는 반드시 기한을 지켜 올라가겠다고 결심했던 해준이었다. 하지만 왜인지, 맞닿은 살결들에는 점성 같은 것이 있는지도 모르겠다고 해준은 생각했다. 떨어지는 것이 싫었다. 혹시라도 다시 사라지는 일이 두려워서였는지도 모른다.

"하아⋯⋯."

"으응⋯⋯."

허겁지겁 욕망을 집어삼켰다. 입술을 들이대면 그것은 꼭 거기에 있었다. 손으로 만질 수도 있었다. 더 이상은 머리로 그리지 않아도 괜찮았다. 끔찍한 실체감. 그리고 합일감. 해준은 재희의 다리 사이로 새어 나온 자신의 흔적을 보면서 알 수 없는 충만한 만족감에 빠져 있었다.

　　　　❋　　　　　❋　　　　　❋

　아침부터 으슬으슬 몸이 좋지 않은 기분이 들었다.

　"김 쌤, 어디 아파? 얼굴이 안 됐어."

　마침 유아부 수업을 마치고 들어오던 화영이 재희에게 물었다. 그러고 보면 머리도 좀 지끈거리는 느낌이다.

　"아니에요. 감기가 좀 오려나 봐요."

　재희는 아무렇지 않게 얘기하고 화영을 올려다보며 웃었다. 날씨가 바뀌는 탓이리라. 때는 벌써 가을이었다. 날씨가 바뀐 줄도 모르고 주구장창 얇은 옷만을 고수했으니 탈이 나지 않는 것이 이상했다.

　"뒷정리는 내가 할 테니 놔두고 들어가 봐. 오늘은 그 젊은 애인 안 와?"

　"네? 아유. 아니에요!"

　재희는 펄쩍 뛰며 손사래를 쳤으나 웃는 얼굴은 감추지 못한다.

　일전 해준과 길을 걸어가던 것을 본 모양으로 그 후로 화영은 틈만 나면 재희의 젊은 그이를 언급하며 그녀를 놀려 대기 일쑤였다.

　〈아래서 기다리고 있어요.〉

　책상을 덜컥거리며 울리는 것은 해준의 메시지다. 해준은 얼마 전부터 주말 연습이 없는 날을 골라 금요일에 내려오기를 반복하고 있었다. 벌써 왔다고? 재희의 마음이 급해졌다.

"그럼 가 볼게요, 원장님."

"응, 가 봐. 오늘도 데이트 잘하고."

대충 사무실 정리를 마친 뒤 재희는 부리나케 계단을 뛰어내렸다. 그러나 인도에 내려와 둘러보아도 길가에 해준의 모습은 보이지 않는다. 빵빵! 울리는 클랙슨 소리에 미처 귀를 기울일 생각을 하지 못했다. 머뭇거리며 두리번거리는 재희가 답답했는지 차에서 해준이 내려 직접 손을 흔들어 불렀다.

"여기요? 이보세요?"

"어? 해준아!"

손을 흔드는 해준을 그제야 발견하고 재희가 그의 쪽으로 뛰었다.

"어? 뭐야? 차 샀어?"

길가에 세워진 은색 준중형차를 발견하고 재희가 호들갑스럽게 물었다. 해준이 자랑스럽게 고개를 까딱하자 재희가 발을 구르면서 손뼉을 쳤다.

"뭐야? 진짜? 와! 너무 귀엽다! 완전 예뻐!"

어린아이처럼 뛰면서 기뻐하는 모습에 해준 역시 뿌듯한 표정을 감추지 못했다.

"월급을 다 털긴 했지만, 뭐 이 정도는 괜찮겠죠. 어디 가고 싶은 데 있어요?"

차에 타서 재희의 벨트를 매 주고 해준은 목적지를 물었다.

"아무 데나. 너랑 같이 가는 데라면 다 좋아."

"그렇게 말하면 이쪽은 한 군데밖에 생각이 안 나는데 말이죠."

해준은 눈썹을 찡긋거리며 농을 쳤다. 무슨 말인지 알아들은 재희가 깔깔 웃으며 얼굴을 가렸다. 그 모양을 해준이 흐뭇한 얼굴로 바라본다. 그래 봐야 여수는 조그만 항구도시였다. 차는 해안 도로를 따라서 달렸다. 곱게 재단된 새 차는 아직 가죽 냄새도 채 빠지지 않은 채였다. 재희는 창문을 열었다. 창을 열자 상쾌한 초저녁 가을바람이 바닷내를 싣고 얼굴로 달려든다. 창밖으로 손을 내밀어 손가락 사이의 바람을 느꼈다. 상쾌하고 아련한 기운.

"아, 정말 좋다."

재희는 혼잣말로 뇌까렸다. 해준 역시 같은 기분을 느끼고 있었다.

수산 시장에 들러 회와 소라를 조금씩 사고 돌아가는 길에, 해준은 새우를 좀 더 사자고 재희의 팔을 끌었다.

"신혼부분가베? 잘 어울리네."

새우를 파는 상회의 아주머니가 손을 잡은 두 사람을 보고 말했다.

"아. 아니에요."

재희는 해준의 얼굴을 마주 보고 멋쩍게 웃었다. 해준은 새우를 3만 원어치나 샀다.

"아니긴 뭐가 아냐. 기면 기고. 근가 보면 근가 부다 하는 거지."

한 손에 검은 봉지를 들고 다른 한 손에는 재희의 손을 잡고 주차장까지 걷는 길에 해준이 혼잣말처럼 입을 열었다.

"응?"

"앞으로 누가 물어보면 그냥 네, 라고 하라구요."

"피이."

재희는 해준의 팔에 매달리며 피식 웃었다. 낯간지럽지만 어쩐지 좋은 기분. 해준의 팔이 주는 든든한 감촉까지도 가슴에 스며드는 기분이었다.

"알았죠?"

"몰라, 멍충아."

"어어? 대답 안 해?"

"그래. 안 한다."

놀리듯 말한 재희가 앞으로 달리기 시작하자 해준이 금세 따라잡고 목덜미를 쥐었다. 달리기로는 해준을 이길 재간이 없다.

"어딜."

"잘못했습니다."

"잘못했지?"

"네."

"그럴 때는 그냥 알았습니다, 서방님. 하는 거라구요."

해준의 너스레를 떠는 말투에 재희는 크게 웃음이 터졌다. 손가락을 깍지 껴 잡았다. 마주 잡은 손바닥의 감촉을 음미했다.

✳   ✳   ✳

탕. 탕.

집 앞 공터에 차를 세우고 재희와 해준이 차례로 내렸다. 뒷좌석에서 봉지를 쫄래쫄래 꺼내던 재희의 뒤로 다가온 해준이 허리를 안았다.

"잊은 거 없이 다 챙겼어요?"

"응!"

바스락 봉지 소리를 내면서 경쾌한 발걸음이 집으로 향하는 순간, 번쩍하며 옆에 선 자동차의 라이트가 켜졌다. 벤츠가 이 동네에? 하지만 재희는 그것을 예사로 본다. 해준에게 어깨를 안기고, 해준의 허리를 안은 채 재희는 대문 앞으로 발길을 옮겼다.

"뭐부터 먹을래? 내가 해 줄게."

"그 솜씨를 믿느니, 내가 하는 게 낫겠는데요."

해준은 요리에 솜씨가 있었다. 그 말에 쿡, 웃으며 해준의 가슴팍을 재희가 팔꿈치로 찔렀다. 그때, 저벅저벅. 화이트 슈트 차림의 남자가 그들의 앞을 막아선다.

"잠깐 얘기 좀 하자."

갑자기 눈앞에 등장한 재욱에 재희는 입을 떡 벌렸다. 해준은 어리둥절했다.

"뭐야, 당신."

재욱은 재희를 안고 있는 해준을 불쾌한 눈으로 아래위로 훑었다. 그 시선에 기분이 상한 해준이 덥석 다가서 재욱의 멱살을 쥐었다.

"이 사람 아는 사람이에요?"

해준의 분노는 가팔랐다. 소중한 저녁을 방해받았다는 생각과 그것도 상대가 이상하리만치 기분 나쁜 남자 때문이라는 것이 싫었다. 해준이 버럭 소리를 지르자 재희가 불끈해진 해준의 팔을 잡고 그를 만류했다.

"해준아! 그만둬. 내…… 동생이야."

"뭐라구요?"

동시에 틀어쥔 손이 스르르 풀렸다. 컥컥 목이 졸렸던 재욱이 언짢은 표정으로 고급 슈트의 먼지를 털었다. 남자는 해준은 아랑곳없이 오직 재희에게 볼일이 있는 것 같았다.

"길게 시간 안 뺏을 테니까. 5분? 아니, 10분이면 돼."

재희는 몹시 짜증스러운 표정이었다. 하지만 꼬박 2년 만이었다. 무슨 일인지 들어나 보자는 심산으로 재희가 차갑게 말을 뱉었다.

"무슨 얘긴데. 말해."

"여기선 좀 그래. 서류상으로 처리해야 할 것도 좀 있고."

서류라……. 어차피 언젠가 한 번은 대면해야 할 일이 아니겠는가. 여전히 눈을 부라리며 무슨 일인지 열심히 파악 중인 해준을 재희가 돌아보았다. 해준의 팔을 멀리 잡아당겨 속삭였다. 금방이면 돼. 잠깐만. 알았지? 무언가 심상치 않은 기운을 느낀 것인지 해준은 먼저 집으로 발을 옮겼다. 그러면서도 불안한 듯 당부의 말을 잊지 않았다.

"핸드폰 꼭 켜 놔요. 무슨 일 있으면 전화하고요. 30분 넘으면 쫓아갈 거예요."

해준을 다독이고 재희는 재욱의 차량에 탑승했다.

"어디 좀 괜찮은 데 없을까. 지저분한 덴 딱 질색이라서 말 야."

"큰길 쪽에 아직 문 연 카페 있어. 그리로 가."

재희는 앞의 창을 보며 말을 던졌다. 2년 만에 만난 가족의 해후라 치기에는 참으로 냉정하고 차가운 재회였다.

유산 포기 각서.

테이블에 마주하고 앉자마자 재욱이 내민 것은 재희가 가진 유산에의 권리를 모두 포기한다는 각서였다. 예상 못 한 어퍼컷 같은 자극에 숨을 크게 들이마셨으나 재희는 그렇게 놀라지는 않았다.

그보다 올 것이 왔다는 심정이었다. 포기 각서라니. 역시나 아버지다운 처사라고 생각했다.

말을 듣지 않으면 한 푼도 주지 않겠다는 말은 아버지의 입 버릇이었다. 재희는 재욱이 내민 만년필로 쉬지 않고 서너 장의 서류에 연거푸 사인을 했다.

"더 할 거 있어?"

"너 참 냉정하다."

이유를 묻지도 않는 재희에 재욱이 혀를 내둘렀다. 하지만 재희는 묻고 자시고 할 것도 없다는 생각이었다. 이런 것쯤이야 이미 집을 나올 때부터 각오했던 일이다. 지난번 학교를 떠나면 서는 더더욱.

아버지가 정해 준 혼사를 파투 내면서 알량한 돈 따위에 자유

276

를 팔아넘기지는 않겠다고 결심을 굳혔었다. 2년이면 많이 참아준 셈이다.

아마도 생활고에 백기를 들고 찾아와 무릎을 꿇거나 제 풀에 지쳐 돌아올 것이라고 예상했겠지.

하지만 자신은 그러지 않았다. 돈이 없는 대신 씀씀이를 줄이고 아버지가 정한 늙은이와 결혼을 하는 대신 제자였던 해준을 만나 연애를 했다.

"왜. 너도 목 놓아 바라던 일이면서."

"아니라고는 말 안 해. 누구처럼 욕심 없는 척하는 게 더 가식적이라고 생각하는 사람이거든, 나는."

서류를 접어 다시 봉투에 넣으면서 재욱은 웃지 않았다. 채 마시지도 않은 커피를 두고 일어나 가방을 챙기면서 재욱은 재희의 눈을 마주 보았다.

"너 후회하는 날이 있을 거야."

아버지를 닮은 날카로운 눈에 재희는 뜨끔했다. 하지만 곧 아무렇지 않은 척 응수했다.

"그럴 일 없어."

"누구야, 애인?"

다시 집으로 차를 몰면서 재욱이 물었다. 들어가 있으랬더니 대문 앞에서 초조하게 자신을 기다리는 해준이 보인다. 재희는 대답하지 않았다. 입가에 자신도 모르게 미소가 번진다.

"조심해서 올라가."

차 문을 닫으면서 재희는 마지막 인사를 던졌다.

"이제 회사 물려받으실 귀한 몸인데 차조심, 몸조심하셔야지."

그 말에 재욱이 쯔 입맛을 다신다.

"누나 너 이러고 사는 게 진짜 행복하냐?"

피식. 웃으면서 재희는 탕탕 차의 트렁크를 쳤다. 곧이어 먼지를 풍기며 차가 공터 밖으로 빠져나가자 재희는 먼발치에 선 해준의 품으로 뛰었다. 우다다 달려가 해준의 가슴을 껴안는다. 풀썩 품으로 달려든 재희를 와락 껴안으며 해준이 말했다.

"30분 지났어요. 나 지금 몽둥이 들고 경찰서 가려던 길이란 말이에요."

"하하하."

재희는 소리 높여 웃었다. 해준 외에는 아무것도 필요 없었다.

✳　　　✳　　　✳

쪽. 쪽. 쪽.

몇 번인가의 입맞춤이 이어졌다.

"아, 안 돼. 그만 그만. 너 이제 진짜로 올라가 봐야지."

이 이상 농밀한 스킨십이 진행되기 전에 재희가 해준을 밀어냈다. 비좁은 조수석 끝까지 상반신을 밀어붙였던 해준이 어쩔 수 없이 몸을 일으켰다.

"아. 벌써 시간이……."

아쉽지만 재희의 말이 맞았다. 무슨 일이 있어도 일요일 저녁까지는 올라가겠다고 석환에게 다짐 아닌 다짐을 해 둔 터였다. 그러나 또 뭉그적대다 보니 어느덧 월요일이 되고 말았다.

"아. 진짜 가기 싫다."

"안 돼. 그러면."

해준을 따라 재희는 덩달아 울상을 지었다. 돌아가면 또 엄청난 양의 벌금과 혹독한 체벌이 기다리고 있을 테지만. 이것은 아직 재희가 모르는 이야기다.

"그럼 진짜 갈게요."

"응. 진짜 가."

그러나 재희 역시 자신의 손을 잡은 채로 놓지 않고 있었다. 그 모습에 해준은 겨우 입술을 깨물며 욕망을 참는다.

"들어가 봐요. 늦겠다."

"응."

안타깝고 애처로운 눈초리. 해준은 다시 한 번 재희를 꽉 안았다. 포옹은 키스가 되고 키스는 곧 애무가 되었다. 방금 전에 안 된다고 다짐했으면서도 학습력이라곤 전혀 없는 행동들이라 해준은 어쩐지 바보가 되어 버린 것 같다고 생각했다.

"안 돼. 안 돼. 진짜 안 돼. 나 들어간다?"

결국은 재희가 벌떡 몸을 일으켰다. 마음이 바뀌기 전에 재희가 차 문 밖으로 뛰어내렸다. 뒤에 남은 해준이 씁쓸히 입맛을 다셨다.

"그럼 가요."

"응. 갈게."

해준은 웃어 보이는 재희에게 손을 흔들었다. 그러나 총총거리며 건물 안으로 사라지는 뒷모습조차 안타깝지 그지없었다. 이상도 하지. 주말이 되면 또 질리도록 보고 안고 만질 수 있는데도 더욱 그랬다.

"휴우……."

해준은 폐부를 크게 넓혀 심호흡을 내쉰다. 이제 출발해도 저녁 무렵에나 서울에 닿을 수 있는 시간이었다. 진짜로 출발하지 않으면 안 된다. 그녀는 어디로 사라지거나 하지 않을 거야. 해준은 액셀을 밟았다.

❋   ❋   ❋

날이 부쩍 추워지고 있었다. 퇴근하며 재희는 옷깃을 세게 여몄다. 해준은 평가전으로 해외에 있다고 했다. 겨우 2주 보지 못했을 뿐인데 몹시 보고 싶다는 생각을 하다가 재희는 집 앞 대문이 열린 것을 의아하게 쳐다본다. 어쩐 일이지.

그리고 자신의 방문 앞에 가지런히 놓인 고급 수제화를 발견했을 때, 그녀의 가슴은 미친 듯이 뛰기 시작했다. 덜컥. 상상하자 심장이 떨어지는 기분이었다. 설마. 재희는 놀란 가슴을 달랬다. 설마.

아니나 다를까. 방으로 들어서자 자득이 방 한가운데 돌부처처럼 앉아 재희를 기다리고 있었다. 재희가 들어오자 수행원이 눈치를 받고 자리를 비켰다. 재희가 채 표정을 수습하지 못하고 입을 열었다.

"어쩐 일이세요. 문은 대체 어떻게……."

털썩. 대답 대신 종이봉투가 발아래로 던져진다. 그 정체가 무언인지 재희는 알 것 같아서 열어 보고 싶지도 않았다.

"긴말 할 것 없다. 정리하고 들어와. 들어오는 대로 유서에는 다시 복귀시켜 주마."

"……."

말없이 재희는 봉투를 주우며 앉았다. 얼결에 봉투를 열어 보니 그것은 또 다른 남자의 자료였다. '홍의남, 40세, 무광그룹의 후계자'. 무광그룹이라면 정유와 제지 분야의 일인자인 사업체였다. 어쩌라는 거지. 재희는 뭘 어쩌냐는 얼굴로 아버지를 바라보았다.

"괜찮은 녀석이다. 전처와 사이에 애가 하나 있긴 하지만 그 여자가 키우고 있으니 신경 쓸 일 없어. HS만은 못해도 앞으로 전망이 있는 그룹이다. 분명히 앞날에 도움이 될 게야."

자득의 말을 듣다가 재희는 한숨을 내쉬었다.

"아직도 저를 그렇게 모르시겠어요? 전 이런 거 안 해요. 할 수가 없어요. 이런 식으로 결혼시키실 수 없다구요."

자득은 군데군데 바래진 벽지와 고드름이 보이는 창문, 좁아터진 방바닥을 둘러보다 인상을 쓰며 말했다.

"경제적인 안정은 전부 너를 위한 것이다. 지금 니 꼬라지를 봐! 거지꼴을 하고 앉아서! 집안이 잘되는 것보다 니가 애써야 될 게 뭐가 있냐. 너보다 못한 것들도 지 애비 도울 줄은 안다. 니가 대체 그동안 딸 노릇한 게 뭐가 있어!"

딸 노릇이라니. 차라리 낳지 말지 그랬어요? 그러나 재희는 그 말을 참았다. 간신히 대답했다.

"전 사랑하는 사람이 있어요."

"그 애송이 놈 말이냐?"

자득의 말에 재희는 놀란 표정을 짓는다. 재욱이구나. 불현듯 지난번 후회할 거라고 말하던 재욱의 얼굴이 떠올랐다.

"무슨 말씀이신지 모르겠어요."

"역겨운 짓을 하고 다닌다는 소릴 들었다. 니 제자 놈이라지? 그런 짓이나 하라고 널 먹이고 입혀서 선생씩이나 만들어 준 게 아니야. 당장 그만두지 않으면 너고 그놈이고 앞으로 무사하지 못하게 될 거야."

역겨운 짓이라니. 재희는 씩씩거리며 주먹을 쥐고 부들부들 떨었다.

"재욱이가 뭐라고 떠들어 대던가요."

그 말에 피식 자득이 재희를 비웃었다.

"재욱이? 그놈은 니 각서를 받고 아주 신이 나 있어. 멍청한 건 너란 말이다."

재욱이 아니라고? 재희는 인상을 풀지 않았다.

"어쨌거나 전 이 결혼은 하지 않아요. 절대로 그렇게는 안 살 아요."

"그만둬라. 이 이상은 나도 안 봐준다."

"아버지가 상관할 일이 아니에요!"

"시끄러워!"

철썩. 재희는 뺨을 얻어맞고 방바닥으로 쓰러졌다. 재희는 바닥을 노려보았다. 자득이 그 모양을 무심하게 쳐다보고 다시 말했다.

"정리하고 들어와. 정 이놈이 싫다면 아직 좋은 자리는 얼마든지 찾을 수 있다."

"절 그렇게 모르시겠어요. 전 아버지 뜻대로 사는 인형이 아니에요. 전 해준이를 사랑한다고요!"

"더러운 소리 하지 마라. 학생이랑 굴러먹으라고 선생 만들어 준 게 아냐."

"만들어 주다뇨. 더럽다니. 누가요. 그런 식으로 말하지 마세요. 아버지는…… 아버지는……!"

그는 본처가 있는 집 안으로 첩을 들인 장본인이었다. 그런 소리 할 자격이 없다는 말을 하려다 재희는 겨우 참아 냈다. 뺨이 부어오르고 있었다. 노려보는 재희의 얼굴에 대고 자득은 눈을 부라렸다.

"그만두라면 그만둬. 나를 부끄럽게 하지 마라. 그러지 않으면 그 어린놈도 너도 무사하지 못하게 될 거야. 지난번 학교에서 쫓겨난 일을 잊은 건 아니겠지. 아무 데도 발붙일 수 없게 해 주마."

재희는 기겁해서 변명했다.

"우린 이제 둘 다 성인이에요. 대체 왜 그러시는 거예요!"

"제일구단 구단주를 잘 알고 있다. 매주 골프를 치는 사이지."

뭐라고? 재희는 이제 거의 소리를 치고 있었다.

"어디 한번 마음대로 해 보세요! 아버지 마음대로 되나!"

"내 할 말은 다 했다."

그 말만을 남기고 자득은 자리에서 일어섰다. 풍채 좋은 몸이 방문을 넘어 바람처럼 사라졌다. 뒤에 남아 재희는 망연자실하게 앉아 있었다. 마치 번개에 얻어맞은 것 같았다. 대체 아버지가 무슨 일을 벌일지 상상조차 할 수 없었다.

재희는 재욱에게 전화를 걸었다. 너지. 다짜고짜 묻는 말에 재욱은 무슨 소리냐고 발뺌을 했다.

"너잖아. 어떻게 그럴 수가 있어. 내가 무슨 생각으로 집을 나왔는데. 니가 해 달라는 대로 해 줬잖아. 이제 와서 왜 이러는데. 너 대체 무슨 심보야."

─내가 뭐.

"해준이에 대해서! 나에 대해서! 대체 무슨 소릴 했어! 내가 행복한 게 그렇게나 싫어?"

─난 니가 돌아오지 않는 게 더 좋은 사람이야. 대체 내가 왜 그런 짓을 하겠어.

그럼 대체 무슨?

─아버지 왔다 가셨어? 부럽다, 누나. 잘난 집에 팔기에 남자는 적당하지가 않대. 더 좋은 자리가 있다면 난 상관없다는 말이지.

"너라는 애는 대체……."

재욱은 전화를 끊었다.

재희는 꼬박 일주일을 앓았다. 비몽사몽 학원에 전화를 걸고 죽은 듯 잠만 잤다. 잠을 자면 꼭 악몽을 꾸었다. 해준이 비참해지는 꿈이었다.

해준을 만나야 해.

몸이 조금 나아졌을 때 불현듯 재희는 결심했다. 그를 만나야겠다고. 그는 한창 평가전 준비로 정신이 없는 와중이었다. 국내외에서 시합 중이라는 대표팀의 기사가 있었다. 바쁜 그를 걱정시키고 싶지 않았지만 해준의 안위가 걱정이었다. 벌써 무슨 짓을 한 건 아니겠지. 마음이 바빴다.

서울로 가는 차는 하루 종일 있었다. 늦잠을 잔 통에 서둘러 부랴부랴 채비를 챙겼다. 사랑하는 이의 얼굴을 보러 가는 것뿐인데도 왜인지 자꾸 손이 떨려 물건을 계속 놓치고 떨어뜨렸다. 침착해야 돼. 차분해야 해. 쿵쿵쿵쿵. 어쩐지 심장이 평소보다 빠르게 뛰는 것 같았다. 재희는 아프게 뛰는 가슴에 손을 올리고 크게 심호흡을 했다. 가만두지 않겠다던 아버지의 말을 떠올리자 불안으로 마음이 초조해졌다.

해준이라면, 해준이라면 괜찮을 거야. 그렇게 생각하려 애썼다.

해준은 단단하고 강인한 남자였다. 세상의 어떤 사람보다 크고 위대해질 남자였다. 언젠가 그가 세상을 호령할 날이 오게 될 것이라고 재희는 추호도 의심치 않았다. 세상에서 가장 아름답고 세상에서 가장 강인한 남자. 그에게는 단지 시간이 더 필요할 뿐이다.

아버지가 무슨 짓을 하더라도 그라면 괜찮을 것이다. 그라면. 그와 둘이라면.

짐을 챙겨서 대문을 나설 때, 재희는 지나는 사람에게 길을 묻고 있는 한 여인을 발견했다. 손에 주소가 적힌 종이를 하나 든 채로, 중년의 여자는 빽빽한 건물촌 어딘가에서 집 하나를 찾기 위해 고군분투 중이었다.

무신경한 눈으로 그녀에게 흥미를 느끼면서 재희는 손목의 시계를 응시했다. 서두르지 않으면 안 될 시간이다.

"……!"

그러나 발걸음을 빨리하던 재희는 곧 어깨 위로 하늘이 무너지는 느낌을 받았다. 무릎의 힘이 꺾였다. 어쩌면 이런 순간에도 도망치지 못하는 자신을 나무랐다. 한 번 얼어붙은 발길을 되돌리기는 이미 늦은 듯했다.

아직은 먼 곳에 섰던 여자가 이내 재희를 알아본다. 눈이 마주친 순간 잠시 망설였다. 그러나 재희는 선뜻 발걸음을 여자에게로 옮겼다.

꾸벅 고개를 숙여 인사를 건넨다.

"안녕……하세요. 어머니……."

방에 앉자 신 여사는 낯선 눈으로 방 안 여기저기를 살폈다. 차마 말을 꺼내기 어려운 모양으로 재희가 놓아 주는 커피를 홀짝이며 마셨다.

그러다 문득 벽에서 낯이 익은 아들의 모자를 발견했을 때 천지가 거꾸러지는 느낌으로 가슴을 쳤다.

"슬마…… 아니지라. 슨상님?"

과일을 깎아 온 재희가 맞은편에 앉자 해숙은 마지막 지푸라기라도 잡는 심정으로 말을 꺼냈다.

"……."

해숙의 묻는 말에 재희는 아무 대답도 할 수 없었다. 이 관계가 어떤 식으로 그녀에게 비칠지는 딱히 공들여 생각해 보지 않아도 쉽게 결론이 나왔다.

파렴치하고, 몰상식한. 은혜도 모르는, 따위의 수식어들이 재희의 머릿속을 비집고 나왔다.

해숙은 더 이상 묻지 않았다. 이미 들은 얘기도 있었거니와, 이제 와 사실 확인 따위는 전혀 중요한 일이 아니었기 때문이다.

"한 서너 달 됐나. 집에를 잘 안 오는 기라예."

"……."

"전화를 하면 받기를 하나, 집에도 통 안 오지. 을매나 답답했으믄 애 다니는 회사에다 전화를 다 했다 아입니꺼."

재희는 그저 가만히 듣기만 했다.

"쌤요."

"……."

"지 좀 봐주이소."

그것은 또 뜻밖의 발언이었다. 해숙에게 덥석 손을 잡히자 재희는 얼른 무릎을 굽히고 앉았다.

"왜. 왜 그러세요."

"지가 해주이 저눔 시키 우예 키웠는지 아시지라."

해숙의 눈에 눈물이 그렁그렁 맺혀 있었다. 고된 노동으로 마모된 손은 거칠기 이를 데 없었다. 그 눈을 마주하자 재희는 속에서 무언가 뜨거운 것이 치받는 것처럼 느껴진다.

"이거. 이거. 이거 다 우리 해준이 아임껴."

낡아빠진 핸드백 안에서 주섬주섬 나오는 것은 해준이 언급

된 신문 기사들이었다. 아주 오래된 것부터 사진이 점점 커지기 시작한 최근의 것들까지 모두 한데 뒤섞여 있었다. 손에 쥐어 주는 그것들에서 해준의 사진 밑에 붙은 글씨 '이해준(19)'을 확인하자 재희는 소름이 끼쳤다. 그랬다. 해준은 아직. 겨우 열아홉 살이었던 것이다.

납 자루로 가슴을 지지는 것처럼 죄책감이 느껴졌다. 열아홉. 스물. 해준은 이제야 창창히 피어날, 아직도 덜 자란 아이에 불과했다.

지금까지 무슨 짓을 해 왔던 거지. 이마를 짚고 재희는 자신을 자책했다.

학교를 떠나던 때를 떠올린다. 한창 피어나는 어린 천재 선수의 추문. 그것은 해준의 평판을 더럽힐 것이고, 그의 실력과 상관없이 그를 매장시킬 수도 있었다. 그것만은 절대로 피하고 싶다.

아버지는 더러운 짓이라고 말했다. 더러운 짓이라고. 그것이 세상이 자신들을 보는 시선일까.

"인자 뭣 좀 될라는 모양인데."

"어머니."

"지발 지 좀 봐주이소."

"……이러지 마세요."

재희는 따라서 울 것 같았다. 혼자 남은 해준 모가 해준을 어떻게 억척스럽게 키워 왔는지 누구보다도 자신이 가장 잘 알고 있었다.

안 해 본 일이 없었다고 했다. 말로는 표현이 서툴고 방치하듯 무관심해 보였어도, 실상 그 누구보다도 해준이 그저 어떻게 든 잘되기만을, 그저 고생하지 않고 배곯지 않기만을 목 놓아 바랐던 것이 어머니 아닌가.

아까부터 울고 있던 해숙처럼 재희의 눈에서도 뜨거운 것이 넘쳐 나왔다.

"인자 겨우 시작하는 새낀디."

사실은 누구보다 재희가 더욱 잘 알고 있었다.

"인자 겨우 지 입에 풀칠하기 시작했습더. 신문이며 방송이며 다들 잘될 거라 하대예."

"……."

"슨상님."

"맞아요."

"……."

"잘될 거예요. 해준이."

얼마나 울고 있는 것인지 스스로도 잘 가늠이 되지 않았다. 어쩌면 처음부터 알고 있던 일이 아닌가. 자신들의 만남은 시작 부터 비틀어져 있었다는 사실을.

모두 해숙의 말이 맞았다. 지금의 자신은 떠오르려 힘찬 날갯 짓을 하는 해준의 날개를 꺾는 무의미한 방해물이 될 뿐이었다. 대체 무슨 안일한 꿈을 꾸고 있었던 것일까.

"아무…… 걱정하실 일 없을 거예요. 앞으로도. 절대."

그것은 해숙에게 하는 약속이었을 뿐 아니라, 스스로에게 하 는 다짐이기도 했다.

언감생심. 꿈도 크지. 나는 새의 발목을 잡으려 하다니. 밝게 치장한 꿈의 조각을 하나씩 바스러뜨렸다. 전부 허상이다. 진실은 시궁창과 가까운 쪽에 웅크리고 있는 편이 안전했다. 언제든 예감하고 있지 않았던가. 언젠가 이렇게 될 날이 올지도 모른다고.

어떻게든 눈을 가린 채 달콤한 꿈에 취해 있던 어리석은 자신이 재희는 그저 안쓰러울 따름이었다.

"감사합니다. 스승님."

해숙은 울었다. 재희의 말이 진심이라는 것을 느꼈던 것이다.

"아니에요. 걱정……시켜 드려서. 죄송해요. 제가 더."

재희는 힘겹게 입술을 꾹 물었다. 이렇게밖에 할 수 없는 해숙을 백분 이해했다.

해준은 자신의 영웅이기도 했다. 누구든 해준의 앞날에 방해가 된다고 판단된다면 어쩌면 자기 스스로가 먼저 이렇게 행동했을지 모른다.

욕심을 부리고 싶었다. 전부 그를 사랑하기 때문이라고 생각했다. 그러나 해준의 발목을 잡는 일밖에 되지 않는다는 사실을 이제야 깨닫는다.

머저리같이.

다행인 것은 안일한 꿈에서 발을 빼는 방법을 그나마 일찍 터득해 두었다는 사실이었다. 사랑은 부질없고, 세상은 그보다 타협해야 할 다른 일들로 가득했다. 이제는 정말로 해준을 놓아주어야 할 차례였다.

❋   ❋   ❋

해준은 휘파람을 불며 운전대를 잡고 있었다. 약간은 쌀쌀한 날씨였으나 햇살이 자신의 기분을 대변해 주는 것 같았다. 정말 이지 오랜만에 달려 보는 길이라는 생각을 했다. 몇 주나 계속 해서 시합이 있었다. 마침 재희 역시 바쁘다는 연락을 받았던 터라 만남의 기회는 계속해서 연기되고 말았다.

좁디좁은 1차선 도로도, 짠 기를 가득 머금은 해안 도시의 공 기도 그저 반갑기 이를 데 없었다. 어울릴까 싶어 구입한 재희 의 스웨터를 들고 도로변에서 그녀를 기다렸다. 선물 상자를 든 손이 머쓱하게 느껴지는 것도 사실이었지만 여태껏 제대로 된 선물은 별로 해 주지 못했다는 생각에 거금을 투자한 캐시미어 스웨터였다.

좋아하겠지? 재희를 기다리며 해준은 마치 연애를 처음 시작 한 사람처럼 설레고 있었다.

이윽고 층계참으로 재희의 모습이 보인다. 여느 때처럼 상쾌 하고 사랑스러운 모습이라 해준은 반갑게 손을 흔들었다.

"그건 다 뭐야?"

카페에 앉자 상자를 발견한 재희가 물었다. 왠지 가시 돋친 싸늘한 말투였지만 해준은 대수롭지 않게 여겼다. 그보다는 날 짜를 세기에 바빴다.

"3주? 3주나 못 봤어요, 우리. 아니, 4주인가?"

한없이 들뜬 해준의 목소리와는 다르게 재희의 톤은 차분하 게 가라앉아 있었다.

"지긋지긋해."

"……네?"

"이런 싸구려나 입는 내 삶이 말야."

대충 상자 안을 살피고 재희는 그것을 쭉 한쪽으로 밀었다. 해준은 재희의 말을 새로운 농담인 줄로 들었다. 하하하. 정색한 재희의 얼굴을 보자 웃음소리가 줄어들었다. 웃음기가 채 덜 가신 얼굴로 해준이 다시 물었다.

"뭐라고요?"

"너. 한 달에 얼마나 벌어?"

"그게 무슨 말이에요?"

"이제 그만 끝내자. 나 이런 거 지긋지긋해."

"뭐라구요?"

"……."

"선생님."

제 할 말만을 끝내고 몸을 일으키는 재희를 따라 나가며 해준이 그녀의 팔을 잡았다.

"뭐라는 거예요. 대체. 왜 이래요."

"나 선봤어. 곧 결혼해. 이렇게 구질구질하게 사는 거. 이제 더 이상은 못 하겠다."

재희는 기계처럼 따박따박 말을 뱉었다. 지나치게 당황한 해준은 도무지 그녀의 말을 알아들을 수가 없었다.

"그건 무슨 새로운 농담이에요? 하나도 재미없으니까 좀 앉아 봐요."

상황이 이상하게 돌아감을 느끼고 해준은 얼굴을 굳혔다.

"그만해. 그만하자. 그 말 하자고 만나자고 한 거야."

"계속 이상한 장난하면 나도 진짜로 화낼 거예요."

"왜. 뺨이라도 때릴래? 그럼 그러든가."

쾅! 해준의 주먹에 죄 없는 테이블의 다리가 부러졌다. 핏줄이 터질 정도로 주먹을 쥐었다.

chapter 5

Lament for

"뭐야, 또 술이냐?"

포장마차에 들어서는 석환을 슬쩍 곁눈질하고 해준은 다시 술잔을 채웠다.

"왔냐."

"어쩌자고 또 술이야. 몸 관리한다는 놈이."

"……."

"아줌마, 여기 잔 하나요. 소주 한 병 더하고요. 아, 꼼장어도 하나."

메뉴를 시켜 대는 석환을 보고 해준이 인상을 썼다.

"처먹을라고 왔냐."

"왜, 그럼 가리?"

술잔이 나오자 석환은 캬 소주를 음미하며 쩝쩝 닭발을 씹기 시작했다. 두 번째 잔은 해준과 마주쳤다. 혼자 어찌나 마셔 댔

는지 벌써 세 개의 빈 병이 바닥에 나뒹구는 것을 보고 석환은
혀를 챘다.

"아예 술 처먹고 뒤질려고?"

"안 만나 준다."

석환은 말을 아꼈다.

"······꼭 그 여자라야만 되겠냐."

"뭔 개소리야."

다시 남은 잔을 홀짝하고 석환은 넓게 깔린 주변의 테이블들
을 가리켰다.

"자, 봐라. 세상에 깔린 게 여자다. 그리고 너는 이제부터 승승
장구할 거고. 니가 얼굴이 안 되냐 몸이 안 되냐. 그렇다고 운동
을 못 하냐. 왜 너 같은 놈이······."

"넌 몰라, 임마."

허술한 플라스틱 테이블에 털썩 팔을 고인 해준이 스르륵 힘
없이 머리카락을 넘겼다.

"뭘 몰라, 새꺄."

석환은 모른다. 아니, 아는 척해도 모르는 것이다. 자신의 재
희에 대한 감정을 명확히 짚을 수 있는 사람은 없을 것이다. 자
신에게 그녀는 인생 그 자체다. 환희였고, 또 축복이기도 했다.
이런 식으로 사라져 버려서는 절대로 안 되는 삶의 부표 같은
존재였다.

"연애를 해도 내가 너보다 몇 번을 더 했는데 모르냐. 여자들
이 가끔 그럴 때가 있어. 결혼할 나이도 됐다며. 언제까지 너랑
불장난하겠어? 넌 한창 달릴 때고, 당장 결혼할 수 있는 것도 아

닌데."

"개새끼야!"

완전히 취한 해준이 팔을 허우적대며 일어나 석환의 멱살을 잡으려고 애썼다. 그 바람에 테이블 위에 놓인 탕과 안주들이 우당탕 바닥으로 떨어져 엉망이 되었다.

"이 자식이. 완전히 취해 가지구."

주변을 둘러보고 해준을 부축한 석환이 굽신굽신 주인의 양해를 구했다.

"죄송합니다. 죄송합니다. 예. 이누마가 실연을 당해서."

앞치마를 붙잡고 달려온 주인 여자가 눈을 흘기며 바닥을 치웠다.

"실연은 누가 실연이야."

석환에게 매달려 해준은 혼잣말처럼 중얼거렸다. 그런 게 아니다. 아직은 끝난 게 아니다. 전부 거짓말이다. 해준은 아직도 환희에 열띤 그녀의 눈동자를 기억해 냈다.

"아, 이 새끼가. 야, 집에 가자. 가."

"진짜야. 거짓말이라니까? 무슨…… 이유가 있어."

매달려도 보고, 화를 내 보기도 했고, 심지어는 때리겠다고 협박도 해 봤다. 그러나 여자의 언조는 변함없었다. 이제는 질렸다는 얘기. 처음부터 너를 좋아한 적이 없었던 것 같다고도 했다. 그냥 어떨까 하는 호기심에서 벌인 불장난이라는 얘기에는 정말로 화가 났다.

"진짜 이건 아니야."

"그만해. 새꺄."

석환은 축 늘어지는 해준을 옹차 끌어당겨 지탱해서 걸었다.

"어차피 안 될 사이였어……."

석환은 그러나 뒷말을 흐렸다. 김재희. 어디선가 들어 본 이름이라고 생각했었다. 수입 유통 업체의 큰손인 대성물산의 장녀. 저 대단한 HS의 후계자가 목매달고 있는 인물이라지? 얼마 전 참석한 창립 파티에서 술에 취한 재벌가 자제들의 가십거리를 들었다. 긴가민가했지만 집안과 의절한 여자가 지방에서 잘난 선생질 중이라며 비웃는 말까지 들었을 때 석환은 불현듯 관심이 생겼다.

"누군데요? 그렇게 이뻐요? 사진 좀 볼 수 있어요?"

"이쁘지도 않아. 그러니까 웃긴 거지. 대체 그 정인혁이한테 뭔 수를 썼는지. 완전 코미디라니까? 얘, 너 가서 내 졸업 앨범 좀 가져와 봐."

석환의 옆자리에 앉았던 미희가 다소곳하게 있던 경은을 시켜 집에 다녀오게 했다. 단짝 친구 사이인 줄로만 보였던 경은은 군소리 한 번 없이 미희의 지시에 따랐다. 마치 주인과 노예 같은 모습이 아닐 수 없었다.

알 수가 없어. 그 세계는. 해준을 부축해 숙소로 옮기며 석환은 고개를 절레절레 저었다. 차라리 잘된 일이라고. 석환은 해준을 납득시킬 자신이 있었다.

✳   ✳   ✳

"이러지 말라고. 이미 다 끝났다는 거 모르겠어? 모르겠냐고."

"선생님이야말로 이러지 말아요. 끝내긴 누가 끝내! 내가 아직 안 끝났는데!"

팔을 잡히자 재희는 두려움에 떨었다. 아니, 말하자면 해준 자신이 아닌 다른 어떤 무언가를 몹시 두려워하는 것처럼 보였다. 도저히 납득이 되지 않는 결별 선언을 듣고 두 번째로 재희를 다시 찾아갔던 날이다.

"말해요. 거짓말하지 마요. 또 무슨 일이 있었죠?"

해준은 재희의 양팔을 붙잡고 몹시 흔들며 다그쳤다. 불현듯 잊은 지 오래된 지난 학교의 일이 떠올랐다.

"있기는 무슨 일이 있어. 너 정말 어리구나?"

평소의 해준이라면 모멸감을 느끼고도 남았을 말이었다. 하지만 그녀의 말에서 해준이 느낀 것은 지독하게도 쓰라린 슬픔뿐이었다.

"말했잖아. 너를 좋아한 적이 없다고. 니 옆에 있어도 난 행복하지 않을 거야. 너 또한 마찬가지고."

"돈 같은 건. 앞으로 얼마든지 벌면 되잖아요."

"당장!"

더 이상 듣기 싫다는 듯이 재희는 새된 소리를 질렀다. 덕분에 길 가던 사람들마저 그들 쪽으로 주의를 기울일 정도였다.

"당장 필요하다고. 나중이 아니라."
"언제부터 그랬다고 그래요. 우리 그냥 이 정도로 괜찮잖아요."
"넌 그렇겠지. 난 아냐."

재희의 대답은 싸늘하고 단호했다. 정말로 그랬던 걸까. 그러나 해준은 재희의 표정을 정확히 기억한다. 건드리면 금방이라도 울음을 터뜨릴 것만 같은 얼굴. 그래서 더욱 정확히 그녀의 진심을 확인하고 싶었다. 왜. 어째서 그런 표정을 짓는 거야. 꿈속에서도 해준은 마음이 아팠다.

"아니라구요."
"그래. 아니야."

어쩌면 그녀와의 가정을 꿈꾸고 있었는지도 모른다. 당연히 함께일 미래를 혼자서만 그리고 있었는지도 모르겠다. 영혼의 반쪽이라고 여겼었다. 누구보다도 특별한 존재라고 생각했는데……. 단지 그것이 자신의 사랑이기 때문일까. 다른 이들의 연애사는 죄다 시시껄렁할 뿐이었는데도.

"말도 안 돼."

해준은 옆구리를 짚고 하늘을 보았다. 한숨을 내쉰다. 다시 자신을 보려고도 않는 재희를 달랬다.

"다음 주에 올게요. 대체 왜 이러는지 그때는 꼭 말해 줘요. 뭐 때문에 화가 났는지. 응? 내가 고칠게요."
"구질구질해. 성공을 한 다음에 얘기하란 말이야. 그러니까 어리다는 거야. 말만 앞세우는 너 같은 남자. 정말 싫어."

표독스럽기 짝이 없는 말투. 하지만 부드럽고 상냥한 눈동자. 눈가는 눈물을 참는 것처럼 축축하게 젖어 있었다.
벌떡. 해준은 자리에서 일어났다. 벌써 몇 번이나 반복해서 꾸는 악몽이었다. 레퍼토리도 똑같았다. 어쩌면 몇 번이 아니라 몇백 번인지도 모른다. 정말로 그녀가 저런 말을 했을까 의심될 만큼 대화는 매번 바뀌고 달라지고, 상황에 맞게 각색되었다.
밤새 마신 술 때문인지 골이 띵하고 목이 말랐다. 방에 놓인 주전자의 물을 따라 마시면서 해준은 건너편 침대에 누운 석환의 그림자를 응시했다.

"우리와는 다른 세상 사람이라고. 그냥 포기해."

해준은 분명 그렇게 물었다. 왜? 왜 그렇게 생각하지? 내 것이었다. 분명 내가 안고, 만지고, 손안에 쥘 수 있었다. 그렇게 쉽게, 금방 체념하듯이 말하는 석환은 사랑을 모르는 놈이라고 생각했다. 자신들 사이에는 그저 조그만 오류가 생겼을 뿐이다. 일생일대의 사랑. 다른 사랑은 다시는 못 한다. 흐지부지한 연애를 반복한 석환 따위는 도저히 알 수 없는 감정이다. 그러니까 절대로 이렇게 쉽게 끝날 리 없어. 이건 오기가 아닌 진실이라고. 해준은 몇 번이나 스스로에게 끄덕이며 납득했다.

"그 긴 시간 동안 몰랐단 말이야?"

말도 안 돼. 조목조목 석환이 짚어 주는 얘기를 들으면서 해준은 고개를 저었다. 대성물산? 그딴 게 다 뭐야. 재벌집 딸이라니. 말도 안 된다고. 니가 안다는 그 사람은 다른 사람일 거라고. 그러나 그 정도도 모르면서 대체 뭘 본 거냐는 물음에 차마 대답할 말이 없었다. 시골에는 어울리지 않는 여자라고 생각한 적이 있었다. 때로 사치스러운 소비 습관도 알고 있다고 생각했다. 세상 누구보다 가까운 데서 자신이 가장 잘 아는 사이라고 생각했는데. 석환의 말은 의문투성이였다.

정말로 다 돈 때문이었다고? 정말로 이게 끝이라고? 해준은 믿을 수가 없었다. 그러나 다시 혼자 여수를 찾았을 때, 그때서야 해준은 어렴풋이 알 수가 있었다. 정말로 모든 건 다 예전에 끝나 있었다는 사실을.

한 번도 사람이 살지 않은 듯 휑한 단칸방을 보면서 해준은 뼈아픈 데자뷰를 느꼈다. 그랬다. 그녀는 언제든 이렇게 떠날 수 있는 사람이었다. 이번이 처음이 아니었다. 그래. 어쩌면 여자의 말은 모두 진심이었는지도 모른다. 서로를 사랑하고 있다고 느낄 때는 미처 몰랐었다. 이렇게나 사람의 감정이 쉽게 단절될 수 있는 것이라는 사실을. 구둣발로 재희의 방을 훑어보고 해준은 뜻 모를 비탄과 자조에 빠졌다. 사랑했던 사람. 사랑했던 자리. 이제 또 어디 가서 재희를 찾을 수 있을지 알 수가 없었다. 아니, 찾았다고 한들 그녀가 다시 떠나지 않는다고 보장할 수 없다는 사실이 사람을 미치게 했다. 사랑하는 마음 못지않게 사랑받고 있다고 여겼었는데. 감정이란 확신도 증거도 없는 허깨비였다. 그저 전부 한낱 물거품 같은 몽상에 불과했던 것이다.

저벅저벅. 해준은 밖으로 발을 옮겼다. 끼익. 녹슨 철문이 뒤에서 닫혔다. 바깥은 눈 위로 겨울 햇살이 언 표면을 반사하며 내리쬐고 있었다. 흘깃 하늘을 응시하고 눈이 부셔 해준은 이마를 가렸다. 호주머니에 손을 찔러 넣었다.

잊자. 해준은 가능한 덤덤히 마음을 바꾸었다.

정말로 그게 소원이라면. 정말로 철저하게 잊어 주겠다고.

터벅터벅 텅 비어 있는 골목을 걸었다. 언젠가 다정하게 서로의 팔을 부여잡고 먹거리를 사서 걸어오곤 하던 길이다. 또각이는 발자국 소리가 아직도 뒤를 따라오는 것 같다. 잊자. 잊혀지기 전에 먼저 잊는다. 먼저 잊어 주는 것만이 처절하게 상처 입은 제 자존심에 대한 보상인 것처럼. 해준은 그렇게 결심하고 또 결심했다.

chapter 6

쏟아지다

"뭐라……구요?"

해준은 인상을 쓰며 힘겹게 음절을 떼어 놓았다. 이른 아침부터 서울로 향하는 도로는 꽉 막혀 있었다. 차 안은 순간 터질 듯한 공기로 갑갑해졌다. 해준은 의식적으로 재희를 보지 않는다. 재희는 그런 해준의 옆얼굴을 한 번 응시하고 다시 단호한 대답을 꺼냈다. 이미 한 번 뱉은 말이 또다시 자연스럽게 입술을 뚫고 나왔다.

"널 갖고 싶다고."

"……."

해준은 핸들에 두었던 손등을 곤란한 얼굴로 입술에 붙였다. 조용히 차가 다시 미끄러지기 시작했다. 한동안 해준은 아무런 말이 없었다. 재희도 구태여 부연 설명을 하는 객기를 부리지 않았다. 다른 미사여구로 치장할 필요도 없이 그것은 끔찍하고 처절한 자신의 속내였기 때문이다. 재희의 오피스텔에 차를 세우고 곰곰이 딴생각에 빠져 있던 해준이 먼저 차에서 내렸다. 담뱃불을 붙이는 해준의 뒷모습에 재희는 초조하게 무릎의 이불을 매만졌다. 이윽고 불을 끈 해준이 재희가 앉은 쪽의 창으로 다가왔다.

"내려요."

"……."

"내려요. 데려다줄게요."

우물쭈물하던 재희가 잠자코 차에서 내려 밖으로 걸었다. 휘청. 재희의 발목이 꺾여 굽이 부러질 뻔한 것을 뒤에서 해준이 받쳤다.

잠깐 내려다보는 해준과 눈이 마주친다. 잡힌 팔꿈치가 얼얼하도록 아팠다.

서로의 호흡과 박동을 선연하게 느낄 수 있을 만큼 가까운 거리였다. 재희는 애절한 눈으로 해준의 얼굴을 훑었다. 어떤 해묵은 감정의 편린이라도 읽어 낼 수 있기를. 잠깐 해준의 얼굴이 가까이 다가왔다가 멀어졌다. 재희는 매달리듯이 물었다.

"최유라랑은…… 무슨 사이야?"

"무슨 말입니까."

손을 떼고 정중한 자세로 돌아간 해준은 여전히 고집스러운 무표정한 얼굴이다.

"좋아해, 그 사람?"

"그런 거 아닙니다."

재희는 해준의 눈을 샅샅이 살폈다. 본 것 같았는데. 두 사람.

그러나 해준은 좀처럼 눈을 맞추지 않는다. 속을 보여 주지 않기에 재희는 고민하며 고개를 내렸다.

"인혁이랑은 아무 사이도 아니⋯⋯."

"관심 없습니다."

해준은 단칼에 재희의 말을 잘랐다. 해준의 차가운 말투에 재희는 그만 입을 다물었다. 그래. 비단 그녀의 존재가 아니더라도 해준은 이제 자신을 사랑하지 않는다. 그것만은 확실했다.

애처로운 표정의 재희를 해준은 스치듯이 잠깐 응시했다. 재희가 대체 무슨 생각인지 도무지 그 의도를 파악할 수가 없다.

자신을 가지고 싶다니. 곧 결혼하는 주제에. 이제 와 뭐라고? 해준은 여자의 제의를 그저 일회성 만남이나, 불륜 또는 불장난과 같은 악의로 들었을 뿐이다.

대체 가당키나 한 말인가. 얼마 후 다른 남자의 아내가 될 여자다. 아무 사이 아니라니. 그 거창한 약혼식을 보지 않았어? 거기서부터는 해준도 더 이상 생각하기를 멈췄다. 정말로 미쳐 버린 건지도.

그렇게 결론을 내렸다. 조용히 여자의 뒤에서 천장이 높은 복도를 걷는다. 또각또각 대리석을 누르는 발자국 소리가 길게 이어졌다.

"들어⋯⋯갈게."

"네."

"고마워. 데려다줘서."

"네."

오피스텔로 들어서면서 재희가 말했다. 고개를 끄덕이면서 해준은 이해하지 못할 이 살가운 친절에 자신도 어리둥절한 생각이 들었다. 바래다줄 것까지야 없지 않았나. 이제 정말로 아무 사이도 아닌 여자. 모르는 사이로 묻어 두고 살자고 결심했으니 그 어떤 누구보다도 멀게 느껴지는 것이 옳은 관계임에 틀림없었다. 이제 정말로 아무 사이도 아닌……

그러나 이렇게나 가깝게 느껴진다는 것이 기이했다. 자신의 눈치를 살피는 얼굴이, 힘없이 다정한 말투나 목소리가, 그리고 이제는 절대로 웃지 않는 저 얼굴이 이상하게도 낯설지 않았다. 그보다도 더욱 가깝게만 느껴졌다. 마치 이제까지 매일 만나 온 사람처럼. 마치 어떤 보이지 않는 끈이 두 사람을 묶어놓고 있기라도 하는 것처럼.

재희는 쉽게 문을 닫지 못한다. 문 앞에 선 채로 자신의 전신을 살피는 해준이 있었기 때문이다. 그는 스산한 얼굴이었다. 진이 빠져 보이는 얼굴이기도 했다. 그리고 또 언제나처럼 무턱대고 손을 올려 뺨을 쓰다듬고 싶어지는 얼굴이기도 했다. 건져 올리고 싶은 얼굴. 언젠가의 비 맞은 소년이 겹쳐 보인다.

"해준……"

저도 모르게 재희는 해준의 이름을 불렀다. 그 소리에 해준도 정신을 차렸다.

"아, 네. 그쪽 차는 호텔 주차장에 있을 겁니다."

"아, 그래. 응."

뚜벅뚜벅. 미련 없이 해준은 뒤돌아 걷기 시작했다. 그의 걸음이 멀어지자 재희는 문을 반쯤 열고 밖으로 나왔다. 걷는 해준의 강직한 어깨를 응시했다. 붙잡고 싶다고. 재희는 속으로 몇십 번, 몇백 번 생각했다. 그러나 또 한 번 레테의 강을 건너왔다. 단지 버리겠다는 결심을 하는 것만으로도 목숨은 부질없고 삶은 쉽게 무의미해졌다. 그는 그래서 생명의 이유다. 지나치게 몰아붙여서는 안 돼.

"해준아."

불렀으나 모기 소리만 한 재희의 부름을 해준은 듣지 못한다. 목소리를 높이는 대신 재희는 치맛자락을 꾹 움켜쥐었다. 괜찮다. 아직은 볼 수 있으니까. 괜찮아. 아직 살아 있다. 아직은…… 볼 수 있다.

해준은 다른 상념에 빠져 있었다. 미간의 주름을 만들고, 자신을 갖고 싶다는 여자의 말을 곱씹었다. 그 어떤 고백보다도 직접적인 고백일지 모른다는 생각이 문득 들었다. 얼굴이 화끈거릴 정도로. 사랑한다는 말보다도 저돌적인 사랑 고백. 하지만……. 대체 정인혁은?

"젠장."

머릿속이 복잡해지자 해준은 탈탈 머리카락을 털고 턱을 곧추세웠다. 상관없는 일이다. 상관없는 일이야. 해준은 주술을 외우듯 이 말만을 되뇌었다. 마치 사랑하고 있다는 얼굴. 그 열렬한 문틈의 시선이 여전히 마음에 걸렸다. 해준은 심호흡을 내쉬며 생각을 지웠다. 엘리베이터를 뒤로하고 빠르게 계단을 뛰어내렸다.

✻　　　✻　　　✻

평가전 마지막까지 한국과 이탈리아 두 팀의 경기력과 에너지는 폭발적이었다. 해준은 전반 시작부터 연장 끝까지 쉼 없이 뛰었다. 덕분에 체중의 5퍼센트가 땀으로 흘러나갔다. 기진맥진해질 때까지 죽도록 달리고 나서 그것이 골로 연결될 때의 기분은 말로 표현할 수 있는 성질의 것이 아니다. 눈앞에서 화약이 폭발하는 것과 같은 강렬한 카타르시스. 달리는 행위로 잡다한 생각을 전부 잊을 수 있다는 집중력은 해준의 가장 강력한 장점 중 하나였다.

하나를 제치면 둘이 달라붙었고, 둘을 제치면 셋이 되었다. 땀으로 미끄덩거리는 몸을 부대끼며 몸싸움이 이어졌다. 험악한 몸싸움이 계속되다 보면 페어플레이나 스포츠 정신은 간 데 없이 선수들은 거칠어지게 마련이었다.

테스토스테론과 아드레날린의 향연. 수컷들은 자신이 더 강한 수컷임을 인정받기 위해서 상대를 밀치고 압박했다. 심장이 터질 듯 팽창하며 온몸의 근육으로 혈액을 보낸다. 페널티 에어리어에서 골대까지는 사선이었다. 해준이 기막힌 포즈로 그림 같은 코너킥을 완성시키자 2만 명의 관중석이 열광하며 해준의 고막을 찢을 듯 울려 왔다.

연장전을 종료 짓는 끝내기 골이었다. 경기장을 들썩이는 관객들의 소음을 들으면서 해준은 경기장에서 관중석을 바라보았다. 자신의 이름을 연호하며 수많은 인파가 들썩이는 광경은 통쾌한 모양이 아닐 수 없었다. 트위칭. 긴장한 허벅지 근육이 꿈틀하며 떨릴 때 해준은 자신이 살아 있다고 느꼈다.

주장인 동욱이 강제한 팀 회식이 있는 자리였다. 강남의 어느 지하 클럽, 거대한 VIP룸에 선수들은 자리를 잡았다. 팀의 주축인 해준과 석환은 동욱의 옆자리에서 술잔을 받았다. 자주 보이는 팀 멤버들과 오며 가며 얼굴을 익힌 타 팀의 선수들도 눈에 띄었다. 술자리가 여물어 갈수록 알음알음 친분이 있는 연예인들이 모였다.

이윽고 헌터스의 고위직과 눈에 익은 사람들 틈에서 재희가 나타났을 때, 해준은 잠깐 의아함을, 그리고 그에 동반된 반가움을 느끼고 당황했다. 다시 고개를 돌린다. 반가울 리가 없다. 저런 여자 따위가.

재희와 자신의 자리는 멀었다. 룸 제일 안쪽 푹신한 소파에 몸을 앉혔지만 해준은 저쪽 동향에 신경이 쓰였다. 팀 오너의 약혼녀께서 무슨 일로 선수들 회식까지 행차실까. 사사건건 먼 곳의 말에 귀를 기울이는 자신이었다. 감독의 옆에 앉아 있는 재희는 무언가 열심히 듣고 있는 얼굴이다.

"뭐하냐."

술잔을 들고 자리를 돌던 동욱이 얼큰히 취기가 오른 얼굴로 해준에게 물었다. 아니요. 별일 아니라는 듯 대답했다가 곧,

"그런데 저쪽 사람들은 무슨 일이랍니까. 이런 날, 여기까지."

심상한 말투로 묻는다.

"그러게나 말이다. 간만에 회식이라고 결제나 해 주고 가랬더니 직원들도 한잔하고 싶었나 부지. 어쨌든 그 돈이 그 돈이고 회사 돈이 우리 돈 아니냐."

캬 소리와 함께 잔을 부딪치는 동욱에 해준은 물잔을 간단히 가져다 댔다.

"으이그."

평소 해준이 술을 입에 잘 대지 않는다는 사실을 아는 동욱은 인상을 썼을 뿐 별다른 말은 하지 않았다.

"근데, 맘에 드는 애 없냐. 소개시켜 주랴? 너 어차피 최유라랑도 별 사이 아니라며."

"아……."

해준은 그제야 룸 구석구석의 테이블마다 감초처럼 박혀 있는 여자들에 눈길을 주었다.

"이따가요."

해준이 자리를 뜨자 동욱은 다시 빈 잔을 들고 테이블을 돌기 시작했다.

"그럼…… 결혼은 언제쯤."

"……."

재희의 테이블 곁을 지나던 길이었다. 누군가의 질문에 재희가 대답하는 소리가 들린다. 그 소리에 얼결에 고개를 돌린 해준과 재희의 눈이 마주쳤다. 밖으로 향하던 발을 멈추고 해준은 마치 의도했던 것처럼 근처에 자리를 잡고 앉았다.

"어? 해준 씨. 오랜만이에요."

누군지 이름을 알 길이 없는 여자가 말을 걸어왔다. 미스코리아나 모델, 뭐 그런 종류의 직업군.

"아, 네네."

"오늘 경기 잘 봤어요. 진짜 발놀림 예술이야. 우리 축구는 해준 씨 아니면 어쩔 뻔했어요?"

"아, 예."

성의 없는 대꾸를 하면서 신경은 온통 다른 쪽에 쏠려 있었다. 목소리를 높이는 남자의 말이 띄엄띄엄 들려왔다.

"그럼요. 가능한 빨리. 좋은 날 다 가기 전에. 저희도 얼마나 화려하고 멋질지 결혼식만 기대하고 있겠습니다."

뭐라 대꾸하는 재희의 얼굴이 보였다. 눈이 마주쳤다. 웃고 있는 것 같았다. 굉장히 들뜨고 즐거워 보이는 표정이었다. 아무 생각도 없었다. 정말로 아무 생각도 없었는데. 그런데 그 얼굴을 보자 갑자기 부아가 끓기 시작했다. 웃고 있다니?

"이름이 뭐라고 그랬죠?"

"어머. 싫다. 내 이름 아직도 못 외웠어요? 혜승이요. 이혜승."

"술 한 잔 줘요."

혜승이 마시던 잔에 해준은 보드카를 한 잔 원샷했다. 식도를 뜨겁게 짓누르며 쓰디쓴 술이 뱃구레를 타고 내려갔다. 해준은 크게 심호흡을 했다. 연달아 몇 잔을 연거푸 마셨다. 옆자리의 여자가 교태 섞인 태도로 안주를 권하는 것을 받아먹었다. 갑자기 들이켠 높은 도수의 술로 눈앞이 어찔해졌다. 머리를 식혀야겠다는 생각이 들었다. 동요하지 않는다. 어차피 내겐 아무것도 아니니까.

해준은 별안간 자리에서 일어나 문을 향해 걸었다. 착각 같은 건 하지 않는다. 두 번 다시는.

밖은 더없이 시원하고 서늘했다. 해준은 목을 죄고 있던 셔츠의 단추를 풀고 도로의 조형물에 아무렇게나 앉았다. 담배 생각이 간절했다. 하늘을 보면 그저 매캐한 어둠뿐이다. 재킷의 안쪽을 뒤져 담배를 꺼냈다. 불을 붙여 장초를 입에 물자 탁 하고 숨통이 트이는 것 같다. 휴우 한숨을 내쉬며 해준은 어딘가의 먼 곳을 응시했다.

"몸에 좋지 않아."

목소리에 언뜻 고개를 돌렸으나 해준은 구태여 상대를 확인하지는 않았다. 목소리만으로 이미 상대를 알 수 있었기 때문이다.

"경기…… 잘 봤어. 정말 축하해."

어느새 앞으로 나타난 여자는 상냥하게 미소를 지으며 축하의 인사를 건넸다. 해준은 그저 무표정으로 그런 그녀를 응시했다.

"……."

차디찬 얼음물을 퍼부어 버리고 싶다. 머리부터 발끝까지. 해준은 미소 짓고 있는 재희를 보자 불현듯 그렇게 생각했다. 그렇다면 저 상냥한 얼굴, 설레는 표정 따위 아주 쉽게 일그러트릴 수 있을 텐데.

"경기장에서 직접 보고 있었어. 몰랐지."

"……그랬습니까."

해준은 물을 퍼붓는 대신 연기를 재희의 얼굴 쪽으로 뿜었다. 나른한 시선. 경멸하는 태도. 일부러 그러는 줄 알 텐데도 여자는 연기를 피하지 않는다.

"경기장에서 보는 건 정말 오랜만이라……. 확실히 다르더라."

"VIP 부스 말입니까?"

무슨 생각을 하는지 감상에 빠진 말투를 차갑게 자르며 해준이 물었다. 그 정인혁과 함께 봤을까.

"으응."

"그 안에서 아래를 보면 어떤 기분인가요?"

"……?"

"돈 몇 푼에 이리 뛰고 저리 뛰는 모르모트를 보는 그런 희열 같은 게 느껴지던가요?"

"그게 무슨 말이야."

"왜. 돈 많은 사람들은 그렇다고 하던데요. 돈벌이도 안 되는 구단에 몇 백억 돈을 취미 삼아 투자하는 이유야 그런 거 아닙니까? 자기 의도대로 쳇바퀴 도는 인간들 보는 재미?"

"왜 그런 말을 해."

의외의 말에 재희는 상당히 당황하는 기색이었다. 해준은 다시 한 번 연기를 후욱 불었다. 그래 봤자 모든 게 유치하다는 생각이 든다. 담배를 비벼 껐다.

"들어가 보시죠. 미래의 HS 사모님. 노리갯감 사냥은 적당히 하시구요."

"……!"

해준은 미련 없이 고개를 돌렸다. 모진 말을 내뱉고 모욕을 주면 언짢았던 기분이 풀릴 것으로 생각했으나 아직 무언가 속에 맺힌 것들이 남아 있다. 타닥타닥. 온몸에 불을 질러 버리고 싶을 만큼의 응어리가.

"이해준!"

해준은 들리지 않는 척 발길을 옮겼다. 이 이상 심심해 보이는 여자를 상대해 주고 싶은 생각이 없었다. 주차장을 가로질러 뛰어오는 소리가 들려왔다. 뒤에서부터 팔이 붙잡힌다.

"뭡니까."

"그렇게 말하지 마. 난 아직도 널⋯⋯."

더 들을 필요도 없다는 듯이 해준은 팔을 뿌리쳤다. 휘청거리는 여자를 밀치고 클럽의 입구를 피해 뒷문으로 걸었다. 재희는 눈물이 그렁그렁한 얼굴이었다. 그러나 더 이상은 속지 않는다. 달리고, 공을 차고, 그것을 골대에 꽂아 넣는 순간을 좋아했다. 그리고 그것만큼이나 누군가를 좋아했던 기억이 있었다. 아주⋯⋯ 예전에⋯⋯.

무엇을 위해서 달려왔을까. 남들은 그것을 성공이라고 불렀다. 성공. 그러나 그 뒤에는 무엇이 있는가. 기억은 밀물처럼 아주 쉬웠다.

"해준아!"

여자는 지치지도 않고 자신을 따라왔다. 해준은 확 뒤를 돌았다.

"그만하세요! 도대체 나한테 뭘 원하는 겁니까!"

해준의 기세에 눌려 재희는 입을 다물었다. 자신은 막무가내의 요구를 하고 있는 것인지도 모른다. 해준이 이제는 자신을 좋아하지 않는다는 사실쯤이야 이미 알고 있었다. 하지만. 이렇게라도 하지 않으면 도무지 살아갈 수가 없었다.

"아⋯⋯."

재희가 뒷말을 잇지 못하자 해준은 미련 없이 자리를 떴다. 덩그러니 혼자 남은 재희가 허탈하게 해준의 뒷모습을 응시한다. 그리웠다. 언제나 해준에게 목마른 기분이었다. 자신의 말을 무시하고, 모르는 사람 취급을 한다고 해도 상관없었다. 그의 달리는 모습을 보고, 같은 공간에 있다는 사실만으로 설레는 기분이된다. 살아 있다. 클럽의 룸 안에 들어서 자리를 잡은 해준을 발견했을 때 또다시 자신은 살아 숨 쉬고 있었다. 심장을 뛰게 하고 자신을 다시 살게 하는 일, 단지 그것뿐이었다. 해준을 보는일.

그의 얼굴을 보고, 말을 걸고, 목소리를 듣고, 눈을 마주치고. 단지 얼굴을 본다는 그것만으로도 새 피가 수혈되고 강렬한 생명력이 싹튼다는 착각이 들었다.

그러니 밀어내더라도 달려가는 길뿐이다. 그것이 마치 자신의 숙명이고 운명인 것처럼.

"어쩐 일이야. 술을 다 마시고."

옆에 와 앉는 석환에게 해준은 자리를 내준다. 해준의 앞에 쌓인 잔들을 보면서 석환은 혀를 내둘렀다. 그러고 보면 꽤나 많이 마셔 댄 것 같다. 해준은 병이 너부러진 테이블에 힐끗 눈을 주고 이마를 짚었다.

"갖고 노는 거겠냐."

"뭐?"

해준은 알 듯 말 듯한 혼잣말을 내뱉고 붉게 흐트러진 눈으로 석환을 응시했다.

"아니다."

"뭔 귀신 씻나락 까먹는 소리야, 임마. 어디 가게."

"됐다. 간다."

해준은 주춤주춤 몸을 일으켰다. 상관없다. 상관없다고. 해준은 잔마다 이름을 붙였다. 그저 열 받게 하는 또 다른 하나의 인사에 불과해.

석환의 의아한 표정을 뒤로하고 해준은 클럽의 밖으로 나왔다. 정말이지 오랜만에 취한 기분이다. 하늘이 휘청이는 듯 느껴졌다. 운전을 할 수 없어 대리를 부르고 차에 기대어 담배를 꺼냈다.

"괜찮아?"

어느새 따라왔는지 재희의 목소리가 들렸으나 해준은 미처 듣지 못한 척 그녀를 피해 발길을 옮기기 시작했다. 성큼성큼 걷는 해준의 뒤로 재희가 후다닥 뛰었다.

"괜찮아? 내가 데려다줄게."

"……저리 가."

취한 발로 해준은 재희를 따돌리려 달리기 시작했다. 그러나 미처 앞을 응시하지 못한 것이 실수였다. 인도와 도로 사이의 턱을 발견하지 못해 비틀거리던 해준은 돌부리에 덜컥 발목이 걸리고 말았다.

"해준아!"

비명에 가까운 소리를 지르며 재희가 눈앞으로 달려왔다. 시큰. 접질렸는지 취한 와중에도 상당한 통증이 인상을 찌푸리게 했다.

발목을 움켜쥐고 앉은 해준의 앞에 재희가 무릎을 꿇는다.

"괜찮아? 많이 다쳤어? 그러니까 집에 데려다 준댔잖아. 바보야."

눈물이 글썽한 얼굴로 재희가 해준을 다그쳤다. 그 얼굴을 해준은 무료한 표정으로 바라보았다. 어째서? 왜 그런 얼굴을 하는 거지? 여자는 연기에 상당한 소질이 있는 건지도 모르겠다.

"제발 좀. 귀찮으니까 꺼져요."

발목의 통증이 상당한 것으로 보아 인대가 늘어난 것 같았다. 아직 시즌 중이었다. 낭패다. 취한 머리로도 제일 먼저 그 생각이 들었다.

"진짜 괜찮아? 병원 가자. 응?"

"시끄럽다니까."

"그래도 빨리 병원엘. 꽤 다친 것 같은데……."

주차장에서 멀리 떨어진 길이었다. 싫지만 여자의 힘을 빌리는 수밖에 없다. 공연한 작은 부상으로 아침부터 팀 닥터의 꾸중을 견딜 생각을 하니 벌써부터 머리가 지끈거렸다. 여자는 울 것 같은 얼굴로 제 무릎을 잡고 있었다. 해준은 작게 한숨을 쉬었다.

"그럼 차까지만 기댈게요."

재희의 어깨에 팔을 걸치고 절뚝이며 길을 건넜다. 재희의 몸에서는 익숙한 향내가 풍기고 있었다. 언제고 제 사타구니를 욱신거리게 만들었던 향기다. 그것을 깨닫자 해준은 의식적으로 재희로부터 상체를 멀리했다.

"많이 아프지? 얼른 병원부터 가야겠다."

멀어지는 그의 팔을 고쳐 잡고 재희가 해준을 응시하며 걱정스럽게 말했다.

"괜찮아요. 병원은 안 갑니다."

해준은 힐긋 재희를 응시했으나 여전히 퉁명스러운 어조로 대답했다.

"왜? 가 봐야지. 엄청 심하게 꺾인 것 같던데."

"글쎄. 안 간다면 안 가는 거예요. 당신이 상관할 일이 아니에요."

차에 타서도 실랑이는 계속되었다. 내색은 하지 않았으나 역시 통증이 심했기 때문에 재희에게 직접 운전을 부탁했다. 병원을 가야 한다. 필요 없다. 그럴 거면 그만 내려라. 그래도 역시 병원을 가야 한다. 안 간다니까. 아니, 그러니까. 재희는 이 문제에서만큼은 순순히 물러날 생각이 없는 듯 강경했다. 결국,

"닥쳐! 대체 네까짓 게 무슨 상관이야!"

"……!"

해준이 버럭 소리를 지르고 나서야 재희는 입을 다물었다.

이제야 시키는 대로 조용히 운전을 하는 재희를 보면서 해준은 착잡한 기분에 빠진다. 얼굴을 딱딱하게 굳혔다. 그만 정신을 놓을 것 같던 취기는 발목 부상으로 인해 이미 멀리 달아나 버린 것 같았다. 그저 몹시 머리가 아팠다. 여자의 일도, 발목도, 그리고 또 여자의 일도. 어째서 자신 앞에 다시 나타났을까.

아파트 주차장에 차를 세우고 재희는 한동안 말이 없었다. 백미러로 해준을 응시했다. 만들어진 침묵을 깨뜨리며 해준이 이만 가 보라는 말을 꺼내자,

"내가 상관할 자격은 없지만."

재희가 입을 열었다.

"그래도……."

해준을 돌아보며 재희는 말을 이었다.

"니 몸은 소중하니까."

"……."

"국가의 훌륭한 재산이니까."

"……."

"그렇게 함부로 대하지 않았으면 좋겠어."

뜬금없는 걱정에 해준은 콧방귀를 뀌었다.

"신경 쓰는 척하지 마요. 웃길 뿐이니까. 대체 진짜로 나한테 바라는 게 뭡니까. 이렇게까지 하면서 뭘 원하는 거예요."

"……."

재희의 얼굴은 차분하고 진지했다. 그 눈 때문에 해준은 저 입에서 또 무슨 말이 떨어질까 긴장을 하지 않을 수 없었다. 신경에 거슬린다. 기분 나쁘게 가슴이 뛰었다. 옛날로 돌아가자든가 자신을 갖고 싶다든가 하는 말일까.

"없어. 그냥……."

재희는 뭔가 생각하는 얼굴로 말을 삼켰다. 해준은 이제 자신을 사랑하지 않는다. 그렇다면 그냥 얼굴을 보는 걸로도 보는 것으로 살아갈 수 있다면, 네가 꼭 내 것이 아니더라도 살아갈 수 있을지도 모른다. 그저 지금처럼 얼굴을 보고, 목소리를 듣는 것만으로 괜찮을지 모른다. 해준의 옆에 있는 다른 여자. 견딜 수 있을까?

"아냐…… 일어나자. 데려다줄게. 그 발로는 걷기 힘들잖아."

재희가 묵은 먼지를 털듯 자리를 털고 일어났다. 차 문을 열고 해준을 부축했다.

엘리베이터 앞에서 해준은 약간은 의외라는 얼굴로 눈썹을 끌어 올렸다. 지난번의 말이 다시 나오지 않을까 생각했던 것이다. 언젠가 자신과 거의 같았던 눈높이는 이제는 한참 아래에 자리 잡고 있었다. 과거의 당신. 과거의 나. 반짝이는 금속 문의 표면 위로 눈이 마주친다. 사랑이라는 걸 했었다. 눈이 마주치자 재희가 해준의 옆얼굴로 고개를 돌리며 물었다.

"정말로 병원에 안 가도 괜찮겠어?"

"괜찮습니다. 귀찮아지기만 할 뿐이니까."

"그래도……."

재희는 매우 걱정스러운 얼굴을 해 보였다. 아무렇지 않은 것처럼 굴고 있지만 이따금씩 짓는 표정에 그가 상당한 통증을 느끼고 있다는 것을 쉽게 알 수 있었다. 왜 고집을 부리는 걸까. 재희는 한숨을 쉬며 고집스러운 해준의 턱과 옆선을 샅샅이 훑었다. 통증 때문인지 심하게 인상을 쓴 얼굴이다. 부축한 팔은 무겁고 단단했다.

해준이 숨을 쉴 때마다 호흡과 고동이 자신의 목과 등 언저리로 전해졌다. 그가 내뿜는 숨에서 알싸한 알코올의 향이 느껴지는 것도 같았다. 지나치게 가깝다. 그제야 그것이 의식이 되었다. 마치 한 팔로 그의 몸을 안듯이 지탱해 바싹 밀착되어 있는 자세다. 갑자기 심장이 아프게 뛰기 시작했다.

띵. 그때 엘리베이터가 도착했다.

"……?"

재희를 지렛대로 쓰던 해준은 쭈뼛거리는 그녀의 태도에서 문득 이상함을 느꼈다. 삐걱거리며 엘리베이터에 타서도 마찬가지였다. 붉게 상기된 얼굴. 반대편을 향한 목선. 재희는 알게 모르게 자신의 몸에서 되도록이면 먼 자세를 취하고 있는 듯 보였다. 해준은 여자의 몸에 걸친 팔을 슬쩍 움직여 본다. 화들짝. 펄쩍 뛰며 놀라 재희가 해준을 돌아보았다. 그 반응을 보고 해준은 비릿하게 혀끝을 씹었다.

"대체 뭘 기대하는 겁니까?"

"무슨 소리야."

"하늘이 두 쪽이 나도 당신이 기대하는 그런 일은 일어나지 않을 겁니다."

"아무것도 기대하지 않았어."

"지금 기대하고 있잖아요."

재희의 목에 걸친 팔을 당겨 힘을 주고 해준은 목덜미 쪽으로 얼굴을 숙였다. 해준의 얼굴이 가까워지자 재희는 더욱 얼굴을 붉혔다. 긴장으로 온몸이 뻣뻣해졌다.

"꿈도 꾸지 마십쇼."

"그런 거 아니야."

재희는 고개를 돌리고 화끈거리는 얼굴을 식혔다.

"그런 거 아니라니까. 그런 걱정 안 해도 돼."

재희의 단호한 어조에 해준은 말을 멈춘다. 띵. 다시 문이 열렸다.

복도를 지나 집의 문 앞까지 오면서 해준은 매우 이상한 충동에 사로잡혀 있었다. 등껍질에 숨은 여자를 포크로 꾹꾹 찔러 보고 싶은 기분. 그리고 그 추악한 속내의 밑바닥. 그 날것까지 드러내게 하고 싶었다. 알고 싶지만 알고 싶지 않은 기분. 그리고 도저히 설명할 수 없는 그 감정 때문에 머리가 돌아 버릴 지경이었다. 해준은 그것을 알코올의 탓으로 돌렸다. 밀폐된 공간에서의 긴장감이 본능을 충동질하는 건지도 몰랐다.

"오늘 고생했어. 그럼 쉬어."

그 세련된 차분한 어조가 해준의 흉포한 배면에 불을 질렀다. 맹수의 손톱이 복부의 살점을 할퀸 듯 날카로운 분노가 머리를 쳤다. 잔뜩 자극해 놓고 몸을 빼 달아나는 요부의 작태에 놀아난 기분이었다. 어째서 아무 말이 없는 거지? 생각은 말이 되어 나왔다.

"날 갖고 싶다며."

"……!"

갑작스런 말에 화들짝 놀라 재희는 거의 쓰러질 지경이었다. 해준은 몸을 빼는 재희의 어깨를 짚었다. 이게 뭐하는 짓이지? 왜 유혹하지 않냐고 부추기는 것과 다를 게 없잖아. 저절로 허탈한 웃음이 흘렀다.

"왜요, 정인혁이 잘 안 해 줍니까?"

"뭐?"

재희의 얼굴이 하얗게 질리는 것을 보자 옅은 쾌감이 밀려왔다.

"아니면 정인혁 혹시, 불능이에요?"

"뭐라는 건지…… 난 못 알아듣겠어."

재희가 뻣뻣한 얼굴을 했다.

"이런 식으로 정인혁도 꼬신 겁니까?"

"……"

"순진한 척하지 말아요. 나한텐 안 통하니까."

재희는 호흡을 가다듬었다. 분노로 숨이 거칠어지고 있었다.

"그만 들어가서 쉬어. 취했나 봐. 아얏!"

경직된 얼굴로 돌아서는 재희의 손목을 해준이 뒤에서 세게 끌어당겼다. 비웃는 얼굴. 충혈된 눈동자. 단단한 몸. 자신을 압박해 오는 해준의 몸은 오싹하게도 위협적이었다.

"이봐요."

"이것 놔."

"그쪽 아니어도 다리 벌리고 엎어지는 년들 많아요. 기어이 그중 하나가 되고 싶다면."

"그만!"

철썩. 자신도 모르게 손이 올라갔다. 얼결에 해준의 뺨을 치고 재희는 자신이 더욱 놀란 표정이 되었다.

"그런 거…… 그런 게 아니야."

해준은 고개를 돌려 천천히 턱과 목덜미 부근을 쓰다듬었다. 꽤 아팠던 모양이다. 다시 재희에게로 얼굴을 돌렸다.

"그러니까…… 말하잖아요. 그렇게 기어이 자빠지고 싶다면."

해준은 재희의 팔꿈치를 잡고 가능한 자신에게로 가까이 끌어당겼다. 느리지만 강인한 동작. 해준은 눈썹을 좁히고 재희를 삼킬 듯 응시했다.

"한 번쯤은 해 줄 용의가 있다 이겁니다."

"그런 거 아니야!"

재희는 새된 소리를 지르며 팔을 뿌리쳤다. 뒤틀릴 정도로 당겨졌던 몸이 평형을 되찾으며 비틀거렸다. 잡혔던 손목과 팔꿈치가 욱신거려 재희는 손목을 잡은 채 울상을 지었다. 해준의 얼굴은 비린 미소를 띤 채였다.

"그런 게 아니야. 그런 게."

재희는 붙박혀 서서 울기 시작했다. 지독한 모욕감. 점철된 치욕이 모공을 뚫고 흘러내리는 듯했다. 그저 그런 여자로 치부되어진 데 대한 분노와 억울함. 나는 너의 아이를 가졌었다. 천사처럼 예쁘고, 천사처럼 귀여웠을 아기. 도저히 언어로는 다 잴 수 없는 순수한 사랑의 결정체. 그러나 그만 잃고 말았다. 전부 내 잘못이었어. 이제는 기억에서조차 희미해져 버렸다. 재희는 차마 말을 잇지 못한 채 수도꼭지처럼 눈물을 흘렸다.

"사실은……."

그러나 재희는 망설였다. 눈물이 시야를 가려 해준의 표정을 확인할 수 없었기 때문이다. 해준은 잔뜩 인상을 쓴 얼굴로 이마를 짚는다. 머리를 쓸어 올렸다. 눈은 여전히 우는 재희를 응시한 채다.

"젠장."

"사실은 나…… 읍!"

입을 벌림과 동시에 뒷목이 잡혔다. 머리가 당겨진다 싶더니 곧바로 해준의 혀가 입안을 뚫고 들어왔다. 거칠고 난폭한 키스. 불시에 해준과 입을 마주 대고 재희는 온몸을 비틀어 댔다.

읍읍! 머리카락이 뽑히는 기분에 재희는 도리질을 치고 해준의 품에 갇혀 어깨를 쳐 댔다. 거친 반항에 급기야 해준이 입을 뗐다. 재희의 귓가에 낮게 속삭였다.

"왜요. 이게 당신이 바라던 것 아닙니까."

비웃는 말투. 속삭이는 감촉에 귓전에 오소소 소름이 돋았다. 재희는 입술을 물었다. 몸을 틀어 해준의 품을 벗어나려 애썼으나 양팔을 잡혔다.

"놔."

다시 왼쪽으로 몸을 돌리자 이번에는 해준이 아예 문 쪽으로 재희의 등을 돌려세운다.

"뭐하는 짓이야."

"당신이 원한 거잖아."

팔을 모두 결박당해 재희는 꼼짝도 할 수가 없었다. 뒤로는 더 이상 움직일 공간이 없다. 몸을 뚫을 듯한 해준의 눈빛을 부담스럽게 응시했다.

"이런 게 아니야."

"그럼 뭡니까."

"나는……."

어두운 복도를 지나는 사람은 아무도 없었다. 재희가 뭐라고 말을 꺼내기 전에 해준은 그녀의 사타구니에 억지로 허벅지를 붙였다. 그리고 다시 이어지는 키스는 여전히 다급하고 거칠었다. 입을 앙다문 채로 도리질을 치면서, 재희는 해준의 가슴팍을 세차게 밀고 팡팡 때리기도 했다. 그러나 무의미한 동작이었다.

"하지 마. 이러지 말라고. 이런 게 아니야. 이런 게."

"그럼 뭔데."

해준은 밀어내는 팔을 제 옆구리 아래로 끼우고 재희의 목덜미를 쥐었다 풀었다. 그것은 마치 야생마를 길들이는 동작과 같았다. 움직임을 반복하자 거칠고 단단한 손바닥 표면에 솜털이 바싹 일어나는 기분이 든다. 아. 재희는 얼결에 입을 열었다. 오싹하게 다리가 풀렸다. 그 틈을 놓치지 않고 물컹거리는 살덩어리가 다시 입안을 파고들었다. 해준의 혀가 엄청난 기세로 입안 전체를 휘저었다. 흥분한 타액은 점성이 강했다. 이러면 안 되는데. 안 된다고 생각은 하면서도 정신을 차릴 수가 없었다. 해준의 입술. 해준의 체취. 해준의 몸. 점점 정신이 아득해졌다. 너는 나를 좋아하지 않잖아. 나는 너에게 할 말이…….

"아……."

해준의 손이 블라우스 안으로 들어왔다. 헤집는 손가락이 척추뼈를 쓸었다. 온몸의 근육이 수축하는 것처럼 감각이 예민해지고 있었다. 해준의 혀에 매달린 채로 재희는 그를 밀어내면서 동시에 당기고 있었다. 그리고 끼치는 것은 더없이 직접적인 해준의 내음이다. 그것은 기억을 들쑤시기도 하고 어딘가 오감을 자극하는 구석이 있었다. 마치 해준의 셔츠에서 오는 것 같기도 했고, 또는 해준의 입안이나 귓불, 혹은 해준의 머리카락에서 풍기는 체취 같기도 했다. 재희는 자신도 모르게 떨어진 팔을 올려 해준의 견갑골을 그러안았다. 그러자 자연스럽게 고개가 틀어지며 혀가 얽히는 각도가 수월해졌다.

재희가 반항을 멈추자 갑자기 해준의 피치가 오르기 시작했다. 재희의 허리를, 가슴을 어루만지고 뺨에서 목으로 입술을 옮겼다. 브라의 후크를 단숨에 풀어 올리자 비치는 천 사이로 솟아오른 가슴이 드러났다. 해준은 거칠게 드러난 상체를 만지고 자신을 밀어내는 여자의 손목을 잡았다. 물어뜯듯이 눈앞의 목덜미를 핥고 하체를 더욱 재희 쪽으로 붙인다. 아득한 신음을 내며 재희는 혀끝을 물었다. 벌어진 다리 덕분에 일어선 해준의 것이 흉기처럼 선연하게 느껴질 정도였다. 오싹해져 침이 배어 나왔다. 삐져나온 혀를 빨아 삼키면서 해준은 당장이라도 삽입할 듯이 거칠게 재희의 치마를 들어 올렸다.

"아, 안 돼. 이러면."

재희는 말하면서도 해준의 애무에 정신을 차릴 수가 없었다. 그의 손끝이 닿는 부분마다 전류가 통하는 듯 찌릿거렸고, 압박하는 해준의 하체를 느끼자 흥분으로 아래가 젖어 질척거리고 있었다.

"왜 안 되는데."

"아, 안……."

말하는 해준의 손이 속옷의 안을 스쳐 들어왔다. 해준이 재희를 만지기 시작했다. 재희는 질끈 눈을 감았다. 그에게 뭔가 말을 해야 했다. 다시 그를 가지고 싶다는 마음만은 확고했지만 이런 식은 아니었다. 그를 말려야 하는데. 그러나 단지 해준의 몸에 매달려 허우적대는 자신이 있을 뿐이었다.

제정신이 아닌 것은 해준도 마찬가지인 듯싶었다. 집 안도 아닌 복도에서. 게다가 해준은 얼굴이 알려진 사람이었다. 단단한 해준의 상체에 파묻혀 하체를 마주 비비면서 재희는 그만 정신을 놓고 있었다. 미친 사람처럼 재희를 더듬고 해준은 갈라진 목소리로 말을 이었다.

"젖었잖아."

"아…… 안."

도무지 끝말이 생각나지 않았다. 상대는 해준이었다. 정신을 차릴 수가 없는 것도 당연했다. 바깥이라는 의식도 들지 않았다. 이해준은 삶의 이유다. 남자라고는 해준밖에 알지 못한다. 자신은 해준이 죽으라면 죽을 수도 있는 사람이었다. 눈앞에 별이 튀고 있었다. 해준의 목을 끌어안고 그의 손 위에서 재희는 몽롱하게 앓는 소리를 냈다.

"해준아. 이해준……."

"으……."

정신줄을 놓고 있는 여자를 보자 이제 해준은 자신이 돌아 버릴 지경이었다. 이렇게 끔찍한 욕구는 기억도 나지 않을 정도의 구시대적 유물이었다. 재희의 손을 빼 자신의 것을 잡게 했다. 쾌감으로 넋을 놓고 있는 여자의 입에 자신을 감추지 않고 퍼부었다. 격해진 머리와 몸통이 손과 함께 문에 부딪혀 탁 탁 소리를 냈다. 그때 띵. 멀리서 엘리베이터가 울리는 소리가 들렸다.

"……!"

소리에 해준은 그제야 번뜩 정신을 차렸다. 운 좋게 손톱만큼 이성이 돌아왔다. 재빨리 정신을 수습하고 재희를 문 안으로 밀어 넣었다. 아찔한 등으로 식은땀이 흘렀다. 집 안에 들어서자 재희는 멍청한 표정으로 조명 아래 서 있었다. 해준은 재희를 보이는 선반으로 다짜고짜 밀었다. 뒤에서 해준이 다시 달려들자 갑작스런 행동에 재희는 소리를 질렀다.

"해. 해준아. 뭐하는!"

현관의 낮은 거울장 앞이었다. 벽면에 걸린 크리스털 조각들이 덜걱거리며 떨어지고 있었다. 그새 정신을 차리고 돌아선 재희가 해준의 얼굴을 때렸다.

"정신 차려. 이해준. 이러지 마!"

"시끄러워."

때리는 손목을 부여잡고 해준이 다시 달려들어 키스를 퍼부었다. 아…… 재희는 다시 정신을 놓기 시작했다.

"해준아. 이해준……."

하지만 상대는 이해준이다. 자신으로서는 어떻게 손 써 볼 방법이 없었다.

※　　　　※　　　　※

'미쳤군.'

해준은 자신의 침대에 엎드려 잠든 여자의 맨 등을 보면서 생각했다. 정말로 미쳤다. 미치지 않고서야 이런 일을 벌이다니. 시간은 오전 중으로 흰 커튼을 지난 햇살이 밝게 들고 있었다. 거대한 창이 통째로 떨어지는 듯한 햇살. 해준은 혀를 내두르며 침대에서 내려왔다. 역시 발목이 아팠다.

아마도 너무 오래 굶었던 모양이라고 생각하며 해준은 천장의 샤워기를 향해 절레절레 고개를 흔들었다. 간밤에 도대체 몇 번이나 한 건지 기억조차 나지 않는다. 네 번인가. 그것도 아니

면 다섯 번? 그것보다 더욱 기가 막힌 것은 엎드린 여자의 상반
신에 다시 반응하고 있는 자신이었다. 하지만 다행히 지금은 사
리분별을 할 정도의 이성은 남아 있었다. 쏴아. 해준은 온몸에
찬물을 퍼부었다. 마구 얼굴을 문질러 씻었다. 따가울 정도의
차가운 물에 정신이 번쩍 들었다.

"일어나세요."

바닥에 떨어져 뒹굴던 옷을 재희에게 던지며 해준이 말했다.
부스스. 재희는 잠이 덜 깬 눈으로 일어나 앉았다. 시트로 드러
난 몸을 가렸다.

"곧 도우미가 올 시간입니다."

어리둥절한지 재희가 주변을 둘러본다. 낯선 침실의 풍경을
돌아보고, 가운을 입은 채 머리를 터는 해준을 발견하자, 그제
야 지난밤의 일과 자신이 처한 상황을 기억해 낸 듯싶었다.

도우미라……? 멍한 정신에도 던져 준 옷을 바쁜 손으로 꿰
면서, 재희는 해준을 곁눈으로 살폈다. 갑자기 어젯밤을 돌이키
자 머리를 세게 얻어맞은 것처럼 얼굴로 피가 몰렸다. 헐벗은
짐승들의 육욕의 향연. 낯이 화끈거릴 지경이다. 재희는 입술을
잘근잘근 씹으며 할 말을 찾았다.

"음. 아. 어제는……."

관심 없이 옷장에서 입을 옷을 고르던 해준이 뒤돌았다. 눈
치를 살피는 재희에 해준이 침대 옆 테이블로 다가섰다. 흰색의
도자 스탠드 옆으로 찰싹 무엇인가 놓는 소리가 들린다.

"어제 즐거웠습니다."

"……?"

블라우스를 잠그던 손이 멈칫했다. 딱 부러진 매너로 테이블 위에 해준이 올려놓은 것을 발견한 때문이다. 재희의 눈이 화등잔만 하게 커졌다. 곧이어 어이없는 투로 재희가 말했다.

"이게 뭐야."

"사례금입니다. 현금은 집에 찾아다 둔 게 없어서. 적으시다면 몇 장 더 드리죠."

그것은 100만 원짜리 수표였다. 재희는 할 말을 잃고 눈알을 굴렸다.

"너, 이게 무슨."

"그럼. 이만 돌아가 주시겠습니까?"

해준은 형식적인 딱딱한 얼굴을 내내 유지했다. 주변을 얼려버릴 것 같은 사무적인 태도였다. 손가락에 끼워 수표를 내민다. 발행일이 얼마 지나지 않은 것인지 종이는 날카롭게 각이 져 있었다. 얼떨결에 다시 내미는 빳빳한 종이를 받아 들고, 재희는 도무지 이해할 수 없다는 얼굴로 해준을 응시했다. 하마터면 손가락이 베일 뻔했다.

"이게 무슨 뜻이야. 너 왜 이래."

창녀에게 주는 화대와 같은 수표. 재희는 가능한 감정을 가다듬으려 애썼다. 그리고 해준을, 이 상황을 이해해 보려 했다.

"고맙고, 즐거웠다는 얘깁니다. 그 이상 설명이 필요합니까? 나도 그쪽 불장난에는 이제 질린 줄 알았는데 아직 꽤 즐거울 수도 있다는 건 미처 몰랐군요."

또박또박 말하는 해준에 재희는 문득 그 선명하고 또렷한 얼굴을 때리고 싶다는 충동을 느꼈다. 감정을 추스르기 힘들어 말을 제대로 이을 수가 없었다.

"이러지 마…… 너 이거…… 일부러 이러는 거잖아."

"말을 하려면 똑바로 하세요. 이런다느니, 저런다느니. 이해하기 피곤합니다. 서로 꼴려서 잤고, 좋았으니 사례를 한 겁니다. 그걸로 됐잖습니까."

다른 사람이다. 재희는 스산한 기색을 얼굴에 품었다. 화를 낼 정신도 들지 않는다. 무엇을 기대했을까. 사랑? 해준은 변했다. 완전히 변해 버렸다. 그 간극에 두려운 기분마저 들었다. 인간성을 잃은 명확한 계산기들 틈에서 해준은 유일하게 온기를 지닌 사람이었다. 색을 가지고 있었다. 그는 내 생명. 전부였다. 그런 건…….

재희는 한 발을 뒤로 물렀다. 어쩐지 이 공간에 더 머무는 것 자체가 피곤하게 느껴진 때문이다. 확. 눈 안에 눈물이 차 들기 시작했다. 왜? 어째서? 준을 가졌다. 해준을 사랑했다. 숨는 것이 모두를 위해 옳은 것이라고 믿었다. 하지만 완전히 틀려 버렸는지도 모르겠다. 해준은 다른 사람이 되어 버렸다. 전부 자신의 잘못된 선택이었을까.

"안 나갑니다. 안녕히 가십시오."

뒷발질을 하던 재희가 현관을 향해 달리기 시작하자 뒤통수로 해준의 형식적인 인사가 날아왔다. 눈물이 흘렀다. 전부 부서져 내리고 있었다. 머리끝부터 발끝까지. 기대하던 모든 것이. 생각했던 것과는 모두가 전혀 다르다. 이제 그를 되찾는 일은 정말로 불가능할지도 모른다. 기억 속의 해준은 이미 사라져 버렸기 때문에. 원래의 무(無). 재희는 무작정 택시를 잡아탔다. 그리고 요금으로 받았던 수표를 지불했다.

＊　　　＊　　　＊

　무릎을 안은 채로 재희는 창가에 앉아 있었다. 창이 넓고 틀이 완만한 나선의 창문이다. 밖으로 잔디밭을 내려다보며 재희는 계속해서 해준과의 일을 되새기고 있었다. 이제 무엇에 기대어 살아야 할까. 해준과 잤다. 그는 술에 취한 남자가 값싸게 여자를 사듯이 사례를 해 왔다. 어쩌면 자신이 되찾고자 한 것은 그저 허상에 불과할지도 모른다. 사랑이라는 허상. 하늘이 무너진 듯 마음은 삭막했다. 자신이 원한 것은 그런 것이 아니다. 원한 것은 어쩌면 두 번 다시 돌아오지 않을…… 재희는 날렵한 자신의 배를 어루만졌다.

　그 후로 해준을 보지 못했다. 재희 자신도 미처 연락해 볼 엄두조차 내지 못했다. 그러나 여전히 해준이 그리웠다. 해준이 없다면 삶이란 그저 불에 탄 검불처럼 부서져 내릴 일만 남았을 뿐이다. 그러나 또한 다가가는 것이 두려웠다. 아직은 해준이 주는 상처에 면역이 없었다. 그가 변했다는 사실을 받아들일 시간, 충전의 시간이 필요했다.

　거실에서는 인혁과의 혼담이 한창 진행 중이었다. 재희 자신이 모르는 사이, 내년 상반기로 예정되었던 결혼식이 내달로 앞당겨져 있었다. 그리고 그저 그렇다는 통보를 전해 들었다. 날짜는 한 달 후로, 일각에서는 임신 때문에 결혼을 서두른다는 소문이 돌았다.

그러나 인혁은 소문에 크게 신경 쓰지 않았다. 그것보다는 처리해 두어야 할 사업적 문제가 많이 남아 있었기 때문이다. 인혁이 무리 없이 계승권을 인계받는 과정에서 자금 흐름이 불투명한 대성과의 혼사가 문제가 될 수 있었다. 정 회장은 대성의 자금출처와 하부구조, 유통 과정 등에 아무 의문점이 없어야만 한다고 강조했다. 이 이상 대성과 깊게 얽히기 전에 문제의 소지가 될 싹을 미리부터 잘라 내야 한다는 중역들이 거센 입김이 있었다. 곧 대선이 코앞이었다.

"앞으로 자회사인 하이스의 전권을 대성물산 측에 위임하게 됩니다. HS 산하 백화점과 마트의 수입품 관련 업무가 이제까지는 하이스 전담 사업으로 이루어져 왔습니다만, 앞으로는 대성 IS의 관할하에 이루어지게 됩니다. 물론 현재 자회사의 규모가 귀사 상한선의 30배를 웃도는 상황이긴 합니다만. 쌍방 간의 혼사가 기정사실화된 현 상황에서라면, 금융권 자금 조달은 무리 없이 진행될 것으로 보이니 큰 걱정은 하지 않으셔도 될 것 같습니다."

인혁의 옆에 나란히 앉은 박 변이 대략적인 현재의 상황을 설명했다. 박 변호사는 HS 기획의 법무팀 중에서도 핵심 업무에 관여하는 하버드 출신의 엘리트였다. 자득 역시 대성의 대리인을 통해 다시 재해석한 상황을 들으며 숙고하는 얼굴로 고개를 끄덕였다. 질문을 하거나, 또는 고개로 의문을 표시하기도 했다. 그러나 대부분의 경우 그것은 감격의 표정과 채 감추지 못하는 만족의 미소였다. 문득 순혜가 끼어들었다.

"어머나, 그럼 얼마야? 그니까 백화점이랑 마트, 수입품 코너를 전부 다 하이스가 아니고 대성이 맡는다고요?"

막귀로 대충 들어도 사업 규모의 몇십 배는 판이 커진다는 판단이 섰다. 순혜는 웃음으로 찢어진 입을 다물지 못했다.

"네, 사모님. 명확히는 대성물산이 아니라 또 다른 자회사인 대성 IS이긴 하나 결과적으로는 그렇습니다."

박 변이 다시 그림의 표를 짚으며 말했다.

"앞으로는 대성물산이 대성 IS의 이윤을 가져가시게 됩니다. 대성 IS의 지분을 이렇게 하이스와 대성물산이 가지고 있습니다. 하이스는 HS 기획의 산하. 대성 IS는 대성물산의 산하이니 실무적인 양자 협업 체계가 가능한 것이죠. 또 앞으로 HS 기획이 대성 IS의 출자 확보와 경영 관리 감독에 함께하게 될 테니 결과적으로는 대성이 HS의 자회사가 되는 수순으로 보시면 될 것 같습니다."

"대성이 HS가 된다고요? 그럼 좋은 거네? 회장님! 우리 좋은 거 아니에요? 대성이 HS가 된다니 세상에 웬일이야!"

"쉿. 조용히 좀 해 봐요."

호들갑을 떠는 순혜를 저지하며 자득은 미간 사이 이미 깊게 팬 주름을 더욱 짙게 만들었다.

"그럼 자금도 맡기고, 운영권도 가져가니 대성은 이제 허울뿐인 회사가 되는 것 아닌가. 아직 마무리 짓지 못한 일도 있는데 말일세."

"그건 아닙니다. 회장님. 여전히 하이스의, 즉 대성 IS의 최종 결정권은 최대 주주인 회장님께서 가지시게 됩니다. 또 브랜드 백화점과 마트가 존속하는 한 대성 IS의 입장에서는 수주 확보나 공급책 마련의 어려움이 없으니 무조건적인 이득이 아니겠습니까."

"그런가."

자득은 속삭이는 대리인의 말에 주의 깊게 귀를 기울였다. 그는 어림셈은 빠른 편이었으나 교육받은 적이 없는 재무나 경영, 법률과 같은 쪽에 무지했다. 자득은 대신 가방끈이 긴 직원들의 얘기를 새겨들었다. 그리고 마지막 결정은 대부분 자신의 감에 맡기는 식이었다. 자득은 돈 냄새에 관한 한 자신의 느낌을 믿었고, 전적으로 의지하고 있었다. 그리고 이번에도 역시 그 자신의 감을 따랐다. 이제 자신의 힘으로만 회사를 더 크게 키우는 일은 무리였다.

HS와의 전략적 합병. 이것으로 딸인 재희는 HS의 사모가, 아들인 재욱은 HS의 자회사를 경영하게 될 것이다. 자득은 만족스럽게 손을 비볐다. 군침을 꿀꺽 목뒤로 넘긴다.

"그럼, 사인은 어디에?"

"모레, 11시 HS 기획⋯⋯."

"나중에 본사로 오셔서 하시면 됩니다, 아버님. 제가 다시 전화 드리죠."

박 변의 말을 부드럽게 끊고 인혁이 말했다. 그의 말에 자득이 허허 웃었다.

"아, 사람 참. 자네 일 차암 잘하는구먼. 이렇게 괜찮은 사람이 대체 우리 애 어디가 좋다고. 허허허허. 참 잘난 사람이."

자득은 묘하게 굽실대는 기색으로 호방하게 웃었다. 줄 사람 앞에서는 당당하고, 받을 사람 앞에서는 비위를 맞춘다. 그것은 자득의 입장에서는 타고난 본능과 같은 것이었다.

"뭐 좋은 일 있어요? 다들 모여서."

재욱이다. 신발을 벗고 안으로 들어서던 재욱이 마포댁에게 외투와 가방을 맡기며 말했다.

"오, 재욱이 오냐."

"어디 갔다 와. 이렇게 늦게. 손님 와 계신데."

"거기 있잖아. 차 몰고 가는데. 어, 인혁이 왔냐. 언제 왔어."

재욱이 인혁이 앉은 소파의 뒤로 가 반갑게 인혁의 어깨를 두드렸다.

"좀 됐지. 한참. 어디, 서킷 다녀와?"

"어. 빌려 놓고 안 간 지 오래돼서. 너도 함 나와야지."

"그러게. 시간이 안 나네. 한번 가야지."

"아들, 밥은? 먹었어? 아줌마. 재욱이 먹을 것 좀 내줘요."

마포댁에게 손짓하는 순혜를 재욱이 만류했다.

"됐어. 먹었어. 그런데…… 누나는?"

재욱이 고개를 돌려 재희를 찾는다. 순혜가 혀를 차며 도리질을 했다.

"그러게. 걔는 뭐한대니. 지 낭군만 여기다 앉혀 놓고. 내가 가서 끌고라도 나와야지 안 되겠다."

"아니에요, 어머님. 제가 올라가 보죠. 계약 얘기 아마 지루했을 거예요."

"그러지 말구."

순혜는 아직까지 대리인과 계약서를 꼼꼼하게 검토하는 자득을 돌아보고 나서 말했다.

"신혼집 구경시켜 달라고 해요. 정 사장. 내가 오피스텔 사 놨거든. 제일 큰 평수로. 펜트하우스."

순혜는 제법 눈까지 찡긋거리며 이제 곧 사위가 될 훤칠한 남 정네의 등을 도닥거렸다. 그 모양을 곁에 서서 보던 재욱이 두 손을 들고 못 말린다는 듯 고개를 저었다.

✳   ✳   ✳

"비밀이었어요?"

달리는 차 안에서, 인혁은 옆으로 앉은 여자의 옆모습을 대략 훑었다. 긴 머리의 여자. 듣지 못했는지 흩날리는 창가를 멍한 눈으로 쳐다보고 있었다. 인혁은 가끔, 그런 그녀의 침묵이 못 견디게 답답해질 때가 있었다. 창문을 확 내려 센 바람을 맞게 하자 깜짝 놀란 얼굴로 자신을 돌아다본다.

"아, 미안. 무슨 말 했어?"

"왜 말 안 했냐고요. 신혼집 산 거."

하지만 대개는 쉽게 평정을 되찾을 수 있었다. 끝내는 모든 것이 제 뜻대로 된다는 사실을 터득하고 있었기 때문이다.

"아. 미안. 생각 못 했어."

"그렇겠네요. 요새 정신없어서."

인혁은 재희의 말을 이해하듯 말했다. 정신없이 바쁜 것은 인 혁 자신이 더욱 그랬다. 패션 스쿨 설립과 뉴욕 지사 합병 건이 맞물려 있는 데다 HS 브랜드 이미지 재고를 위한 유럽 전역의 광고건이 아직 기획 단계에 있는 상태였다. 그 와중에 결혼과 대성의 인수 합병까지 밀어붙이려니 밤잠을 세 시간 이상 연달아 자 본 기억이 전무할 지경이었다. 인혁은 옆자리에 앉은 재희를 보며 미소를 지었다.

"그래서. 떨려요?"

"응? 뭐가."

"나랑 집 보러 처음 가는 건데?"

"그냥 집인데."

순혜가 입에 침을 튀기며 자랑한 주상복합 오피스텔의 펜트하우스. 그것은 서울의 가장 비싼 동네에 거대한 십자가처럼 꽂혀진 철골 구조물이었다. 인혁은 휘파람을 불며 차를 주차장으로 돌렸다. 차고가 열리며 유니폼을 입은 가드가 꾸벅 인사를 해 왔다. 까딱 목례를 해 보이고 인혁이 다시 입을 열었다.

"그런데 당분간은 한남동 들어가서 살아야 되긴 할 거예요. 그것만큼은 포기 못 하겠다니 어쩌겠어요. 그래도 금방 다시 나올 수 있으니까. 괜찮죠? 덕분에 침대랑 응접세트랑 이태리제로 다 바꿔 놨다고 엄마 자랑이 말도 아니에요."

인혁은 웃었다. 결혼에 관한 말을 하는가 보다. 재희는 멍하니 그렇게 생각했다. 여전히 모든 일은 자신을 빼고도 착착 잘도 진행되고 있었다. 결혼식이라. 대체 누구의 결혼식이라는 건지, 주인공이라는 자신조차 그 진위가 헷갈릴 정도였다. 그것은 참 신기한 일이었다. 자신이 껍질 속에 틀어박히면 박힐수록 바깥세상은 열 배쯤 빨리 돌아가게 되는 것이다. 그렇지 않고서야 그 격차가 이렇게나 심하게 느껴질 리가 없다. 집이라니. 결혼이라니. 재희는 마치 부역에 끌려가는 노예처럼 등이 떠밀리면 걸었고, 손목을 묶이면 일어섰다. 의지를 가지지 않고서도 사람은 시체처럼 살 수 있었다.

해준이 없는 세상은 여전히 고요하다. 시야는 느린 물속처럼 부력이 있었다. 모든 것이 둥실둥실 떠서 움직였고, 그 몰입감이 현재와 과거, 상상과 현실 사이의 간격을 줄였다. 재희는 눈을 뜬 채로 꿈을 꾸고 있었다. 익사에 관한 꿈이었다. 가끔은 눈이 까끌거리고 아팠다. 부연 물이 차창의 끝까지 가득 차올랐고, 둥실, 이윽고 차체와 함께 자신의 몸이 떠오르기 시작했다. 신기하게도 호흡에 고통은 없었다.

달칵. 차 문이 열렸을 때, 재희는 멍한 시선을 올렸다.

"내려요. 여기죠?"

지나치게 시린 흰빛이다. 인혁의 어깨 뒤에서 쏟아지고 있었다. 눈이 부셔 재희는 눈썹을 찡그렸다. 인혁이 손을 잡아끌었다. 다시 현실로의 초대.

"아, 응······."

마네킹처럼 재희는 인혁을 따라 걸었다.

집에 도착해서 장미꽃이 깔린 침대와 향초, 아이스버킷에 와인까지 세팅되어 있는 것을 보고 인혁은 차마 웃음을 참지 못했다.

"뭐예요. 일부러 준비해 놓고 그렇게 감쪽같이 속였던 거예요?"

"······이게 무슨."

침실은 싸구려 모텔처럼 조잡해져 있었다. 순혜의 짓이다. 그것을 인식하자 재희는 전신의 혈관이 쪼그라드는 것처럼 소름이 끼쳤다. 열쇠를 쥐어 주던 재욱 모의 미소를 떠올렸다. 자신과 인혁의 등을 도닥이며 그녀는 손님의 방에 창기를 밀어 넣는 포주처럼 은근하고 의뭉하게 웃었다. 계약 성사를 위해 술집 작부를 접대하는 작태처럼 의도는 불순하고 불결했다.

"아, 미안. 뭔가 착오가 있었나 봐."

재희는 얼굴을 굳히며 해명했다. 어쩐지 부끄러웠다. 주먹을 입에 물고 낄낄 웃던 인혁이 질린 표정의 재희를 발견하자 흠, 목청을 가다듬는다.

"왜요. 어때서. 난 괜찮은데."

인혁은 어깨를 으쓱하고 긴 팔을 뻗어 재희를 품으로 끌어당겼다. 까칠한 슈트의 감촉이 싫어서 재희는 주춤 발을 뒤로 물렀다.

"응? 잠깐만."

"어차피 멋대로들 떠들어 대는 거 기정사실로 만들어 버립시다. 우리."

재희는 인혁의 말을 의심했다. 그도 그럴 것이 이제껏 인혁은 한 번도 육체적인 접근을 요구해 온 적이 없기 때문이다. 설마. 경직된 얼굴의 재희를 보며 인혁은 보기 좋은 눈썹을 찡그렸다.

"싫은 건 아니죠?"

"……!"

인혁은 재희의 팔을 잡고 허리를 둘러 안았다. 대답이 없자 재차 답을 재촉한다.

"싫은 건 아니잖아요?"

인혁이 품 안에 들어온 여자의 볼을 기다란 손가락으로 쓸었다. 차가운 손가락. 흠칫. 재희는 자신도 모르게 불쾌한 표정을 지었다. 입술을 가져가다 말고 인혁은 그 눈에 드러난 불쾌감을 놓치지 않았다. 덩달아 인혁의 얼굴도 차가워졌다.

"싫어요?"

"가, 갑자기 왜 그래. 어색하게."

재희는 다가오는 인혁의 손을 조용히 밀었다. 인혁은 밀려나는 자신의 손을 고집스레 다시 제자리로 돌렸다. 인혁은 인내심 있게 행동했다. 손으로 재희의 어깨뼈를 따라 쓸었다.

"왜 그래요. 어차피 다음 달이면 우린 부부가 돼요. 이 정도 전희쯤은 괜찮잖아요."

"아, 난…… 이럴 줄 모르고."

재희는 인혁의 품에서 벗어나려고 몸을 돌렸다. 파닥거리며 인혁의 팔을 풀었다. 소름이 끼쳤다. 갑작스런 불안감으로 머리 꼭대기까지 피가 거꾸로 솟았다.

"미리 다 얘기된 것 아니었나요?"

인혁은 아직도 장난을 치면서 웃었다. 피하려는 재희의 제스처까지도 연출된 것처럼 느껴질 따름이었다. 이런 식으로 어필하다니. 귀여운 마음에 허리를 꽉 껴안자 놀란 재희가 아악 소리를 질렀다.

"아, 깜짝이야. 왜 그래요. 갑자기."

"정말이야. 제발, 부탁이야. 놔줘."

"뭐라구요?"

인혁은 도무지 이해되지 않는다는 듯 어리둥절한 표정에서 곧 당혹감으로 바뀌었다. 그리고 재희의 말이 진심임을 깨닫자 곧 침착한 표정을 되찾는다.

"설마 아직도 안 된다는 소리예요?"

"아……."

"이 정도면 많이 참아 줬다고 생각하는데요."

재희는 입을 벌린 채로 인혁의 내면에 삼켜진 분노를 보고 있었다. 인혁은 조용히, 그리고 흥분하지 않으면서 화내는 법을 알고 있었다. 매서운 눈초리의 채찍질이었다.

"계열사 하나를 덩어리째 삼키게 해 준 답례라고 쳐도 안 되겠어요?"

인혁은 천천히 말했다. 재희는 다가오는 입술을 채 피하지 못했다. 인혁의 입술. 자신을 쓰다듬는 기다란 혀. 쾅. 머리를 두드려 맞듯이 재차 충격이 왔다. 재희는 눈을 깜빡거렸다.

"놔줘."

재희는 진심으로 싫다는 듯 몸을 비틀었다. 전혀 다르다. 만지는 손가락도. 입술도. 지나치게 거부하는 몸짓에 인혁도 인상을 썼다.

"약혼자를 이렇게까지 피하는 건 너무하잖아요."

인혁은 처음으로 화를 냈다. 그동안 여자를 위해서 모든 걸 참고 인내해 왔다고 생각했다. 괴로움을 겪었던 여자다. 한 번은 완전히 놓쳐 버렸다고 생각했던 때도 있었다. 또다시 도망치는 일을 막기 위해서다. 너무 갑작스런 공격일 때 상대는 과민 반응을 하거나 아니면 모두 포기한 채 달아나 버릴 위험이 있었다. 은근히, 서서히, 물에 담그듯이. 이제껏 잘해 왔다고 생각했는데⋯⋯.

"그만둬. 제발. 부탁이야. 하지⋯⋯ 말아 줘."

재희는 울면서 빌었다. 자신이 넋을 놓고 있는 동안 책의 페이지는 반절도 넘게 넘어가 있었다. 언제 진행된 이야기인지조차 알지 못한다. 결혼도, 회사의 일도. 모두 자신과는 상관없는 일쯤으로 여겼을 뿐이다. 그것이 이렇게 물리적인 쇼크로 강렬하게 다가왔을 때에야 재희는 그것이 자신 몫의 일임을, 자신의 신체에 관여한, 자신의 앞날에 일어나고 있는 일이었음을 새롭게 깨닫는다. 그 공포감으로 재희는 이를 딱딱 떨었다. 인혁과의 결혼이라니. 섹스라니. 아이라니. 그 무슨.

재희는 이 모든 일이 인혁과 자신의 육체적인 결합까지 포함한다는 사실을 이제야 현실로 깨닫고 있었다. 집안과 집안, 회사와 회사 간의 약속이나 계약. 그런 서류 위 형식쯤으로 생각하고 있었던 것이다. 아니, 생각이라고 할 것도 없었다. 모든 일은 너무 빠르게 의지와 상관없이 벌어지고 있었으니까.

그리고 마치 자신을 강간범 취급하는 재희의 행동에 인혁 역시 참을 수 없이 화가 치미는 것 또한 사실이었다.

"대체 왜 이래요. 뭐가 문제인 거예요? 해 달라는 대로 다 들어줬잖아."

그러나 간신히 화를 죽이고 타이르듯 말했다.

"그만해. 그만하자. 이런 거라고 생각하지 못했어. 그만해. 내가 정말로 미안하게 생각해. 이건⋯⋯. 이건 안 되겠어. 그, 그만해. 우리 그만하자."

재희는 인혁의 가슴을 밀고 몸을 빼며 울었다. 정말로 지나치게 멍청했다는 생각이 들었다. 어쩌면 이렇게도 멍청한 일을 벌였을까. 소름이 끼쳐 몸이 벌벌 떨렸다. 인혁에게도 그녀의 떨림이 전해질 정도였다. 지나친 공포 반응을 일으킨 것을 깨닫자, 인혁은 쓴웃음을 지으며 손을 들어 재희를 안심시킨 후 뒤로 물러났다.

장미 꽃잎이 넓게 깔린 침대로 풀썩, 인혁이 앉았다. 허탈하게 웃는다.

"알았어요. 알았어. 그만할게요. 됐죠? 오늘은 여기까지만."

우선은 한 발짝 물러서기로 했다. 너무 순조로워서 슬슬 지겨워지려던 참이었다. 기막히게 자신을 자극한다는 생각이 들어 인혁은 한마디를 덧붙였다.

"그거 알아요? 진짜, 일부러 그러는 거라면 재희 씨 정말 천재적이에요."

＊　　　＊　　　＊

저녁이었다.

"BMV 파크 뒤. 알았어요. 금방 가요. 형."

해준은 목적지가 변경되었다는 연락을 받았다. BMV 파크라. 동욱이 일러 준 대로 위치를 찍고 해준은 다시 차를 움직였다. 차는 굉장한 소음을 내며 대로의 차들 사이를 지그재그로 달렸다.

여자를 소개해 준다는 동욱의 말이었다. 이전 같으면 가볍게 무시했을지도 모를 얘기였지만 찝찝한 기분을 날리려 알았다고 대답했다. 부상 때문에 연습도 참가하지 못했다. 주치의의 잔소리를 한껏 들은 데다 어쩐 일인지 심기가 불편했던 것도 사실이었다. 집에 틀어박혀 있자니 미칠 것 같은 기분에 시달렸다. 닥치는 대로 미뤄 둔 약속을 해결하고 아는 고향 후배의 친구의 사촌까지 불러서 만나 댔지만 어딘가 가슴속 찌꺼기 같은 것은 쉬이 사라져 주지 않았다.

그렇게 기세 좋게 들이대더니.

재희는 그 이후 보름이나 코빼기도 보이지 않았다. 병원에 갈 때, 동료들을 만날 때, 팀 직원들이 보이면 혹시나 싶어 주위를 살폈지만 재희는 눈에 띄지 않았다. 꼴도 보기 싫을 때는 하루가 멀다 하고 눈에 뵈더니…… 물론 연락처도, 집도 알고 있었다. 하지만 해준은 자신을 꾹꾹 눌러 참았다. 만나서 어쩔 건데. 봐서 어쩔 거냐고. 다시는 만나지 않기 위해서, 이제는 더 얽히지 말자는 뜻에서 그렇게 내보내는 쪽을 택했었다. 그래서. 어쩔 건데. 뭐 어쩌자고. 이해준.

하필 약속 장소가 지나는 길이었다. 의식하지 않을 수 없는 거대하고 높다란 건물이 멀리서도 눈에 들어왔다. 해준은 핸들을 탁탁 치면서 입술을 씹었다.

무시하고 달리는 거야. 낮은 차체의 스포츠카를 윙윙 공회전해 가며 해준은 빨리 신호가 바뀌기만을 기다렸다. 이윽고 기세 좋게 꾹 액셀을 밟았을 때, 하필이면 꼭 발목의 통증이 왔다. 그리고 통증은 산란한 기억들과 함께였다. 갑작스레 발목이 꺾이는 듯한 통증을 느끼자 해준은 몹시 화가 났다. 2주간이나 출전하지 못한 데 대한 분노. 자신을 다스릴 수 없는 데 대한 분노.

통증의 일차적 원인 제공자에 대한 분노. 그리고 도무지 머릿속을 떠나지 않는 인물에 대한 분노.

"젠장."

부위이이이잉.

해준은 급하게 핸들을 꺾었다. 만나야겠다. 만나서⋯⋯.

✳   ✳   ✳

누구도 자존심에 상처를 입는 일을 좋아하지 않는다. 그리고 그것이 인혁 자신인 경우에 사정은 더 나빴다. 엘리베이터 안에서 혼자가 된 인혁은 불쾌한 기색을 감추지 않았다. 초대한 집에서 자신을 내쫓는 것으로 모자라 재희는 결혼을 그만두자고까지 말했다. 그동안 지나치게 여자의 사정과 편의를 봐줘 온 것은 어쩌면 실수였는지도 모른다. 처음으로 그런 생각이 들었다. 이제껏 집안 어른들의 수많은 걱정과 잔소리에도 굴하지 않았던 자신이다.

도대체 어디까지 참고, 어디까지 맞춰 줘야 하는 거지. 여자는 다시 정신이 이상해져 버린 건지도 모르겠다. 그만두자니. 이 모든 걸 다? 결혼이란 그렇게 한낱 애들 장난처럼 한순간에 엎었다가 뒤집을 수 있는 문제가 아니다.

인혁은 한숨을 쉬고 더욱 인상을 찌푸렸다. 거울 안으로 비치는 자신의 얼굴은 퍼렇게 날이 서 있었다.

여러 날 동안 쌓인 피로가 더욱 얼굴의 그늘을 만드는 듯했다. 띵. 다시 엘리베이터 문이 열렸다. 물론 여자의 말처럼 그만

두는 게 좋을지 모른다고 생각한 적도 있었다. 두 번째로 재희가 자살을 시도한 날이었다.

하지만 갑자기 왜 이제 와서? 분명히 좋아지는 기색이었는데……

생각에 잠겨 있던 인혁의 눈에 굉장한 소음을 내며 주차장으로 들어서는 스포츠카가 들어왔다. 끼익. 요란한 소리로 대충 아무렇게나 주차라인에 대는 차를 보고 인혁은 비틀린 조소를 머금었다. 그리고 또각또각 반듯하게 세워진 자신의 고급차량으로 다가갔다.

"……?"

그러다 불현듯 뒤를 돌아다보았다. 빠르게 달려간 남자의 옆모습이 눈에 담겼다. 그가 누군지 알아본 인혁은 잠시 그 자리에 멈춰 섰다.

❋   ❋   ❋

헉헉. 재빠른 손길로 재희는 꽃잎과 향초 같은 것들을 커다란 검정 봉지에 쓸어 담았다. 지저분하고 원색적인 의도를 풍기는 물품들. 몸이 부들부들 떨리고 있었다. 이런 식으로 자신의 몸뚱이를 이용하려는 가족이라는 작자들의 행태에 치가 떨렸다. 엉망으로 너저분한 집을 치우다가 털썩 재희는 와인병을 카펫에 떨어뜨렸다.

와장창 파열음을 내며 병은 산산조각이 나고 짙은 붉은색의 액체가 카펫을 적셨다. 서두르는 손으로 유리 조각을 집다가 재희는 그만 손가락을 베었다.

"아얏!"

알싸한 아픔과 함께 피가 배어 나오기 시작했다. 분노와 공포로 심장이 뛰고 이마에 땀이 맺혔다. 달아나야 해. 여기서 빨리. 달아나야 해. 인혁과의 결혼. 하이에나처럼 돈을 좇는 집안의 거머리들. 심장에 구멍이 뻥뻥 뚫리는 것처럼 통증이 일기 시작했다.

해준을 봐야겠다.

정리하던 집을 내팽개치고 재희는 화장대로 달려갔다. 다급한 손으로 테이블을 훑었다. 백을. 가방을. 차 키를. 부들거리는 손에 쓸려 화장대 앞을 채우고 있던 물건이 죄 쓰러졌다. 다시 바닥에 주저앉아 재희는 열쇠를 찾아냈다. 엉망이 된 거실을 가로질러 문으로 달려갔다. 해준을 봐야 해. 그리고 나서. 그리고 나서……?

재희는 순간 행동을 멈췄다. 해준은 자신을 사랑하지 않는다. 제 기억 속에 살던 해준은 이미 사라져 버렸다. 사랑했던 기억은 허상이다. 환각이다. 해준을 만나도 무엇도 해결되지 않을 것이다.

어느 것도 자신을 이 끔찍한 꿈에서 구원해 줄 일은 없었다. 그저 남은 것은 그들이 원하는 인형으로 사는 일, 그렇지 않으면 이 지긋지긋한 생을 끝내는 일뿐.

순간 귀를 찢는 이명에 재희는 따가운 귀를 쥐었다. 끔찍한 공허가 전신을 감싼다. 구멍이 뚫린 심장을 부여잡고 재희는 바닥의 부서진 병 쪽으로 이끌리듯 걸었다. 해준에게 자신은 그저 창녀일 뿐이었다. 그리고 이대로 인혁과 결혼을 한다면 자신은 살아도 산목숨이 아닐 것이다.

재희는 병 조각과 창문의 간격을 쟀다. 창문은 너무 크고 멀었다. 게다가 안에서 열기 힘든 구조였다. 손에 들고 있던 소지품을 떨어뜨리고 재희는 바닥의 갈색 조각을 하나 집었다. 그 마름모 귀퉁이의 뾰족한 단면을 유심히 응시했다. 정말로 이게 끝인가. 정말로 이제 아무런 방법이……?

쿵쿵쿵.

"문 열어요."

희미하게 이전의 상흔이 보였다. 식칼에 베인 상처였다. 조각을 꾹 힘주어 손목에 대는 순간, 쾅쾅쾅!

"문 열라니까?"

어렴풋이 해준의 목소리가 들리는 것 같았다. 이상도 하지. 곁에 없어도 늘 해준을 꿈꾸고 있었다. 그의 목소리를 듣고, 그의 얼굴을 보고. 혼자서도 그를 사랑했다.

"집에 있는 거 다 압니다, 김재희 씨. 문 열라고!"

핏. 고막을 때리던 소음이 꺼졌다. 싸늘한 적막 속에서 청명한 해준의 목소리만이 오롯이 높은 천장을 두드렸다.

"누구세요?"

"나요. 이해준."

피빗. 박동기의 전원이 켜지듯이 심장이 뛰었다. 해준이라고? 그럴 리가 없는데. 해준이 왜. 재희는 주저앉아 혼자 중얼거렸다. 그러나 다시 눈앞이 보이기 시작했다. 자신의 팔, 그리고 손가락이, 구부려 앉은 다리가. 와인으로 엉망이 된 바닥과 손에 쥔 병 조각이 눈에 들어왔다. 재희는 흠칫 놀라 조각을 바닥에 떨어뜨렸다.

"이해준이라고?"

"얼른 문 열어 봐요. 할 말 있으니까."

재희는 자석에 끌리듯 문으로 걸었다. 저것이 해준의 흉내를 내는 저승사자라고 할지라도 보고 싶었다. 마지막으로. 정말로. 이것밖에는 방법이 없느냐고. 묻고, 목소리를 듣고, 다시 한 번 그를 만질 수 있다면.

"정말로 해준이라고?"

"……."

문밖에 선 해준은 대답 대신 질겅질겅 입술을 뜯었다. 삑삑. 잠금 쇠가 풀리는 소리가 들린다. 문에 기대서 있던 해준이 등을 물렸다. 현관 안에서부터 조용히 멍한 눈을 한 여자가 드러난다.

"왜 안에 있으면서……."

어딘가 나사가 풀린 그 모습을 보자 부글거리던 전신의 맥이 탁 하고 풀렸다. 화를 내려고 했다. 대체 왜 나타나서는 사람을 괴롭히느냐고 따져 물으려고 했는데. 얼굴을 눈에 담는 순간 기가 막히게도 분노는 간데없이 사라져 버리고 말았다.

"뭐하고 있었어요. 대체. 사람이 남의 발목을 다치게 했으면 책임을 지든가. 들쑤셔 놓을 땐 언제고? 예?"

궁색한 본론을 늘어놓으며 해준은 다짜고짜 안으로 들어섰다.

"시즌을 2주나 결장하면 손해가 얼마인 줄이나 압니까?"

집 안으로 들어서는 해준의 입이 떡하니 벌어졌다. 바닥에 뒹구는 병, 떨어진 잡동사니로 엉망이 된 집 안의 꼬락서니에 할 말을 잃는다.

"이건 다 무슨 일이에요?"

진짜 해준이 맞는가 뒤에서 의문이 서린 눈으로 그를 살피며 따라오던 재희가 갑자기 멈춘 그의 등에 코를 박았다.

"대체 이게 다 뭡니까?"

돌아선 해준이 재차 물었다. 그의 얼굴을 살피고 몸을 살피던 재희는 안도의 한숨을 내쉰다. 해준의 냄새다. 정말로 해준이다. 내 유일한 온기. 유일한 안식처. 내 생명줄.

"그런데 무슨 일로……."

다행이다. 이제는 더 이상 만나지 못할 줄 알았어. 재희의 물음에 해준은 정신을 차리고 언성을 높였다.

"주전이 이렇게 쉽게 되면 팀이 얼마나 손해가 큰지 압니까, 예? 아니, 사람 발목을 다쳐서 경기도 못 나가게 했으면 뭔가 미안함의 표시라도 있어야 되는 거 아니냐고요!"

갑작스런 추궁에 재희는 살짝 당황했다.

"그건 니가 넘어진 거잖아……."

아. 해준은 말을 골랐다.

"어쨌거나 이유를 제공한 건 그쪽이니까 말입니다! 안 그래요?"

자신이 생각해도 어이가 없었지만 해준은 계속해서 목소리를 높였다.

"그리고, 대체 잘 살고 있는 사람 앞에 나타나서 들쑤시는 이유가 뭡니까! 대체 무슨 악취미예요! 곧 결혼한다면서!"

"아, 그건 인혁과 이미 얘기가 끝난……."

그때, 눈을 돌리며 집 안 이곳저곳을 둘러보던 해준은 무언가 심상치 않은 낌새를 차렸다. 인상을 쓰고 찬찬히 깨진 병 조각과 바닥의 얼룩, 쓰러진 화장대, 거대한 쓰레기봉투까지를 찬찬히 훑었다. 마치 도둑이라도 맞은 것처럼 정신없는 광경이다.

해준의 눈을 따라 재희는 자신의 뒤 너저분한 거실을 응시했다. 그러나 그에게 뾰족이 해 줄 말이 없어 말을 얼버무렸다.

"아, 그게."

그러나 양손을 뒤로 숨기는 재희의 행동을 해준은 놓치지 않았다. 휙 팔을 뻗어 재희의 손을 잡아챈다.

"뭐예요?"

바로 팔을 당기자 휘청 몸이 끌려갔다. 재희는 놓으라며 손을 숨겼다. 그러나 해준이 다시 그녀의 손목을 잡았다. 해준의 눈이 휘둥그레졌다. 손목에 피가 맺혀 있었다.

"이게 뭡니까?"

놀라서 묻는 해준에게 재희는 얼버무렸다.

"아, 벼, 병이 깨져서……."

정말로 끝내 버리려고 했지. 설마 해준이 찾아올 거라고는 상상도 하지 못했다. 이미 예전에 잃어버린 거라고 생각했는데. 내 사랑. 그 불쌍한 사랑 같은 건.

"병이 깨졌다고요?"

말도 안 되는 변명이라 생각하면서 해준은 다시 손목의 상처를 자세히 살핀다. 놀란 목소리로 그가 말했다.

"아직 피가 나잖아요. 한 군데가 아니네."

베인 손가락에서도 핏방울이 떨어지고 있었다. 재희는 당황해 다시 손을 숨겼다. 상처를 내보이는 일은 마치 그에게 치부를 들여다보이는 것처럼 부끄러웠다. 몇 번이고 죽겠다고 발악하던 자신이. 그럼에도 끝끝내 땅에 빌붙어 있는 구차한 목숨이 부끄럽게 느껴진 탓이다.

"뭐해요. 이리 내요. 닦아야 되잖아."

해준은 인상을 쓰며 재희의 다른 팔을 우악스럽게 잡아끌었다. 팔이 잡힌 채로 재희는 저항하지 못하고 걸었다. 군데군데 꽃잎이 남아 있는 침대로 재희가 털썩 앉았다. 다시 상처를 살피고 해준은 주변을 둘러봤다. 화장대와 탁자 장식장까지 둘러본 후에 해준이 물었다.

"붕대 있습니까?"

"구급함이 화장실에……."

해준은 두말 않고 일어나 화장실로 향했다. 많이 해 본 듯한 익숙한 솜씨로 재희의 손가락과 손목을 소독해 닦고 반창고를 붙인다. 붕대까지 감으면서 그는 눈살을 찌푸렸다.

"그때는 못 본 것 같은데 말입니다."

예전의 이야기인지, 언제를 말하는 건지 재희는 헷갈려 대답을 하지 못했다.

"이 상처 말이에요. 어떻게 된 거에요."

말 대신 재희는 상처를 처매 주는 해준을 꿈꾸는 것처럼 보고 있었다. 뒤쪽 창에서 비치는 햇살이 해준의 얼굴 음영을 더욱 뚜렷하게 드러내 주고 있었다. 어쩌면 아직 잃어버리지 않았는지도 모른다. 되찾을 수 있다는 희미한 기대.

"너를 잃고 죽으려고 했다면 믿겠어?"

뜻밖의 말에 해준은 고개를 들었다. 미심쩍다는 표정이 그의 얼굴에 스쳐 간다. 푸른색을 띨 정도로 깊고 검은 눈. 언제고 해준과 눈이 마주치면 꼭 배 속을 관통당하는 것처럼 오금이 저렸다. 그러나 해준은 아무 말 없이 고개를 내린다. 약품이 들어 있는 상자를 정리하고 어지러운 방을 다시 둘러보는 그다.

"그런 이상한 말 늘어놓는 건 다 어디서 배웠습니까."

그리고 해준은 무릎을 펴 일어났다. 상자를 정리하고 바닥의 깨진 유리들을 치운다. 몹시 날카로워 보이는 그것을 살피자 쯔 혀를 찼다. 유리 조각을 집어 봉투에 넣다가 문득 그의 머리를 스치고 지나는 생각이 있었다. 그는 다시 봉지 안을 살펴보고 행동을 멈췄다. 재희에게 물었다.

"누가 왔었죠. 여기."

재희는 뒷모습을 보인 채 서 있는 해준을 응시했다. 잠깐 말문이 막혔다가 뒤돌아 오는 해준을 보고 입을 열었다.

"아, 인혁이가 잠깐."

그 말에 바로 해준의 표정이 바뀌었다. 순식간에 변하는 그것이 살기까지 띤 얼굴이라 재희는 순간 놀랐다. 해준이 싸매 준 손목을 쥔 채로, 앞에 다가서는 그의 살기등등한 얼굴을 정면으로 응시했다.

"약혼자랑 싸우고 그 틈을 타서 딴 놈한테 붙어먹을 생각이었나 보군. 하마터면 그 알량한 세 치 혀에 또 속아 넘어갈 뻔했잖아."

"무슨 소리야. 인혁이한테는 그만두자고 말했을 뿐이야. 이제 더 이상 약혼자도 아니야."

그 말에 해준은 잠깐 말을 쉬었다.

"당신 말 같은 건 요만큼도 믿지 않아."

"정말이야. 인혁이랑 결혼 같은 건 하지 않아."

해준은 또다시 잠깐 말을 쉬었다. 그러나 인상을 풀지는 않는다.

"감언이설로 흘려 놓고 장난이었다고 토끼는 게 당신 장기 아닌가. 누가 그딴 말을 믿어. 돈 많은 남자 필요하다며. 그만뒀다니. 당치도 않지, 그런 거짓말. 어쨌든 다시는 보지 맙시다, 어차피 나도 그 말을 하러 왔으니까."

"한 번도 장난인 적 없었어. 계속 너밖에 없었어."

"웃기는 소리 집어치워! 그 뻑적지근한 약혼식을 내 두 눈으로 똑똑히 봤단 말입니다. 불장난 다시 해 보니까 좋던가요. 그래서 이래요? 이제 와서 나한테 이러는 이유가 뭐예요. 이놈도 저놈도 다 가져 보겠다 이겁니까?"

"인혁이를 좋아한 적 없어. 내가 갖고 싶은 건 너야. 약혼은 취소됐다고 했잖아. 얼마나 더 말해야 믿어 줄래."

해준은 씩씩거렸다. 재희의 말은 꼭 진짜 같았다. 내가 믿을 것 같아? 믿을 수 없는 여자다. 믿을 수 없는 여자. 해준은 주문을 외우다시피 되뇌었다. 그러나 그 눈이 꼭 진짜 같아서. 마치 자신을 사랑하는 눈 같아서…….

"가지다니, 난 물건이 아닙니다. 꿈 깨시라고요."

해준은 시비조로 말했을 뿐이다. 그러나 그의 말에, 그 시선에 재희는 흉곽 어딘가가 부풀어 오르는 느낌이었다. 가만히 해준의 재킷 소매를 잡았다. 다시는 보지 말자더니. 해준은 아직도 침대 앞에 그대로 선 채였다.

원하고, 바라는 눈빛. 해준의 얼굴에서 '그것'을 읽을 수 있었다.

"어떻게 하면 널 가질 수 있어?"

검은 재킷을 아래로 끌어당기며 재희는 물었다. 준을. 너를. 사랑을. 행복을. 삶을. 어떻게 하면 다시 찾을 수 있냐는 포괄적인 물음이었다. 팔을 끌어 내리자 안의 흰 티셔츠가 드러나고 마술처럼 해준의 몸통이 따라왔다. 흡. 말보다는 행동이 먼저였다. 해준이 급하게 침대 위로 넘겨졌다. 난폭하게 재희의 머리를 당기고 입술을 가져간다. 허겁지겁 이어지는 키스. 이번에는 재희도 해준을 피하지 않았다. 해준의 머리칼을 손에 얽고 얼굴을 끌어당겨 입을 맞췄다. 곤충의 허물처럼 재킷과 가디건이 바닥에 떨어졌다. 격렬하게 입술을 부비고, 몸을 부비면서 두 사람의 몸이 차츰 침대 가운데로 떠밀렸다.

"꿈 깨라고 했잖아."

"응? 어떻게 하면 널 가질 수……."

해준은 재희의 맨다리를 올려 자신에게로 끌어당겼다. 윗옷을 끌어 올려 가슴을 드러내고 여자의 목덜미를 씹듯이 물면서 말했다.

"가질 수 없어. 당신은. 절대로……."

재희는 미친 것처럼 해준을 더듬었다. 만지고 또 만져졌다. 자신을 더듬는 까칠한 손가락에 정신을 잃을 것 같았다. 해준의 머리칼이 맨가슴에 닿는 것이 미치게 기분 좋았다. 재희는 마치 물에서 건져 올려지는 사람처럼 간절하게 해준을 잡아당겼다. 해준은 마치 내일이 없는 사람처럼 재희의 안을 파고들었다. 재희는 애절하게 부탁했다.

"다 줄게. 응? 해준아. 내가 가진 건 전부 줄 테니까……."

"글쎄, 당신은 절대로 안 된다니까."

어느새 두 사람은 하나가 되어 있었다. 재희는 삼킬 것처럼 해준의 허리를 다리로 감아 끌어당겼다.

"아. 너무…… 해준……."

해준이 내부를 왕복할 때마다 목이 졸리는 기분이었다. 물에 잠긴 채로 떠내려가고 있었다. 놓치지 않기 위해 해준을 더욱 강하게 죄었다.

"미치겠네. 당신……. 진짜 싫어."

"해준아……."

해준은 단거리를 뛰는 것처럼 세차게 몸을 움직였다. 움찔움찔. 사정의 기운이 왔을 때도 해준은 몸을 빼지 않았다. 아찔하게 눈앞이 흐려진다.

툭. 투욱. 액체를 쏟으며 해준은 끝까지 엉덩이 근육을 몰아붙였다. 뜨거운 액체가 여자가 품은 자신의 주변으로 흘러넘쳤다. 그러나 아직도 풀지 못한 욕구가 뱃속을 뒤채었다. 가능하다면 목구멍까지 차올랐으면 했다.

그게 끝이 아니었다. 재희는 밤새 시달리고 있었다. 장미꽃 물이 밴 시트 위였다. 재희를 앞에 앉히고 가슴을 주물러대면서 해준이 물었다.

"그래서 정인혁하고는 어디까지 했어요."

"아. 아니. 그런 적⋯⋯."

대답하지 못하자 귀를 씹혔다. 퍽퍽. 아래서 끊임없이 움직이는 바람에 재희는 정신을 차릴 수가 없었다. 해준은 반쯤 미친 사람 같았다. 정신을 잃으면 잃는 대로 재희를 장난감처럼 가지고 놀며 움직였다. 행위 중에 정신을 잃기는 처음이었다. 정신을 차리면 끈질기게 오르가슴을 느껴야 했다. 해준은 재희를 애무하고 기막히게 느끼는 곳을 문지르고 만져 댔다. 재희는 종래에는 흐느껴 울었다. 제발 그만하라고 빌어도 소용이 없었다.

"그. 그만. 해준아. 이제 제발."

"왜요. 하, 날 갖고 싶다면서요. 특별히 서비스해 드리는 겁니다."

해준을 다리 사이에 묻고 재희는 정신을 놓았다. 다시 정신이 들면 아직도 자신은 해준을 물고 있었다. 지나친 흥분에 재희는 느끼지 않으려고 애썼다. 하지만 집요한 애무에 가슴이 찌릿거렸다. 다시금 해준이 몸 안을 왕복하면 결국은 그의 목을 잡고 앙앙 울어 버리고 마는 것이다.

"해준⋯⋯ 아흑. 제발."

"하아."

해준의 체액으로 몸이 거대하게 부푸는 것 같았다. 해준은 마치 미련을 남기지 않으려는 사람처럼 자신의 몸을 탐했다. 마치 이게 끝인 것처럼. 이게 마지막인 것처럼.

"아, 흐윽. 해준! 너무 좋⋯⋯!"

재희는 해준의 머리카락을 잡아 뜯으며 몸부림을 쳤다. 몇 번째인지 모를 절정이었다. 해준은 절정을 맞는 여자의 얼굴을 진득하게 응시했다. 잔뜩 쉬어버린 목소리로 해준이 말했다. 양손에 재희의 허리를 잡고 돌리는 와중이었다.

"당신 따위. 정말 싫다고……."

* * *

날이 밝았다. 눈을 뜬 재희는 옆자리에 누운 해준을 발견하자 자신도 모를 미소를 지었다. 지나치게 잘생기고 완벽한 몸. 그다. 내…… 사랑. 재희는 경이로운 표정으로 한동안 해준을 응시했다. 문득 그 얼굴에 손을 뻗다가, 탁 하고 해준에게 팔목을 잡힌다. 해준이 반짝 눈을 떴다.

"뭐하는 겁니까."

"좀 만져 보려고."

손가락을 꼬물거리자 해준이 자기도 모르게 피식 웃었다.

"부족하단 얘기예요?"

주변이 환해질 정도로 고운 미소였다. 해준이 웃다니. 재희는 철렁 심장이 떨어지는 기분이었다. 강렬한 여름 해를 정면으로 쬔 것처럼 눈이 부셨다. 몸을 씻겨 주는 햇살. 해준이 손아귀 힘을 풀자 재희가 손을 그의 얼굴로 뻗었다. 손가락을 들어 뺨을 쓸고 단단한 목덜미와 어깨, 갈라진 가슴팍과 복부를 쓸었다. 내 것. 내 삶의 이유. 너밖에 없어.

"널…… 가지고 싶어."

"……."

해준은 딱히 할 말이 떠오르지 않아 자신을 만지는 재희를 그냥 두었다.

여자는 틈만 나면 자기를 가지고 싶단다. 너밖에 없다느니, 자신을 가지고 싶다느니. 그딴 소리를 낯 하나 붉히지 않고 잘도 해 댔다. 제지하지 않자 재희는 손을 움직여 해준의 전신을 훑었다. 나쁜 것도 좋은 것도 아닌 야릇한 기분에 해준은 눈썹을 찌푸렸다.

"그만해요."

몸을 쓰다듬고, 얼굴을 쓰다듬고, 재희는 다리를 걸쳐 해준의 몸 위로 올라탔다. 해준도 재희도 실오라기 하나 걸치지 않은 맨몸이었다.

부드러운 여자의 몸이 부벼지니 해준은 당연한 것처럼 발기했다. 어쩌나 보자고. 해준은 그저 있었다. 나른한 기분이었다. 허리 위로 앉은 재희는 해준의 얼굴을 훑고, 귀를 훑고, 목덜미와 가슴 그리고 갈비뼈에 입을 맞춘다.

신줏단지라도 되는 것처럼 재희는 해준을 붙잡고 얼굴을 비비고 냄새를 맡았다. 해준의 몸통 위에 사선으로 누워 재희는 그의 몸에 코를 박았다. 체취를 흠뻑 들이켜고 맨살을 해준의 단단한 몸에 문질렀다. 더 이상 못 견디겠다 싶어졌을 때, 재희가 직접 손으로 해준의 남성을 자신의 안으로 밀어 넣었다. 마치 의식을 올리듯 경건한 몸짓이었다.

"하……."

저절로 탄성의 한숨이 새어 나왔다. 머리가 아득해진다. 다

른 일 따위 어떻게 되어도 좋다. 그런 생각이 들었다. 싫다는 말
은 어디까지 응축된 감정의 표현인가. 해준은 천천히 허리를 움
직이기 시작했다. 점차 속도가 빨라졌다. 헉헉. 절정의 순간 재
희는 해준의 눈을 오랫동안 응시했다. 그리고 그의 가슴에 납작
엎드렸다. 해준의 목을 꽉 껴안은 채로 허리를 움직이며 재희가
속삭였다.

"사랑해. 정말로…… 사랑해."

"……"

해준은 대답하지 않았다.

✸   ✸   ✸

고층 빌딩의 최상층, 인혁은 까마득한 발아래를 내려다보고
있었다. 서울 전역이 한눈에 들어올 만큼 건물은 높았다. 그 높
은 빌딩의 최고층 안쪽 방에 인혁은 자신의 의자를 가지고 있
었다. 밥벌이를 위해서 한없이 바쁘게 쏘다니는 군상들. 모두들
딱 제 할당량만큼의 몫을 물어 탑을 쌓고 있었다. 자신들을 위
한 탑.

남들은 그런 자신의 위치를 우러러보고 선망의 대상으로 삼
았다. 그러나 그 '무료'에 대해서는 알 길이 없었을 것이다. 무
엇이든 원하기 전에 이미 전부, 태어난 순간부터 손에 쥐고 있
었다. 노력해서 아버지를 뛰어넘을 수도, 딱히 노력해서 가지
고 싶은 것도 없었다. 어쩌다 한 가지가 나타났다. 선택은 제 몫
인 줄 알았는데 손에 들어오지 않는 것. 그런 것도 세상에는 있

었다. 모든 일이 다 뜻대로 되는 것은 아니라는 것을 인혁도 그때쯤 어렴풋이 깨닫기 시작했다. 그때 처음 방황이라는 것을 했다.

"대성물산에서 오셨습니다. 회의실로 모시라고 할까요."

창을 내다보는 인혁의 뒤에서 김 실장이 말을 전했다.

"그래."

벌레처럼 조그맣게 보이는 물체들에서 눈을 떼지 않고 인혁이 말했다. 보통의 경우라면, 평범한 사람들의 경우, 자신은 그들의 니즈를 금세 캐치해 낼 수 있는 능력이 있었다. 어째서 힘든 거지. 왜, 어째서. 뭐가 특별하다고. 한 번도 여자들에게 거절을 당해 본 적이 없었다. 여자뿐 아니라 남자도 마찬가지였다. 자신의 요구 사항은 관철되어야만 했다. 그건 원래부터가 그런 것이었다.

아버지라면 이유를 알지도 모른다, 라고 인혁은 생각했다. 하지만 그 패배감이라니. 억지로 일을 벌려 추진해 놓고 고작 그까짓 여자 마음 하나 움직이지 못해 쩔쩔매고 있다니. 채 생각을 마무리 짓지 못한 채 인혁은 사무실을 나왔다.

협의는 공식적으로 이루어졌다. 대성 IS와 하이스의 협의 조약서에 사인을 하고 자득과 인혁은 악수를 하며 사진을 찍었다. 계약서를 들고 환하게 웃는 자득에게 박수를 보내며 인혁은 속으로 웃었다.

양사 간의 협약이란 실은 이제부터 HS가 대성을 조종하겠다고 하는 말 돌리기에 지나지 않았다. 여전히 자득이 대성 IS의 최대 주주인 사실에는 변함이 없었으나 하이스는 완벽하게 HS

의 지배하에 움직이는 사업체였다. 언제든 주가를 폭락시킬 수도, 여차하면 나머지 주주들을 한데 모아 통합시킬 수도 있었다.

하지만 어쨌거나 이변이 없는 한, HS는 대성의 아군 쪽에 서 있을 것이었다.

"아버님, 축하드립니다. 그런데 재희 씨는?"

협약식이 끝나고 자득의 식구들이 인혁의 방으로 모여 앉았다. 재욱과 재욱 모인 순혜도 함께였다. 회사의 합병을 축하하기 위해 모인 것이다. 업무 시간임에도 간단히 샴페인 잔이 돌려졌다. 그런데 당연히 함께일 것으로 생각했던 재희의 모습이 눈에 띄지 않았다. 인혁이 묻자 자득이 순혜를 돌아보며 흠흠 목을 가다듬었다.

"아, 올 걸세. 올 거야. 무슨 일이 좀 있어 가지고 늦는다고 하더군."

"그래. 올 거야. 정 사장. 아니, 정 서방. 이제 정 서방이라고 불러도 되지? 호호."

"아…… 네."

인혁은 지루한 기색을 숨기고 매너 있게 미소를 지어 보였다. 언제고 무지한 종자들은 사람을 피곤하게 만드는 법이다.

"무슨 일인데?"

인혁은 고개를 돌려 재욱에게 물었다. 다리를 꼬고 부모에게서 동떨어져 앉았던 재욱은 인혁에게 어깨를 으쓱해 보인다.

"글쎄. 모르겠는데."

사람들을 물리고 인혁은 잠시 사무실에 혼자 앉았다. 곧 파리로의 비행이 예정되어 있었다. 이번 계약의 성사로 인혁은 완벽히 재희를 묶을 수 있다고 생각했었다. 이만한 이득의 경우라면 마땅히 뒤따를 거대한 애정과 존중이 함께하리라 확신했던 것이다.

하지만 운 나쁘게 예상은 빗나가 보인다. 인혁은 모아 쥔 양손을 이마에 대고 골똘히 생각에 빠졌다. 어쩐지 마음에 걸리는 일이 있었다.

"지금 공항으로 가셔야 합니다. 1시 오찬 취소되셨답니다."

여비서였다. 이마에서 손을 떼고 인혁은 고개를 끄덕였다. 망설이다가 말했다.

"김 실장 들어오라고 해."

✳   ✳   ✳

바람이 날리는 차 안에서 해준은 피식 웃었다.

"너도 나를 좋아하는 거야."

얼굴만 봐도 알겠다고. 그녀가 말했다. 그것은 언젠가 자신의 말이다. 재희는 토씨 하나 틀리지 않고 그것을 기억하고 있었다. 그러다 해준은 문득 웃고 있는 자신의 얼굴근육을 인식하고 표정을 굳혔다. 그리고 물론, 그럴 리 없겠지만, 혹 누군가 자신을 주목하지는 않는가 대로 주변을 훑었다.

웃을 일까지 뭐람.

"사랑해……. 사랑해……. 사랑해……."

속삭이는 여자의 목소리가 아직도 귓전에 들리는 것 같다. 해준은 자꾸만 풀어지는 표정을 단속하려 애썼다. 하마터면 나도 그리 싫은 건 아니라고 말할 뻔했다. 정말로 해서는 안 될 말이다.

"인혁과는 결혼하지 않는다. 네가 최유라와 아무 사이도 아닌 것처럼."

재희는 대구를 보태듯 자신의 말투를 흉내 내어 말했다. 그것이 꽤 귀여웠다는 생각이 들어 해준은 또 웃었다. 싱긋 웃고는 바로 연달아 인상을 쓴다. 의지대로 표정을 조절할 수가 없다. 왜 이러지. 미친놈처럼.

뭔가 가슴속에 목화씨처럼 간질간질한 것이 자라고 있었다. 언제 잃어버렸는지 알 수 없는 조그만 씨앗 같은 것이다. 그것은 때로 숨을 쉴 수도 없을 크기로 벅차게 자라기도 하고 눈부시고 찬란하게 꽃을 피우기도 했었다.

해준은 이런 자신의 변화에 기가 찼다. 도무지 자신의 계획과 의도와는 다르지 않은가.

해준은 다시 종전의 결심을 공고히 하려고 애썼다. 믿지 말 것, 만나지 말 것, 생각도 하지 말 것, 미워할 것. 그러나 멍청한

제 뇌는 왜 그랬던 것인지 벌써 그 결심의 이유조차 잊은 것 같다.

어질러진 집에 여자를 두고 나오면서 해준은 한동안 바로 다시 돌아가야만 할 것 같은 기분에 시달렸다. 습관은 망령처럼 무서웠다. 여자를 제 것이라고 인식했는지 자신의 몸은 발정 난 개처럼 재희에게 반응했다. 마치 언젠가의 데자뷰였다. 이성을 배반하는 본능이라니. 얼어 죽을. 해준은 그저 자신의 건강한 신체를 나무랐다.

벌써 3일째였다. 서로의 몸에 파묻히면 시간은 속절없이 흘렀다.

정신 차려! 그러나 무엇을? 왜?

아마 주치의와의 약속이 아니었다면 아직도 여자의 살에 자신을 파묻고 있었을지도 모를 일이다. 그것을 생각하자 아찔해진다. 넋 나간 자신을 말리고 싶었다.

그렇게 당하고도 아직 정신을 못 차렸군.

해준은 절레절레 머리를 흔들었다. 그리고 절대로 웃지 않을 요량으로 어금니에 힘을 주었다. 그러나 사랑⋯⋯했었다. 정말로 그랬던 적이 있었다.

＊　　　＊　　　＊

해준이 돌아간 집을 치우면서 재희는 콧노래를 부르고 있었다. 처음에는 자신도 그것을 의식하지 못했다. 어딘가 멀리서 기분 좋은 음악 소리가 들리는 것쯤으로 생각했을 따름이다. 그러다 그 노래의 출처가 자신이라는 것을 깨닫고 재희는 소스라치게 놀랐다. 커다란 화장거울 안으로 비치는 여자가 몹시 행복해 보이는 표정으로 청소를 하고 있는 것이 아닌가. 그것은 자신이었다. 볼은 생기 있는 핑크빛이었다.

살아 있다!

재희는 조르르 거울 앞으로 달려가 얼굴을 확인했다. 틀림없이 복숭아 같은 분홍색이다. 두근두근. 심장의 박동이 기분 좋게 느껴졌다.

이제껏 시체와 같이 무표정하고 창백했던 얼굴은 마치 다시 살아난 자의 그것처럼 밝고, 생기가 있었다. 부활한 흡혈귀를 대면하는 것처럼 거울 속 자신이 신기해 보인다.

해준을 되찾을 수 있다는 그런 확신이 들었다. 그는 아직 예전의 해준이었다. 그 단단하고 무서운 외피의 어딘가에 자신의 이해준이 들어 있었다. 재희는 그것을 보았고, 느꼈고, 만질 수도 있었다.

그는 거기, 어딘가에 들어 있었다. 잔뜩 불신에 가득한 빛을 하고, 하지만 여전히 아름다운 눈동자로.

살고 싶다. 살고 싶다. 해준을 갖고 싶다. 그리고 그의 아이. 그것은 다시없을 삶의 강렬한 욕구였다. 살고, 살아가고, 생명을 다시 되찾고 싶었다. 아아, 아직도 얼마나 그를 사랑하고 있는가. 언제나처럼. 영원히.

❋　　　❋　　　❋

생제르망의 제휴 호텔에는 HS 일가를 위한 집무실이 상시 마련되어 있었다. 최상층의 스위트룸이었다.

불빛이 섬멸하는 야경을 바라보며 인혁은 얼음을 넣은 위스키 잔으로 입술을 축였다. 일부러 높은 도수로 주문한 최상품이다.

인혁은 한 시간 반 전 팩스로 받아 본 서류를 떠올린다. 입안이 쓰고 식도가 불타는 느낌을 그는 무표정하게 받아들였다. 이해준이라······.

삐빅. 삐비빅. 다시 한 장의 팩스가 날아들었다. 인혁은 잔을 들이켜면서 종이의 내용을 훑었다. 추가로 주문한 검토 사항을 확인하면서 인혁은 생각에 잠겼다.

왜 진작 재희의 과거를 캐지 않았던가, 자신에 대한 의문이 들었다. 아마도 지나친 자기 확신이 부른 자만이었을 것이다. 일전 오피스텔에서 그를 발견했을 때도 어딘가 석연치 않은 기분을 느꼈었다. 그와는 하등 관련이 없을 장소로 여긴 탓이다. 설마 아직까지 연관이 있었던 건가.

이번만큼은 자존심에 상처를 입었다. 인혁은 그것을 인정하지 않을 수 없었다.

벌써 이것으로 세 번째 녹다운이다. 언제나 여자에게는 KO패만 하고 있는 느낌이 들었다. 이제 자신은 유명세뿐인 후계자도, 상처 입은 약골의 모범생도 아니었다. 어느 누구도 쉽게 얕보지 못할 만큼의 재력과 권력을 가진 군생의 지배자였다. 인혁은 무얼 먹을지 고민하는 사람처럼 서류의 사진을 툭툭 건드렸다. 그리고 전화기를 들었다.

서울은 아직 새벽일 것이다. 잠에서 덜 깬 목소리의 여자가 전화를 받았다.

"이해준……이었나요? 그만두자던 이유."

chapter 7
폭우

공항 쪽 호텔로 향하는 리무진 안에서 재희는 연신 이마의 땀을 닦았다. 어찌나 얼굴을 세게 문질렀는지 피부가 빨갛게 달아올라 부풀었을 정도다.

"어디, 편찮으십니까?"

백미러로 재희의 상태를 확인하며 김 실장이 물었다.

"아니요. 괜찮아요."

거울 속 자신을 살피는 눈과 마주치자 재희는 차창으로 고개를 돌렸다. 상냥해 보이지만 어디까지나 인혁의 하수인이다. 조심해야 해.

재희는 며칠 전 인혁과의 통화를 떠올렸다. 이해준에게 앞으로 무슨 일이 생길 것 같냐고, 인혁은 자신의 의중을 떠보듯이 물었다.

단지 해준의 이름, 그리고 그 정도의 언급만으로도 재희는 자리에서 기절해 쓰러질 지경이었다. 인혁이 묻는 의도를 알 것 같았기 때문이다. 그게 대체 무슨 말이냐고 여러 번 되묻는 질문에도 인혁은 피식거리는 웃음소리를 흘릴 뿐 긴말을 잇지 않았다.

그러자 도리어 안달이 나는 것은 이쪽이었다. 무슨 말인지 모르겠으니 만나자고, 이제껏 한 번도 먼저 청한 적이 없는 데이트 신청을 했다.

해준을 지켜야 한다. 그것은 재희 자신에게 일종의 절대 명제와 같은 것이었다. 절대로 누구도 해준을 다치게 해서는 안 된다. 그를 지키는 것이 곧 자신이 사는 길이었다.

아무도 이해준을 건드릴 수 없다. 그가 피해 보는 일이 생겨서는 절대로 안 돼. 이제야 겨우 되찾을 수 있다고 생각했는데. 이제야 겨우 찾았다고 생각했는데! 내 사랑. 내 생명. 나의 준을!

재희는 도저히 인혁의 의도를 알 수 없는 불안으로 안절부절 못했다. 돈을 만지는 부류들이 제 뜻을 관철시키기 위해서 어디까지 사람을 몰아붙일 수 있는지는 누구보다도 재희 자신이 가장 잘 알고 있었다. 그리고 제발 인혁이 그런 뜻으로 해준의 이름을 입에 올린 것이 아니었기만을 간절히 빌 뿐이었다.

"몸이 안 좋으시면 가까운 병원에라도 들르시겠습니까."

"아니에요. 괜찮아요."

고작해야 인혁의 부름을 받고 그녀를 데리러 온 비서다. 그렇게 쫄 것 없다고, 재희는 자신을 달랬지만 속을 읽힐 것 같은 기분에 백미러로 보이는 눈을 마주칠 수가 없었다. 여전히 잠깐씩 자신을 살피는 시선이 느껴진다.

"몸조심……하십시오."

"……?"

영문 모를 말에 재희는 저도 모르게 앞쪽으로 고개를 돌렸다. 뒷좌석에서는 그저 그의 뒷모습 한 면이 보일 뿐이다. 항시 검은 양복 차림의 키가 큰 남자. 인혁의 심부름을 하는 비서실의 실장. 이름도 얼굴도, 자세히는 알지 못했다.

"사장님 심기가 많이 불편하십니다."

"아……."

등줄기로 땀이 흘렀다. 네. 재희는 애써 어색한 미소를 만들며 대답했다. 오싹한 기운에 침을 삼켜 타는 목을 달랬다. 하지만 누가 뭐라고 해도 해준을 지킬 것이다.

"긴 시간 비행하느라 힘들었지? 고생했어."

"빨리 왔네요. 길 안 막혔어요?"

인혁은 로비의 카페에서 재희를 기다리고 있었다. 다행히 재희는 마음에도 없는 상냥한 태도를 꾸며 낼 수가 있었다. 위기 상황이 되면 누구나 초인적인 힘을 발휘하게 되는 모양이었다. 인혁이 읽고 있던 문고판을 내리고 한쪽 입술을 끌어올리며 웃었다.

"드세요. 재희 씨. 여기 호텔 커피 맛있어요."

"……응. 금방 또 가 봐야 된다며."

한동안 인혁은 말없이 앞에 놓인 에스프레소를 마시기만 했다. 심지어 재희에게는 시선을 주지도 않았다. 그저 이 원두의

향을 음미하겠다는 여유로운 동작이자 얼굴이었다. 꽤 오래 재희는 기다렸다. 주위를 둘러본다. 평일 낮의 호텔 로비는 가방을 잔뜩 짊어진 외국인 무리를 제외하면 한산한 편이었다. 멀찍이 그들의 소음에 귀를 기울이며 재희도 인혁도 누군가 먼저 말을 꺼내기를 기다렸다.

"그런데…… 무슨 얘기야. 이해준이라니?"

결국 침묵의 전쟁에서는 인혁의 승리였다. 목마른 자가 우물을 팔 수밖에. 인혁은 그럴 줄 알았다는 듯이 미소를 짓고 긴 손을 받쳐 작은 잔을 내려놓는다.

"궁금해요?"

"아니 뭐…… 갑자기 전화로 그런 얘기를 하니까."

"다 아는 얘기면서……."

재희는 다시 등골이 오싹해져 왔다. 확실히 인혁에게는 어딘가 자신을 두렵게 하는 면이 있었다. 남을 지배하는 자들이 보이는 특유의 위압감과 같은 것이다. 아버지의 압력이라고 하면 진절머리 나게 그것에 대항해 발버둥 쳐 본 적이 있다. 자득은 그것을 사랑과 관심이라고 불렀다.

"무슨 말인데."

재희는 모르겠다는 웃음을 웃었다. 그 표정을 보고 인혁도 역시 웃었다.

"긴말은 하지 않을게요. 지루해지니까. 그냥 그렇다고 하면 앞으로 재희 씨 행동이 달라질까……."

"그게 무슨 말이야."

"앞으로 무슨 일이 생길지, 전혀 예측이 안 돼요?"

"대체 이해준 선수가 나랑 무슨 상관이라는 거야."

"곧 또 비행이 있어요. 모르는 척하는 거 진짜 재미없네요. 피곤하고."

질린다는 인혁의 불쾌한 말투에 재희는 잡아떼겠다던 첫 시도 자체를 버렸다. 따라서 얼굴이 진지해졌다.

"무슨 말인지 모르겠지만 이해준이랑 나랑은 아무 사이도 아니야. 어디서 무슨 이상한 얘기를 들은 거야?"

"……내 자존심은 생각보다 비싸요. 재희 씨."

인혁은 끝끝내 미소를 띤 점잖은 얼굴이었다. 그 말이 품은 뜻을 상쇄할 만큼 기품이 있었다. 멀리서 본다면 상당히 교양 있는 주제의 대화를 나누겠거니 생각될 만큼 부드러운 어조와 태도로 그는 해준의 앞날을 망치겠다는 말을 하고 있었다. 재희는 안타깝게 할 말을 찾았다. 그리고 이제야 문제의 본질을 깨달았다. 문제는 겨우 자신 따위가 인혁을 거절한 데에 있었다.

내가 바위를 공격한 셈이 됐구나.

그는 화를 풀 대상을 찾는 것이다. 이것은 사랑이 아니다. 이런 게 사랑일 리가 없다. 순간이나마 인혁의 소유욕을 사랑이라고 착각했다니. 이것은 고집이고 아집이다. 사랑이 아닌 집착. 그러나 인혁은 세상의 어떤 여자라도 고를 수가 있는 남자였다. 대체 왜? 어째서 나를? 인혁은 마치 새 장난감을 빼앗긴 아이처럼 굴고 있었다.

"그날은 내가 미안했어……. 그런데 해준 선수 앞날이 대체 나랑 무슨 상관이 있어? 그것보다……."

"이해준의 아이……였잖습니까? 어쩌다가 만났던 남자가 아니라."

"……!"

어깻죽지에 칼을 맞은 것 같았다. 눈물이 핑 돌 만큼 심장이
아팠다. 잃어버린 준의 이야기다. 인혁이 병원에 찾아왔었다. 몇
번이고 죽으려고 할 때였다. 그러나 재희는 턱을 악물고 울음을
참았다. 그보다 인혁을 달래는 일이 급선무였다. 아파하는 것은
나중 이야기다.

"지난 일이라……. 이제는 정말로 모르는 사이나 마찬가지야."

오, 하는 얼굴로 인혁이 말했다.

"만났다는 걸 알고 있는데요?"

인혁은 이미 제 말은 듣고 있지도 않았다. 자신의 대답이 어
떻든지 그는 벌써 마음을 정한 것처럼 보인다.

"서로 아는 체하지 말자는 얘길 했지. 불편하니까."

도청하지 않은 한 둘 사이의 대화 내용까지 알지는 못할 것
이다. 어떻게든 인혁의 마음을 돌리지 않으면……. 재희는 수를
두었다.

"그 말을 믿을 거라고 생각하는 건가요?"

"대체 네가 그딴 애를 왜 신경 써? 너한테 댈 게 아닌데."

"이해준을 위해서 거짓말을 하는 게 아니라?"

"그날은 내가 정말…… 미안했어. 인혁아. 내가 너무 갑작스
러워서 헛소리를 했나 봐. 기분 많이 상했지? 이해준이니 뭐니,
이제 그런 시시한 얘긴 그만하고 우리 결혼식 얘기나 하는 게
어떨까?"

인혁은 남아 있던 잔을 들어 깨끗이 검은 액체를 비웠다. 입

이 쓴지 설탕함에서 각설탕 하나를 꺼내 입에 넣는다. 혀로 설탕을 굴렸다. 재희는 애절한 표정으로 인혁의 시선을 끌었다. 그러거나 말거나 인혁은 동요하는 얼굴이 아니다.

"약혼은 취소하자는 것 아니었나요?"

"무슨 소리야. 그냥 여자들 변덕 같은 거. 그런 건데. 정말 미안해. 그날은 내가 뭐가 씌었었나 봐. 다시는 그럴 일 없을 거야. 어떻게 하면 화가 풀리겠어? 그날 내가 정말 미쳤었나?"

재희는 가능한 많이 웃었다. 양쪽으로 찢어진 입이 마귀처럼 보일 것이라는 상상을 했다. 재희 자신이 생각해도 엉성하고 믿기지 않을 변명이었다.

하지만 무턱대고 우기는 것 외에는 다른 방법이 없었다. 자신과 해준은 아무 사이가 아니라고. 너를 거절한 것은 해준 때문이 아니라고. 네가 이해준에게 관심을 가질 아무런 이유가 없다고.

인혁이 믿거나 말거나 그것과는 별개로, 시간을 끌 구실이 필요했다. 묘안이 생각날 때까지 인혁의 손을 묶어 두는 방법.

"그러니까…… 재희 씨랑 이해준이랑은 이제 아무 상관이 없다, 그거군요?"

"그래. 그 사람한테 니가 왜 그렇게까지 관심을 가지는지. 그딴 축구 선수 따위 알 게 뭐야. 설사 만에 하나 무슨 일이 있다고 쳐도 너같이 대단한 사람이 신경 쓸 이유가 전혀 없잖아."

인혁은 까끌거리는 눈을 깜빡이는 채로 열심인 재희의 토로를 들었다. 그간 잠을 제대로 자지 못해 매우 피곤했다. 그저 애쓰는 재희의 노고를 치하하고 싶은 기분이었다.

"그렇군요."

"응?"

"우선은 그렇다고 해 두죠."

✳　　　✳　　　✳

새벽 일찍 도착한 조간을 펼치고 재희는 그만 바닥에 주저앉았다. 스포츠 1면은 자신의 발악이 무색하게도 해준의 기사로 도배되어 있었다. 도박, 폭행, 강간. 해준을 성폭행으로 고소한다는 여자의 사진이 있었다. 눈을 가린 모습이었다. 지방의 카지노에서 일하는 딜러라고 했다. 불같은 해준의 성미에 관한 증언과 구타당한 흔적의 사진이 악의적으로 편집되어 실려 있었다. 이 일련의 불명예스러운 일로 인해 해준이 대표팀과 헌터스에서 퇴출될 것이라는 의견이 뒤따랐다. 엉망이 된 얼굴로 재희는 머리를 싸안고 고개를 숙였다. 저절로 눈물이 흘렀다. 그의 난삽한 기사 같은 건 단 한 줄도 믿지 않는다. 기어코 해준을 건드리다니. 아무 상관이 없다는 자신의 말을 인혁은 콧등으로도 듣지 않은 것이 분명했다.

맙소사. 뭘 어쩌면…… 돌아간다고만 하면 정말로 모든 게 없던 일이 되는 건가.

하늘이 무너지는 것 같았다.

✳　　　✳　　　✳

간만의 출전에서 감독은 해준에게 당분간 더 쉬어 줄 것을 요구했다. 해준에게는 아예 볼을 만져 볼 기회도 없었다. 그러나 해준은 여론과 인기에 신경 쓰지 않을 수 없는 감독의 입장을 이해했다.

해준은 경기 내내 벤치 히터 노릇을 하고 시합이 종료되자마자 순식간에 버스에 올라탔다. 경호원들이 주차장까지 깍지를 끼고 서서 선수들을 보호했다. 홍보팀이 안보에 만전을 기한 탓인지 다행히 라커룸까지 기자 떼가 밀어닥치는 사태는 피할 수 있었다.

부상으로 인한 결장에 루머로 인한 휴가까지. 이번 시즌은 운도 참 더럽게 없다고 생각하면서 해준은 모자란 잠을 청했다. 기자들이란 정말이지 귀찮은 존재였다. 숙소와 집까지 찾아와 극성을 부리는 바람에 전날은 석환의 신혼집 신세를 질 수밖에 없었다. 호텔로 가는 버스 안에서 해준은 얼굴에 모자를 덮어 썼다. 그 옆에 석환이 못마땅하게 앉았다. 지나치게 무심해 보이는 해준을 닦달했다.

"너 임마. 어쩔 건데 그래서."

"어쩌긴 뭘 어째. 얼굴도 모르는 여잔데."

해준은 매우 귀찮다는 말투로 옆에 앉은 석환의 말에 응대하고 있었다.

"얼굴도 모르는 여자가 갑자기 미쳤다고 고소를 한대? 방법을 생각해야지. 어쩔 건지."

"진짜로 미쳤나 보지. 내가 결백한데 별일이 있겠냐? 나 잔다."

해준은 팔짱까지 끼고 진짜로 잠을 청하려는 자세다. 옆에 앉은 석환이 바가지 긁는 마누라처럼 해준의 팔을 잡고 흔들어 그를 깨웠다.

　"쌍. 그게 말이 되냐고! 너 진짜로. 진짜로 진짜. 아무 상관이 없는 거냐? 그럼 도박이니, 룸살롱이니 하는 건 다 뭔데! 저 많은 기자들은 다 어쩔 거고! 새끼야."

　"몰라! 모른다고!"

　결국 해준이 화를 내며 벌떡 일어났다. 잠자긴 다 틀렸다 싶다. 큰 소리를 낸 덕분에 차 안의 선수들이 해준의 쪽을 돌아보았다. 팀원들은 때 아닌 기자들의 극성에 불평하기보다 난데없는 사건에 휘말린 해준을 동정하는 분위기였다. 소속팀 인기 1위의 위업, 그동안 쌓아 놓은 명예와 부를 한순간에 날려 버리게 생겼으니 누구도 그에게 섣불리 무슨 말을 보태지 못했다.

　"와……. 무슨 데모하냐."

　골키퍼인 재수였다. 꼼짝도 않는 차창 밖을 보다가 한마디 던졌다. 닫힌 입구를 가로막는 것은 방송 차량과 기자들, 어디서 나타났는지 알 수 없는 시위대. 그리고 휩쓸린 수많은 구경꾼들이었다.

　"아오, 씨발!"

　해준이 답답한 얼굴로 모자를 바닥에 내팽개쳤다. 열이 뻗치는지 입고 있던 팀 점퍼를 마구잡이로 벗어 팽개쳤다. 경기장 입구에 인산인해를 이룬 사람들의 모습이 보인다. 입구가 봉쇄되자 출차가 어려운 차량들이 우회하고 있었다.

　"하루아침에 날벼락이지. 뭔 일인지 몰라. 갑자기."

"너 진짜, 진짜로 모르는 일이지."

"머리에 총 맞았냐. 새끼야. 애초에 그런 데 갈 시간이 있냐?"

해준의 어이없다는 얼굴에는 진심이 서려 있었다. 석환은 기본적으로 해준을 믿었다. 그는 거짓말을 하지 않는 사람이다. 아아아, 그럼 뭐야. 씨바알. 제가 더욱 열이 받는다는 듯 석환도 모자를 내팽개치고 다시 자리에 앉았다. 머리를 쥐어짜며 머리카락을 헝클어뜨린다.

"꽃뱀이 돈 때문에 사기 치는 건가. 니 몸값 낮추자는 음모가 있나?"

"설마 멀쩡한 사람을 범죄자 만들면서까지 그런 짓 하겠어?"

동료인 재수가 한마디 거들자 석환이 버럭 신경질을 냈다.

"뭐야? 야, 이 미친 새끼야. 그럼 너는 해준이가 진짜로 그랬단 거냐?"

"아, 누가 그렇대. 그 정도로 말이 안 된단 얘기지."

재수의 멱살을 잡고 일어선 석환이 버스가 방향을 틀자 기우뚱 몸의 균형을 잃었다. 멱살을 풀자 해준이 재수의 어깨를 툭툭 친다.

"기분 나빴으면 미안하다."

"아냐. 야, 앉아라. 앉아. 아, 씨발. 진짜 뭔 일이야. 사람 가지도 못하게."

해준은 답답한 얼굴로 창가를 훑었다. 폭발 사고라도 난 곳처럼 경기장 앞은 엉망이었다. 취재하려는 인파와 막아서는 경호원들. 팬들과 구경꾼들로 모자라서 해준의 방출을 촉구하는 피켓을 든 여성 단체까지 등장해 있었다.

바리케이드 뒤에서 선수 차량을 향해 사람들이 소리를 지르고 있었다.

"이거 도저히 못 나가겠는데."

창에 붙어 밖을 응시하던 석환도 혀를 내두르며 고개를 저었다. 인상을 쓰고 사람들을 보던 해준이 말했다.

"야, 남석환. 니 차 어디다 뒀지?"

그리고 그 인파 중에는 재희도 있었다. 어쨌거나 홍보팀의 프런트로 있는 이상 자신에게도 문제 해결의 책임이 있었다. 가능한 경기장 안으로 기자들의 출입을 막고 해준의 퇴출을 요구하는 시위대의 접근을 막았다. 전면 통제 덕에 선수들로의 직접적인 접근은 막았으나 경기장 앞은 무방비한 공공장소였다. 인력으로 밀고 들어오는 데에 몇 안 되는 경호 인력만으로는 속수무책이었다. 곳곳에서 육탄전이 벌어지고 있었다.

"어? 저기! 저기! 버스! 버스!"

"가시면 안 됩니다. 저기요! 가시면."

"저기 이해준 차다!"

"거기 서요! 서라고!"

휘익휙 공중을 때리는 호루라기 소리가 미친 듯 울렸다. 명찰을 걸고 정장을 입은 경호원들이 달리는 기자들을 막으며 소리쳤다. 그러나 헌터스의 버스가 나타나자 보호 라인은 둑이 무너지듯이 무너져 내렸다. 그들을 막다가 앗! 하는 사이에 누군가의 발에 걸려 재희가 넘어졌다. 사람들이 엎어진 재희의 몸을 바닥인 양 밟고 지나간다. 하마터면 무리에 깔려 압사당할 뻔한 것을 옆의 직원이 끌어당겨 일으켰다. 몸의 먼지를 털고 재희는 통증으로 죽을상을 지었다. 등에는 구둣발이 찍히고 무릎이 까지고 코피가 터졌다. 손수건을 꺼내 코와 입을 가리고 재희는 뒷목을 쥐었다. 뼈를 밟힌 통증이 상당했다.

차량에 득달같이 달려든 인파의 뒤에서 재희는 안타까운 시선을 던졌다. 파란색 헌터스 차량의 뒤로 해준의 흰색 페라리가 보인다. 기자를 피해 해준은 자신의 차를 사용할 생각인 듯 했으나 이미 개미 떼처럼 사방을 에워싸이고 있었다.

이딴 저질스런 방식을 쓰다니……. 최악이다. 재희는 인혁을 저주하고 또 저주했다. 언젠가 그를 혹시 좋은 사람일지도 모른다고 생각했던 제 뺨을 호되게 치고 싶은 생각이 들었다. 저더러 죽으라면 죽을 수도 있다. 하지만 해준이라니. 해준만은 안 된다. 해준을 건드리는 건 누구든 용서 안 해. 똑같이 갚아 줄 거야.

재희는 치를 떨었다. 미움과 분노로 눈이 붉어졌다. 작금의 공황 상태가 인혁이 벌인 일이라는 사실에는 털끝만큼의 의심도 없었다. 심지어 퇴출 운동을 하는 시위대조차도 돈에 불려 온 사람들이었다. 몸으로 그네들을 막아서는 동안 시간당 얼마라느니 하는 소리를 들었던 것이다. 목적을 위해서는 수단과 방법을 가리지 않는 인혁에게 재희는 인간이 할 수 있는 최대치의 증오를 퍼부었다.

돈으로 사람을 살 수 있다고 믿는 제 아비와 전혀 다를 것이 없는 종자. 거기에는 마음은 없고 욕구만 있었다. 퇴로를 틀어 쥐면 마음까지 움켜쥘 수 있다고 믿는 것은 아예 처음부터 틀린

답이다. 그는 진짜 사랑 같은 건 전혀 알지 못한다. 사랑을 위해서 파괴하는 것이 아니라 사랑을 위해서 지킨다는 것. 그것이 인혁과 자신의 다른 점이었다. 이렇게까지 해야 했었나.

"뭐해요. 타요!"

"뭐…… 해준!"

그는 모자와 마스크를 쓴 트레이닝복 차림이었지만 재희는 한눈에 그를 알아보았다. 소리를 지르려다 들릴까 싶어 소스라치며 입을 막았다.

"타요!"

짧게 소리를 지르고 해준은 선팅된 차창을 다시 올렸다. 귀신처럼 나타났구나 싶어 재희는 눈을 껌뻑거리며 저 앞의 버스와 해준의 차를 번갈아 응시했다. 아직도 앞쪽 버스와 스포츠카에 사람들이 벌떼처럼 붙어 있었다. 그 덕에 주변이 오히려 허전하게 느껴질 정도였다. 생각할 겨를도 없이 차에 올라탔다. 오르고 보니 처음 보는 승용차였다. 쾅. 문이 닫히자마자 바로 자동차가 달리기 시작했다. 후문을 향한다. 다른 이들이 버스와 그 뒤로 급등장한 해준의 차량에 눈속임당할 동안이었다.

"어, 어떻게. 니 차는 저기에 있는데?"

"석환이에요."

"어?"

"석환이라구요. 저거. 그것보다 대체 어떻게 된 겁니까?"

"아…….."

재희는 무력한 안쓰러움으로 눈을 내렸다. 그에 대한 미안함으로 벌써부터 울 것 같았으나 가능한 참았다. 눈물을 흘리는

대신 허둥지둥 어깨에 걸렸던 크로스백을 뒤졌다. 엄숙하게 해
준에게 오른손을 건넨다.

"자."

"뭐예요, 이게?"

운전대를 잡고 지그재그로 곡예 운전을 하던 해준이 곁눈으
로 재희의 손을 재빨리 응시했다. 손에 들린 것은 파란색의 통
장과 도장이다.

"잠잠할 때까지 당분간 해외에라도 가 있어. 그러고 나면."

"······그게 무슨 말이에요. 왜 거기 서 있었냐구요. 위험하
게."

"아, 기자들이 어떻게든 취재를 강행하려고 했어. 어디서 왔
는지 시위대까지 겹쳐 있어서······."

해준은 인상을 쓰면서 이번에는 재희의 얼굴을 보았다.

"거기서 댁이 할 수 있는 게 뭐가 있다고 그러고 있어요!"

"어떻게든 막아야······."

"그거 혹시 코피 아니에요?"

"아······."

아까 터진 자리다. 확실히 다시 피가 흐르는 느낌이 들었다.
재희는 코를 막고 목을 들었다. 가르르. 목으로 피가 넘어가는
소리가 들린다. 그것을 보고 해준이 혀를 차며 화난 목소리로
말했다.

"그러니까 위험하게 왜 거기 있냐구요. 미친 거 아니에요? 그
런 사람들 무식하고 앞뒤 안 보는 거 모릅니까?"

"어, 미안."

어쩐지 화가 난 듯한 해준에 재희는 우선 무턱대고 사과부터 했다.

"어디 휴지가 있을 건데."

"아, 아냐. 손수건 있어."

재희는 핸드백을 뒤져 이미 피로 더러워진 손수건을 꺼냈다. 대충 코피를 닦고 주위를 둘러보니 어느덧 차는 재래시장을 벗어나 대교를 향해 달리고 있었다.

"그리고. 아까 뭐라고요?"

해준은 재희가 내밀었던 기어 앞에 놓인 통장과 도장을 의아하게 쳐다본다. 손수건으로 코를 막은 채 재희가 말을 꺼냈다. 단호한 어투다.

"당분간 해외라도 가 있으라고. 미국도 좋고, 유럽도 좋아. 뒷일은 내가 어떻게든 알아서 할게."

"······?"

"우선 고소한 여자부터 찾을 거야. 지금 다들 그 여자 말만 듣고 기사를 쓰고 있지만, 증인도 증거도 없어. 사실이 아니라는 걸 곧 모두 알게 될 거야. 그리고 나서 허위 기사를 쓴 기자를······."

"당신이 신경 쓸 일 아닙니다. 내 일은 내가 알아서 해요."

"그냥 놔두면 계속 네 이미지에 타격이 올 거야. 더 이상 너, 설 자리가 없어지게 될지도 모른다고. 그러니까 잠깐이라도 자리를 피해 두는 게."

"······정인혁이 시켰습니까?"

"······!"

재희는 아무 말도 하지 못했다. 그게 아니야. 그게 아니라 실은 그 반대다. 그러나 이 모든 일이 그 정인혁이 꾸민 일이라고는, 해준에게 차마 말하지 못했다. 아무리 해도 좋은 결론이 나지 않을 것이 불 보듯 뻔했기 때문이다. 해준은 인혁에 대항하지 못한다. 인혁과 인혁을 둘러싼 HS라는 거물은 철옹성의 거인처럼 무적의 집단이었다. 해준의 젊은 객기는 그저 문제를 크게 만들 뿐일 것이다. 재희는 얼버무렸다.

"아니야, 그건. 내가 독단적으로. 어쨌거나 홍보팀 대표니까."

잠깐 뭔가 생각하던 해준이 곧 말을 이었다.

"나는 아무 짓도 하지 않았습니다."

"……알아."

"……."

그리고 대화가 끊겼다. 차는 계속 강변을 따라 달렸다. 재희는 강을 보고 있었다. 해준은 계속 어떤 생각에 빠져 있는 듯했다. 그때 해준이 들고 있던 석환의 전화가 울렸다.

"어, 그래. 알았다. 고마워."

상대편은 두다다 할 말이 많은 듯했지만 해준은 몇 마디의 감사 인사로 전화를 끊었다. 재희는 운전하는 해준의 옆얼굴을 계속해서 살폈다. 이렇게 큰일이 생겼는데도 그는 평소와 다를 바 없는 편안한 얼굴을 하고 있다. 재희는 정말로 그것이 신기했다.

"친구? 누구. 석환 선수?"

"네. 현장은 대충 마무리됐다는군요."

"좋은 친구를 뒀네."

"쓸 만한 놈이긴 하죠."

차는 정처 없이 대로를 따라 달렸다. 상황을 보다가 재희는 다시 해준을 설득하기 시작했다.

"그러니까 빨리 수습하지 않으면 점점 악화될지도 몰라. 한 번 추락한 명성은 쉽게 다시 주워 담을 수 없어. 어떻게 여기까지 왔는데. 그걸 바라는 건 아니잖아. 그러니까 잠시 해외에라도 가 있으면."

"……."

"뒷일은 내가 어떻게든 할게. 진짜야. 사람들이 너 손대게 안 해. 어떻게든 못 하게 할 거야. 진짜야. 믿어도 돼. 내가 대신 죽는 한이 있더라도……."

그러나 해준은 대답이 없었다. 대신 피식피식 웃기만 했다.

"있잖아. 이해준. 니가 지금 상황의 심각성을 파악 못 한 모양인데."

"바다 보러 갈래요?"

"……?"

"보고 싶어요. 바다."

✳　　　✳　　　✳

사실 그래서는 안 되는 거였다. 이미 해준의 차에 올라탄 것 자체가 모험이고 도박이었다. 어디서 인혁의 수행원들이 도사리고 지켜보고 있을지 모르는데 해준을 따라 드라이브라니, 여행이라니. 그렇지만 재희는 그 달콤한 유혹을 참을 수가 없었다.

어쩌면 정말로 이것이 해준을 보는 마지막이 될지 모른다, 는 생각이 해준을 혼자 보내는 일을 저어하게 만들었다.

마치 밀월여행을 하는 사람들처럼, 두 사람은 강원도의 폐장된 해수욕장 어디로 숨어들었다. 폐쇄 직전의 썰렁하고 조용한 바닷가는 당연하리만치 아무도 없었다. 모자를 쓰고 마스크를 쓴 채로 해준은 근처의 매점에서 라면과 소주, 그리고 낚시에 필요한 물품들을 샀다. 위험하지 않겠냐는 질문에 '이렇게 하고 다니면 아무도 몰라볼 거예요'라고 해준이 말했다.

어딜 봐도 이해준인데…….

재희는 뇌까렸으나 그저 그가 하는 대로 두었다. 낚싯대를 방조제에 걸쳐 놓고 잡히지도 않는 고기를 하염없이 기다리면서 해준은 일상적인 대화를 했다. 바람이 습하니 비가 올 것 같다거나, 고기가 안 잡히니 하는 따위의 말이었다. 재희는 맞장구를 치고 대꾸를 하며 마음껏 그의 얼굴을 감상했다. 종이컵에 소주를 따라 마셨다. 안주는 말라빠진 멸치였다. 꼬부라져 퀴퀴한 냄새를 풍기는 그것은 이미 망해 쓰러져 가는 민박집의 매점에서 공수한 것이다. 그 대가리를 들고 좋다고 웃다가 재희가 말했다.

"아, 옛날 생각난다."

"……."

그 말에 물을 보고 앉았던 해준이 재희의 얼굴로 시선을 돌렸다. 애상에 잠긴 눈. 재희는 가슴이 덜컥 내려앉았다. 내가 이상한 소릴 했나. 해준은 지금 안 그래도 고민이 많을 텐데. 재희는 눈을 깔고 대화의 주제를 바꾼다.

"있지. 아까 한 말은 진심이야."

"뭐가요."

"너 아무도 못 건드리게 하겠다고. 차라리 내가 죽는 한이 있어도 너를 다치게는 안 하겠다고 했던 말."

"……지금 여기 누가 드라마 써요?"

해준은 한결같이 시크한 말투였다. 진짠데……. 재희가 투덜거리자 해준이 무릎에 올린 팔꿈치에 고개를 기대며 자세를 바꾼다. 얼굴은 여전히 재희 쪽을 향한 채다.

"아까도 말했잖아. 우선 해외에 좀 가 있어. 아무리 타락한 기자라도 없는 얘길 평생 지어 낼 수는 없을 거야. 그러고 나면……. 아?"

갑자기 와 닿는 입술에 재희는 깜짝 놀랐다. 붙었다 떨어진 것은 틀림없는 해준의 입술이다. 축축하고, 따뜻했다. 재희는 멍한 얼굴로 입술을 만졌다. 해준은 아무렇지 않은 얼굴로 자신을 보고 있었다.

"그래서요."

"……."

"그래서요?"

입술을 만지던 손가락을 내리고 재희는 입을 다물었다. 느긋한 눈으로 자신을 올려다보는 해준의 눈길에 가슴이 몹시 설레었다. 너를 지킬 거야.

"……사랑해."

"알아요."

거짓말처럼 비가 내렸다. 때 아닌 가을 소나기였다.

"어? 비다."

머리부터 속옷까지 푹신하게 물에 젖는다. 갑자기 퍼붓는 비에 미처 소지품을 챙길 정신도 없이 두 사람은 지나온 근처의 민박으로 향했다. 해준이 부리나케 재희의 손을 잡아끌고 뛰었다. 선잠에 빠졌던 주인 남자가 연신 하품을 하며 뒷방의 열쇠를 내준다. 뒷방이래야 매점과 벽 하나 사이다. 겨우 티비 하나가 딸린 조그만 방이었다. 방에 도착하자마자 정신없이 서로의 옷을 벗기기 시작했다. 축축한 몸에 착 달라붙었던 천이 힘겹게 떨어졌다.

"소리가 울릴 거예요. 가능한 이걸 물어요."

"아……."

해준이 머리 위로 무겁게 젖은 후드를 벗어 던지며 말했다. 물을 짜낸 회색 소매를 재희의 입에 물렸다. 어두운 불빛에 드러나는 탄탄한 등허리를 안으며 재희는 해준을 올려다보았다. 맨 가슴이 마주 닿자 해준 역시 안기는 재희를 내려다본다.

"사랑해. 해준아. 무슨 일이 있어도 널 다치게 놔두지 않을 거야."

"……쫑알대지 말아요."

해준이 드러난 재희의 어깨에 입술을 맞추며 말했다. 왜인지 재희는 울었다.

"진짜야. 믿어도 돼. 사랑해. 너뿐이야. 너한테 다 줄게. 내 목숨 같은 건, 그냥 너한테 줄게."

"그러니까. 그냥, 집중하라구요."

해준이 이번에는 손으로 재희의 입을 막았다. 빗물에서 건져 낸 미끈한 신체가 겹쳐진다. 아, 하는 짧은 신음성이 울렸다. 머리와 몸에서 떨어진 물방울들이 바닥으로 고였다.

"해준아······."

"그 이상 귀엽게 굴면 내일 걷지도 못하게 될 거예요."

그건 사랑이었다. 마치 어딘가에서 본 듯한 꿈이었다. 심장에 물이 차듯 묵직한 아픔이 밀려들었다. 그것을 사랑이라고 했다.

✳　　　✳　　　✳

재희는 불현듯 잠에서 깨어났다. 무언가 기척을 느낀 탓이다. 눈을 뜨자 우두커니 일어나 앉은 해준의 그림자가 보인다. 눈을 비비며 옆자리의 해준에게 물었다.

"뭐해?"

해준은 누운 재희의 손목을 잡고 그것을 보는 체했다.

"그때, 뭐라고 했었죠?"

영문을 몰라 재희는 일어나 앉는다. 이불을 끌어다 가슴을 덮었다.

"무슨 소리야."

어둠 속에서도 해준의 눈은 형형하게 빛나고 있었다. 해준은 맨몸인 채였다. 무뚝뚝한 얼굴로 앉아서 마치 연구할 대상이라는 것처럼 재희의 손을 보고 있다.

"날 잃고 죽으려고 했다고 했었죠. 그때는 곧이듣지 않았습니다만."

"……."

재희는 어슴푸레한 빛에 비치는 해준의 형상을 가만히 응시했다. 조각상처럼 유려한 몸이다.

"진짜라고 하면 믿겠어?"

"가만히 생각해 봤는데. 진짜일 수도 있다는 생각이 들더군요. 내가 워낙에 잘난 놈이라서 말이죠."

재희는 웃었다. 손목을 잡은 해준의 손을 끌어 제 뺨에 가져다 댄다.

"맞아. 니가 잘난 놈이라서 말이지."

손바닥에 소리 나게 입을 맞추자 해준은 정색하며 손을 뺀다. 다시 재희의 손목을 쥐었다. 유심히 보며 묻는다.

"장난치지 말고. 진짜로 말해요. 그 고민하느라 한숨도 못 잤습니다. 전에는 분명히 없었어요. 그사이 대체 무슨 일이 있었던 겁니까. 그냥 다친 흔적으로는 보이지 않는데, 이렇게 할 만한 일이 뭔가 있었던 거예요."

재희는 잠깐 고민에 빠졌다. 어쩌면 해준은 놀랄 수도 있었다. 아니면 화를 낼지도 모른다는 생각이 들었다. 어디까지 얘기해야 할까. 재희는 고민하다 해준의 앞으로 다가앉는다. 목을 끌어안자 해준은 단호하게 재희를 멀리 떼어 놓았다.

"유혹할 생각 하지 말고 빨리 말해요. 몸으로 때우려 하지 말고."

멀리 앉았다가 재희는 마지못해 해준이 이끄는 대로 누웠다. 해준이 그 옆에 천장을 보고 눕는다.

"자. 시작."

재희는 해준의 옆얼굴로 시선을 돌렸다. 해준의 가슴팍을 문지르며 할 말을 고른다. 해준이 다시 정색하며 재희의 손을 멀리 치웠다.

"어허. 말하라고요."

재희는 하는 수 없이 천장을 보는 자세로 바로 누웠다.

"무지 긴데. 들어 줄 거야?"

"지금 당장 시작 안 하면 제일 싫어하는 짓 할 겁니다."

재희가 한숨을 내쉬고 말을 잇기 시작했다.

"사랑하는 사람이 있었어."

"……."

"그 사람의 아이가 생겼지."

"뭐."

날카로워지는 해준의 목소리에 재희가 고개를 돌리고 물었다.

"계속 얘기해?"

"……계속 얘기하세요."

이를 물고 가능한 담담히 해준이 대답했다.

"전에 얘기했는데 기억나는지 모르겠다. 부모님은 예전에 돌아가셨다고. 그런데 그건 사실이 아니야. 아버지는 살아 계시지. 약혼식 날 봤는지 모르겠지만…… 아버지는 알다시피 부자야. 그런데도 더 큰 부자가 되길 원하지. 그리고 딸인 나를 그 도구로만 생각하고 있고."

"그래서요."

"인혁이와의 약혼에 사랑 같은 건 없었어. 눈치챘겠지만 정략 결혼 뭐 그런 거야. 아버지는 계속 어딘가에 나를 팔아넘기려고 했었어."

"나는 상처가 왜 생겼는지 물어봤는데요."

재희는 침을 삼키고 다시 말을 이었다.

"갑자기 학교를 그만둔 것 기억하지. 그때도 아버지가 찾아왔었어. 어떤 남자와 나를 결혼시키려고 했었지. 어린 너한테 빠져 있는 내가 두렵기도 했지만 아버지를 피해 도망쳤던 데에도 이유가 있었어."

"빠져 있었다고? 누가. 누구한테. 아. 계속해요."

해준이 따지려던 목소리를 낮추고 입을 다물었다.

"그리고 여수에 있을 때였어. 너한테 빠져서 정신을 못 차리고 있을 때야. 다시 아버지가 찾아왔었지. 축구 선수 한 명 정도 매장시키는 일은 일도 아니라고 하더군. 도망쳐야 된다고 생각했어."

"뭐라고?"

"나는 그때 네 아이를 가지고 있었어. 사랑하는 사람. 너의 아이."

"……!"

해준은 차마 말을 꺼내지 못했다. 누웠던 자세에서 몸을 일으켜 앉았다. 옆에 누운 재희를 망연하게 응시했다.

"알게 된 건 헤어지고 난 후야. 사내아이였어. 이름을 준이라고 지었어. 널 따라서 지은 이름이야."

재희는 울고 있었다. 해준의 표정이 경악에서 고통으로 바뀌었다.

"널 망치게 될까 봐 무서웠어. 내가 바라는 건 네가 날아오르는 거였거든."

"그런…… 바보 같은……."

"한동안 섬에 숨어 지냈어. 혼자서 아이를 낳으려고 했지. 그런데도 준을 잃은 건 전부 나 때문에……."

재희는 한동안 말을 잇지 못했다. 해준이 숨이 막히도록 자신을 끌어안았기 때문이다.

"그만해. 더 말하지 마요."

"몇 번이나 준을 따라가려고 했어. 그런데. 그런데. 아직 니가 있다는 걸 잊고 있었던 거야. 널 다시 만났을 때 정말 다시 살고 싶었어. 살아도 될 자격이 있는 목숨인지 모르겠지만 그래도 살고 싶었어. 준을 잃은 건 정말로 내가…… 미안하게 생각해."

"말하지 말라니까."

해준은 울고 있었다. 가슴 위 이불이 해준의 눈물로 축축해지는 것을 재희는 느낄 수 있었다. 해준이 울다니. 그건 정말로 싫다.

"훌륭한 축구 선수가 되는 게 보고 싶었어. 정말로 멋진 남자가 될 거라고 생각했거든. 지금의 너처럼."

"이딴 게 당신 없이……."

다 무슨 소용이 있어. 울음이 해준의 목소리를 삼켰다.

새벽이었다. 잠든 재희를 두고 해준은 방을 빠져나왔다. 아무도 없는 바닷가를 뛰었다. 생각을 정리하기 위해 달리기를 하는 것은 오랜 버릇이었다. 모래사장을 뛰면서 해준은 계속 눈물을 훔쳤다. 누구에게도 보여 줄 수 없는 부끄러운 눈물이다. 어쩌면 그렇게도 어렸었나. 전혀. 아무것도 알지 못했다. 해준은 주먹으로 얼굴을 마구 문질렀다. 마치 스스로를 때리는 동작이었다.

해준은 이전의 거짓말 같던 이별을 떠올렸다. 결혼할 생각이었다. 당연히 피임 같은 건 하지 않았다. 그 무거운 짐을 여자 손으로만 짊어지도록 내버려 두었다는 건가? 해준은 미처 알아채지 못했던 자신에게 저주와 욕설을 퍼부었다. 찾았더라면, 다시 찾아냈더라면, 그랬다면 모든 일은 달라졌을지도 모르는데.

미친놈. 미친 새끼. 정말로 잃어버릴 뻔하지 않았나. 해준은 심장이 터질 정도로 속도를 높였다. 비 오듯 땀이 쏟아졌다. 재희의 손목에 남은 상처를 떠올리자 진저리가 쳐진다. 그런 일은 비단 상상이라고 해도 싫었다. 그냥 그 하나였다. 하나뿐이었다. 이 여자 말고는 생각해 본 적도 없었다. 만나지 못한 동안에도 만나게 될 때의 분풀이를 위해서 살았다. 만났을 때 제대로 비웃어 주기 위해서. 너 같은 건 나 역시 이미 잊은 지가 오래라고. 뻔뻔하고 당당하게 연습하고 준비했던 나날이었다. 넌 나를 상처 입히지 않았다. 나한테도 너는 아무것도 아니었다고.

그건 오기였고 자존심이었지만 거듭된 부정만큼 강력한 긍정이었다.

아직도 너만을 생각하고 있다고. 사실은 너무나 상처를 입었다고. 뭐라 해도 제발 그냥 돌아와 줬으면 좋겠다는. 그래서 그 사랑은 종교처럼 절대적이었다. 한시도 잊어 본 적 없다는 말, 너밖에 없었다는 말은 잠가 둔 자신의 마음을 여자가 대신 읊었던 것에 불과했던 것이다.

이제 두 번 다시 잃어버리지 않는다. 절대로. 두 번 다시.

방으로 돌아와 해준은 누운 재희에게 눈을 준다. 자면서 꿈을 꾸는가. 눈가로 물기가 맺혀 있었다. 해준은 잇새를 악물었으나 그 역시 눈물이 새어 나왔다. 계속 혼자였을 여자를 생각했기 때문이다. 하지만 어쨌거나 지금 중요한 것은 이제 그녀를 되찾았다는 사실이었다. 무슨 일이 있어도 이제 이 손을 놓지 않는다. 두 번 다시는. 해준은 다짐했다. 그리고 두 사람의 손을 묶는 것처럼 깍지 낀 채로 깊은 잠에 빠져들었다.

❋   ❋   ❋

재희를 부르는 곳은 인혁의 집무실이었다. 도착하겠다고 한 시간에서 5분이나 지나 있었다. 근래의 인혁은 쓸데없는 일로 짜증을 부리는 일이 잦았다. 공연한 문제를 만들지 말자고 재희는 후다닥 엘리베이터를 탔다.

"미안. 가봉이 길어져서…… 아?"

"아, 재희 씨 이제 와요."

황급히 문을 열다가 재희는 그 자리에 우뚝 섰다. 소파에 앉아 돌아보는 것은 해준이다. 슈트를 챙겨 입은 깔끔하고 말쑥한 모습이었다. 해준이 왜. 그 역시 미처 이 만남을 예상하지 못한 모양으로 긴장한 얼굴이었다. 얼마 만이지. 이런 상황에서도 그의 얼굴을 보자 가슴이 뛰었다. 하지만 재희는 금세 표정을 단속했다. 안 돼. 인혁이 보고 있다. 재희는 입술을 문다. 지긋이 바라보는 해준의 눈을 급하게 외면했다.

"아, 해준 씨. 인사해. 알지? 내 약혼녀. 재희 씨."

"아, 네. 안녕하세요."

"안녕하세요, 이해준…… 씨."

재희는 말끝을 길게 늘였다. 가능한 쓸데없는 말이나 행동을 하지 않도록 다시 스스로 주의를 환기한다.

"앉으세요."

재희는 인혁의 눈치를 살피며 삐걱대는 발을 문 안으로 옮겼다. 인혁이 시키는 대로 해준의 맞은편으로 앉자 마찬가지로 굳어 있는 그의 얼굴이 보인다.

"어떻게……?"

이러는 인혁의 의도가 무엇인지. 도무지 알 수 없어 재희는 어리둥절했다. 초조함으로 등에 땀이 배었다.

"아, 계약 얘기를 하고 있었어요. 아무래도 이번에 큰일이 생겨서 어떻게 해야 하나. 회사 차원에서도 그렇고. 헌터스 프로젝트는 나름 내가 공들인 사업인 데다가, 이해준 씨는 아끼는 선수니까."

자카드 무늬의 1인용 카우치에 다리를 꼬고 앉아 인혁이 설명했다. 재희는 억지로 웃으며 대답했다.

"아, 그래. 바쁘구나. 난 점심이나 하자길래. 그럼 얘기들 하세요. 난 이만 가 볼게."

"그러지 말고 같이 있어요, 재희 씨도 엄연히 홍보팀 대표인데."

온화하지만 강압적인 말투. 지금은 인혁의 심기를 거스를 수 없다. 재희는 비서가 내준 찻잔을 들어 올리다가 손이 떨리는 바람에 도로 내려놓았다. 무슨 꿍꿍이지. 왜 둘을 같이 불렀을까.

"그래서 예식날 입을 드레스는 봤어요?"

재희는 옆의 인혁을 응시하며 기계처럼 대답했다.

"응. 아주 마음에 들던걸. 어머니 눈썰미가 보통이 아니셔서. 그대로 하면 될 것 같아."

대화를 듣던 해준이 대번에 말을 끊는다. 몹시 딱딱한 말투다.

"이사님. 하던 말이나 계속하시죠."

"그래서. 아무래도 재계약은 어렵다고 생각해. 경기장 앞 시위대들도 끔찍하고. 회사 이미지도 있고."

"그런 문제라면 에이전시를 통하시죠. 왜 직접."

"왜긴. 내가 해준 선수를 유난히 아껴서 그렇지. 하하."

인혁은 시종일관 껄껄거리고 웃는 낯이었다. 그에 반해 해준은 무겁고 진중한 태도로 일관했다.

"아무래도 그렇지 않겠어? 구단이야 겨우 기업 홍보용 자선 사업인데 이미지가 제일 중요하겠지. 그러게 어쩌자고 그런 경솔한 일을 저질렀어."

"내가 한 일이 아닙니다. 금방 다 밝혀질 겁니다. 조금 더 기다리면."

"벌써 일주일째잖아. 노코멘트로 무마하는 데도 정도라는 게 있지."

"그건 우리가, 홍보팀 측에서 그러라고."

보다 못한 재희가 끼어들었다.

"재희 씨는 그냥 조용히 있어요."

인혁에게 일침을 맞고 재희는 입을 닫았다. 대화 내내 가시 방석에 앉은 기분이었다. 어째서 우리 둘을 같이 불렀을까. 무엇을 보려고. 대체 왜. 무엇 때문에. 돌아가겠다고 했잖아. 다시 네 것이 되겠다고 했는데도. 설마 진짜로 믿지 않는 건?

"말씀드렸다시피 전부 다 금방 밝혀질 겁니다. 안 그래도 안팎으로 손을 쓰고 있고……."

"아니, 너는 아무것도 할 수 없어."

이제껏 온화했던 인혁의 기색이 돌연 날카로운 낯으로 돌변했다. 해준의 얼굴도 덩달아 사나워진다. 두 남자의 시선을 따라 공기 중에 전류가 흐르는 듯했다. 재희는 지나친 긴장으로 손톱을 쥐었다. 제발 해준이 폭발하지 않기만을 기도했다. 손바닥으로 땀이 고인다. 해준의 딱딱한 얼굴을 숨도 쉬지 못하고 응시했다.

"넌 이제 아무것도 할 수 없다고. 앞으로 어느 팀에서도 자네를 써 주는 일은 없을 테니. 아직 한창 때인데 이게 끝이라니. 재희 씨. 정말 불쌍하게 됐죠."

"그게 무슨 말입니까."

해준은 인상을 쓰며 여태 숨겼던 불쾌한 표정을 드러냈다.

"두 사람. 만났던 사이라지? 어쩜 그렇게 감쪽같이 속였어."

순간 해준의 눈이 재희를 향했다. 공중에서 두 사람의 시선이 안타깝게 얽힌다. 나의 해준! 그리고 오가는 그것을 목격하자 인혁의 턱 근육이 씰룩였다.

"이래서 사람은 낄 자리 못 낄 자리 구분할 줄 알아야 돼. 하마터면 재희 씨까지 시궁창으로 끌려 들어갈 뻔했잖아요. 저런 놈 때문에."

그 말에 해준의 눈썹이 꿈틀 움직인다. 그리고 재희는 이제야 인혁의 의도를 알 것 같았다.

인혁은 자신을 과시하고 싶은 것이다. 유치한 힘겨루기로 제가 보는 앞에서 해준을 깔아뭉개면 자신의 다친 자존심을 회복할 수 있을 거라고 믿는 듯했다.

"이해준 씨 혹시 이건 아나? 나는 대성을 지금 규모의 30배는 키울 생각이야. 대성은 이제 HS와 뗄래야 뗄 수 없는 사이라는 뜻이지. 이제 자네가 어떤 어울리지 않는 물에 끼었었는지 잘 알겠지? 하마터면 자기 인생은 물론 여자 인생까지 망칠 뻔했다는 사실도 말이야."

결국 해준이 참지 못하고 벌떡 일어섰다. 해준은 화난 얼굴로 깡마른 야비한 인상의 남자를 노려보았다.

"이제 그만하시죠. 나는 당신처럼 부모 돈줄이나 믿고 떵떵거리는 놈들하고 다릅니다. 재희 씨. 가요."

해준은 재희에게 손을 내밀었다. 제 쪽으로 내밀어진 손바닥을 보자 재희는 눈에 띄게 당황했다. 우물대는 재희를 해준은 거칠게 끌어당겼다.

"나가요. 이런 데 조금도 더 있을 필요 없습니다."

"뭐, 뭐하는."

재희는 해준에 끌려 복도를 걷기 시작했다.

"아파! 왜 이래! 놔!"

질질 끌려가다시피 하던 재희가 저항하자 해준은 그녀를 벽에 밀쳐 세웠다. 화가 난 것처럼 재희의 머리 위로 쿵 벽을 찍는다.

"조용히 따라와요. 자꾸 사람 자극하지 말고."

"이러지 마. 얘기가 다르잖아."

"저딴 놈이 정말로 좋다는 건 아니지? 아무리 돈이 좋다고 해도 저놈은 좀 아니잖아. 당신 그 정도 쓰레기는 아니잖아!"

재희는 심한 말을 하는 해준의 의도를 몰라 허둥댔다. 해준은 힐끔 뒤의 발소리를 의식한다. 다시 말을 이었다.

"돈 보고 하는 결혼이 화대나 받는 창녀랑 뭐가 달라? 내가 몇 장 더 얹어 줘?"

"뭐!"

키스를 하려는 듯 밀어붙이는 얼굴에 반사적으로 손이 나갔다. 철썩. 재희가 해준을 밀치자 그의 얼굴에 손자국이 남는다. 해준은 턱을 어루만졌다.

"왜. 찔리는 데가 있나 보지. HS만은 못하다 이건가. 얼마나 비싼 엉덩이길래 HS가 아니면 안 된다는 거지."

"함부로 말하지 마!"

재희는 소리쳤다. 아픈 얼굴로 그의 눈을 보며 준비했던 말을 뱉는다.

"상대는 HS야. 너도 들었잖아. 30배라고. 너는 평생 죽었다 깨어나도 줄 수 없는 그런 돈이라고. 그런데 내가 너 따위 축구 선수가 눈에 찰 것 같아? 돈은 사는 데 아주 중요해. 아직도 그걸 모르겠어?"

"뭐라고?"

해준은 소리를 질렀다. 정말로 화가 난 목소리에 재희는 움찔했다.

"전에 한 말은 다 뭐였어! 결혼하지 않는다고 했잖아! 너 정말 나를 가지고 논 거야?"

"여전히 어리네. 이제 그만 좀 해. 지긋지긋하니까. 당연히 널 달래려는 말인 줄 몰랐어?"

"뭐라고? 당신⋯⋯. 정말 구제 불능이야."

"그냥 좀 심심했던 것뿐인데. 너무 몰입하셨나 봐요. 이해준 씨."

그리고 한참의 정적. 그 이상 해준은 말이 없었다. 곧 하하 허탈한 웃음을 지었다.

"정말 또 그런 거였다고?"

"내가 뭘 어쨌다는 거야."

"당신은 정말로 미쳤어."

"그쪽도 얼른 질려 주길 바랄게요."

재희의 어깨에서 해준의 손이 미끄러지듯 떨어졌다. 해준은 질린 표정으로 자리를 떴다. 그의 앞에서 엘리베이터가 닫히는 것을 재희는 보고 있었다. 마지막으로 해준은 침을 뱉듯 말했다.

"당신 같은 건 차라리 죽어 버려."

곧 엘리베이터의 문이 닫혔다.

그리고 짝짝짝 통로에서부터 박수를 치며 인혁이 나타났다.

"와우. 나라도 그런 말 들으면 상처를 받겠는데요? 재희 씨.

그렇게 안 봤는데 의외로 강단이 있네요. 하긴 처음 만났을 때도 그랬었죠."

재희는 아직 채 진정되지 않은 호흡으로 가슴을 오르내렸다. 도전적인 말투로 인혁에게 말을 던졌다.

"이제 이해준이랑은 정말로 끝이야. 직접 눈으로 봤잖아……."

인혁이 활짝 웃었다.

"이런. 생각보다 일이 쉽게 끝났는데요? 좀 더 버틸지도 모른다고 생각했는데. 뭐 얼마나 엄청난 사랑인가 했더니 별거 없네요."

재희는 무릎을 후들후들 떨었다.

＊　　　　＊　　　　＊

밤, 혼자가 되기를 기다린 재희는 근처의 공중전화로 향했다. 전화를 걸자 석환이 받는다.

—아, 네. 해준이 옆에 있습니다.

해준이 전화를 받자 저절로 손바닥에 땀이 배었다. 여보세요. 경쾌한 목소리가 들리자 어쩐지 눈물이 날 것 같다.

"괜찮아?"

—괜찮죠.

해준은 자리를 옮기는지 부스럭거리는 소리를 냈다. 다시 작은 소리로 묻는다.

—통한 것 같습니까.

"아마 믿은 것 같아."

―미행은 안 붙었죠?

"응. 몇 번이나 확인했어."

―……내일 이탈리아로 떠납니다.

"알아."

그리고 두 사람 다 잠깐 말이 없었다. 낙산에서의 하룻밤 이후 보지 못한 지가 벌써 일주일째였다. 겨우 만났다지만 함께 있었다고 할 수도 없었다.

―당분간 또 만날 수 없습니다.

"으응……."

아쉬운 마음에 재희가 말소리를 늘였다. 이별이라니. 또. 또.

―일이 해결되자마자 금방 돌아올 거예요. 약속했던 것 기억합니까.

"아, 응. 계속 뭔가 찾아볼게. 혹시 뭐가 있으면 연락은 석환 씨 쪽으로 해 두면 되지?"

―아뇨. 자주 연락하는 것도 위험합니다. 석환이와 친분이 너무 알려져 있어요.

"이제는 정말로 믿고 있는 것 같아. 인혁인 자기가 너무 대단해서 내가 설마 배신할 수도 있다는 생각 같은 건 아예 머릿속에 없어. 그러니 그렇게까지 철두철미하게 하지 않아도."

―방심할 수는 없습니다. 당신 안전도 걸린 일이에요.

"응. 알았어."

아쉬운 마음을 숨기려고 재희는 말을 짧게 끊었다. 얼마나 걸릴까. 해준은 세리에의 팀과 계약을 조율 중에 있었다. 비단 이 일이 있기 전부터 꾸준한 컨택이 있었던 모양이었다. 해준은 계약을 마치고 미국에 들렀다가 바로 돌아오겠다고 했다.

"만약에 아무것도 찾지 못하면 어떻게 할 거야."

—그럴 리가 없습니다.

해준의 말은 단호한 확신에 차 있었다. 아는 것이라곤 단지 인혁이 유학 시절 방황했었다는 짧은 단서뿐이면서 재희는 그가 무엇으로 그렇게 확신하는지가 궁금했다.

—만약, 아무것도 없더라도…… 억지로 만들어서라도 올게요. 기다려요. 빠르면 며칠. 아니면 일주일까지는 걸릴 겁니다. 그 이상은 걸리지 않아요. 힘들겠지만 기다려 줘요.

"응. 걱정 마."

—걱정된다구요. 그 망할 놈의 가족들이 또 무슨 짓을 벌이지나 않을지. 정인혁이라는 놈도 영 안심이 안 되고. 건강하게 잘 있어야 돼요.

"응. 헤헤."

재희는 어쩐지 아련한 기분에 웃었다. 이상했다. 서로 마음을 확인하고 안은 것이 어제 같은데 또 몇 년 전 같기도 하다. 지금 헤어지면 영영 만나지 못할 것 같아서 보고 싶다는 생각이 들었다. 그런 기분이 전해졌는지,

—보고 싶어요. 지금.

갑작스런 해준의 말에 재희는 찔끔 눈물이 날 뻔했다.

—사실은 아까 안아 주고 싶어서 죽을 뻔했어요.

"그런 것치고는 아주 밉살스럽게 말을 잘하던데."

—진짜 같은 반응이 필요했으니까 어쩔 수 없었다구요. 속이려면…… 그동안 잘해 줬어요. 고마워요.

"응. 나도 고마워."

—그렇다고 너무 좋은 약혼녀가 되면 안 됩니다. 손 같은 것도 절대 잡아 주면 안 돼요. 절대로. 차 옆자리에 앉지 말아요. 항상 뒷자리에 앉고. 으슥한 데 같이 있자고 하면 무조건 몸이 아프다고 해요. 무조건 아무 핑계나 대라고요. 아, 미치겠다.

"응?"

—너 또 일주일이나 못 본다니 미칠 것 같다고. 아, 아얏! 아파! 야, 이 새끼야!

옆에서 그를 때리는지 해준이 소리를 질렀다. 재희는 웃었다.

다음 날부터 헌터스를 떠난 해준이 해외로 도피했다는 기사가 연이어 쏟아졌다. 적법한 고소장이 없음에도 사람들의 인식에 여전히 해준은 범죄자요, 강간범이었다. 해준이 무사히 한국을 떠났다는 소식에 재희는 안심했다. 해외라면 인혁도 별다른 마수를 뻗지 못하겠지.

인혁은 이 싱거운 싸움에서 끝내 승리했다는 것이 못내 기쁜 모양이었다. 궁지에 몰려 있는 듯했던 특유의 짜증과 초조함이 사라지고, 본래의 낙천적이고 우아한 모습으로 돌아와 있었다. 재희는 이제까지처럼 인혁을 안심시키는 반면에 그를 옭아맬 무엇인가를 찾기 위해 고군분투했다. 해준과 약속했던 일이다. 그가 LA와 보스턴 등지를 뒤지는 동안 재희는 인혁의 옆에서 무언가 건수가 될 것을 찾기로 했었다.

시간이 날 때마다 인혁의 소지품, 사무실, 전화 목록, 컴퓨터를 뒤졌다. 어딘가는 분명 남아 있겠지. 엄청나게 돈을 뿌려 댔을 테니까. 뭔가. 뭔가가. 자그만 비리. 뭐라도. 하지만 이상하리만치 아무것도 찾을 수가 없었다. 한남동 본가에 위치한 그의 방과 서재 역시 사정은 마찬가지였다.

인혁이 외부 회동에 참석한 동안이었다. 출타 중인 그를 기다리겠다는 핑계로 재희는 다시 사무실에서 혼자가 되기만을 기다렸다. 다행히 인혁의 집무실에는 카메라가 설치되어 있지 않았다. 선반의 가장 위부터 아래까지, 이미 한 번 돌아본 곳을 다시 한 번 처음부터 뒤졌다. 거추장스러운 힐을 벗어 가지런히 놓고 무릎을 꿇은 채로 서류철을 하나하나 뒤져 나갔다. 혹시 모를 영수증이나 연락처 같은 것. 아니면 자그마한 뇌물 공여의 흔적이라도. 뭐든 협상의 근거가 될 것을.

그때 덜컹덜컹 문을 잡아당기는 소리가 들렸다. 헉. 급하게 재희는 숨을 들이쉰다. 바닥에 엉망으로 파헤쳐 놓은 서류철을 재빨리 원래 자리에 쳐넣었다. 그리고 휴우 한숨을 돌리며 무릎을 편다는 것이 그만 머리 위 선반을 치며 우르르 가장 위 선반이 모두 무너져 내렸다. 제길! 재희는 비 오듯 땀을 흘렸다. 죄 쏟아진 책과 서류를 허둥지둥 감추다가 달칵, 열쇠로 문을 열고 들어오는 김 실장과 눈이 마주쳤다. 순간, 세상이 멈춘 것처럼 재희는 숨을 멈췄다.

"아……."

변명의 여지가 없었다. 이제야말로 다 틀렸다. 끝이다. 재희는 하늘이 쏟아져 내리는 암담함을 느끼며 수환의 얼굴을 바라보았다. 가슴이 세차게 방망이질 치고 있었다.

"액자가, 액자가 예뻐서 좀 보다가요."

제발, 사고라고 생각해 주기를!

그러나 수환의 얼굴에는 동요의 빛이 없었다. 등 뒤로 조용히 열렸던 문을 닫고 쓰러진 책더미 곁으로 다가와 그것들을 정리하기 시작한다.

"구, 구경 좀 한다는 게 사고를 쳐 버렸네. 죄송해요."

웃으며 재희는 대답이 없는 남자에게 이러쿵저러쿵 핑계를 늘어놓았다. 그가 어질러진 책장을 정리하는 것을 도왔다. 마침내 정리를 끝낸 그가 일어섰을 때, 재희 역시 원피스를 털며 일어섰다.

"죄송해요. 공연히 일을 만들었네요. 인혁 씨는 늦나 보네. 전 그럼 이만 가 볼게요."

재희는 주절거리며 문으로 향했다. 그때 꿀 먹은 벙어리처럼 말이 없던 로봇 같은 남자가 입을 열었다.

"여기는 아무것도 없습니다. 아가씨. 이러시면 대성이 위험해집니다."

"……!"

쭈욱 등으로 소름이 끼쳤다. 그럴지도 모른다고 생각했지만 이미 자신이 뭘 하고 다니는지 다 안다는 눈치였다. 재희는 꿀꺽 침을 삼켰다.

"상관없어요. 그런 건."

"사장님이 가만히 계시지 않을 겁니다."

왜일까. 재희는 왜인지 그의 말에서 일말의 희망을 읽었다. 무르던 발길을 멈췄다.

"저한테 왜 그런 말을 하시죠."

"아무 소용이 없을 거란 뜻입니다."

"뭔가 알고 계시는군요?"

수환은 말을 멈춘다. 재희는 그의 앞으로 다급하게 걸었다.

"뭔가 알고 계시죠, 그렇죠? 뭔가요? 실장님. 저 좀 도와주세요."

그의 양손을 잡고 빌듯이 부탁했다. 갑자기 손을 잡히자 남자는 몹시 당황하는 기색이었다. 재희는 빌고 또 빌었다.

"저 좀 도와주세요. 제발. 뭐라도 좋아요."

한참을 망설이다가 수환이 대답했다. 애절한 재희의 눈을 피한다.

"여기는 아무것도 없습니다. 애초에 핵심 분야까지 넘어오지도 않았어요."

"그럼 어디서 찾으면 되죠? 혹시 실장님도 뭔가 찾는 중이었나요?"

잡혔던 손을 빼고 수환의 말투가 변했다.

"무슨 말씀인지 모르겠습니다. 이 대화는 없었던 걸로 하겠습니다."

"아……."

헛짚은 건가. 일말의 기대를 걸었던 재희는 비탄에 빠졌다. 미동이 없는 남자를 두고 등을 돌렸다.

✳   ✳   ✳

일주일이 걸린다더니 해준은 생각보다 늦어지고 있었다. 재희는 초조해지지 않기 위해 열심히 다른 생각에 몰두하는 중이었다. 아무것도 없다라. 가장 인혁의 가까이에 있는 김 실장이 그렇다고 한다면 그것은 사실일 터였다. 인혁은 어떤 눈에 띄는 증거도 남겨 두지 않은 것이 분명했다. 혹은 일련의 일들 자체를 인혁의 지시로 수환이 실행에 옮겼을 가능성 또한 배제할 수는 없었다.

핵심 분야가 넘어오지 않았다니. 그건 또 무슨 말이지.

그저 심부름이나 하는 수행원. 비서실 의자의 붙박이 인형인 것으로만 생각했던 수환은 자신은 모르는 또 다른 거래에 의해서 움직이고 있는 사람 같았다. 어쩌면 수환 역시 누군가 심은 스파이인지도 모른다. 하기야 음모와 암투가 성행하는 계승권 싸움 안에서는 모두가 모두의 적이었다. 뭔가 더 있을 것 같은데. 뭔가…… 거기에서 재희는 생각을 멈췄다. 잠시 자리를 비웠던 인혁이 오페라 티켓을 들고 식당 안으로 돌아온 탓이다.

"무슨 생각 하고 있었어요? 심각해 보이던데."

재희는 방긋 소리 내어 웃었다.

"아, 숍을 바꿔야 하나. 생각하고 있었어."

"왜요? 갑자기?"

"이제 진짜로 얼마 안 남았잖아. 중요한 날인데. 완벽하고 싶어서. 호텔 안에 있는 지점은 영 나랑은 안 맞는 것 같아. 미희 얘기 들어 보니까 한옥을 개조해서 만든 숍이 있다던데. 어떻게 생각해?"

"아, 그래요?"

재희의 말에 인혁은 웃었다.

"그건 재희 씨 좋을 대로 해요. 며칠씩 빌려도 좋고. 아, 엄마랑 같이 갈래요? 엄마도 새로 생긴 숍이라면 엄청 관심 많을걸요."

"아, 아니야. 괜찮아. 그런데 실은……."

재희가 머뭇거리자 인혁이 의아한 표정을 짓는다.

"왜요? 또 무슨 문제가 있나요?"

"실은 식을 조금 미루는 게 어떨까 싶은데. 거처 문제도 그렇고. 여행이랑 식장 검토도 처음부터 다시 하고 싶어. 내가 스스로 한 게 하나도 없잖아. 아직 준비 안 된 일이 너무 많아."

인혁은 말하는 재희의 얼굴을 천천히 살폈다

"꼭 그러고 싶다면, 그렇게 해요."

의외의 쉬운 결론에 재희는 후우 가슴을 쓸어내렸다. 미소를 지었다.

"그나저나 티켓은 찾아왔어? 빨리 가자. 얼른 보고 싶어."

"코트 주머니에 넣은 걸 깜빡했지 뭐예요. 이거 전에 본 적 있다고 했었죠?"

"응. 베르디 건 거의 다. 특히 마지막 감옥 장면이 좋더라고."

"어머니의 복수를 하는 장면?"

"응. 감동적이었어."

자신의 팔에 재희의 팔을 걸고 걸으면서 인혁은 주변에 선 매니저들의 인사를 받았다. 인혁은 자신만만하게 말했다.

"진짜로 이런 대화가 가능하다니. 감동이에요. 결혼하면 본고장에서 종종 봐요. 꽤 괜찮아요. 부세토도 좋고."

"……이해준이 이탈리아에 있다는 얘기가 있던데."

"왜, 아직도 미련이 있어요?"

비웃듯 묻는 인혁에 재희는 어처구니없는 웃음을 흘렸다.

"그럴 리가."

그리고 그녀는 뜸을 들여 말했다.

"그런데 진짜로 대단해. 사람을 그렇게 한 방에 폐인으로 만들다니. 정말 머리가 좋지 뭐야. 어렸을 때 잠깐 놀아 준 것뿐인데 쫓아다녀서 정말 귀찮았거든. 정말 대단해. 어떻게 그런 방법을 빨리 생각해 냈어? 뒤처리도 깔끔하고."

인혁이 의외로 칭찬을 좋아한다는 것은 최근에 발견한 부분이었다. 열심히 비위를 맞추자 인혁이 눈에 띄게 웃으며 말했다.

"감동했어요? 겨우 그 정도로?"

"응, 정말 대단해. 그 이해준이 깨갱하면서 도망치는 꼴은 정말 못 봐주겠더라."

"별거 없어요. 충분히 쥐어 주면 사람들은 생각지도 못한 일을 벌이게 되어 있죠. 내가 인생에서 단 한 가지 명확하게 배운 게 있다면, 세상에 돈 싫어하는 사람은 없단 거예요. 단, 내가 드러나서는 안돼요. 아, 이건 재희 씨도 배워 둬야 할 거예요. 천천히 가르쳐 줄게요."

"아, 으응."

이런 이야기가 꽤 즐겁다는 듯 가슴을 쭉 펴고, 오페라 극장의 VIP석에서 인혁은 자랑스럽게 속삭였다. 자랑에 겨워서 그는 재희가 가슴속 녹음 버튼을 누르는 것을 눈치채지 못한 것 같았다. 곧 막이 오르려 하고 있었다. 세상에 돈 싫다는 사람은 없다라. 아마 모르긴 몰라도 자신 역시 그 집합에 포함되어 있으리라고 재희는 어렴풋이 짐작했다. 서랍 안에는 언제 쓰게 될지 모를 소형 테이프가 벌써 몇 개째 모이고 있었다. 그것을 전해주면 뿌듯해할 해준을 생각하며 재희는 조용히 큰 숨을 내쉬었다.

✳　　　✳　　　✳

이해준과 최유라의 스캔들이 신문의 1면을 차지했다. 이탈리아에서 연이어 두 사람을 목격한 사람이 있었다. 해준이 떠난지 3주째. 그는 아직 돌아오지 않고 있었다. 그리고 결혼식은 4주가 연기되었다.

또다. 지긋지긋하게 행패를 부리는 가족이라는 이름의 사람들을 재희는 얼음 같은 낯으로 마주 앉았다. 결혼식이 연기된 후 인혁은 투자 안정성을 재검토한다는 이유로 대성으로의 자금 흐름을 차단시켰다. 회사 규모의 몇 배를 뛰어넘는 어마어마한 금액을 무턱대고 대출한 것은 자득의 엄청난 실수였다. 자금줄이 차단되자 구름처럼 빚쟁이들이 몰려들었다. 당장 돌려 막을 돈이 없는 설비 공장의 공장장부터 유통 업체의 사장, 판매처 업자들과 인테리어 업체들까지 줄을 지어 자득을 찾았다. 정말이지 마른하늘에 날벼락이 아닐 수 없었다.

이 모든 일에 자득은 처음에는 당황하고 분노했다. 그러면 그다음은 재희의 차례였다. 자득은 하루가 멀다 하고 달려와 빨리 어떻게 해 보라며 재희를 윽박질렀다. 인혁에게 정중한 부탁이 통하지 않자 이제 그것은 애걸의 지경에 이르러 있었다. 그리고 갈 곳이 없는 자득의 화는 폭언과 폭행의 형태로 재희를 향했다.

"이건 결혼하고는 상관없는 일이에요. 어떻게 제가 할 수 있는 일이 없잖아요."

"없다니…… 니가 인혁이만 잘 구슬리면 되는 일 아니냐. 결혼식 때문이 아니면 정 서방이 나한테 이럴 이유가 뭐가 있어! 찾아가도 잘 만나 주지도 않는다. 장인한테 이렇게는 못 하는 거야. 이제 여기서 해결 보는 건 니 몫이야. 남자 하나 구슬리지 못하는 년을 어디다 써! 식을 빨리 앞당겨. 그럼 모든 게 잘 끝나는 거라고!"

"아버지 사업은 제 결혼하고는 상관없는 문제예요. 저는 완벽한 결혼식을 하고 싶다구요."

연기의 핑계는 신부 수업과 외모 관리였다. 완벽한 신부가 되기에 지금의 몰골은 지나치게 푸석하다는 자신의 핑계를 인혁은 마지못해 받아들였다. 그러나 그는 다른 방식으로 자신의 위력을 과시하고 싶었던 듯하다. 그런 이유로 재희는 거짓말처럼 하나의 회사가 해체되는 광경을 생생하게 목격하는 중이었다.

수가 틀렸다 싶자 철썩철썩 자득은 주먹으로 다짜고짜 재희의 머리통을 날린다. 그러고도 분이 풀리지 않아 연거푸 뺨을 때렸다. 그는 딸의 결혼과 그룹의 생사가 별개라는 사실을 절대로 받아들일 수 없는 인물이었다.

"망할 년! 니가 이딴 식으로 고집을 부려!

고개가 돌려진 채로 재희는 움직이지 않았다. 근래 들어 뺨

맞는 일이 잦네. 애써 이성적으로 생각하려 애썼다. 입술이 찢어진 듯했다. 자득이 낀 두툼한 반지 때문이다. 천한 수준에 딱 알맞은 반지라고 생각하며 재희는 미소를 지었다.

"웃어? 네깐 년이. 네깐 년이. 집안 말아먹을 년이!"

"웃지 않으면요. 울까요? 제가 결혼하겠다고 했었나요? HS와 계약하시라고 제가 등을 떠밀던가요? 인혁이 이런 식으로 회사를 조종할 줄 몰랐다고 하진 않으시겠죠."

"니년이 이만큼 먹고 살게 된 게 누구 덕인 줄 알아! 배은망덕한 년!"

버럭 괴성을 지르며 자득이 또다시 큼지막한 손을 치켜들자 옆에서 순혜가 감싸는 척 말렸다.

"회장님, 그만하세요. 설마 오래가겠어요. 결혼하면 이제 사돈 지간인데. 우리 정 서방이 대성을 이대로 망하게 놔둘 리가 없잖아요. 결혼하자마자 바로 풀어 줄 거예요."

정 서방이라니. 재희는 깔깔 웃었다.

"그렇다면 정말로 인혁이를 잘 모르시는 거예요."

"이년이. 이 망할 년이. 미친년처럼 구는 게 망할 죽은 지 에미년을 꼭 빼닮았구나. 망할 년. 집안 말아먹을 년! 너 이년!"

자득은 집 안이 떠나가라 소리를 질렀다. 머리끄덩이를 잡히고 몸을 바닥에 짓찧이면서도 재희는 정신을 놓지 않았다. 폭력이 자행될수록 통증에 무감해지고 정신은 더 또렷해졌다. 해준을 되찾았다. 그러므로 난 더 이상 바라는 게 없다. 바라는 게 없으니 더는 당신들이 무섭지 않아.

"그러게 조심하시지 그러셨어요. 힘내세요. 돈이란 있다가도 없는 거예요."

자득은 닥치는 대로 오피스텔의 물건을 부수었다.

힘들게 누웠다가 재희는 몸을 일으켰다. 가족들은 전부 돌아간 후였다. 넝마가 된 물건들 틈에서 재희는 부서진 구급함을 보았다. 언젠가 해준의 손이 닿은 것이다. 얼마나 됐을까. 재희는 해준을 떠올렸다. 빠르면 며칠, 아니면 일주일까지는 걸릴 겁니다. 손에 잡힐 것처럼 그의 전화 목소리가 아직도 생생하게 느껴진다. 일주일은 분명히 지난 것 같은데. 해준이 떠난 후부터 어째선지 시간관념이 사라져 버렸다. 부서진 상자를 뒤져 멍이 든 부분에 대충 연고를 바르고 재희는 자리에 드러누웠다. 얼마 전 몰래 석환을 찾아갔던 일을 떠올렸다. 해준은 허락하지 않았던 일이다.

"모르겠어요. 저한테도 전혀 연락이 없네요. 그나저나 말하지 말라고 했는데. 전화 왔던 번호가 있어요. 어디 났더라. 잠깐 기다리세요."

석환은 노트 귀퉁이에 아무렇게나 적은 번호를 재희에게 쥐어 주었다. 소중히 쥐고 온 그 번호는 그러나 없는 번호였다. 몇번이고 전화를 걸어도 들리는 것은 부재를 알리는 냉정한 메시지뿐이었다. 무슨 일이 있는 걸까. 왜 아무 연락이 없을까. 재희는 욱신거리는 몸으로 이불을 파고든다. 포근한 이불에 안기듯 감싸이자 마치 낙원의 꿈처럼 낙산에서의 마지막 밤이 눈앞으로 다가왔다.

해준은 아침을 준비하고 있었다. 언젠가 본 것만 같은 광경이다. 재희는 졸린 눈을 비비며 민박집 문을 열고 나왔다. 작은 문밖으로 나무 마루가 나 있다. 어디서 구해 왔는지 가스 불 위에 통조림으로 만든 찌개가 올려져 있었다. 그 옆으로 냄비에 한 밥과 주인집에서 얻어 온 김치가 놓였다. 불을 낮춰 놓고 해준은 해를 향해 기지개를 켜고 있었다. 비가 내린 후라 날이 선선한데도 그는 흰색의 반팔 차림이었다. 움직이는 그를 한참 구경하다가 재희는 말을 걸었다.

"이게 다 뭐야."
"일어났어요?"

그리고 재희는 그때 돌아본 눈부신 얼굴을 잊지 못한다. 알의 껍질이 깨진 듯 투명한 얼굴은 단단하지만 부드러운 애정을 담고 있었다. 꼭 누군가를 연상시키는 얼굴이었다. 그러다 재희는 그것이 제 기억 속의 해준이라는 것을 깨달았다. 미칠 듯 사랑하고, 또 미칠 듯 사랑받던 남자의 얼굴. 한참 동안 재희는 꿈결의 해준을 상기했다. 곧 돌아오겠다고. 해준이 약속했다. 그러니까 곧 만날 수 있어.

"뭔가 있다고는 생각했지만 정말로 그랬군요."

루머의 양산지가 인혁이라는 말을 들었을 때 해준은 담담한 얼굴이었다. 그가 별달리 놀라지 않아 재희 자신이 더욱 당황했었다. 그를 놀래킬 수 있는 일이란 대체 뭐란 말인가. 그는 한참 재희의 말을 듣다가 같은 판단을 내렸다. 인혁을 안심시키는 와중에 공략수를 찾는 방법이었다.

"내 걱정은 하지 말아요. 난 당신이 걱정입니다."

재희는 기억을 더듬어 말하는 해준의 눈망울, 콧대, 자신을 보던 표정을 세세히 되새겨 보려 애썼다.
"언제 오는 거야. 보고 싶어."
어둠에 대고 재희는 혼잣말을 했다. 그리고 좀처럼 오지 않는 잠을 청했다.

눈을 떴을 때, 추위로 몸이 으슬으슬 떨렸다. 그저 잠깐 눈을 붙이고 있었을 따름이었다. 제대로 잠을 자지 못한 지 벌써 몇 주는 지난 것 같다. 비척이며 몸을 일으키다 재희는 자신이 숨을 몰아쉬고 있다는 사실을 깨닫는다. 머리를 만지자 몸이 뜨거웠다. 아프면 안 되는데. 건강하게 있겠다고 해준과 약속했다.
지끈. 눈앞이 흐려지며 해준과 유라의 사진이 떠올랐지만 재희는 세차게 고개를 흔들었다. 그럴 리 없어. 해준은 이미 되찾았다. 그러나 그것을 무엇으로 확신하느냐는 내면의 속삭임이 불안을 부채질했다. 아니야. 재희는 다시 고개를 흔들고 몸을 일으켰다.

뭐라도 먹고 힘을 내야지.

그러고 보면 최근 입맛이 돌지 않아 꽤나 식사를 거르곤 했다. 난장판이 된 거실에 헛디디며 재희는 비틀거렸다. 물건들을 치워 봐야 또 망가지기 마련이라 치울 엄두도 나지 않았다. 방은 사람이 살지 않는 듯 싸늘한 냉기로 가득했다. 또 보일러를 켜 두는 것을 깜빡했다고 재희는 자신의 어리석음을 탓했다. 냉장고 안 역시 무사하지 못했다. 이미 썩은 도시락과 곰팡이 핀 과일 등이 나뒹굴고 있을 뿐이었다.

뭔가 사 와야겠다는 생각으로 재희는 옷을 걸쳐 입었다. 오피스텔 바깥의 복도를 걷다가 다시 눈이 핑 돌았다. 번쩍. 차량의 헤드라이트가 재희의 얼굴을 비춘다. 끼익. 급하게 차가 브레이크를 밟았지만 턱. 가볍게 몸이 부딪친다. 단지 살짝 부딪쳤을 뿐인데 재희는 풀썩 땅으로 고꾸라졌다.

"이보세요. 괜찮아요?"

급히 내린 운전자가 재희를 흔들며 소리쳤다.

＊　　　＊　　　＊

병원으로 옮겨져서 재희는 이튿날까지 깨어나지 못했다. 창가에 앉아서 잡지를 뒤적거리던 재욱이 눈을 뜬 재희를 발견했다. 조용히 다음 페이지를 넘기며 입을 열었다.

"깼어?"

"……."

"이번에도 실패네?"

재희는 눈을 깜빡였다. 정신이 돌아오지 않아 병실의 천장을 응시한다. 여기가 어디지. 왜 여기에. 아, 먹을 것을 사러 가다가……

"대체 이게 몇 번째야? 이번엔 이유가 뭐고."

"무슨 소리야?"

재희는 바싹 마른 입안을 씹으며 머리를 돌려 본다. 일어나 앉으려 했으나 시야가 핑 돌았다. 차마 고개를 들지 못하고 다시 눕는다.

"여긴 왜."

몸이 타들어 가는 것 같다. 저절로 허스키한 목소리가 나왔다. 재희는 다시 눈을 감았다. 지끈거리는 머리를 짚었다. 손등에 꽂힌 링거가 따라왔다. 목이 몹시 말라 재희는 먼저 물을 청했다. 침대로 다가서서 재욱이 그녀의 입에 빨대를 대 준다. 그는 차가운 무표정으로 재희가 마시는 모습을 응시했다. 목을 축이고 갈라진 목소리로 재희가 물었다.

"어쩐 일이야."

"어쩐 일이냐고? 니가 또 사고를 쳤다길래 와 봤어. 이번에는 정말로 죽었나 하고."

재희는 어지러운 눈을 감았다. 토할 것처럼 속이 메슥거렸다.

"……그런 소리 하려면 가."

"그럼 무슨 소릴 하면 있어도 되나?"

컵을 선반에 놓고 재욱은 다시 옆 안락의자에 앉았다.

"넌 정말 이기적이야. 대체 이러고 버티는 이유가 뭐야! 맨날 집에 회사에 징그러운 놈들이 찾아와. 이러다 진짜로 망하게 생겼다고! 친구 사이라도 이런 문제 껄끄러운 거 알잖아! 너 대체 뭐가 문제야!"

"그냥 가. 제발. 부탁이야."

"인혁이한테 뭐 잘못했어? 둘이 싸웠어? 대체 왜 그래? 돈 없이 사는 거 겪어 봤잖아. 누나. 지긋지긋하지 않았어? 그만큼 해 봤으면 됐잖아. 제발 이제 그만 좀 해."

"나가라고 했어."

재희는 나지막히 말했다. 마지막 경고였다. 그러나 재욱의 다음 행동은 의외였다. 그는 비꼬고 조롱하며 화를 돋우는 대신, 털썩 재희의 침대 옆으로 무릎을 꿇었다. 그리고 무작정 그녀의 팔에 매달렸다.

"제발. 제발 부탁이다. 나 좀 도와줘라. 누나. 제발. 나 좀 살려 줘."

"이게 뭐하는 거야. 지금."

헐렁한 환자복 소매가 당겨지는 것을 재희는 도로 끌어당겼다. 그러나 어지러운 몸이라 힘이 제대로 들어가지 않았다.

"제발 도와줘. 누나. 부탁이야. 이렇게 빌게. 제발. 도와줘. 제발. 난 진짜 이렇게는 못 살아. 날 죽일 생각까지는 아니지? 대성은 니 집이기도 하잖아!"

재욱은 머리를 조아렸다. 이것이 그 콧대 높다던 의붓동생인가. 재희는 시선을 피했다.

"날더러 어떻게 하라는 거야. 나 말고 인혁이한테 얘기해. 내가 그렇게 빌 때 등 돌린 건 너였어."

"제발, 제발 부탁이다. 누나. 유서에 없으면 이제 아무 상관이 없는 거야? 이번 일만 잘되면 다시 복귀시켜 준다잖아. 왜 이렇게까지 하는 거야. 이대로라면 우리 꼼짝없이 길바닥행이야. 복수라도 하려는 거야? 그때 일이라면 내가 정말 미안했어. 하지만 나도 아버지가 시키는 대로 한 것뿐이야."

울먹이며 재욱이 빌었다. 그런 그에게 의도치 않게 재희는 측은한 마음이 들고 있었다. 그래. 나쁜 건 나였지. 무조건 누워 있으라는 지시를 어긴 것도. 유산 방지 수술비를 하필이면 집에 부탁한 것도. 전부 자신의 판단 착오에서 비롯된 일이었다. 단지 탓할 상대를 찾고 있었던 것뿐이야.

혼자서는 아무것도 할 수 없었던 당시의 비참한 기억이 손에 쥘 듯 생생하게 되돌아왔다. 그 일이 누구의 잘못도 아니라는 것은 사실 자신이 더욱 잘 알고 있었다. 내가 멍청했다. 네 말이 틀린 게 아니다.

재희는 재욱에게 있는 그대로 사실을 말했다.

"인혁이랑은 절대로 결혼 안 해. 지금이라도 늦지 않았으니까 너는 너대로 다른 살길 찾아."

"뭐라고?"

"내가 해 줄 수 있는 얘기는 그게 전부야."

"정말 미쳤구나?"

재욱은 표독하게 소리쳤다.

"너 정말 돌았어? 진짜 이제 완전히 돌아 버린 거야? 니가 그런 짓을 하면 우리한테 무슨 일이 생길지 상상도 안 돼? 아니, 그리고 너한테는. 너 그러면 이게 다 우리 엿 먹으라는 쇼였어? 정말 이딴 게 복수라는 거야?"

"그런 거 아냐."

"그런 게 아니라고? 지금 너 하는 짓을 봐. 너. 진짜로 니 책임은 없다고 생각해? 처음부터 안 그랬으면 됐어. 이해준 애였지? 왜 그랬어. 그렇게 무책임하게 애부터 갖지 않았더라면 그런 일도 없었어. 처음부터 아버지가 시키는 대로만 했다면 그런 일도 생기지 않았을 거야. 정말로 우리 탓만 하는 거야?"

"그런 거 아니라고 했잖아. 난 해준이를 기다리고 있어."

"뭐? 해준이라니."

묻다가 말을 멈춘다. 한참의 침묵이 그들을 스치고 지나갔다. 멍하게 입을 벌리고 재희를 바라보기만 하다가 그제야 재욱은 이 사태를 이해했다는 표정을 짓는다.

"그 이해준 말이야. 설마…… 아직도?"

"그래. 난 단지 시간을 벌고 있을 뿐이야."

털썩. 재욱은 실의에 빠져 주저앉았다. 재희의 말대로라면 인혁은 절대로 대성을 구해 줄 리가 없다.

"인혁이가…… 물어봤었어. 너한테 누가 있었느냐고. 난 그냥 모른다고 대답했는데……."

"넌 모르는 일이야. 지금도 그냥 모르는 척하면 돼."

재욱은 멍한 표정에서 다시 성난 얼굴로 바뀌었다.

"진짜로 너 머리가 어떻게 됐어! 너 신문도 안 봐? 이해준은 곧 최유라랑 결혼한다고!"

✳   ✳   ✳

재욱을 돌려보내고 재희는 혼자 병실을 빠져나왔다. 원래대로라면 인혁과의 결혼식이 있어야 했던 날이다. 간호사 몰래 몸에 박힌 줄들을 뽑아내 버리고 재희는 옥상으로 걸었다. 아직도 머리가 어지럽고 숨이 가빴다.

계속 재욱의 마지막 말이 귀에 걸렸다. 그럴 리가. 그럴 리가 없어. 재희는 계속 최악의 상황을 가정하는 자신에게 최면을 걸었다. 아니야. 해준은 기다리라고 말했다. 그러니까 아직 끝난 게 아냐. 그러나 자꾸 자신을 충동질하는 건물 아래가 보인다. '이미 잃어버렸어. 너 혼자 꿈을 꾸고 있는 거야'. 누군가 악마의 목소리로 말을 거는 것 같았다. '아니야. 그럴 리가 없어', '그렇다면 어째서 돌아오지 않는 거지'. 마음속 양분된 목소리가 싸우고 있었다.

재희는 그를 마지막으로 본 날부터 얼마가 지났는지를 조용히 세어 보았다. 그러나 대체 얼마가 지난 것인지도 가물거릴 정도였다. 더울 리가 없는데도 식은땀이 계속 흘러내렸다. 땀으로 시야가 흐려졌다. 숨이 가빠 와서 재희는 어깨를 오르내렸다.

한참 동안 건물 아래를 노려보다가 재희는 치미는 충동을 겨우 참아 냈다. 해준이 믿고 기다리라고 했다. 그러니까 얼마든지 기다릴 수 있어. 재희는 다시 발길을 아래층 병실로 돌렸다. 야외 옥상과 통하는 계단은 얼마 전 내린 비로 축축했다. 붙잡고 오를 때는 몰랐는데 슬리퍼를 신은 발이 미끄러웠다. 조심해야 한다고, 재희는 난간을 꽉 붙들었다. 그러다 발을 헛디딘 것은 그저 우연이었다. 정말이지 죽을 생각 같은 건 전혀 아니었다.

그러나 사람이란 원래가 이렇게 허무하게 죽나 보다고, 콰당탕. 재희는 몇십 개의 계단을 굴러 내려오면서 망연히 생각했다. 지금은 죽고 싶지 않은데. 몸이 괜찮아지면 해준을 찾으러 가려고 했는데.

"해준아."

털썩. 계단의 말단에 엎어지듯 누워서 재희는 마지막으로 해준의 이름을 불렀다. 허겁지겁 계단 아래 달려오는 해준이 보인다. 재희는 드디어 자신이 천국에 도착했다고 생각하고 정신을 놓았다.

✳　　　✳　　　✳

해준은 간신히 생각한 날짜에 맞춰 한국 땅을 밟을 수가 있었다. 미리 의뢰해 두었던 흥신소로부터 결혼식이 연기되었다는 얘기를 듣기는 했지만 역시 재희가 걱정이었다. 그러나 병원에 도착했을 때, 재희는 자리에 없었다. 한참을 뛰어다닌 끝에 향한 옥상에서, 계단 아래 엎어져 있는 재희를 발견할 수 있었다. 맙소사. 전혀 반갑지 못한 환영 인사였다. 누가 망치로 때린 것처럼 심장이 철렁 내려앉았다. 해준은 급히 재희를 안아 들고 병실로 뛰었다. 다행히 아무 데도 부러진 곳은 없다는 얘기를 듣고서야 큰 한숨을 몰아쉬었다.

병실에서 해준은 잠든 재희를 보고 있었다. 침대 곁에 앉아 창백한 얼굴을 쓰다듬는다. 손에 닿는 뺨이 몹시 뜨거웠다. 얼굴을 스치자 간지러운지 재희는 고개를 움직인다. 그리고 한참

만에 재희가 눈을 떴을 때 애처로운 얼굴로 해준은 입을 열었다. 여자는 그새 좀 마른 것도 같다.

"깼어요?"

해준을 보고도 재희는 아무 말이 없었다. 해준을 몰라보는 것처럼 재희는 그저 멍한 눈을 깜빡이고만 있었다. 눈을 떴음에도 아무런 말이 없기에 해준은 가슴이 덜컥했다. 설마 머리를 다친 건. 그때 재희가 입을 열었다.

"죽은 줄 알았는데."

"죽긴 누가 죽어. 바보야."

"니가 보이길래. 천국인가 생각했어."

"멍청한 소리나 하니까 그런 일이 생기는 거라고요."

"안 오는 줄 알았어."

"안 오긴 왜 안 와!"

버럭 소리를 지르고 해준은 다시 재희의 얼굴을 마치 빨아들일 것처럼 한참 응시했다. 많은 것을 말하는 눈이었다. 그것을 말로 옮기는 대신에 해준은 재희를 와락 끌어당겨 가슴에 안았다. 너무 놀랐던 탓인지 가슴이 뻐근했다. 해준은 천천히 말했다.

"우선 쉬어요. 천천히 얘기해."

재희는 해준의 가슴팍에 기댄 채로 눈을 감았다. 안긴 남자의 품은 따뜻했다. 머리의 맥박과 해준의 심박이 박자를 맞춘다. 기대자마자 잔뜩 긴장했던 전신의 끈이 툭 하고 풀리는 느낌이었다. 니트의 안쪽부터 은은하게 해준의 체취가 풍기고 있었다. 사람을 안심시키는 냄새였다. 스르르 졸음이 밀려오는 것 같았다. 그동안 자지 못했거든. 재희는 혼자서 말했다. 해준은 듣지 못한 것 같다.

"자요?"

"……."

해준은 품에 안겨 다시 잠든 여자를 본다. 한참을 더 안고 있다 그는 조심스럽게 재희를 침대에 눕혔다. 재희의 손등을 하나하나 훑었다. 갖가지 전극들로 어지러운 손이다. 편안하게 잠에 빠진 얼굴을 보면서 해준은 생각에 빠졌다.

이탈리아에 있을 때였다. 어쩐지 이상하다 생각했는데 공항에서부터 미행이 붙었다. 정인혁은 그런 유치한 연극에 속을 정도로 순진하지는 않았던 모양이었다. 게다가 어찌나 치밀한지 미행은 한둘이 아니었다. 숙소에서도 회사에서도 구장에서도 해준은 자신을 감시하는 눈들과 항상 상대해야만 했다. 그중에는 동양인도 있었고 백인도 있었다. 이런 상황에서 재희와 연락을 취하는 일은 확실히 지나친 모험인 것만은 틀림없었다.

그들의 눈을 속이기 위해 로케 중인 유라를 만나 보란 듯이 스캔들 기사를 흘렸다. 다행히 밀라노에 먼저 입성한 고향 선배가 있었다. 미행을 따돌릴 일을 도와줄 만한 사람을 소개받았다. 축구를 목숨보다 좋아하고 의리를 중요시하는 무서운 사람들이었다.

귀국하는 비행기 안에서 해준은 눈을 감고 일정의 순서를 세웠다. 생각보다 시간이 걸린 귀국이었으나 수확은 예상보다 훨씬 좋았다.

1등석 승객 모두가 음악을 듣거나 잠에 빠져 조용한 가운데,

한 승무원이 조심스럽게 다가와 사인을 부탁했다. 대충 휘갈겨 사인을 해 주고 해준은 얼굴을 붉힌 여자에게 기내의 모든 신문을 요청했다. 한창 대선 유세 중인 정 의원 일가의 기사가 보였다. 그 뒤로 자신과 유라의 스캔들 역시 주요 면을 차지하고 있었다. 그리고 해준은 재희를 떠올렸다.

어떻게 지내고 있을까.

흥신소로부터 간간이 연락을 받고 있기는 했지만 몹시 걱정스러웠다. 불안하고 보고 싶은 마음에 계속해서 잠을 설쳤다. 그러다 대성물산이 부도 직전까지 급락하고 있다는 소식이 들렸을 때 해준은 정말로 놀랐다. 인혁이 그렇게까지 멍청할 것이라고 생각하지는 않았기 때문이다.

재희는 자신이 알기로 본가에 전혀 애정이 없는 인물이었다. 그 아비의 회사가 망하는 일로 마음을 흔들 수 없다는 것은 불 보듯 뻔한 일이었다. 그렇게까지 모르다니. 해준은 어쩌면 인혁을 잡을 수도 있겠다는 확신 아닌 확신이 들기 시작했다.

다만 그 때문인지, 재희가 점점 말라 간다는 소리에 해준은 미칠 지경이었다. 그러나 애써 주고 있는 유라의 자료를 넘겨받지 않고 돌아올 수가 없었다. 로케 촬영 중인 유라 역시 자리를 쉽게 비우기는 힘든 상황이었다. 그리고 마침내 생각한 대로 일이 풀렸을 때에야 해준은 겨우 한국행 비행기에 몸을 실을 수 있었다.

빨리 만나고 싶다. 고작 몇 주일 뿐인데 몇 년이나 만나지 못한 것 같다. 해준은 손가락을 톡톡 쳤다. 여자를 생각하면 언제고 초조한 기분이 되고야 말았다.

이제야 겨우 함께라고 생각했는데. 애가 타서 해준은 와인을 물처럼 들이켰다. 보고 싶고, 안고 싶다. 하지만 그전에 먼저 해결해야 할 일이 남아 있었다. 해준은 우선 여의도로 향했다.

✳ ✳ ✳

HS 기획 건물 안. 해준은 인혁이 사무실에 있음을 확인하고 휘파람을 불었다. 직전에 정중원을 만나고 오는 길이었다. 미리 보낸 자료 때문에 정 의원의 캠프는 패닉 상태였다. 그 아비는 그 자신의 일로도 매우 바쁜 인사였다. 그러기에 아들의 일탈이 미처 그 정도인 줄은 자세히 몰랐던 모양이었다.

생각보다 인혁은 뒤가 구린 녀석이었다. 돈이 있으면 뭐든 해도 된다는 부패한 재벌 3세의 전형이기도 했다.

상류층의 난교 파티. 마약 판매상과 수많은 고급 창부들이 유학 시절 인혁의 이름과 끊임없이 이어져 있었다. 이름만 대면 알 수 있는 국외 재벌 자제들과 꽤나 질펀하게 어울렸던 모양인지 대가를 받지 않고도 제보해 주겠다는 그룹들까지 있었다. 남의 치부를 흥밋거리 이상으로는 취급하지 않는 의리 없는 녀석들이었다.

해준이 다짜고짜 사장실의 문을 열었을 때 인혁은 누군가와 통화를 하는 중이었다.

"뭐야, 너?"

흠칫해서 인혁은 소리를 질렀다. 급하게 전화를 끊는다. 해준은 뚜벅뚜벅 다가가 인혁의 책상 위로 자료를 늘어놓았다. 사진도 있고, 파일도 있었다. 놀라는 얼굴에 대고 해준은 끌끌 혀를 찼다.

"뭔가 있을 거라고 생각하긴 했지만, 설마 이 정도일 줄은 몰랐어."

"무슨 소리야. 어떻게 여길 들어왔지."

난데없는 공격을 당하자 인혁이 매우 불쾌한 얼굴로 인터폰을 눌렀다.

"김 실장."

그러나 마침 비서실은 비어 있었다. 인혁은 해준이 내미는 서류는 보지도 않고 말했다.

"네까짓 게 마음대로 들어올 곳 아니야. 썩 꺼지지 못해?"

"얼마나 미행을 붙였는지 말도 못 하더군. 그런데 말이야. 돈으로는 충성심까지 사지 못한다고. 열흘쯤 지나니 확실히 풀어지는 게 보이던데. 내가 어딜 가는지 확인도 제대로 안 하는 모양이더라고."

"……"

그 말에 인혁은 인상을 몹시 구겼다가 다시 풀었다.

"대체 무슨 말을 하는지 모르겠군, 애송이 녀석이. 그래 봤자 도망자 주제에. 뭐하려고 여기까지 찾아왔는지 모르겠지만 날마다 갱신되는 니 가십란은 즐겁게 잘 보고 있었다."

"내가 여기저기 해외에 아는 손들이 좀 있어서 말이야. 니가 보낸 놈들을 좀 즐겁게 해 줬다고 해도 되겠지? 결국엔 거슬러서 네 이름까지 올라가더군."

"……!"

인혁은 급하게 다시 인터폰을 눌렀다. 아래로 보안팀 호출을 누르는 손이 보였다. 해준은 그 아래의 손부터 치고 다음으로 그의 멱살을 쥐었다. 달랑이며 인혁의 발이 공중에 떠올랐다.

"남의 도움 없이는 혼자서 상대할 용기도 없는 녀석이. 그래. 불쌍하게 됐잖아. 아직 한창 때인데 이게 끝이라니."

"무슨 헛소리야."

공중에 발을 버둥거리면서 인혁은 코웃음을 쳤다.

"너 머리 어디가 어떻게 된 모양인데, 니가 지금 상대하고 있는 건 내가 아니라 HS라고. 넌 지금 잠자는 사자의 코털을 건드린 거야. 어디서 쥐도 새도 모르게 죽고 싶어?"

"해준 군. 그쯤 해 주게."

갑자기 등장한 소리에 해준과 인혁 두 사람 모두 흠칫 놀랐다. 문 뒤에서 등장한 것은 정 의원이다. 언제나 인혁의 옆에 있던 김 실장도 함께였다. 중원은 민망한 듯 흠 목을 가다듬으며 해준을 쳐다본다.

"아버지!"

"안녕하십니까. 의원님."

정중원에게 인사를 건네느라 해준은 인혁의 멱을 쥔 팔을 풀었다. 쿠당. 소리를 내며 인혁이 바닥으로 떨어졌다. 꾸벅 가볍게 고개를 숙여 보이자 중원도 덩달아 고개를 숙였다. 쓰러진 인혁이 켁켁거리며 소리쳤다.

"아빠, 갑자기 여긴 어떻게! 이놈이 방금 하는 천박한 행동을 보셨죠? 이 새끼 이거 가만두면 안 되겠어. 김 실장 어디 갔었어! 당장 이놈 쫓아내! 쫓아내고 폭력으로 한 3년 가둬 버려!"

"……."

그러나 중원은 이마에 여덟팔 자를 그린 채로 인혁을 노려보고 있을 뿐이었다. 몹시 치미는 화를 꾸역꾸역 참아내고 있는 모습이었다. 아무 말이 없다가 그는 해준에게 인사를 건넸다.

"고맙네. 언론에는 알리지 않아 줘서."

"별말씀을요."

해준은 별일 아니라는 듯 응수하고 인혁에게서 한 발을 물렀다. 현직 국회의원이자 유력한 대선 후보는 마치 제 아들을 잡아먹을 기세로 노려보고 있었다. 인혁이 애타게 중원을 불렀다.

"아버지!"

권위적인 목소리로 중원이 입을 연다.

"일어서라. 우선 집에 가자. 돌아가서 얘기해."

"뭐라구요? 아버지!"

해준은 그 광경을 지켜보다가 사장실을 나섰다. 이 정도면 자신이 더 손댈 일은 없어 보인다. 문이 닫히자 안에서부터 비명과 같은 고함 소리가 터져 나왔다.

정 의원의 선거 캠프는 여의도에 있었다. 실상 그의 이번 출마가 공화당의 단일화 방편일 뿐이라 하더라도 일이 잘만 된다면 차기, 또는 차차기 대권을 중원이 이어받게 될 수도 있었다. 이런 상황에서 그는 아들이 자신의 이름을 더럽힐 수도 있다는 조금의 가정조차 원하지 않았다.

해준이 도착했을 때 예상처럼 그의 캠프는 응급 상황으로 난장판이었다. 그런 그에게 해준은 자료를 공표할 생각이 없음을 분명히 했다.

이쯤 되니 감사 인사를 전한 쪽은 오히려 정중원이었다. 그는 적지 않은 사례를 약속하기까지 했다.

인혁이 그 아비에게 발목이 잡혀 있을 것을 예상한 것은 다름 아닌 재희였다.

"인혁이는 아직 받을 게 너무 많아. 절대로 정 회장의 뜻을 거스를 수 없을걸. 어떻게 정중원을 잡을 방법은 없을까. 아무래도 무리겠지?"

차 안에서 스쳐 간 대화를 해준은 기억하고 있었다. 후련한 기분으로 HS 기획을 나선 그는 재희가 있다는 병원으로 향했다.

＊　　　＊　　　＊

해준은 잠든 재희를 두고 먹을 것을 사러 나온 길이었다. 커다란 봉지를 들고 병실을 향할 때 특실 문을 기웃거리고 있는 한 남자를 발견했다. 흰 가운을 입고 누구를 찾는 것인지 두리번거리는 모습이었다.

"누굴 찾으십니까."

뒤돌아본 남자는 젊어 보이는 의사였다. 뛰어왔는지 땀을 흘리며 그는 안경을 훔쳤다. 손에 든 종이를 부치며 해준에게 물었다.

"김재희 씨 보호자를 찾는데요."

"접니다만. 무슨 일이시죠?"

해준이 당당하게 말하자 아, 이제야 찾았다는 듯이 남자는 한숨을 내쉰다. 축구에는 관심이 없는지 남자는 해준을 몰라보는 것 같았다. 잠든 재희를 살펴보고 그는 해준을 잡아끌어 상담실로 향했다.

"늦어서 죄송합니다. 보호자분. 균 배양이 이제야 끝났어요. 이제 항생제를 바꿔야겠습니다. 패혈증은 아주 위험한 질병이니까요. 그런데, 임신 중이신 만큼 너무 감수성이 안 나와서……."

"뭐라고? 그게 무슨 말입니까. 그냥 감기 같은 거 아니었습니까?"

해준은 험악하게 인상을 찌푸렸다. 해준의 인상에 의사는 당황해 말을 더듬었다. 우물쭈물 차트를 보여 준다.

"아, 죄송합니다. 보호자분께 분명히 설명을 했다고 차팅이 되어 있는데……. 급성폐렴이 패혈증으로 가는 중이라고요."

"난 그런 설명을 들은 적이 없습니다."

해준은 의사가 내미는 서류철을 받아 보았다. 소리치듯 말했다.

"김…… 뭐요. 이건 내가 아닙니다. 임신이라니? 처음부터 다시 말해 보세요."

대충 휘갈긴 사인은 해준은 제대로 읽을 수도 없는 글자였다. 의사는 띄엄띄엄 다시 말하기 시작했다. 말인즉슨 재희의 고열은 단순한 독감이 아니라 패혈증 때문이라는 내용이었다. 이미 전신으로 퍼지기 시작해 태아까지 위험할 수 있는 상황이라고 했다. 의사의 설명을 들으며 해준의 얼굴은 점차 사색이 되어갔다.

내 아이다. 해준은 확신했다. 누워 있는 재희의 얼굴을 떠올린다. 두말할 필요도 없었다.

차마 뭐라고 말도 꺼낼 수 없을 만큼 그의 얼굴은 참혹하게 변해 있었다.

치료의 위험성을 자세히 설명하는 의사의 말을 차분히 다 듣고 해준은 정신을 차린다. 조금의 냉정을 되찾자 의사에게 다시 물었다.

"그래서 뭘 어떻게 해야 된다는 겁니까."

"유산이 될 수도 있습니다. 각오하셔야 합니다."

해준은 눈을 감고 이마를 감싸 쥐었다. 이 말을 들었을 때 재희의 반응을 애써 고민하지 않고도 알 것 같았기 때문이다. 내 아이. 준 때문에 재희는 몇 번이고 죽으려 했었다고 말했다.

해준은 한참 동안 눈을 뜨지 않았다. 손가락 사이로 머리가 흘러내렸다. 그리고 잠시 후 각오가 된 듯 그가 다시 입을 열었다.

"여기에 사인하면 됩니까."

"네. 거기 보호자란에. 환자분과 관계가 어떻게 되시죠."

해준은 바로 만년필을 쥐었다.

"……남편입니다."

그러나 항생제를 바꿔 달았음에도 불구하고 열은 쉽사리 떨어지지 않았다. 며칠간 해준은 재희의 옆에서 꼬박 밤을 지켰다.

새벽마다 열이 40도까지 치솟았다. 지나치게 열이 오르면 재희는 때로 헛소리를 했다. 환각을 보는 것 같을 때도 있었다.

"미안. 미안해. 내가 정말…… 다시는…… 그러지 않는다고."

"응. 그래. 알았어."

해준은 그때마다 재희의 말에 꼬박꼬박 대꾸했다. 미지근한 수건으로 재희의 몸을 닦다가 해준은 다시 한 번 의사의 방문을 받았다.

"항생제를 한 단계 위로 바꿔야 할 것 같습니다. 다른 균을 죽이는 놈들까지 포함해서요. 그리고 이렇게 되면 태아에게는."

해준은 말을 끊었다.

"압니다."

그는 충혈된 눈을 의사에게 돌리고 단호하게 말했다.

"아내를 살려 주십시오."

※　　　※　　　※

병원에서의 일주일째. 불현듯 재희가 눈을 떴다. 해준이 기도를 하듯 제 손을 쥐고 엎드린 모양을 발견하자 재희는 의아하게 손을 흔들어 응시했다. 창으로 초겨울 햇살이 눈부시게 떨어지고 있었다. 눈이 부셔 이마를 찡그리다가 재희는 해준을 깨웠다.

"해준아?"

소리에 놀랐는지 벌떡 해준이 일어났다. 흡사 용수철이 위로 솟구치는 모양새였다. 재희는 그런 해준의 얼굴을 보고 놀란 표정을 금치 못했다.

그는 대체 언제 씻었는지가 의심될 만큼 지저분한 몰골이었다.

덥수룩하게 자란 수염이 턱을 가리고, 기름진 머리와 부은 눈을 한 남자는 자신이 기억하는 이해준이 전혀 아니었다. 재희는 그 얼굴을 보고 몹시 놀랐다가 결국에는 웃고 만다.

"뭐야. 무슨 일 있었어? 얼굴이 왜 그래."

환하게 웃는 재희를 보고 해준은 말을 잊은 듯 멍하게 눈만 뜬 채 있다가 이내 긴장이 풀린 얼굴을 해 보였다.

"야, 김재희. 사람 놀라게 하지 마."

"아쭈. 이분이 반말이시네. 저 알아요?"

"……."

그런데 농담에 대꾸하지 않는 해준 때문에 재희는 걱정스럽게 다시 물었다.

"왜. 무슨 일이야?"

해준은 대답하지 못했다. 굳은 얼굴로 계속해서 재희를 응시할 뿐이다. 갑자기 불안하게 쿵쾅 가슴이 뛰어 재희는 물었다.

"해준아, 얼굴이 왜 그래. 설마 인혁이……."

"아닙니다. 그런 거 아니에요."

"그런데 왜 그렇게 죽을상을 하고 있어."

"아니에요. 감동해서 그래요. 감동해서. 그렇게 고생을 시키더니 드디어 일어났구나 싶어서."

할 말을 찾다가 해준은 부러 쌀쌀맞게 말투를 꾸몄다.

"내가 그렇게 오래 누워 있었어?"

일어나 앉을 자세를 취하는 재희를 해준이 다시 밀어 눕혔다.

"누워 있어요. 더 쉬어야 해요."

"내가 오래 누워 있어서 삐졌구나!"

재희는 팔을 들어 몸을 움직여 본다. 며칠간 비몽사몽 열이 났던 것 같은데 확실히 몸이 가뿐해져 있었다.

"오늘은 몸이 괜찮아."

해준은 그 말에 슬쩍 웃었다.

"어젯밤부터 열이 내리기 시작했어요."

밤부터 재희는 고르게 숨을 쉬기 시작했다. 어찌나 안심이 되던지.

새벽에 들른 의사는 태아에 관해서는 아직 아무것도 알 수가 없다고 했다. 그리고 자신은 항생제 부작용을 모두 감수하겠다는 사인을 했었다. 그 생각을 하자 해준의 눈이 갈피를 잃는다. 그는 차마 재희를 마주 보지 못하고 눈을 돌리며 말했다.

"뭐 먹고 싶은 거 있어요? 사 올게요."

자신을 두고 급하게 병실을 나가는 해준을 재희는 억지로 붙잡았다.

"해준아. 혹시 나한테 뭐 숨기는 거 있어? 뭐 내가 모르는 일이라도 생긴 거야? 괜히 불안해서 그래. 혹시 인혁이가 무슨 짓한 거라면."

해준은 재희를 돌아본다. 매우 큰 고민에 빠진 얼굴이다.

"아니에요. 그런 거."

"뭔데. 무슨 일이야. 일이 잘 안 됐어? 말해 줘. 혼자만 알지 말고. 계속 기사 봤어. 유라 씨 만났었지……."

재희가 불안한 얼굴로 애교를 섞어 부탁했다. 다른 쓸데없는 고민을 하는 얼굴이었다. 해준은 그런 재희를 보다가 착잡한 말투로 말을 시작했다.

"고열은 감기가 아니라 패혈증 때문이었습니다. 폐렴에서 온 거라더군요."

"……"

"계속 열이 났습니다. 재희 씨 가끔 헛소릴 했어요."

"……그랬구나. 그래서?"

재희는 말하는 해준의 얼굴을 계속해서 살피고 있었다. 뭔가 다른 말을 기다리는 얼굴이었다.

해준은 말을 꺼내기가 너무 힘이 든다는 기분을 느끼고 있었다. 결국에 본론으로 들어가기까지 사족이 길었다. 그리고 마침내 자초지종을 듣는 재희의 표정은 점점 얼음처럼 창백해졌다. 하마터면 균이 전신으로 퍼져 죽을 뻔했다는 이야기. 태아에게 악영향을 끼칠지도 모른다는 독한 약들. 재희가 잠든 동안 해준이 사인했다는 각서 이야기까지. 재희는 넋이 나간 얼굴이었다.

"결과는 아직 아무도 모릅니다. 괜찮을 거예요. 너무 걱정 말……."

"나쁜 놈!"

재희는 소리를 질렀다. 서툴게 위로하는 해준을 때리기 시작했다. 휘두르는 주먹을 해준이 가슴으로 버티고 팔로 막아 냈다. 팔을 잡히자 재희는 발버둥을 쳤다.

"나쁜 놈! 이 나쁜 새끼! 왜 네 마음대로!"

"이러지 말아요. 만약, 만에 하나 잘못되더라도 곧 다시 생길 거예요."

"어떻게 그런 말을 할 수 있어! 너 같은 건. 너 같은 건 죽어

버려!"

무작정 자신을 안으려는 해준을 재희는 다시 마구잡이로 때렸다. 손에 잡히는 것은 무엇이든 던졌다. 공중에 휴지가 날리고 베개가 떨어졌다. 미친 듯이 눈에서 눈물이 쏟아졌다.

"넌 아무것도 몰라! 준이 나한테 어떤 의미인지도 모르면서! 준이었는데. 다시 만날 수 있다고 했는데. 내가 그동안 어떤 기분으로! 어떤 마음으로 살았는지! 아무것도 모르면서!"

"쉬. 그만해. 그만하라고!"

발작하듯 몸부림치는 재희를 해준은 억지로 진정시켜 끌어안는다. 해준이 소리쳤다.

"니가 죽는다고 했어! 하마터면 당신을 잃을 뻔했다고. 널 잃을 수는 없잖아! 다시 돌아간대도 난 똑같은 선택을 할 거야."

목 놓아 재희는 울었다. 해준은 더 세게 재희를 끌어안았다.

✳   ✳   ✳

한남동 정중원의 집. 대저택을 연상시키는 고급 석재 주택의 안은 날마다 소란이 끊이지 않고 있었다. 그러나 바깥과 완벽히 차단된 너른 부지 덕분에 그 사실을 눈치챈 외부인은 거의 없었다.

쿠당탕.

기와가 무너지는 소리에 식탁에서 차를 들고 있던 중원이 천천히 아들이 기거하는 건물의 1층으로 향했다.

열쇠로 문을 따고 안을 들여다보자 근신 중인 아들이 보인다.

인혁은 반쯤 미친 얼굴로 장식용 캔버스와 컴퓨터, 모든 사무용 집기와 장식품들을 때려 부수고 있었다.

이윽고 아버지인 중원을 발견하자 새된 소리를 지르기 시작했다. 깨진 것을 밟았는지 인혁은 발바닥에 피를 묻히고 있었다.

"왜 못 나가게 하냐고요, 왜!"

"이번만큼은 참거라. 시기가 좋지 않아."

"아빠! 하나뿐인 아들한테 이러는 법이 어디 있어요!"

인혁은 울부짖었다. 중원은 혀를 차고 한심하게 구는 아들을 준엄하게 꾸짖었다.

이렇게 미치광이처럼 발작하는 아들을 볼 일은 그때 이후 다시는 없을 줄 알았는데.

"정말 네가 내 자랑스런 아들이고 싶다면 조금은 참을 줄도 알아야 돼. 원한다고 모든 걸 다 가질 수는 없는 법이다. 때가 되면 다 알게 돼."

"미친 소리 하지 마세요! 아버지가 그놈의 정치에 욕심만 내지 않았어도!"

아무리 애정해 마지않는 외아들이라지만 이번에는 중원도 미간에 험악하게 인상을 썼다.

"쯔쯔. 철없는 녀석. 너 정말 크게 혼나 볼 테냐!"

"8년이나 된 일이라구요. 이제 와서 그게 문제가 될 리 없잖아요! 내가 이 새끼를 잡아서 죽여 놓을 거라구요."

"그만둬라! 공연히 일 크게 만들지 말고! 허참. 내가 부끄러워서 얼굴을 들고 다닐 수가 있어야지."

중원은 쓰라린 얼굴로 머리를 흔들었다. 선거의 결과는 참패였다.

하지만 아들의 흑역사는 단지 이번 선거의 성패와만 연관된 것이 아니었다. 다음 기회를 모색하는 자신에게 아들의 과거란 언제 터질지 모르는 시한폭탄과 같았다.

이것이 혹시 언론의 손에라도 들어가게 된다면…… 한 나라를 통치하겠다는 원대한 지배자의 꿈은 그저 한낱 물거품으로 끝나 버리는 꼴이 되고 마는 것이다.

낭패가 아닐 수 없었다. 이미 권력의 단맛을 본 자에게 그것을 빼앗기는 일이 얼마나 큰 고통일지 아들은 미처 알지 못한다.

"그만하세요."

중원의 뒤에서 고상은 여사가 느린 걸음으로 나타났다.

"인혁이 하와이에 좀 데리고 나가 있을게요. 애 결혼 얘기나 어떻게 수습할지 생각해 놓으세요."

퍼스트레이디가 꿈이긴 했지만 평소부터 중원의 일처리를 탐탁찮아 하던 고 여사가 말했다.

아들은 아직 사업에 투입될 적정 나이가 아니었다. 정치에 몰두하겠다는 이유로 어린것에게 과중한 업무를 맡겨 놨으니 이 사달이 나는 것도 무리는 아니다. 어미의 눈에 아들은 그저 덜 자란 아기 새로 보일 뿐이었다.

어릴 적부터 몸이 약해 유난히 마음고생을 시키던 아이였다. 제대로 된 상류층의 매너와 품위를 가르쳐 왔다고 생각했는데 어쩌다 한 번씩 풍선이 터지듯이 아들은 자제력을 잃어버리곤

했다.

상은은 약상자를 가지고 아들의 발을 치료했다. 가정부에게 방을 청소시킨 후 다시 방문이 닫혔다.

chapter 8

In the rain

대리석으로 구획이 나뉜 추모 공원을 검은 옷차림의 두 사람
이 걷고 있었다. 하나는 롱코트 차림의 해준이고, 하나는 원피
스 차림의 재희다. 재희는 잡아 주는 해준의 손을 잡고 조심스
럽게 잔디밭 샛길을 걸어 하나의 묘비 앞에 도착했다. 자득이
사 둔 선산에 재희의 어머니인 박명희 여사는 자살을 이유로 묻
히지 못했다. 대신 경기도의 공원묘지로 옮겨졌다.

봉긋한 봉분의 앞에서 재희는 기도를 하고, 해준은 엎드려 절
을 했다. 향을 피우고 꽃을 놓고 두 사람은 한참 말이 없었다.

다시 차로 돌아와서 재희는 울었다. 해준은 그런 재희의 어깨
를 끌어안았다. 얼굴도 보지 못한 재희의 모친. 얼굴도 보지 못
한 자신의 아이. 이름은 준이었다고 했다. 아무런 흔적도 남아
있지 않은 아이는 그저 기억만으로 존재할 뿐이었다. 차는 다시
목포로 향했다. 해준은 조용하게 물었다.

"나한테 오지 그랬어요."

"넌 겨우 열아홉 살이었어."

"당신 하나 정도는 감당할 수 있었을 겁니다."

"네 발목을 잡을 수는 없다고 생각했지."

"내가 필요한 건 그냥 당신이었어."

차분하게 가라앉은 해준의 목소리를 들으면서 재희는 울었다. 당시 병원에서 가장 가까운 바다에 차를 세우고 재희는 항아리에 담아 온 국화꽃 잎을 물 위에 뿌렸다. 검고 푸른 파도가 하얀 꽃잎을 삼키듯 쓸어안고 사라진다. 흐느끼는 재희의 뒤에서 해준은 고개를 숙였다. 소리도 내지 못하고 재희는 울고 있었다. 해준은 차마 긴말을 잇지 못했다. 끅끅대는 여자의 울음소리가 비수처럼 아팠다.

"내가 미안해."

"......"

"이제 절대 안 놔."

재희는 아무 말도 하지 못했다. 제 어깨를 걸쳐 안은 남자의 팔을 잡고 바다를 보면서 울었다. 아이를 가졌을 때는 기뻤다. 다시는 해준을 만날 수 없어도 둘 사이의 끈이라고 생각했었다. 아들을 낳으면 준, 딸을 낳으면 준희라고 부르겠다고 혼자서 이름을 지었다. 아들이라는 것을 알고 나서는 해준을 꼭 닮기만을 기도했다. 매일 해준을 느끼고 혼자서도 계속 사랑할 수 있도록.

그리고 지금 또 다른 사랑의 결실을 그녀는 배 속에 품고 있었다. 천만다행으로 세 달째에 접어든 태아는 무사히 무럭무럭

자라고 있다고 했다.

"돌아갈래요? 괜찮겠어요?"

싸늘한 차에 히터를 켜며 해준이 물었다. 재희는 아직 반이
남은 꽃 항아리를 잃은 아이라도 되는 양 내려놓지 못했다.

"그만 울어요."

해준이 재희의 손에서 함을 빼앗아 뒷좌석에 놓는다.

"잠깐만 더 있다가 가."

해준이 우는 재희의 뺨을 쓸었다. 입술로 뺨의 눈물을 닦았
다.

✳　　　✳　　　✳

한국을 떠나기 전까지 해준은 호텔에 묵고 있었다. 새로운 팀
에서 제공한 최고급 숙소였다. 재희도 그곳에서 해준과 함께 기
거하고 있었다. 어떻게 알았는지 이틀이 멀다 하고 재욱과 식구
들이 찾아왔다.

대성은 거대 그룹인 HS를 상대로 무의미한 싸움을 계속하고
있었다. 처음의 계약 조건과 다르다는 것이 주된 항변이었으나
'전폭적인 지원'이라는 문구는 계약서 조항에 명시되어 있지 않
은 부분이었다. 의도적인 사업 방해를 입증하기란 쉽지 않았다.
날마다 일을 해결하라며 전화로 자득이 호통을 치고, 재욱이 빌
러 왔다. 그러나 재희는 끄떡도 하지 않았다.

몹시 쌀쌀한 날이었다. 매서운 겨울이 다가오고 있었다. 예정
에 없던 출국은 의외로 준비할 사항이 많았다. 장기 비자를 위

해 해준이 비밀리에 두 사람의 혼인신고를 했다. 약식으로라도 식을 올리자는 해준에게 공공연하게 떠벌리기는 시기가 좋지 않다고 재희가 만류했다.

대사관 앞은 많은 사람들로 붐비고 있었다. 날씨가 제법 추워져 곳곳에 얼어붙은 자국이 눈에 띈다. 건물을 나오던 길에 툭. 재희는 누군가와 한쪽 어깨를 부딪쳤다. 덕분에 무언가 바닥으로 털썩 떨어졌다. 모자를 쓰고 점퍼를 입은 남자였다.

"뭐야, 당신. 조심해. 임산부라고."

재희의 다른 쪽 어깨를 안고 있던 해준이 예의 없이 지나쳐 가려는 남자의 어깨를 치며 불러 세웠다.

"이거 떨어졌어요."

재희가 떨어진 것을 주웠다. 감색의 서류 봉투였다. 잡아 세워진 남자에게 건넸다. 남자는 그러거나 말거나 발을 빨리하려는 모습이었다. 그리고 순간, 재희는 자신의 눈을 의심했다. 덜컥. 간장이 오그라드는 느낌이 들었다. 아는 사람이다. 모자 속으로 번뜩이는 눈이 있었다. 인혁의 휘하다! 자신도 모르게 움츠러들며 재희는 해준의 팔을 잡고 뒷걸음질을 쳤다.

"왜요?"

그런 그녀를 의아하게 여긴 해준이 돌아보자 재빨리 남자가 재희의 팔을 당겨 속삭였다.

"요긴히 쓰십시오."

그저 한마디를 남기고 남자는 오가는 인파에 섞여 이미 온데 간데 사라지고 없었다. 뭐야? 재희를 끌어안고 해준이 두리번두리번 주위를 살폈다. 무슨 말이지. 오싹해져 몸을 부르르 떨며 재희는 주먹을 쥐었다. 재희의 손에서 바스락 봉투가 비벼지는 소리가 들리자 해준도 시선을 내린다.

"그게 뭡니까?"

"몰라……."

"아는 사람이에요?"

"그래. 아니, 모르겠어."

그것은 정 의원의 비리 중 일부가 담긴 기밀 서류였다. 호텔 방의 테이블에서 해준과 재희는 함께 그것을 열었다. 몇십 장 분량의 A4 용지에는 정 의원이 회사의 이익을 부당하게 횡령하여 정치자금으로 사용한 흔적, 16대 공천 당시 기탁금이 오고 간 장부의 내역, 그리고 자금을 공여 받은 유수 정치인들의 이름과 현물의 형태, 비밀 회동의 장소와 날짜까지 상세히 적혀 있었다. 내부인이 아니라면 절대로 알 수 없는 소상한 자료였다. 앞장부터 차례로 서류를 훑어보고 해준은 혀를 내둘렀다.

"확실한 리스트네요. 파장이 크겠는데요. 그런데 왜 이걸 당신한테……?"

"그걸 나도 모르겠어."

재희는 정말로 모르겠다는 얼굴로 고개를 저었다. 옆에 앉은 해준은 의심스럽다는 눈초리로 팔짱을 끼었다. 흐응…….

"알고 보면 양다리였던 거 아니에요?"

"응?"

"사실은 그 사장이 아니라 비서가 목적이었다거나……."

"그럴 리가."

재희는 해준의 말을 알아듣고 웃었다.

"이리 와요."

해준은 뒤에서 재희의 목을 껴안고 머리카락에 입을 맞추었다. 해준의 입술을 느끼자 그의 팔을 잡고 재희는 저절로 눈을 감았다. 해준의 팔에는 단순한 물리적인 힘만이 아닌 사람을 안도시키는 마법 같은 힘이 있는 것 같다.

"어떻게 할 거예요."

귓전에 울리는 해준의 목소리가 기분 좋았다. 몰라. 재희는 눈을 감은 채로 대답했다.

"주변에 남자를 너무 많이 깔아 둔 거 아니에요?"

말도 안 되는 소리를 한다며 재희는 웃었다. 와 닿는 해준의 감촉이 좋아서 재희는 또 잠에 빠질 것 같은 기분이었다. 자신에게 몸을 기대는 재희를 해준은 더욱 끌어안았다.

"그렇게 비비적거리면 위험합니다."

그러지 말라면서 말과는 다르게 해준의 스킨십이 농밀해지고 있었다. 머리카락과 귀, 목덜미에 차례로 입을 맞추고 뒤에서 여자의 스웨터 안으로 손을 넣어 가슴을 만졌다. 곧이어 고개를 돌려 입술이 부딪히고 혀가 얽힌다. 눈을 반쯤 뜬 채로 해준은 안겨 오는 재희를 격렬하게 만지고 주물렀다. 자연히 재희의 몸이 기울어 소파에 눕혀진다. 까슬한 패브릭에 무늬가 그려진 의자였다. 순간 거칠게 재희의 위로 달려들던 해준이 으으 목을 긁는 소리를 내며 모든 동작을 멈췄다.

"안 돼……."

해준의 단호한 목소리에 재희가 눈을 반짝 떴다.

"……?"

"너무 오랜만이라 당신을 다치게 할 거예요."

해준은 재희의 위에서 상체를 전부 떼고 주문을 외우는 얼굴로 말했다. 의자의 가장 먼 쪽에 앉았다가 그는 미련을 털듯이 자리를 털고 일어났다. 다시 유혹당하지 않기 위해서 그는 재희가 누운 쪽으로는 눈길도 주지 않았다. 재희는 안쓰러운 얼굴로 손톱을 씹으며 일어났다.

"잠시 나갔다 올게요."

매우 화가 난 사람처럼 해준은 소파에 걸쳤던 외투를 거칠게 잡아당겼다.

✳　　　✳　　　✳

"정말 괜찮겠냐."

밴에 꾸역꾸역 짐을 대신 실으며 석환이 지나가는 말로 물었다. 해준의 사양에도 배웅하겠다며 아득바득 우겨 기어코 마중을 나온 그였다.

"안 괜찮을 일은 뭐냐."

운전기사와 미리 차에 태운 재희를 한 번 보고 해준은 굳게 고개를 끄덕였다. 석환은 그런 해준을 가만히 보다가 피식 웃음을 흘렸다.

"그래서 이게 니가 술 처먹을 때마다 노래를 처부르던 사랑의 종착역인가 뭔가 그거냐?"

해준이 고개를 돌리며 웃었다.

"그런 셈이지."

"아무튼 잘 가라. 곧 연락하고."

"그래."

석환과 해준이 악수하듯 손을 잡고 간단히 팔꿈치를 굽혀 포옹을 했다. 서로의 등을 툭툭 두들긴다. 그리고 석환은 재희가 앉은 창문으로 다가갔다. 티켓과 서류를 살피고 있던 재희가 황급히 눈을 들며 창문을 내렸다.

"아, 석환 씨……."

"그럼 또 봅시다. 제수씨, 몸조심하시고요."

"고마워요."

"제수씨가 뭐냐, 새끼야. 형수님이지."

뒤에서 해준이 석환의 등을 팍 친다.

"너야말로 제수씨한테 안부 전하고. 시즌 끝나면 한번 놀러와라."

석환은 대답 대신 고개를 끄덕였다. 상냥한 얼굴로 꾸벅 인사를 하는 재희의 얼굴이 보인다. 해준이 차에 올라타는 것까지 보고 석환은 출발하라는 뜻으로 탕탕 차의 뒷문을 쳤다. 짐을 잔뜩 실은 커다란 여행용 차가 로비 앞을 돌아서 사라진다. 창문으로 눈인사를 건네는 그들이 보였다. 터벅터벅 입구를 벗어나려는데 부슬부슬 비가 내리기 시작했다. 후두둑 머리 위로 물방울이 떨어지자 석환은 손바닥을 내어 보고 하늘을 올려다본다. 어느새 잔뜩 먹구름이 몰려와 있었다.

"처량 맞게 왠 비람."

중얼거리며 석환은 발길을 떼었다.

"아, 비가 오네."

재희가 창을 가리키며 말했다. 해준이 그녀가 가리킨 대로 창문을 두들기는 빗방울을 응시했다.

"뉴스에 태풍이 온다고 하더구만요. 비행기 연착이나 되지 말아야 할 텐데."

앞에 앉은 운전사가 무덤덤하게 말했다. 볕에 탄 얼굴의 덩치가 커다란 남자였다.

"이 계절에 태풍이라고요?"

"기상이변인가 뭐라나. 그러니까 에어컨 너무 많이 틀고 자동차 너무 많이 타고 하면 안 된다대요. 차 모는 일 하면서 할 말은 못 되지만도."

쿡쿡. 해준의 손을 잡고 앉은 채로 재희는 웃었다. 차창의 물방울을 세듯이 손가락으로 쓰다듬는다. 해준은 꼼지락거리는 재희의 다른 손가락까지 모두 잡고 제 쪽으로 끌어당겼다. 그녀의 허리를 풀처럼 몸에 붙여 끌어안고 해준이 물었다.

"괜찮겠어요? 진짜 태풍이라도 오면 기체가 엄청나게 흔들릴 텐데."

"괜찮아."

해준이 재희의 얼굴을 잡아당겨 이마에 입을 맞춘다. 입을 맞추고 다시 몸에 찰싹 붙여 앉혔다. 마치 잠깐이라도 떨어뜨리면 영영 떨어질 것이라고 걱정하는 모양새였다. 백미러로 그들의 모양을 본 운전사가 말했다.

"신혼부부신가 보네. 좋을 때여."

"네."

거두절미하고 해준이 말했다. 앞이 보이지 않을 정도로 해준의 품에 파묻혀서 재희는 피식 웃었다.

"아, 근데 이해준 선수 맞지라? 월드컵에서 골 넣은."

"아닙니다."

해준은 웃음을 참으며 뻔뻔하게 말했다. 재희도 웃음을 참느라 입술을 씹었다.

"아, 근가. 많이 닮았구만. 하기사 결혼했다는 말은 못 들었지. 두 분 다 인물이 훤칠하신 게 선남선녀시구만요."

재희는 해준의 몸통에 매달려 웃었다. 그러다 재희는 갑자기 무슨 생각이 난 듯 몸을 일으켰다.

"아저씨. 가까운 우체국이 어디 있어요?"

✳   ✳   ✳

"조심해서 내려요."

차 문을 열면서 해준은 준비된 우산을 펼쳤다. 휘리릭. 검고 큰 우산이 빗방울을 때리면서 공중으로 회전했다. 한 발, 한 발 계단을 밟는 재희의 손을 잡고 해준이 그녀의 머리에 우산을 씌워준다.

재희는 밴을 마중 나온 직원에게 짐을 부탁하고 또 따로 마련된 서류 봉투 하나를 내밀었다. 그리고 넉넉한 팁과 함께 우편물을 쓰여 있는 주소로 보내 줄 것을 부탁했다. 겉봉에는 보내는 이는 없고 받는 이에만 대성물산 김재욱이라는 이름이 크게 쓰여 있다. 이제까지 무의미했던 가족이라는 존재.

'협상은 이제 니 몫이야.'

재희는 덤덤한 얼굴로 그렇게 생각했다. 게이트까지의 빗길을 재희는 해준의 손을 깍지 끼고 걸었다. 눈앞으로 비행기들이 내려앉는 모습이 보인다. 남의 손에 봉투를 넘긴 재희를 보고 해준이 물었다.

"겁 안 나요?"

재희는 묻는 해준의 선명한 얼굴을 마주 본다. 단정하게 우산을 든 채 제 손을 틀어쥔 남자. 배 속 아이의 아버지. 우산 아래선 것은 하나의 새로운 가족이었다. 애정 어린 그의 시선에 무표정했던 얼굴이 느슨하게 풀렸다. 그녀는 심지어 미소까지 띠고 있었다. 힘줄이 보이는 해준의 손등에 입을 맞추며 재희가 말했다.

"난 이제 아무것도 무섭지 않아."

멀리서부터 빗방울이 거세어지는 소리가 들려왔다.

Epilogue : Hidden page

　런던 교외. 응접실의 불이 환하게 켜진 그림 같은 주택 앞으로 요란한 소리를 내는 고급 승용차가 멈춰 선다. 슈트 차림으로 차에서 내린 남자가 트렁크에서 빠르게 여러 개의 짐을 꺼냈다. 미슬토가 걸린 흰색 문 앞에 털썩 캐리어를 내려놓고 해준은 문의 손잡이를 돌렸다.

　"아빠 왔다!"

　현관문이 활짝 열리자 해준이 팔을 벌린다. 월드컵으로 인한 장기 일정 때문에 런던으로는 무려 한 달 만의 귀가였다. 문이 열리면 식탁에 앉은 예쁜 아내와 잘 차려진 음식상, 그리고 이제 막 다섯 살이 된 딸의 귀여운 원피스가 보인다. 팔을 벌린 채로 해준이 환하게 웃고 섰다. 양손에 가방을 잔뜩 든 아빠를 발견하자 준희가 먼저 냅다 문으로 뛰었다. 우다다 달려가 해준의 품에 안기는 준희를 보고 재희는 피식 미소를 지었다. 보던 한국 신문을 내려놓고 해준의 앞으로 걷는다.

"왔어?"

"응, 왔어."

문 앞에 서서 두 사람은 눈으로 많은 말을 주고받았다. 해준은 먼저 응차, 준희를 들어 올려 안은 채로 여러 선물 상자를 보여준다. 요새 들어 작고 귀여운 것에 집착하기 시작한 준희는 와와 떠들어 대며 감탄사를 날려 댔다. 준희의 뺨에 쪽쪽 입을 맞추며 내려 주고 해준은 재희에게 다시 팔을 벌렸다.

"이제 서방님 안아 줘야지."

"응. 어서 와."

풀썩 해준의 등을 끌어안고 재희는 잠깐 눈을 감았다. 먼 곳에서 혼자 애쓰는 그를 그저 TV로만 지켜봤을 뿐이다.

"8강 축하해. 이해준. 정말 수고했어."

재희는 해준의 너른 등을 토닥이며 말했다. 포근한 포옹을 풀자 해준이 으쓱한다.

"서방님 얼마나 잘하는지 봤지."

"어. 골이란 골은 이해준이 다 넣던데."

해준은 푸하 웃었다. 해준은 이제 명실공히 한국 축구계의 슈퍼스타가 되어 있었다. 너나없이 FA가 된 그를 모셔 가겠다고 혈안이 되었을 때 그는 군소리 없이 영국행을 택했다. 단지 한국어 학교가 잘되어 있다는 이유로.

아직 채 피곤이 가시지 않은 얼굴로 그는 식탁 앞에 앉는다. 눈이 돌아갈 정도로 화려한 저녁상이었다. 흐음. 해준은 턱을 만지며 재희를 놀렸다.

"벌써 이렇게 발전했을 리가 없는데."

"아냐. 에리카는 한국 음식 잘 할 줄 모르잖아. 진짜야. 거의 다 내가 한 거라니까?"

에리카는 영국에 온 지 30년이나 된 교포였다. 근처 아이를 셋이나 키워 낸 그녀가 하는 요리는 대부분이 영국식이었다. 그래서 재희의 그 핑계를 해준은 믿는다. 식탁에는 갈비와 잡채도 있고, 한국식 닭튀김과 해외에서는 재료를 구하기 어려운 김치찜도 있었다. 마치 잔칫상이라도 되는 것처럼 화려한 음식들을 앞에 두고 해준은 타이를 풀었다. 피곤한 일정 끝에 인터뷰까지 소화해 낸 후라 몸은 녹신하게 지쳐 있었다.

"우와. 장난이 아닌데."

장난감에 정신이 팔린 준희를 옆에 앉히고 해준은 게걸스럽게 음식을 먹어 치웠다. 재희는 팔꿈치를 식탁에 대고 앉아서 그 모양을 흐뭇하게 바라본다.

"오랜만에 한국은 어땠어. 어머니는 한번 다시 안 나오신대?"

해준은 재희를 보고 눈썹을 으쓱했다.

"알잖아. 노친네 성격. 시골 사람이라 비행기 타는 거 싫대."

"……찾아온 사람들은 없었지?"

그것이 누구를 뜻하는지 알기에 해준은 단번에 고개를 저으며 웃었다.

"거기 호텔 경호팀이 요새 얼마나 철저한데. 경기 전에는 대통령이 와도 쫓아낼걸?"

재희는 비단 준희의 스쿨링 문제가 아니더라도 한국행을 피하고 있었다. 대성은 재욱이 경영권을 넘겨받은 후에 구사일생으로 투자처를 찾아 회복 중에 있었지만 자득은 여전히 모든 책임을 재희에게 돌렸다. 혹시나 아이에게 악영향을 끼칠까 싶어 재희는 그들을 만나기 꺼려했다. 5년 전 한국을 떠난 뒤로 재희가 한국 소식을 접하는 일은 뉴스나 신문이 전부였다. 그녀는 힐끗 읽다 만 테이블 위 신문으로 눈을 준다.

펼쳐진 면에, 재계 1위로 우뚝 발돋움한 무광의 기사가 보인다. 통신 사업에 일찍 발을 들인 무광은 새 정권의 도움으로 돛 단 듯 순항 중이었다.

반면 정중원의 갑작스런 구금으로 친척들에게 찢어진 HS는 여전히 맥을 추지 못하고 있었다. 유일한 후계자인 인혁은 미국의 재활 센터에 있는 것으로 알려져 있었다.

재희는 급히 음식을 삼키는 해준에게 유리병의 물을 따라 준다. 긴 잔에 물이 담기자마자 해준은 벌컥벌컥 들이켰다.

"너 뛰는 거 보는데 진짜 무지 보고 싶더라. 화면 붙잡고 울 뻔했다니까. 준희랑 나랑."

"나는 너 보고 싶어서 죽을 뻔했어."

"나 말이야, 아빠? 아빠, 준희 보고 싶었어?"

해준이 말하자 준희가 새 인형을 만지다 고개를 들고 재잘대며 묻는다. 해준은 크게 웃으며 준희의 머리통을 쓰다듬었다. 준희는 동그란 머리통에 보드라운 긴 머리칼을 가진 여자애였다. 눈은 해준을 닮고 머리카락은 재희를 닮았다. 그래. 그래. 해준이 끄덕이며 말하자 준희가 까르르 만족스럽게 웃는다.

"밥부터 먹고 놀아. 준희야."

재희가 타일렀지만 준희는 소리쳤다.

"싫어. 엄마 밥, 맛없어!"

"너도?"

그 말에 재희가 째려보자 해준은 씹던 닭고기 덩어리를 꿀꺽 삼켰다. 다시 하나를 집는 시늉을 하며 해준이 변명했다.

"아냐. 내가 그렇단 게 아니라…… 난 맛있어, 진짜. 난 진짜 김재희가 해 주는 게 세상에서 제일 맛있더라."

재희는 우는 시늉을 했다.

"난 죽어야지. 축구 선수 와이프씩이나 돼서 요리를 못 하다니."

"아냐. 내가 감히 그걸 바래? 너 학생들 가르치느라 힘든데. 에리카가 잘하고 내가 잘하니까 괜찮아."

"결국 맛없단 거네?"

해준은 웃다가 뜨끔한 표정으로 먹던 닭튀김을 흔들었다. 실은 유일하게 간이 맞는 음식이다.

"와, 튀김 진짜 어디 요리사가 한 건지. 죽이는 맛이네."

"그건 에리카가 도와줬어."

재희가 침울하게 말했다. 해준은 말을 삼켰다.

잠들기 전 준희는 동화책을 읽는 버릇이 있었다. 아빠의 품에 느긋하게 안겨서 끝까지 피터래빗의 행방을 묻던 준희는 잠이 들었다. 준희가 잠이 들고 난 후에도 해준과 재희는 한동안 움직이지 않고 어린 딸의 모습을 바라보았다.

한참 후 해준이 몸을 비키자 재희가 준희의 이불을 제대로 덮어 줬다. 목 끝까지 이불을 덮어 주는 것을 확인하고 해준이 재희의 뒤에서 허리를 확 잡아챘다. 놀란 재희가 꺅 소리가 절로 나오는 입을 틀어막는다. 해준은 덥석 재희를 안아 들고 계단을 오르기 시작했다. 움직임을 따라 재희의 긴 스커트가 팔랑거렸다.

"뭐하는 거야."

"이제 너랑 나랑 할 일 해야지."

"피곤하지 않아?"

"전성기 축구 선수 하체를 우습게 보지 말라구."

농담이 무색하게 솟아 있는 해준의 몸을 느끼고 재희는 얼굴을 붉혔다. 알았다고 얌전히 해준의 목을 감은 채로 얼굴을 파묻는다. 두 사람은 준희의 방에서 가장 먼 2층 끝방에 자리를 잡았다.

손님방 용도로 비워 두는 곳이라 평소에는 쓰지 않는 방이었다. 재희는 벽에 선 채로 재빠른 해준의 손길을 받아 냈다. 그도 자신도 몹시 흥분해 있기는 마찬가지였다.

부스럭거리며 서로의 옷을 벗기고 재희가 절대로 우습게 볼 수 없는 해준을 받아들일 때, 멀리서 우는 준희의 목소리가 들려왔다.

"아, 그만."

"안 돼."

다급하게 밀어내는 재희를 해준은 더 강하게 잡아당겼다. 앗. 재희를 몸 위로 앉히는 자세가 되자 해준의 허벅지 근육이 급하게 당겨진다.

"내가 더 급해. 이쪽은 한 달 만이라고."

뭔가에 잠식된 목소리로 해준은 더욱 재희의 안으로 몰아쳤다.

그때, 더 커진 준희의 울음소리가 점점 문에 가까워지고 있었다. 엄마. 자신을 부르는 소리에 재희는 해준을 다시 밀쳐냈다.

"나 찾나 봐."

그러나 저절로 해준이 들어왔다가, 그리고 또다시 밀다가 재희는 거의 놓칠 뻔한 이성의 줄을 겨우 잡아냈다. 세찬 힘으로 해준의 몸을 때리듯 밀어내자 해준이 허탈하게 손을 풀었다. 빠르게 매무새를 정리하고 재희가 문밖으로 소리를 지른다.

"응, 여기 있어. 준희야."

말하기가 무섭게 쿵쾅거리면서 준희가 문을 열었다. 울음으로 눈과 코가 새빨개진 모습이다. 안아 달라고 손을 내민다.

"준희 무서워. 엄마랑 코 잘 거야."

"응. 알았어. 알았어."

재희는 우는 준희를 품 안에 꼭 껴안았다. 그 등 뒤에서 해준이 아주 깊은 한숨을 내쉰다.

"준희야. 아빠도 엄마가 지금 진짜로 꼭 필요하거든. 진짜로."

재희는 뒤돌아보며 웃음을 참는 얼굴로 눈짓을 했다. 이따가. 그런 표정이다. 해준은 불만스러운 기분에 냅다 소리를 질렀다.

"한 달 만인데. 아빠를 스님 만들 거야!"

고래고래 소리를 지르고 나서야 겨우 진정이 된 해준이 준희를 엄마 품에서 빼앗아 어깨에 걸쳐 안았다. 손으로 궁둥이를 때리는 시늉을 하며 준희를 부부 침실로 옮긴다. 곧이어 커다란 집의 모든 조명이 꺼졌다.

대형 침대의 가운데 준희를 눕힌 채 세 식구가 고요히 잠에 빠져들었다. 이것은 해준이 스물여덟, 재희가 서른여섯 살 때의 일이다.

— *fin*